Clara Simon

Und dann kam die Liebe

Weitere Titel der Autorin:

Und dann kam das Glück

Über die Autorin:

Clara Simon ist ein Pseudonym von Ann-Kathrin Karschnick, geboren 1985, die als »Frau im grünen Kleid« in der Phantastik-Szene bekannt ist. Sie veröffentlichte bereits zahlreiche phantastische Romane bei verschiedenen Verlagen und wurde für PHOENIX – TOCHTER DER ASCHE 2014 mit dem DEUTSCHEN PHANTASTIK-PREIS ausgezeichnet. Als Violet Thomas schreibt sie seit 2020 Happy-Tears-Romane bei Bastei Lübbe.

CLARA SIMON

Und dann kam die Liebe

DIE KLEINE STRASSE IN BELLEVILLE

Roman

lübbe

Die Bastei Lübbe AG verfolgt eine nachhaltige Buchproduktion. Wir verwenden Papiere aus nachhaltiger Forstwirtschaft und verzichten darauf, Bücher einzeln in Folie zu verpacken. Wir stellen unsere Bücher in Deutschland und Europa (EU) her und arbeiten mit den Druckereien kontinuierlich an einer positiven Ökobilanz.

MIX
Papier | Fördert gute Waldnutzung
FSC® C014496

Dieser Titel ist auch als E-Book erschienen

Originalausgabe

Dieses Werk wurde vermittelt durch die
Langenbuch & Weiß Literaturagentur

Textredaktion: Silvana Schmidt, Hagen
Titelmotive: © shutterstock.com: aprilante | NewAfrica | stock_studio | Natali Zakharova | TravelPOIs.de | Photographee.eu
Umschlaggestaltung: Kristin Pang
Satz: Dörlemann Satz, Lemförde
Gesetzt aus der Adobe Caslon Pro
Druck und Verarbeitung: GGP Media GmbH, Pößneck
Printed in Germany
ISBN 978-3-404-18857-4

2 4 5 3 1

Sie finden uns im Internet unter luebbe.de
Bitte beachten Sie auch: lesejury.de

Kapitel 1

»Drei Stücke von der Lemontarte bitte!« Alice, die junge Frau auf der anderen Seite des Verkaufstresens, ließ ihren Blick über die Auslage schweifen. »Und was ist das hier?« Sie deutete auf die Brandteigkugeln mit dem Schokoladenüberzug, die ich am Morgen zubereitet hatte.

»Das sind Zitronen-Profiteroles mit Schoko-Ganache«, erklärte ich und zog eine hervor. »Möchten Sie einmal probieren?«

Es war erst früher Vormittag, doch das hielt meine Kundschaft nicht davon ab, von den Köstlichkeiten zu naschen.

»Da fragen Sie noch, Bernadette?« Alice lachte hell und klar, streckte sofort ihre Hand aus und wartete darauf, dass ich ihr ein Stück reichte.

Statt jedoch in den gekühlten Bereich meines Tresens zu greifen, öffnete ich den kleinen Kühlschrank darunter, den ich vor einigen Jahren hatte einbauen lassen. Er diente nur einem Zweck: das Gebäck zu beherbergen, das nicht perfekt geworden war. Manch andere Pâtissière mochte diese Stücke wegwerfen oder verschenken. Ich nutzte sie für meine Kundschaft. Beim Probieren ging es nur um den Geschmack, um die Sinnlichkeit des Genusses. Die Optik spielte dabei keine Rolle.

»Aber bedenken Sie, Alice«, begann ich und hob spielerisch den Zeigefinger, ehe ich mit der Gebäckzange ein Stück Profiterole griff und es ihr über die Theke reichte.

Sie nickte und vervollständigte meinen Satz: »Genießen statt schlingen. Ich komme schon länger her, als Sie den Laden führen, Bernadette.« Lachend nahm sie die Gebäckkugel. »Und alles, was Sie herstellen, kann man nur genießen. Aber probieren kann nie schaden.« Damit biss sie von der Profiterole ab und schloss die Augen. Sie seufzte zufrieden, und ein zauberhaftes Lächeln erschien auf ihren Lippen. »Das ist köstlich, Bernadette. Wie immer. Ach, Mist, dann muss ich noch mal umplanen. Also doch lieber fünf von diesen hier«, sagte sie und schluckte die erste Hälfte herunter. »Und zwei von den Zimt-Eclairs bitte. Dann sollte ich es haben. Die anderen im Büro werden sich freuen, da bin ich mir sicher.«

»Soll ich wieder alles auf eine Rechnung setzen oder möchten Sie das aufteilen?«

Alice war eine Stammkundin. Jeden Montag kaufte sie für die Anwaltskanzlei, in der sie arbeitete, eine kleine Auswahl meiner Waren. Sie nannte es ihre »Montagsmotivation«, und es schien zu funktionieren. Ihre Angestellten kamen montags gern zur Arbeit. Zumindest hatte laut ihrer Aussage in den letzten Jahren kaum eine Person blaugemacht.

»Zusammen bitte. Diesmal zahlt der Kunde, der heute zu Besuch kommt. Ihm hat es letztes Mal so gut geschmeckt, dass er gleich wieder was geordert hat. Irgendwann werden Sie noch jemanden einstellen müssen«, erklärte Alice und zwinkerte mir zu.

»Ach, dafür habe ich doch meine Familie. Wenn mal viel zu tun ist, frage ich meine Eltern. Die helfen gerne.«

Das war nicht einmal gelogen. Vor acht Jahren hatte ich die Pâtisserie des Rêves von ihnen übernommen, weil sie vorzeitig in den Ruhestand gegangen waren. Sie wollten etwas von der Welt sehen, ehe sie zu alt waren. Das hatten sie getan. Ein halbes Jahr lang, dann waren sie zurückgekommen und hatten mich unterstützt, wann immer sie Zeit hatten. Ich liebte sie dafür. Besonders jetzt in der Vorweihnachtszeit wüsste ich nicht, wie ich ohne sie auskommen sollte. Durch die vielen Vorbestellungen war es tatsächlich nicht allein händelbar. Aber Maman stand mir jederzeit zur Seite.

Ich hielt kurz inne, als ich das Gebäck in die Pappschachtel packte, und starrte auf die Zusammensetzung. Meine Eltern waren immer für mich da. Egal, was anstand. Das war schon vor zehn Jahren so gewesen. Bevor ich das Geschäft übernommen hatte. Als ich vollkommen andere Vorstellungen für mein Leben gehabt hatte.

»Werden Sie dieses Jahr wieder an den Adventstagen geöffnet haben?«, fragte Alice und kramte dabei ihr Portemonnaie aus ihrem Rucksack. Dafür, dass sie als Junior-Anwältin in einer Kanzlei arbeitete, war sie erstaunlich leger gekleidet. Sie trug zwar ein Kostüm unter dem enganliegenden Mantel und dem breitgefächerten Loop-Schal. Dazu hatte sie jedoch keine teure Hermes- oder Louis-Vuitton-Handtasche, sondern einen No-Name-Rucksack, der vermutlich bequemer zu tragen war als diese unhandlichen Henkeltaschen.

»Aber sicher doch. Das Geschäft lasse ich mir doch nicht entgehen«, entgegnete ich und schloss endlich die Schachtel vor mir. Den Gedanken, der mich abgelenkt hatte, verbarg ich in den Tiefen meines Herzens, wie schon so lange.

»Hätte mich auch gewundert. Vielen Dank, wie immer und bis nächste Woche«, verabschiedete sie sich, nachdem sie bezahlt hatte.

Chloé kam kurz vor Feierabend herein und winkte mir zu. »Hallo, Bernie.«

»Chloé, na, wie geht es dir? Vermisst du Ben schon?«

Die schüchterne Blumenverkäuferin, die ich seit über drei Jahren meine Nachbarin in der Rue de la Chance nennen durfte, war seit zwei Wochen Strohwitwe. Ihr Freund Ben hatte seine eigene Baufirma gegründet und musste für seinen ersten Auftrag mit seinen Angestellten für einen Monat nach Deutschland.

»Wir telefonieren jeden Abend, und er ist ja nicht lange weg, was ganz okay ist. Denke ich«, erwiderte sie zuversichtlich, obwohl ihr deutlich anzusehen war, dass sie ihn vermisste.

Ich kam hinter dem Tresen hervor, da gerade sonst niemand im Laden war, und nahm sie in den Arm. »Du weißt, dass wir dich jederzeit ablenken können.«

»Das weiß ich doch. Und vielleicht komme ich darauf noch mal zurück. Erst einmal bin ich aber hier, weil Lilou mich daran erinnert hat, dass wir noch etwas zur Adventsdeko beitragen sollen. Hast du eine Idee?«

»Du meinst, seit wir letzten Mittwoch beide verzweifelt dagesessen haben und keine Ahnung hatten, was wir dieses Jahr machen wollen?« Ich lachte. »Nein, leider ist mir keine zündende Idee gekommen, außer dass ich einen Kuchen backe, den hart werden lasse und ihn ins Schaufenster hänge.«

Chloé kicherte. »Das wäre wohl nicht in Lilous Sinne.«

Ein lautes Piepen mahnte mich, die nächste Ladung klassischer Macarons für den morgigen Tag aus dem Backofen zu ziehen. »Oh, warte kurz, ich muss die rausholen, bevor sie zu dunkel werden.«

Ich eilte durch die Tür hinter dem Tresen in die Backstube, vorbei an der gewaltigen Arbeitsplatte in der Mitte. Seit der Gründung der Pâtisserie des Rêves hatte sich nichts an der Innenausstattung verändert. Abgesehen von einigen Gerätschaften, die ich hatte austauschen müssen. Aber alles stand noch genau so, wie meine Eltern es vor über dreißig Jahren entworfen hatten. Der Tisch, der von allen Seiten umrundet und bearbeitet werden konnte. Die Schränke darunter dienten als Stauraum für die Schüsseln, Schneebesen und Rührmaschinen. Die beiden Backöfen an der linken Wand blinkten beide gleichzeitig. Macarons waren das beliebteste Gebäck in der Pâtisserie des Rêves. Morgens musste ich mehrere Durchgänge backen und zum Nachmittag hin einen weiteren. Je nachdem. In der Vorweihnachtszeit konnten es sogar manchmal noch mehr sein, so wie heute, wo ich kurz vor Feierabend bereits für den Folgetag einige Bleche des Teigs vorbereitete.

»Sind wieder ein paar dabei, die nichts geworden sind?«, fragte Chloé, die bereits mit einem Fuß in der

Backstube stand. »Also, ich frage nur, falls du jemanden brauchst, der sich opfert, sie zu essen. Wir könnten noch etwas für das Treffen gebrauchen.«

Ich lachte und griff nach den dicken Handschuhen, die mich vor der Hitze der Bleche schützten. »Du kannst dich gern an den Resten im Kühlschrank bedienen. Ich habe da eine Schale voll stehen. Hier werden sicher auch einige überschüssig sein.«

Die meisten Macarons sahen perfekt aus, und auch wenn ich diese morgen früh noch zusammenbauen musste, gefiel mir die rotgrün verschmierte Mischung der oberen und unteren Knusperstücke bereits jetzt. Ich atmete tief ein und fühlte mich sofort glücklich. Dieser Duft war eine meiner ältesten Erinnerungen. Ich hatte meine Kindheit quasi in diesen Räumlichkeiten verbracht. Kein Wunder also, dass ich mich nicht an etwas Visuelles erinnerte, sondern besonders an die Gerüche.

»Darf ich mir ein paar mitnehmen? Pierre wollte nachher noch vorbeischauen«, fragte sie und hatte offensichtlich schon von einem Macaron abgebissen.

»Klar. Was habt ihr noch vor?«

»Das ist eine gute Frage. Er erzählte was von neuem Kaffee und meinte, dass er mit mir über nächstes Jahr reden wolle.« Sie zuckte mit den Schultern. Von meiner Position aus konnte ich den Verkaufsraum bestens einsehen. Noch einer der Gründe, warum ich an der Aufteilung nichts veränderte. Egal wo ich an dem Arbeitstresen stand, ich behielt immer die Kasse im Blick.

»Nächstes Jahr? Steht da etwas Besonderes bei ihm an?« Ich schlug mir vor den Kopf. »Natürlich, er ist dann fünf Jahre in der Straße. Meinst du, er plant etwas Größeres?«

»Es ist Pierre«, sagte Chloé nur und schmunzelte. »Vermutlich wird die ganze Straße in bunten Farben und einer Menge Konfetti enden.«

»Das wäre ja nicht schlimm. Ich mag es bunt und wild und verrückt. Dass ich ausgerechnet zwischen euch beiden gegensätzlichen Charakteren meinen Laden habe, fasziniert mich immer wieder.«

»Du warst vor uns da. Vielleicht hast du uns angezogen«, sagte Chloé und winkte mir zum Abschied. »Willst du nachher noch vorbeikommen? Dann kannst du mitplanen.«

»Vielleicht«, erwiderte ich locker und stellte das letzte Blech auf der Arbeitsfläche ab. Ich hörte die Türklingel, sah Chloé aber nicht mehr nach. Ihre Worte klangen in mir nach, und ich konnte nicht anders, als mich zu fragen, ob ich wirklich zwei so unterschiedliche Seiten hatte.

Ich starrte auf die Macarons vor mir. Früher war ich schüchtern gewesen, doch längst nicht so sehr wie Chloé. Das war damals mit Noel gewesen. Meine Finger ballten sich in den Handschuhen, und ich schluckte hart.

Die Erinnerungen an ihn kamen immer im November hoch. Jedes Jahr wieder. Meistens konnte ich das nagende Gefühl der Ungewissheit unterdrücken, das mich erfasste, sobald ich an Noel dachte. Ich drehte mich von dem Verkaufsraum weg, damit man mich von außen nicht erkennen konnte, nicht sehen konnte, was in mir vorging. Gerade war niemand hier, in der Weihnachtszeit kam mein Freundeskreis jedoch gern vorbei, um sich die ein oder andere Knabberei zu stibitzen.

Ich atmete tief durch, versuchte das Bild von Noel zu verdrängen, das sich vor mein inneres Auge schob. Doch es funktionierte nicht so gut wie sonst. Die Erinnerung daran, wie ich vor dem Altar stand und auf ihn wartete und wartete, kam immer wieder.

Er war einfach nicht aufgetaucht, hatte sich ohne jede Erklärung aus dem Staub gemacht und war nicht in mein Leben zurückgekehrt. Zuerst hatte ich noch geglaubt, dass er einen Unfall gehabt hatte, aber nachdem mir ein Freund von ihm erklärte, dass es ihm gut ginge, hatte ich aufgehört, die Krankenhäuser abzutelefonieren.

Dass ich jetzt an ihn denken musste, machte mir zu schaffen. In den letzten zehn Jahren hatte ich es im Griff gehabt. Wieso dachte ich nun vermehrt an ihn? Nein, korrigierte ich mich. Nicht an ihn, sondern an seine Zurückweisung. Bis heute hatte ich nicht herausgefunden, was ich damals falsch gemacht hatte.

Einzig diese Ungewissheit ließ mich einfach nicht los und bereitete mir Kopfschmerzen. Vor allem, wenn ich ständig daran erinnert wurde. Wollte mir mein Verstand irgendetwas sagen? »Ach, verdammt!«, schimpfte ich und begann die Teigplätzchen der Macarons aus den Formen zu befreien. »Reiß dich zusammen, Bernadette!« Mit mir selbst zu reden, lenkte mich zumindest für den Augenblick ab, aber wie lange würde das anhalten? Bis zum Feierabend dauerte es noch etwa eine Stunde, und dann hatte ich für den Abend nichts weiter geplant.

Vielleicht sollte ich doch zu Chloé und Pierre gehen.

Eine Unterhaltung würde mich definitiv auf andere Gedanken bringen. »Genau«, redete ich mir gut zu. »Mit den Menschen Zeit zu verbringen, die ich liebe, ist immer eine gute Idee. Besser als an die zu denken, die meine Liebe nicht verdient haben.«

Bis dahin würde ich eine alternative Beschäftigung finden. Der Teig der Macarons musste noch auskühlen, ehe ich sie fertigstellen konnte.

Erneut blitzte die Erinnerung von mir in der Kirche auf. Meine Mutter hatte ein Foto von mir gemacht, auf dem mir meine Verzweiflung über die Verspätung meines Verlobten im Gesicht abzulesen war. Exakt diesen Moment sah ich vor mir. Er erinnerte mich daran, wie ich mich nie wieder fühlen wollte. Und dennoch hatte es Noel bis heute geschafft, in meinem Gedächtnis zu bleiben. Oder besser gesagt, die Enttäuschung über seine Handlungen. An ihn selbst hatte ich länger nicht mehr gedacht. Nur an den Trümmerhaufen der Gefühle, den er mir hinterlassen hatte.

Ich schloss die Augen, ballte ein weiteres Mal die Fäuste und zwang mich dazu, das Bild aus meinem Verstand einmal anzustarren, damit es gleich darauf verschwand. Das half normalerweise. Sich dem Problem zu stellen, das mir meinen Tag verdarb. Zumindest im Geiste. Dass ich Noel niemals wiedersehen würde, war mir inzwischen bewusst. Vermutlich hatte er Paris verlassen und war weitergezogen. Er war zwar hier aufgewachsen, hatte aber immer davon geträumt, die Welt zu bereisen. Nur das nötige Kleingeld hatte ihm gefehlt. Vielleicht hatte sich seine Situation geändert.

Ich konzentrierte mich noch für einen Moment auf die Erinnerung, ehe sie langsam verblasste und ich wieder frei atmen konnte. Nur noch eine Stunde bis zu dem Treffen – die restliche Zeit würde ich mir mit Backen vertreiben. Ein paar einfache Maracuja-Cupcakes würden Pierre und Chloé sicher gefallen. Und falls welche übrig blieben, konnte ich sie morgen verschenken.

Entschlossen klatschte ich in die Hände, ging in die Hocke, um die Metalltür der Aufbewahrungsschränke zu öffnen, und griff nach einer Schüssel. Es wäre doch gelacht, wenn ich nicht in der kurzen Zeit einen vernünftigen Cupcake-Teig hinbekommen würde.

Eine Stunde später holte ich die Cupcakes aus dem Kühlschrank und verstaute sie in einem Korb. Das Backen hatte mich abgelenkt, so dass ich nicht mehr an Noel denken musste.

Ich schloss die Pâtisserie des Rêves ab und schaute in die Straße, die mein Leben schon von klein auf beeinflusst hatte. Die Rue de la Chance war eine einfache Sackgasse mit einem winzigen Wendehammer vor den Geschäften. Zwei kahle Bäume am Eingang der Gasse und die Dunkelheit bei Ladenschluss erinnerten mich daran, dass der Winter vor der Tür stand. Es waren nur etwa vierzig Schritte bis zu Chloés Rose Rouge, aber die reichten, um die Novemberkälte in meine Finger zu treiben.

»Bernie!«, hörte ich da Lilou von der anderen Straßenseite rufen. Ihr gehörte die Librairie Loufouque, in der sie regelmäßig Lesungen für Kinder gab und gerne mal ältere Bücher vorstellte. Für sie waren es nicht nur

Worte zwischen zwei Klappen, sondern ganze Welten, die nur darauf warteten, erkundet zu werden. Egal, ob es eine Liebesgeschichte im früheren Rom, ein Abenteuer im Weltraum oder ein Krimi in der Londoner U-Bahn war. Sie liebte es, zu lesen. Einige Male hatte sie versucht, etwas für mich zu finden, doch abgesehen von Kochbüchern gab es nicht viel, was mich in der Hinsicht interessierte.

Ich wartete, bis sie bei mir angekommen war. Lilou ging gemütlich und brauchte entsprechend immer wieder ein bisschen länger als andere Menschen. Sie nannte es den Blick auf die Welt verändern, indem man gelassener war als der Rest um sich herum. »Willst du auch zu Chloé?«

»Ja, ich habe heute Abend noch nichts vor, und da sie vorhin meinte, dass sie sich mit Pierre trifft, wollte ich mich dazusetzen und schauen, was der Abend noch so bringt.«

»Was ist mit Kim?«, fragte ich und schaute auf das dunkle Eiscafé.

»Die hat heute schon früher Feierabend gemacht, weil sie sich mit einem Cousin aus Südkorea treffen wollte, der zu Besuch in Paris ist.« Lilou deutete auf das Rose Rouge. »Der macht wohl eine Weltreise und besucht alle Verwandten.«

»Oh, cool. Das muss man sich auch erst mal erlauben dürfen«, sagte ich und öffnete die himmelblaue Tür zum Blumengeschäft. Die Wärme, die immer in diesen Räumlichkeiten herrschte, schlug mir entgegen. Die Heizkosten von Chloé wollte ich im Winter lieber nicht haben, dafür sah es aber wunderschön aus. Die hellrosa Herbstastern standen direkt im Eingangsbereich und leuchteten unter dem Licht, das auf sie gerichtet war.

»Lilou?«, ertönte Pierres Stimme aus der Küche. »Wir sind hinten.«

Ich sog die Luft ein, als wir die kleine Ecke hinten im Geschäft erreichten. Die Küche war nicht besonders groß, aber urgemütlich. Und es duftete nach frischem Kaffee.

»Habt ihr etwa schon ohne uns angefangen?«, fragte ich gespielt empört und stellte den Korb mit den Maracuja-Cupcakes und einigen Eclairs auf den Tisch. »Ungeheuerlich.« Ich gab Pierre einen Kuss auf die Wange und spürte seinen Dreitagebart auf meiner Haut kratzen. »Du musst dich mal wieder rasieren. Sonst wird das nie was mit dem Mann fürs Leben.«

»Ach, du, den Männern habe ich im Moment eh abgeschworen!«, erwiderte er und deutete auf den Fresskorb. »Du magst die Weihnachtszeit wirklich, was?«

Ich hielt auf dem Weg zu den Hängeschränken inne. »Wer bist du, und was hast du mit unserem Pierre gemacht? Wer hat dir dein süßes, buntes Herz gebrochen?«

»Niemand. Das ist es ja!«, jammerte er. »Ehrlich. Ich bin doch keine schlechte Partie. Warum will mich niemand?«

Statt etwas zu sagen, gingen wir alle auf ihn zu und zogen ihn in eine Gruppenumarmung.

»Danke. Ohne euch würde ich diese dunkle Jahreszeit nie durchstehen.« Er griff nach einem Cupcake und schob sich ein Stück davon in den Mund. »Vor allem nicht ohne deine Himmelsküsse hier.«

»Ach.« Ich winkte ab und schlenderte zum Schrank, um mir eine Tasse zu holen. »Das ist doch nichts. Weihnachten ist wie jede andere Zeit im Jahr.«

»Nichts? Hast du dir mal deinen Laden angesehen?«, fragte Chloé amüsiert. »So viel passende Dekoration in deiner Auslage, alles ist perfekt zusammengestellt, als würdest du nur noch dafür arbeiten. Wenn ich nicht wüsste, dass du trotzdem Zeit für uns hast, könnte man vermuten, dass du dieses Jahr Weihnachten extrem feierst.«

»Tja«, sagte ich mit einem Schnauben und tat so, als ob ich in dem Schrank nach einer bestimmten Tasse suchte. In Wirklichkeit fiel es mir schwer, meine Maskerade aufrechtzuerhalten. Ich spürte, wie sich der Knoten in meiner Brust wieder enger schnürte und mir die Luft zum Atmen nahm. Ich atmete tief ein, versuchte, die Schnürung zu sprengen, um mir zumindest das Gefühl von Kontrolle zurückzuerobern.

Es dauerte länger als sonst, aber schließlich konnte ich mich mit einem Lächeln umdrehen und mir aus der Kaffeekanne von Pierre ein wenig Kaffee stibitzen. »Genug von mir«, sagte ich rasch, damit er nicht auf die Idee kam, nachzubohren. Noch eine Nachfrage würde ich heute wohl nicht überstehen, ohne dass sie etwas bemerkten. »Chloé sagte, dass du für nächstes Jahr etwas geplant hast? Hat es etwas mit deinem bald anstehenden 5-jährigen Geschäftsjubiläum zu tun?«

»Vielleicht.« Pierre grinste. »Eventuell habe ich ein

paar Ideen und würde die gerne mit euch durchsprechen.«

Ich war sehr froh, dass er sich ablenken ließ, denn damit kam ich auch auf andere Gedanken.

»Dann mal raus damit, mein Lieber.« Lilou angelte sich ein Glas aus dem Hängeschrank und füllte es mit Wasser aus dem Hahn.

»Eigentlich möchte ich nur ein paar Kleinigkeiten machen, aber Chloé meinte, dass ich es größer aufziehen sollte. Deswegen die erste Frage an euch: Wie würdet ihr das machen beziehungsweise habt ihr es gemacht?«

Alle sahen mich an, da ich die Pâtisserie des Rêves seit acht Jahren besaß. »Genau genommen habe ich nicht gefeiert, da meine Eltern das Geschäft schon vorher geführt haben. Deswegen erschien es mir nicht besonders logisch. Aber wenn ich mal ein Jubiläum feiere, dann vermutlich das 40-jährige Bestehen des Geschäfts. Das würde ich groß aufziehen. Aber es ist halt auch was anderes als fünf Jahre.«

»Lilou? Warum hast du es nicht gefeiert?«, wollte Pierre wissen, nachdem er mir zugenickt hat.

»Ehrlich gesagt habe ich nicht daran gedacht, weil ich mich zu der Zeit um einen Heimplatz für meine Großmutter gekümmert habe. Das hat sich über Monate gezogen, und während der Zeit ist das Jubiläum einfach untergegangen.«

»Okay, dann haben wir zwei, die gar nicht gefeiert haben. Schade, dass Kim nicht da ist. Die hätte sicher ein paar Ideen.« Pierre schlürfte noch etwas aus seiner Tasse.

»Was ist denn mit Tina?« Lilou deutete über die Schulter und auf die Küchenwand, die sie sich mit Tina teilte. Die im Sommer neu eröffnete Nachbarbuchhandlung der Amerikanerin hatte sich in den letzten Monaten immer stärker mit Werbung für ihren Laden hervorgetan. Allerdings war die Geschäftsführerin weniger an einer Zusammenarbeit der Geschäfte in der Straße interessiert. »Hast du sie schon gefragt?«

Pierre verzog den Mund. »Nein, sie hat so selten Zeit. Jedes Mal, wenn ich auf einen Plausch mal bei ihr reinschauen möchte, ist sie mit Buchhaltung oder anderen Dingen beschäftigt. Oder sie ist gar nicht da.« Pierre lehnte sich über den Tisch und machte ein wichtiges Gesicht. »Wusstet ihr, dass sie nur zwei Tage in der Woche da ist? Die restliche Zeit überlässt sie den Laden ihrer Angestellten.«

»Nein«, riefen wir alle entsetzt und lachten gleich darauf. »Was ist so schlimm daran?«, fragte ich schließlich.

»Na ja, du schaffst dir ja auch kein Auto an, um dann die meiste Zeit andere damit fahren zu lassen!«, erwiderte Pierre und schnalzte mit der Zunge.

»Ach, komm«, erwiderte ich. »Das kannst du nicht vergleichen. Vielleicht hat sie ja Kinder und kümmert sich um sie.«

»Wirklich? Tigerlook-Tina hat Kinder?« Pierre schüttelte den Kopf. »Dann hätte sie es sicher schon mal erwähnt, oder wir hätten die Kinder gesehen. Aber trotzdem. Ich bin mir sicher, dass sie nicht dieselbe Liebe empfindet, die wir für unsere Geschäfte aufbringen.«

»Das mag vielleicht sein«, gab Chloé diplomatisch zu.

Seitdem wir mit Tina an ihrem ersten Tag hier in der Straße einmal Eis essen waren, hatten wir noch nicht wieder mit ihr zu tun gehabt. Ich hatte sie anfangs zwei Mal gefragt, ob sie unserem Mittwochs-Treffen beiwohnen will, sie hatte jedoch nur etwas von Business-Meetings erzählt und dankend abgelehnt.

»Ich bin mir sicher, dass sie nicht vorhat, in der Gemeinschaft dabei zu sein. Nicht so wie wir jedenfalls. Schau dir doch bitte einmal allein an, was Bernie heute gemacht hat.« Pierre griff erneut beherzt zu. »Ohne dich würde ich in der Winterzeit vermutlich verhungern.«

»Nur, weil du glaubst, dir wie ein Bär Winterspeck anfuttern zu müssen«, sagte ich und nahm selbst einen Happen von den lädierten Eclairs mit Nougatfüllung. Mir war eine Servierplatte heruntergefallen. Die, die auf dem Boden gelandet waren, hatte ich entsorgt, die leicht angematschten kleinen Häppchen, die auf der Platte geblieben waren, beiseitegeräumt. Nun wurden sie dankbar verzehrt.

»Das ist kein Winterspeck, sondern Kuschelspeck, meine Lieben.« Pierre schlug sich auf seinen nicht vorhandenen Bauchansatz.

»Ob nun Kuschel- oder Winterspeck, du bist genau so richtig, wie du bist.« Lilou tätschelte seine Hand. »Und wenn du noch einen Cupcake möchtest, dann nimm dir einen. Man lebt schließlich nur einmal.«

»Siehst du, wenigstens eine versteht mich.« Er schob sich den Rest seines Eclairs in den Mund.

»Bernie, wie machst du das alles nur? So viel zu backen und trotzdem noch Zeit. Ich bewundere dich da immer wieder«, sagte Chloé, die einen Cupcake vor sich liegen hatte und damit herumspielte. Schmeckte er ihr etwa nicht?

»Ach, das ist alles eine Sache der Planung. Außerdem habe ich gerade niemanden in meinem Leben, der mich in Anspruch nimmt«, erwiderte ich rasch, um gedanklich nicht wieder in die falsche Richtung abzudriften. Es war wirklich lästig, dass ich heute so anfällig für Flashbacks war.

»Ben ist nicht mal da, und ich habe das Gefühl, dass die ganzen Aufträge manchmal zu viel sind. Vielleicht sollte ich bei dir in die Lehre gehen.« Chloé schmunzelte. Ich wusste, dass sie niemals ihr Geschäft aufgeben könnte. Dafür liebte sie ihr Rose Rouge zu sehr.

Eine Weile saßen wir zusammen und plauderten über Pierres Ideen, doch einen konkreten Plan hatte er nicht. Es befand sich alles in der Findungsphase, wie er es bezeichnete.

Schließlich verabschiedeten wir uns und traten gemeinsam raus in die Kälte. Es war stockfinster, da Wolken sich vor den Mond geschoben hatten und die Lichter in der Straße nur spärlich leuchteten. Es wurde Zeit, unsere Dekoration zum Erhellen der Rue de la Chance aufzuhängen, aber traditionell taten wir das erst am letzten Novemberwochenende.

Pierre und Chloé eilten zur Metro-Station, während ich Lilou noch zum Auto begleitete. Je länger wir in der Dunkelheit liefen, desto mehr umklammerte die Einsamkeit mein Herz. Was war nur los mit mir? Weshalb musste ich heute ständig in die Vergangenheit abdriften? Ich war nicht allein. Das hatte mir der heutige Abend einmal mehr gezeigt. Wieso also glaubte ich, dass ich nicht mal ein paar Stunden für mich sein konnte, ohne an Noel zu denken? Ich kniff die Lippen zusammen. Mist. Jetzt war er wieder in meinen Gedanken. Hatte er so tiefe Furchen in mich geschlagen, dass ich jedes Mal darüber stolperte, wenn ich nur ansatzweise in die Richtung dachte?

»Was machst du jetzt noch mit dem angefangenen Abend?«, fragte ich, kaum dass wir ihr Auto erreichten. Ich brauchte Ablenkung. Wenn ich in meine Wohnung über der Pâtisserie ging, würde ich mit Sicherheit nachdenken. Das musste ich verhindern.

»Vermutlich werde ich noch etwas lesen oder ich bastele ein paar Karten. Mal sehen. Wieso? Willst du noch wohin?«

»Es gibt da diesen Nachtclub, in dem heute Abend ein Bekannter von mir auflegt. Vielleicht wäre das was für uns. Du tanzt doch auch gern, oder?«

»Tanzen ist okay, wenn die Musik stimmt, aber ich komme gerne einfach nur so mit, um der Band zu lauschen. Oder ist es ein Solo-Künstler?«, fragte sie und schloss ihren Wagen auf.

»Er ist DJ«, erklärte ich und öffnete die Beifahrertür. »Super. Dann bin ich nicht allein dort.«

»Du wärst also so oder so gefahren?« Lilou setzte sich ins Auto. »Wird dir das nicht zu spät mit dem Laden? Du warst doch gestern Abend auch schon unterwegs.«

»Ach, man ist nur einmal jung. Und das meiste für

morgen früh habe ich schon vorbereitet. Also kann ich noch ein bisschen das Leben genießen.«

Entschlossen klopfte ich mir auf die Oberschenkel und schob alle Gedanken, die mit meiner Vergangenheit zu tun hatten, beiseite.

Kapitel 2

Wir betraten den kleinen Underground-Club, von dem ich durch meinen Bekannten erfahren hatte, und sofort umhüllte uns ein dröhnender Bass, der meine ganze Haut vibrieren ließ.

»Wow, das ist ziemlich laut hier«, erklärte Lilou, und ich verstand kaum, was sie sagte.

»Das gibt sich an der Bar bestimmt wieder. Da ist es immer etwas leiser.«

Wir gaben unsere Mäntel an der Garderobe ab, bekamen unsere Marke und wurden dann erst durch die rote Absperrung in den eigentlichen Tanzbereich gelassen. Das Lichtspiel des Clubs war auf Rosa und einen Hauch Gelb ausgelegt, was für eine erstaunlich warme Atmosphäre sorgte. Dabei hätte ich nie gedacht, hier so etwas zu finden. Mein Bekannter legte Trance auf, doch die Räumlichkeiten spiegelten nicht die metallische Kälte wider, die ich normalerweise mit dieser Art Musik verband.

»Ist das da ein Aquarium?«, brüllte Lilou in mein Ohr, da ich sie sonst nicht verstanden hätte.

»Scheint so. Wollen wir mal schauen?« Ich deutete darauf und machte einen Schritt in die Richtung, sie schüttelte jedoch den Kopf und zeigte auf einen durch gemauerte Rundbögen abgetrennten Bereich, in dem die Bar und ein paar Sitzecken waren. »Lieber dorthin!«

Die Lautstärke erlaubte uns keine Unterhaltung, aber zumindest konnte ich ihr einen alkoholfreien Drink ausgeben. Ich genoss meinen Virgin Colada, während wir uns umsahen.

Als eine kleine Pause einsetzte, atmete Lilou auf. »Das ist ganz schön laut hier. Ich hoffe, die Musik von deinem Kumpel ist nicht so basslastig wie die eben.«

»Ich denke schon. Der ist als Nächstes dran. Wollen wir dann ein wenig tanzen?«

Lilou nickte, auch wenn ihr anzusehen war, dass sie sich nicht wohlfühlte. Ich seufzte. »Oder möchtest du lieber nach Hause?«

»Nein, nein. Wir wollen heute noch ein wenig tanzen.« Damit stand Lilou auf und zog an meiner Hand. Wir hatten unsere Drinks ausgetrunken und bahnten uns nun einen Weg durch die immer enger werdenden Gänge des Clubs. Er war größer, als ich zunächst vermutet hatte. Da es der erste Auftritt meines Bekannten war, hätte ich eine kleine Kellerbar mit vielleicht fünfzig Menschen erwartet, nicht einen etablierten Club, der für mindestens zweihundert Besuchende ausgelegt war.

Die Musik setzte wieder ein, und wir blieben nicht lange allein auf der Tanzfläche. Sofort bewegten sich Dutzende Leiber im schnellen Rhythmus. Ich ließ mich fallen. Trance war normalerweise nicht mein liebstes Genre, doch das Tanzen brachte mich auf andere Gedanken. Ich würde jede Ablenkung mit Kusshand akzeptieren.

Lilou hatte Mühe, ihren Takt zu finden, schließlich schloss sie die Augen, um sich einfach wie im Wasser treibend zu bewegen. Wir arbeiteten uns bis zum DJ-Pult vor, damit ich meinen Bekannten begrüßen konnte, aber der war so beschäftigt, dass er mir nur einen kurzen Handkuss zuwarf.

Lilou und ich tanzten noch einige Minuten, ehe sie mich an die Bar winkte. »Ich würde noch einen Drink nehmen und dann nach Hause gehen, okay?«, fragte sie und sah mich entschuldigend an. »Wenn ich noch lange hierbleibe, bekomme ich einen Tinnitus.«

»Ach, das ist okay. Du musst auch nicht wegen mir hierbleiben. Wir können auch jetzt nach Hause, Lilou«, sagte ich und packte ihre Hand.

»Nein, wirklich, wir können noch einen trinken, wenn du möchtest. Du siehst aus, als ob du heute Abend noch feiern wolltest.«

Ich sah ihr tief in die Augen. »Ich werde dich sicher nicht zwingen, hierzubleiben. Das bringt gar nichts, und das weißt du auch.«

»Aber die Cocktails sind tatsächlich sehr lecker«, sagte Lilou und grinste.

»Dann nehmen wir einen mit. Für unterwegs. Dann kannst du den Sunrise probieren und ich bleib bei meinem Colada«, beschloss ich und zog sie zur Bar.

»Das ist die beste Idee des Abends.«

Wir bestellten beide eine Runde und verließen den Club. Als wir wieder auf dem Gehsteig standen, bemerkte ich das Fiepen in meinen Ohren. Vielleicht war es doch ganz gut, dass wir gingen. Nicht, dass ich morgen die Bestellungen meiner Kundschaft nicht verstand. Allerdings war ich noch nicht müde, weswegen ich entschloss, noch nicht nach Hause zu gehen. Ich deutete die Treppe hinunter.

»Genieß deinen Abend noch. Ich denke, ich bleibe noch etwas.« Es war gerade erst zehn Uhr, und ich war noch zu aufgekratzt, um schlafen zu gehen.

»Wirklich? Soll ich dich nicht heimfahren?«, fragte Lilou, zog mich jedoch im gleichen Moment schon in eine Umarmung.

»Nein, genieß deinen Abend, meine Liebe. Wir sehen uns morgen.«

Ich brachte sie noch zu ihrem Auto und winkte ihr hinterher. Die Musik, die man bis auf die Straße hören konnte, war mir allerdings so unangenehm in den Ohren, dass ich mich entschied, ein anderes Ziel anzusteuern.

Das Rocky Mountains. Meine liebste Westernbar. Die hatten bis Mitternacht geöffnet und heute Linedance-Abend. Dort könnte ich mich sicher müde tanzen.

Ich überlegte nicht lange, sondern ging los. Zu meinem Glück gab es eine Metro-Station direkt vor dem Eingang. Schon von weitem hörte ich das rhythmische Auftreten der Stiefel und bedauerte, nicht mit meinem Wagen gefahren zu sein. Meine eigenen Stiefel standen stets im Kofferraum.

»Bernadette, schön dich zu sehen. Du warst ein paar Wochen nicht da. Wir haben uns schon Sorgen gemacht«, begrüßte mich Sally, die Barfrau.

Ich hob nur die Hand und schwang mich auf den rot gepolsterten Hocker vor der hölzernen Bar. Es war ein harter Kontrast zu dem aquaristischen Club vor einer Stunde. Hier roch es nach Bier, Schweiß und Leder. Der

Geruch, der aus Amerika nach Paris importiert wurde. Ebenso wie die Musik, die ich so gerne hörte. »Es war viel zu tun. Mama hatte Geburtstag, und ich musste im Geschäft viel vorbereiten. Aber heute Abend genieße ich voller Inbrunst wieder das Rockys. Was habe ich verpasst?«

Sally zapfte mir ein Rootbier. Das Einzige, was ich hier regelmäßig trank, außer sie hatten Cocktailabend. Das sonst hier ausgeschenkte Bier schmeckte mir nicht, weswegen ich seit Tag eins ihr selbsthergestelltes Rootbier genoss. »Alexander ist endlich zur Vernunft gekommen und hat sich entschuldigt.«

Ich wedelte mit einer Hand vor dem Gesicht. »Wurde auch Zeit. Ohne ihn wäre es nicht dasselbe gewesen.«

Der Bassist der Linedance-Band hatte sich vor zwei Monaten mit dem Schlagzeuger verkracht. Den Grund kannte ich nicht, aber die Band war ohne ihn nicht mehr dieselbe gewesen. Ich drehte mich auf dem Stuhl einmal um mich selbst und schaute auf die kleine Bühne auf der gegenüberliegenden Seite der Bar, wo die Band spielte. Zufrieden lächelte ich.

»Ansonsten ist nicht viel passiert. Wir haben ein paar neue Gastarbeiter zu Besuch. Sind ein paar nette Jungs dabei«, sagte die Barfrau mit einem Augenzwinkern.

»Wirklich?« Ich grinste verschwörerisch. Sally wusste genau, was für einen Typ Mann ich bevorzugte. »Zufällig auch heute Abend?«

Die Westernbar war nicht besonders groß, doch außer auf der Tanzfläche eher schlecht beleuchtet. Ich suchte dennoch die Ecken ab, in die sich meistens die

Single-Männer zurückzogen, die neu waren. Sie beobachteten gerne erst einmal, ehe sie sich auf die Tanzfläche stürzten.

»Zwei sind noch da, aber schau selbst.« Sally nahm ihr Handtuch von der Schulter und deutete an der Zapfanlage mit den sechs verschiedenen Biersorten vorbei zu einer kleinen Sitzecke hinten links vor dem Fenster. Die beiden, die sie meinte, waren vielleicht Anfang dreißig, durchtrainiert und hatten Cowboyhüte neben sich auf dem Tisch liegen. Sie unterhielten sich angeregt und schauten immer wieder zu den Tanzenden.

»Die sind ganz schön muskelbepackt«, sagte ich und lachte. »Nicht so ganz mein Beuteschema. Oder besser: Ich bin nicht deren Beuteschema.«

»Ach Quatsch, red doch nicht so einen Unsinn.« Sally stellte mir einen Teller mit Nachos hin und griff unter den Tresen, um den Guacamole-Cheese-Dip zu holen, den ich so liebte. Sie hatte immer welchen vorrätig, was ich ihr zugutehielt. Natürlich nicht nur für mich, aber ich freute mich über solche Kleinigkeiten.

Eine Weile saß ich nur da und genoss die Atmosphäre, die Musik von Willie Nelson, Taylor Swift und Kenny Rogers, wiegte mich im Takt zu Johnny Cashs *Ring of Fire* und vergaß, was mich den Abend über bedrückt hatte.

Als mitten in *Jolene* von Dolly Parton ein betrunkener Kerl über die Tanzfläche stolperte und die Tanzeinlage störte, schimpfte ein Mann zwei Stühle weiter lautstark. »Ach, Kumpel, geh nach Hause, wenn du keine Ahnung von den Schritten hast.«

Ich hatte ihn bisher noch nie hier gesehen. Seine dunkelbraunen Haare waren kurzgeschnitten, so dass ich sein kantiges Gesicht genau erkennen konnte. Anhand der Falten um seine Augen erkannte ich, dass er gerne lachte, und das Grübchen an seinem Kinn wirkte äußerst verführerisch auf mich. Besonders aber gefielen mir seine Hände, mit denen er wild gestikulierte, um seine Meinung kundzutun. Sie waren groß und kräftig. Ein Handwerker, der gerne mal anpackte.

»Große Töne für jemanden, der nicht selbst auf der Tanzfläche steht«, kommentierte ich mit einem koketten Lächeln.

Er drehte sich zu mir und musterte mich von oben bis unten. Ein wohlwollendes Heben seiner Augenbraue signalisierte mir, dass er nicht abgeneigt war. »Du möchtest Beweise dafür, dass ich diese Kritik äußern darf?« Amüsiert nahm er sein Glas und trank einen Schluck.

»Na, zumindest würde mich interessieren, wie gut du tanzen kannst, um das hier zu kommentieren«, erwiderte ich und wandte mich ihm ganz zu.

Auf seinen Wangen erschienen ebenfalls Grübchen. »Soll ich mich jetzt a la Dancing with the Stars selbst bewerten, oder hast du ein eigenes Punktesystem dafür?«, fragte er. Dass ich keine Ahnung hatte, wer er war, machte diese Unterhaltung so viel prickelnder. Ich verstand nicht, wie ich mich jemals auf einen einzigen Kerl hatte einlassen können. Frei und ungebunden standen mir die Türen offen, zu tun und zu lassen, was ich wollte.

»Sagen wir auf einer Skala von eins bis fünf, wie gut würdest du dich einschätzen?«

»Eins das Beste und fünf am schlechtesten?«, vergewisserte er sich, erhob sich langsam von seinem Hocker und rutschte auf den nächsten neben mir, wobei er mich immer noch ansah.

Ich nickte.

»Dann würde ich sagen, ich bin eine gute Zwei.«

»Mutige Aussage. Bist du auch bereit, das unter Beweis zu stellen?«, fragte ich und deutete mit dem Kopf auf die Tanzfläche.

»Jederzeit. Bist du denn gut genug, um mit mir mitzuhalten?«, sagte er herausfordernd.

Ich verzog die Lippen, stand von meinem Hocker auf und bewegte mich so weit auf ihn zu, dass unsere Gesichter nur noch wenige Zentimeter voneinander entfernt waren. Ich konnte die vereinzelten blauen Sprenkel in seinen dunklen Augen erkennen und war mir sicher, dass sie schelmisch funkelten. Vielleicht war es aber auch nur die Reflexion des Spiegels hinter dem Tresen. »Jederzeit«, entgegnete ich seelenruhig.

Aus dem Augenwinkel konnte ich Sally sehen, die sich schmunzelnd ihr Handtuch über die Schulter warf.

»Jacob«, hauchte er mir ins Ohr, als er aufstand, ich mich jedoch keinen Deut weit bewegte. Unsere Körper schmiegten sich eng aneinander, und ich glaubte schon, dass er so mit mir stehen bleiben wollte. Wogegen ich absolut nichts einzuwenden hatte, denn er roch nach genau der richtigen Mischung aus würziger Frische und kühlem Winter, die mich ansprach.

»Bernadette«, erwiderte ich.

Er ergriff meine Hand und zog mich auf die Tanzfläche, auf der sich einige Paare tummelten. Die Linedancer machten gerade Pause und die Band spielte einen Song von Miranda Lambert. Doch das nahm ich nur am Rande wahr. Mein Fokus lag auf Jacob und seinen Bewegungen.

Tatsächlich packte er mich, kaum dass unsere Füße auf der Tanzfläche auftraten und wirbelte mich in mehreren Drehungen herum, ehe er mich zu sich heranzog. Zu eng dafür, dass wir uns erst einige Minuten kannten. Und doch fühlte es sich gut an. Offensichtlich hatte ich sein Interesse geweckt, und er war definitiv eher mein Typ als die beiden Möchtegern-Cowboys am anderen Ende der Bar.

»Du duftest nach Weihnachten«, flüsterte er mir ins Ohr. »Das gefällt mir. Bist du Bäckerin?«

»Pâtissière«, erwiderte ich instinktiv, denn Bäckerin war einfach nicht der richtige Begriff für das, was ich tat.

Jacob sah mich mit großen Augen an. »Ich bin beeindruckt. Das klingt verdammt lecker. Zum Anbeißen sozusagen.« Er zeigte eine sympathisch schiefe Zahnreihe, die auch sein Schnauzbart nicht zu verbergen vermochte.

»Es ist auf jeden Fall ein verführerischer Job«, sagte ich und zwinkerte ihm zu.

Jacob drehte mich noch ein paar Mal hin und her, führte mich geschickt an den anderen Tanzenden vorbei, ohne dass wir kollidierten.

Als der Song endete, lösten wir uns voneinander und applaudierten. Allerdings ließ Jacob mich dabei nicht aus den Augen. »Und, wie bewertest du mich?«

Ich legte einen Finger an die Lippen und tat so, als

müsste ich nachdenken. »Also, wenn ich mich recht entsinne, muss man bei jedem Experiment die Gegenprobe machen.«

Jacob neigte seinen Kopf und ergriff mit seinen riesigen Händen meine Finger, die vollkommen darin verschwanden. »Wer wäre ich, die Wünsche einer Pâtissière auszuschlagen?«

I Love you this much von Billy Ray Cyrus war langsam und weit weniger für wilde Tanzschritte geeignet. Dafür ließ er mich durchatmen. Denn obwohl ich es nicht erwartet hätte, war Jacob ein ausgezeichneter Tänzer, dessen Gesellschaft ich hoffentlich noch ein wenig länger genießen durfte.

Er zog mich wieder eng an sich und führte mich in bedächtigen Schritten über das Parkett. Seine warme Hand lag auf meinem Rücken, ohne Hektik, aber voller Sicherheit. Ich fühlte mich bei ihm geborgen, nicht allein.

Hastig schloss ich die Augen, konzentrierte mich darauf, den Gedanken loszuwerden, damit er sich nicht in mir festsetzte. Ich war nicht allein. Niemals. Mit meinem Freundeskreis aus der Rue de la Chance, meinen Bekannten aus dem Rocky Mountains, meiner Familie. Zu jeder Sekunde konnte ich mich auf sie verlassen. Niemand von ihnen würde mich im Stich lassen.

Nicht so wie Noel, flüsterte die Stimme in mir, und ich knurrte leise.

»Alles okay?«, fragte Jacob verwirrt, und ich öffnete die Augen wieder.

»Bestens. Danke. Oder kannst du nicht mehr und

willst eine Pause machen?« Provozierend sah ich ihn an und tauchte in seinen Blick ein. Dort könnte ich mich niederlassen. Zumindest für diese Nacht. Darin lagen keine Versprechen, außer das für einen wundervollen Abend. Mehr wollte ich nicht. Ein Abend ohne Scheu und Scham, aber voller Spaß.

Jacob lachte und es klang rau, als hätte er in seinem Leben ein paarmal zu viel gebrüllt. Oder ein paar Whiskey zu viel getrunken. Was es auch war, es gefiel mir. »Mit dir könnte ich die ganze Nacht durchtanzen. Du duftest gut, du bewegst dich wie ein Engel und du strahlst heller als der Mond in einer Vollmondnacht.«

Ich schnaubte. »Klingt wie ein Songtext von LeAnn Rimes.«

»Die ist großartig, wobei ich die Klassiker von Loretta Lynn bevorzuge.«

Überrascht hob ich eine Augenbraue. »Du bist also nicht nur in dieser Bar, weil sie eine der wenigen amerikanischen Bars in Paris ist?«, erkundigte ich mich.

»Sagen wir einfach, sie vereint mehrere meiner Interessen, und seit ich dich hier getroffen habe, bin ich sogar noch glücklicher, dass mein Kumpel schon frühzeitig gegangen ist.«

Wir schunkelten zu dem Song von Billy Ray Cyrus und sahen uns dabei immer tiefer in die Augen. Ich spürte seine Nähe und war mehr als angenehm überrascht, dass er sich weich anfühlte, obwohl er den rauen Händen nach tatsächlich ein Handwerker war.

»Und was machst du hier so ganz allein?«, flüsterte er in mein Ohr. »Außer mit mir zu tanzen?«

»Wenn du das denn so nennen willst«, murmelte ich ebenfalls neben seinem Ohr, das nun dicht bei mir war.

»Wie würdest du es denn bezeichnen?«, fragte er. Meine Worte schienen ihn kein bisschen einzuschüchtern. Entweder hatte er generell ein gesundes Selbstbewusstsein oder er wusste einfach, dass er wirklich tanzen konnte.

Ich lehnte mich etwas zurück und sah ihm erneut in die Augen, lächelte leicht und schmiegte schließlich meine Stirn gegen seine. »Ein ziemlich heißes Vorspiel.«

Gleich darauf küssten wir uns. Jacob erwiderte die Zärtlichkeit und legte seine Hände auf meinen Rücken, um mich noch fester an sich zu drücken.

Dieser Abend würde nicht hier im Rockys enden, da war ich mir sicher.

Kapitel 3

Ich stand auf und knickte schon beim ersten Auftreten mit dem Knie weg. Mit einem gezielten Griff packte ich den Nachtschrank neben meinem Bett und klammerte mich daran fest, um nicht auf dem Hintern zu landen.

»Was war das denn?«, fragte ich leise und rappelte mich auf. Das Knie schmerzte ein wenig, aber sonst schien alles gut zu sein. Bevor ich diesmal einen Schritt wagte, testete ich die Belastungsfähigkeit. Es klappte und ich schlich die enge Wendeltreppe aus Buchenholz hinunter in die Küche meiner Maisonettewohnung. Im oberen Bereich war nur das Schlafzimmer, dafür hatte ich unten eine schnuckelige Küche, die leider nicht dazu geeignet war, großartige Feiern auszurichten. Sie bot keinen Platz für mehr als zwei Personen. Dafür hatte mein Badezimmer eine vernünftige Größe – und eine Badewanne, die ich vermutlich heute Abend wieder nutzen würde.

Ein Wohnzimmer, in dem man sogar eine kleine Linedance-Truppe auftreten lassen könnte, und ein Arbeitszimmer, das ich für die Buchhaltung und alles nutzte, das mit der Pâtisserie des Rêves zu tun hatte. Es gab kein Büro in meinen Geschäftsräumen, weswegen ich den Papierkram von hier aus erledigen musste. Die Wohnung lag direkt über der Pâtisserie.

Mit der Hüfte rammte ich die Türklinke der Küche, als ich mir meinen ersten Kaffee holen wollte. »Au«, entfuhr es mir, und ich rieb mir die Stelle, die sofort zu schmerzen begann.

Vielleicht lag es daran, dass ich die Augen nicht richtig offen hatte. Denn auch wenn ich in dieser Nacht vermutlich sieben Stunden Schlaf bekommen hatte, fühlte ich mich so gerädert, als hätte ich durchgefeiert. Dabei war ich das letzte Mal vor einer Woche unterwegs gewesen. Mit Lilou und im Anschluss im Rockys.

Langsam ließ der Schmerz nach, und ich griff nach der Tasse im Schrank. Ein Kaffee würde sicher alles besser machen. Das tat er immer.

Ich dankte meinen Eltern für die automatische Kaffeemaschine, die mir pünktlich morgens zu meinem Aufstehen in der Kanne mein Lebenselixier spendete. Zumindest, sofern ich daran dachte, am Vorabend Wasser und Kaffeepulver aufzufüllen.

Ich drehte mich um, lehnte mich gegen die Küchenzeile und nahm einen großen Schluck von dem schwarzen Gold. Nur, um gleich darauf den Mund zu verziehen. »Bah!« Ich roch an der Flüssigkeit. Es schmeckte nach Zitrone. Vermutlich hatte der Geschirrspüler Reste in der Tasse zurückgelassen, die ich beim Herausräumen übersehen hatte.

»Ach, verdammt!«, fluchte ich und schüttete den Kaffee weg. »Heute ist nicht mein Tag.«

Statt einen neuen zu machen, zog ich mich an und schnappte mir meine Handtasche, um runterzugehen. Allerdings wollte ich noch zum Coffeeshop zwei Straßen weiter, um mir einen übergroßen Macchiato zu holen. Für den Weg machte ich mir Willie Nelson an. Mein Lieblingsmusiker hatte mir schon so manches Mal geholfen, aus einem Loch zu krabbeln, wenn der Tag beschissen begann.

Leise sang ich *Seven spanish Angels* mit – bei mir ein Garant für gute Laune. Doch selbst das vermochte nicht die dunkle Wolke zu verscheuchen, die über mir schwebte.

Ich wollte zurück in mein Bett kriechen, um ja nichts mit der Welt zu tun haben zu müssen. Solche Tage waren bei mir selten. Normalerweise feierte ich das Leben, so gut es mir möglich war. Und meine eigene Schutzmauer, die üblicherweise dafür sorgte, dass schlechte Dinge an mir abprallten, schien heute Löcher aufzuweisen und durchlässiger zu sein als sonst. Es war nicht mein Tag, und ich konnte nur hoffen, dass er schnell vorbeiging.

Da sah ich, dass der Shop wegen Umbauarbeiten geschlossen hatte. Verdammt! Ich spürte den Kloß in meinem Hals, der immer größer zu werden schien.

Nein!

Ich schüttelte mich, fest entschlossen, nicht zu weinen, weil ich keinen Kaffee bekam. Egal, wie doof der Tag auch wurde. Ich würde nicht nachgeben. Das hatte ich mir schon vor zehn Jahren geschworen, als ich allein vor dem Altar gestanden hatte. Umgeben von fast einhundert Menschen, die zusehen wollten, wie ich der Liebe meines Lebens das Ja-Wort gab. Damals konnte ich nicht heulen. Heute wollte ich es nicht mehr. Seither war vieles passiert, vor allem Positives. Da würde mich das Trauiläum, wie ich es inzwischen nannte, oder ein fehlender Kaffee am Morgen nicht aus der Fassung bringen.

Ich hoffte, dass wenigstens bei der Arbeit alles klappen würde. Gestern hatte ich den Teig für ein paar Baba au Rhum vorbereitet. Eine Bestellung für die Weihnachtsfeier einer kleinen Werkstatt. Der Chef war persönlich zu mir gekommen und hatte darum gebeten, da seine Kollegen und er ein festes Freitagabendritual hatten. Sie tranken gemütlich ein Glas Rum-Cola. Als willkommene Abwechslung hatte er sich jetzt überlegt, Gebäckstücke anzubieten.

Ich marschierte entschlossenen Schrittes durch die ebenerdige Fußgängerpassage, die mich direkt in die Rue de la Chance brachte. An der Decke der Passage prangten einige Graffitis, die erst vor zwei Jahren dazugekommen waren. Sie waren eine Auftragsarbeit der Stadtverwaltung gewesen. Wenn es in Belleville eine Sache in Hülle und Fülle gab, dann waren es Graffiti-Künstlerinnen und -künstler, die etwas von ihrem Handwerk verstanden. Ich selbst konnte nicht einmal einen Stift ruhig genug halten, um eine gerade Linie zu ziehen, geschweige denn mit Sprühfarben so ein geniales Bild von einem mit Schäfchenwolken überzogenen Himmel erschaffen.

»Bernie!« Ich drehte mich um und sah Lilou mit einem riesigen Karton.

»Lilou, guten Morgen«, begrüßte ich sie und bot ihr mit Handzeichen an, den Karton abzunehmen.

»Geht schon, danke. Es sind nur Karten, die ich gestern noch gebastelt habe.« Sie drückte ihr Gesicht enger in den Schal. Es war kühl geworden in den letzten Wochen. Der Winter stand vor der Tür, auch wenn der Himmel heute wunderschön blau war und zum Spazieren an der Seine oder im Park de Belleville einlud. Ich würde jedoch davon nichts mitbekommen, da ich den ganzen Tag arbeiten durfte.

»Was ist es diesmal?«, fragte ich neugierig und versuchte, einen Blick in den lose zugeklappten Karton zu erhaschen.

»Ach, nur ein paar Karten für die Adventszeit. Nichts Aufregendes«, erklärte sie und winkte ab. »Sehen wir uns später?«

»Sehr gerne. Ich glaube, Kim schuldet uns noch eine neue Eissorte.« Grinsend winkte ich ihr. Der Gedanke an ein Eis am Abend heiterte mich ein wenig auf, obwohl ich jeden Augenblick damit rechnete, auf einer vereisten Pfütze auszurutschen, weil es zu dem Tag passen würde. Dass es weder geregnet noch gefroren hatte, ignorierte ich komplett.

»Eis geht immer. Sehr schön. Dann bis später.« Lilou winkte mir, und ich ging zu meinem Laden. »Mist!«, hörte ich nur wenige Augenblicke später.

Verwirrt wandte ich mich um und sah, dass der Karton unten aufgebrochen war. Einige der Karten waren herausgefallen. Sofort lief ich zu ihr und half ihr, alles einzusammeln.

Dabei fiel mein Blick auf eine Weihnachtskarte, die ich in die Hände bekam. *Joyeux Noël* stand darauf.

Noel.

Augenblicklich tauchte wieder sein Gesicht vor mir auf. Diese weiche Haut, über die ich zu gerne gestrichen hatte. Das zaghafte Lächeln und sein zärtlicher Blick dazu. Noel war extrovertiert und doch mein ruhiger Pol gewesen. Obwohl ich damals nicht ganz so laut war wie heute. Dennoch hatte er immer dafür gesorgt, dass ich nach einem Tag in der Backstube, in der es hektisch und stressig zugegangen war, runterkommen konnte. Er hatte mir die Füße massiert, die vom vielen Stehen schmerzten, oder mir eine Portion Hummus gemacht, das nur er so perfekt auf meine Geschmacksknospen abgestimmt herstellen konnte.

Meine Finger zitterten. Trotzdem konnte ich die Karte nicht loslassen.

Noel.

Wir hatten uns geliebt. Wie schon so oft zuvor wurde mir klar, dass es keinen vernünftigen Grund gab, warum er mich damals verlassen hatte. Ich schluchzte.

»Bernadette?«, fragte Lilou verwirrt. »Was ist los? Hast du dir wehgetan?«

»Nein«, sagte ich und schlug eine Hand vor den Mund. Diesmal konnte ich sie nicht stoppen. Die Tränen, die ich in den letzten Wochen so mühsam zurückgehalten hatte, flossen unaufhaltsam meine Wangen herunter.

Lilou ließ ihren Karton fallen und kam auf mich zu, um mich fest in den Arm zu nehmen. Liebevoll tätschelte sie meinen Rücken und strich immer wieder darüber. »Alles ist gut. Ich bin hier. Beruhige dich. Du schaffst das schon.«

»Nein!«, erwiderte ich zwischen zwei hastigen Atemzügen. »Ich denke nicht, dass ich das schaffe.«

Es war die ehrlichste Aussage, die ich seit langem mir gegenüber zuließ. Und obwohl es schmerzte, zuzugeben, dass ich nicht so stark war, wie ich immer vorgab, wusste ich, dass ich von Lilou bedingungslos unterstützt wurde.

»Okay«, sagte sie und zog ihr Handy hervor. »Zeit für ein Notfallmeeting, wenn du willst?«

Ich schniefte und nickte leicht.

Sie tippte rasch das eine Wort in den Chat, und ich spürte gleich darauf mein Handy in der Jackentasche vibrieren. Lilou nahm mich an die Hand und führte mich zu ihrer Buchhandlung, in der es immer gut roch und bequem war – sei es auf den Sitzsäcken in der Leseecke oder in ihrem Lesekämmerchen hinter dem Verkaufsraum. Wo wir alle eine Küche eingerichtet hatten, besaß Lilou ein gemütliches Zimmer, das stark an die Bibliothek aus *Die Schöne und das Biest* erinnerte. Es war nur etwas kleiner, und der Lesetisch in der Mitte fehlte. Sie hatte sich zwei Sessel dort hineingestellt – für den Fall, dass sie mal die Füße hochlegen wollte, hatte sie behauptet. Doch ich wusste, dass sie einen kleinen Leseclub hatte, der nur aus ihr und einer weiteren Freundin bestand. Die beiden teilten die Leidenschaft für Bücher und trafen sich einmal im Monat zum gemeinsamen Lesen.

Diesmal setzten wir uns auf die Sitzsäcke, wobei Lilou mich nicht losließ und näher an mich heranrückte. »Möchtest du jetzt darüber reden?«

Ich schüttelte den Kopf. »Eigentlich will ich gar nicht darüber reden. Aber wenn ihr mich ablenken könntet …«

Lilou presste die Lippen aufeinander. »Das hilft dir aber nicht.« Sie stutzte. »War das der Grund, warum du mich letztens mit in den Club geschleppt hast?«

Ich sah zu Boden. »Ja, ich wollte nicht allein sein an dem Abend. Entschuldige. Das war eine doofe Idee.«

»Nein, schon okay. Ich hätte es früher merken müssen. Das hat jetzt viel zu lange gedauert. Entschuldige bitte«, sagte sie und streichelte über mein Handgelenk. »Daran muss ich definitiv arbeiten.«

»Ach Quatsch«, erklärte ich und winkte ab. Lilou griff hinter sich auf einen kleinen Absatz, auf dem ein Paket mit Taschentüchern stand. Sie reichte es mir, damit ich mir die Nase schnäuzen konnte. »Dich trifft keine Schuld. Mach dir bitte keine Vorwürfe.«

Da platzte Pierre zur Tür herein. Er trug nicht einmal eine Jacke, sondern hatte nur ein T-Shirt an, auf dem eine Regenbogenversion der Grinsekatze aus *Alice im Wunderland* prangte. »Was ist passiert?«, fragte er und kniete sich sofort neben mich, als er mich sah. »Geht es deinen Eltern gut?«

»Ja, die sind fit genug, um die Geburtstagsparty von Milena auszurichten und vor allem zu planen«, erzählte ich und brachte langsam, aber sicher meine Stimme unter Kontrolle. Sie brach nur noch bei jedem dritten Wort.

»Sie wird zehn, oder? Große Feier?«, lenkte Lilou mich ab, während Chloé und Kim gerade zur Tür hereinkamen.

»Mit der Familie schon. Ihr kennt ja Mama und Papa, die lieben eine gute Kinderfeier und dazu noch die

Familientradition.« Dass die beiden in Rente waren, half ungemein. Meine drei älteren Geschwister hatten allesamt die Liebe gefunden, und ich war reich mit sieben Nichten und Neffen beschenkt worden. Dass ich selbst keine Kinder hatte, störte mich deswegen gar nicht. Ich war die coole Tante, die mit ihnen spielte und die besten Geschenke machte. Immer das, was die Eltern nicht haben wollten, weil es zu laut oder zu unsinnig war. Aber in der Jobbeschreibung als Tante stand drin, dass man genau das kaufen durfte, oder?

Alle vier saßen mir gegenüber oder neben mir auf den Sitzsäcken. Kim in dicker Jacke und mit ihrer Tasche in der Hand. Sie war wohl gerade erst angekommen. Chloé hingegen hatte ebenfalls nur einen Pullover an, auf dem ein großer heller Stern aufgenäht war. Erwartungsvoll sahen sie mich an. Ich seufzte.

»Warum sind wir hier, Lilou?«, fragte Kim schließlich. Sie war die Pragmatische von uns. Sie stellte bereits nach wenigen Sekunden genau die Frage, die es exakt auf den Punkt brachte, allerdings nicht selten für peinliche Momente sorgte.

»Das ist eine gute Frage«, sagte die Buchhändlerin und sah zu mir. »Willst du es erzählen?«

Ich lehnte mich vor und strich mir erneut mit dem Taschentuch über die Augen. »Es ist einfach ein Scheißtag. Wir sollten das vergessen«, versuchte ich es, obwohl ich wusste, dass es zwecklos war. Mein Freundeskreis verhielt sich wie ein Rudel kleiner Terrier. Sobald sie ahnten, dass es mir schlecht ging, ließen sie nicht mehr davon ab, sodass ich am Ende gar keine andere Wahl hatte, als ihnen den Grund zu nennen. Manchmal konnte das anstrengend sein, besonders wenn ich eine Überraschung plante. Aber sie taten es mit den besten Vorsätzen.

»Bernie!«, sagten Pierre und Kim gleichzeitig mit mahnendem Unterton. Lilou hielt meine Hand fest und drückte sie. »Du weißt, dass du mit uns über alles reden kannst. Ist etwas mit dem Laden?«

»Nein, der läuft super. Ach Leute, es ist kompliziert, und ich weiß nicht einmal, wo ich beginnen soll.«

»Wie wäre es mit dem Anfang?«, schlug Chloé vor und reichte mir ein frisches Taschentuch. »Wir sind da und hören zu. Das weißt du doch. Ohne zu verurteilen.«

»Ja, das weiß ich, aber es könnte sein, dass ihr mir das übelnehmt. Denn es ist etwas, das ich euch noch nie erzählt habe«, schniefte ich und wischte wieder über meine Augenwinkel.

»Meinst du deine heimliche Leidenschaft für Country?«, fragte Pierre und legte den Kopf schief.

Überrascht hob ich den Blick. »Davon wisst ihr?«

»Süße, du summst häufiger vor dich hin, wenn du backst. Ist dir das noch nie aufgefallen?«, sagte Lilou liebevoll und schmunzelte. »Es hat mich zwar eine Zeit lang gewurmt, dass ich die Songs nicht kannte, aber als wir mal zusammen *Walk the Line* gesehen haben, ist es mir wie Schuppen von den Augen gefallen.«

»Countrymusik ist doch nichts Schlimmes. Warum sollten wir dir das übelnehmen?« Kim zuckte mit den Schultern. »Klar erwartet man das nicht bei deinem Aussehen, aber wenn es dir gefällt, dann go for it, Girl.«

»Was erwartet man denn von mir?«, fragte ich mit

zusammengekniffenen Augen. Es war ein gutes Ablenkungsmanöver, provokant nachzufragen. Zumindest glaubte ich das.

Kim schnaubte nur. »Versuchst du gerade abzulenken? Du weißt, dass ich nicht auf deine afrikanischen Wurzeln anspiele, also unterstell es mir bitte auch nicht. Ich meinte deinen bunten, lebendigen Kleidungsstil. Du ziehst dich nicht klassisch-prüde wie ein typisches Cowgirl an.«

»Schon gut.« Ich sackte gleich darauf zusammen. »Du hast ja recht. Ich bin nur etwas emotional die letzten Wochen. Weil …« Ich stockte. Es auszusprechen machte es realer, als ich es wollte.

»Warum, ma chérie?«, fragte Pierre einfühlsam. Normalerweise sprach er nur Chloé so an.

»Weil ich vor zehn Jahren vor dem Altar sitzen gelassen wurde und gerade alles wieder hochkocht«, sagte ich, gefolgt von einem tiefen Seufzer.

Totenstille. Vier Gesichter, die mich verblüfft anstarrten. Offensichtlich brauchten die anderen einen Moment, um die Information zu verarbeiten, und ich konnte es ihnen nicht verübeln. Immerhin hatten sie bis jetzt keine Ahnung. Sie kannten nur die fröhliche, Männer als schmückendes Beiwerk betrachtende Bernadette. Keiner von ihnen hatte überhaupt eine Idee, dass ich damals bereit gewesen war, eine langfristige Beziehung einzugehen.

Was für ein fataler Fehler das gewesen wäre.

»Du warst schon mal verlobt?«, fragte Kim, die sich als Erste wieder fing.

»Also so richtig, und nicht nur zum Spaß?«, hakte Pierre nach.

»Wie kann man denn zum Spaß verlobt sein?« Lilou gab ihm einen kleinen Klaps auf den Hinterkopf und schüttelte den Kopf. »Also wirklich, Pierre.«

Er duckte sich weg und rieb sich die getroffene Stelle. »Na ja, halt wie in Las Vegas. Wo man spontan jemanden heiratet, den man erst zwei Stunden kennt.«

»Das ist keine deiner Hollywood-Romanzen.« Kim schnalzte mit der Zunge und wandte sich wieder an mich. »Vielleicht solltest du einfach mal von vorne anfangen.«

Ich nickte und sah Chloé, Pierre, Kim und Lilou der Reihe nach an. In ihren Augen konnte ich Neugier erkennen und den Wunsch, mir zu helfen. Auch wenn es keiner von ihnen konnte. Ich musste selbst damit klarkommen.

»Vor zehn Jahren gab es Noel in meinem Leben. Er wohnte in unserer Nachbarschaft. Wir kannten uns schon seit Kindestagen, haben aber erst mit Anfang zwanzig gemerkt, dass wir mehr füreinander empfanden als nur Freundschaft.« Ich atmete tief durch, als ich an all die Momente dachte, die wir als Kinder gemeinsam durchlebt hatten. Die unfreiwillige Bahnfahrt in Richtung Lyon, weil wir mit zwölf Jahren in den falschen Zug gestiegen waren. Erst der Schaffner, der unsere Tickets sehen wollte, hatte uns darauf aufmerksam gemacht, und wir hatten uns von unseren Eltern abholen lassen müssen. Dabei hatten wir nur zu einem Geburtstag am Stadtrand von Paris fahren wollen.

Oder als wir für eine Woche von der Schule suspendiert worden waren, weil wir uns für einen Jungen eingesetzt hatten, der von einigen anderen gemobbt wurde. Leider hatte es so ausgesehen, als wären wir die Übeltäter, als der Lehrer dazukam. Zum Glück hatten uns unsere Eltern geglaubt, und wir durften die Woche gemeinsam verbringen.

Aber am stärksten war die Erinnerung an den Abend, an dem wir begriffen hatten, was wir füreinander empfanden. »Ich muss gestehen, dass es echt lange gedauert hat, bis wir uns unsere Gefühle eingestanden haben. Wir saßen bei einer Freundin zusammen auf dem Bett und spielten an unseren Handys herum, als unsere Freundin urplötzlich fragte, warum wir kein Paar wären. Immerhin würden wir so viel Zeit wie ein altes Ehepaar miteinander verbringen.« Ich schmunzelte, als ich den Moment vor mir sah. Noel in Schockstarre an der Tür stehend, weil er eigentlich auf die Toilette gehen wollte. Ich auf dem Bett liegend und unsere Freundin neben mir. »Noel und ich haben uns angesehen, und ich habe nach den richtigen Worten gesucht, ebenso wie er. Wir haben dann zeitgleich etwas genuschelt, was mir im Nachhinein echt peinlich ist. Denn ich hielt ihn zu dem Zeitpunkt für schwul.« Wie unangenehm mir sein peinlich berührter Blick in dem Augenblick gewesen war, spürte ich noch heute. »Aber das war er nicht. Ich versuchte noch, mich herauszureden, dass er ja nie eine Freundin gehabt hätte und immer nur mit uns herumgehangen hatte.«

»Oh, wie wunderschön«, sagte Pierre und hob entzückt die Hände an die Wangen. »Dabei war er schon die ganze Zeit in dich verliebt?«

Ich nickte. »Ja, und ich Trottel hatte es nicht bemerkt. Na, jedenfalls fiel dann der Groschen, als er wegrannte und ich ihm hinterherlief. Wir wurden ein Paar und waren ein Herz und eine Seele. Backten gemeinsam, richteten unsere gemeinsame Wohnung ein und planten eine Zukunft mit vielen Kindern und einigen Abenteuern, die wir bis dahin noch erleben wollten.«

Traurig senkte ich den Blick. »Aber dann kam der Hochzeitstag. Wir wollten im Dezember heiraten. Es war alles organisiert. Die Blumen, die Torte, die Feier. Wir hatten uns am Tag vorher verabschiedet, weil er ein wenig abergläubisch war und die Braut nicht vor der Hochzeit sehen wollte.« Ich schloss die Augen. »Das war das letzte Mal, dass ich ihn gesehen habe.«

Alle vier sogen zischend die Luft ein. »Ist er gestorben?«, fragte Chloé entsetzt.

»Nein, er hat mich vor dem Altar sitzen gelassen. Er ist einfach nicht aufgetaucht und hat mir nie eine Erklärung dafür geliefert.«

Kim ballte die Fäuste und schlug damit auf den Sitzsack unter ihr. »Der ist einfach abgehauen? Ohne ein Wort des Abschieds? Was für ein Arschloch. Ich hoffe, du hast nicht die ganzen Kosten allein getragen, sondern ihm die Rechnungen weitergeleitet. Sonst könnte ich dir helfen, die Anteile heute noch einzuklagen.«

Ihre abstrakte Art, an das Problem heranzugehen, ließ mich durch die Tränen hindurch schmunzeln. »Seine Familie hat alles beglichen. Wir haben gar nichts gezahlt.«

»Aber du hast ihn nie wiedergesehen?«, fragte Pierre, und seine Augen wurden ebenfalls feucht. »Wie traurig. Nicht nur, weil du nicht weißt, warum. Auch, weil es so perfekt klang.«

»Das war es eigentlich auch. Wir waren neugierig auf die Welt, hatten ähnliche Interessen, wobei er eher die Kochplatte bevorzugte, während ich den Backofen liebte. Deswegen habe ich bis heute nicht verstanden, warum er einfach so gegangen ist. Ohne etwas zu sagen. Ich habe wirklich geglaubt, dass wir gemeinsam alt werden würden. Und dann sowas.« Erneut flossen die Tränen, und alle hielten mich fest, ließen mich spüren, dass ich nicht allein war. Keine Sekunde in meinem Leben, und das war gut so. Genau das brauchte ich.

»All das kommt im Moment hoch. Ich kann euch nicht einmal sagen, warum ausgerechnet jetzt. Irgendwie scheint mein Leben gerade kopfzustehen, und ich weiß nicht, warum.«

»Vielleicht, weil es zehn Jahre sind. Ich kenne dich schon so lange«, sagte Lilou und streichelte weiterhin beruhigend meine Hand. Ihre weichen Finger fühlten sich gut auf meiner Haut an. »Und in all der Zeit hast du nicht ein Wort darüber verloren. Du hast vielleicht nicht einmal daran gedacht. Das ist gut so.« Sie holte tief Luft und nahm mich fest in den Arm. »Aber jetzt kommt es hoch, und mit uns zu reden ist das Beste, was du tun konntest. Wir sind für dich da. Nicht wahr, ihr Lieben?«

»Natürlich!«, riefen alle im Einklang.

Mit zusammengepressten Lippen versuchte ich den

nächsten Schluchzer zu unterdrücken, doch es gelang mir nicht. »Ihr seid die Besten, wisst ihr das?«

»Aber sicher doch«, erwiderte Kim nur lässig und zwinkerte mir zu. »Hast du wirklich gedacht, dass wir es dir übelnehmen, so etwas vor uns zu verheimlichen?«

Ich nickte. »Immerhin ist das etwas aus meiner Vergangenheit, das ihr nicht wusstet«, erklärte ich und schniefte noch einmal, ehe ich tief durchatmen konnte.

»Jeder hat seine Geheimnisse, Bernie. Das ist auch vollkommen in Ordnung«, sagte Chloé. »Ihr wisst auch nicht alles von mir, und das müsst ihr auch nicht. Wir müssen nur wissen, wer du heute bist. Das ist alles, was zählt.«

»Ach, ihr …« Weiter kam ich nicht, da meine Tränen wieder rannen. Diesmal vor Freude. »Was würde ich nur ohne euch machen?«

»Vermutlich einsam zuhause liegen und weinen«, erwiderte Kim pragmatisch und tätschelte mir die Schulter, ehe sie sich von mir löste. »Aber so hast du uns, und wir können uns darum kümmern, dass du nicht mehr an Noel erinnert wirst.«

»Genau. Und das, ohne dass wir ständig in irgendwelche viel zu lauten Clubs gehen«, sagte Lilou schmunzelnd.

»Versprochen. Keine lauten Clubs mehr. Das war wirklich eine doofe Idee«, wiederholte ich noch einmal und drückte ihre Hand. »Und ihr müsst mich nicht ablenken. Es ist heute einfach ein beschissener Tag. Normalerweise komme ich gut klar damit und kann es verdrängen, aber heute läuft einfach gar nichts.«

»Das kriegen wir schon hin. Und doch, wir finden etwas, das dich beschäftigt.« Pierre klatschte entschlossen in die Hände.

»Aber nicht so wie bei Chloé.« Damit spielte ich auf die Aktion im Blumenladen meiner Freundin an. Im Sommer hatten wir beschlossen, absichtlich ein Fenster zu zerstören und das Dach zu öffnen, damit der Bauleiter von Tinas Buchhandlung ihr bei den Reparaturen helfen konnte, wodurch wir eine Annäherung der beiden herbeiführen wollten. »Mein Laden bleibt unangetastet.«

Pierre kreuzte seine Finger über dem Herzen. »Versprochen. Das machen wir so schnell nicht wieder. Lass uns dir trotzdem helfen. Du weißt doch, wie sehr wir es lieben.«

Ich schaute sie alle nacheinander an, ehe ich nickte. »Einverstanden, aber es wird vorher mit mir abgesprochen, okay?«

Dass alle grinsten und sich verschwörerisch ansahen, weckte zwar leichte Zweifel in mir, gleichzeitig war ich verdammt froh über die Unterstützung. Es hatte gutgetan, es sich von der Seele zu reden. Alles noch einmal zu durchleben. Die Erinnerungen zu sehen, die mich in den letzten Tagen überfallen hatten, tat weh. Vielleicht half es aber auch dabei, das Ganze langsam zu verarbeiten. Und auch wenn ich nicht wusste, wie ich die Zeit bis zum ursprünglichen Hochzeitstag am 19. Dezember mit mehr als nur Arbeit füllen sollte, blickte ich nun ein wenig hoffnungsfroher in den kommenden Monat.

Kapitel 4

»Wieso kannst du die Macarons nicht einfach schon am Abend komplett vorbereiten?«, schlug meine Mutter vor und nahm mir das Blech ab. »Dann könnte ich mich morgens um den Rest kümmern.«

»Ist lieb, Maman, aber ich habe mittlerweile meinen Rhythmus gefunden. Abends bereite ich den Teig vor, morgens mache ich den Rest. Das klappt ganz gut. Reichst du mir mal die Vanillecreme?«

Sie schob mir die dunkelblaue Schüssel mit dem silbernen Metallinlay rüber, und ich griff nach der Kelle, um die Creme in den Spritzbeutel zu geben. »Wenn ich die Bestellung fertig habe, kannst du auch nach Hause, wenn du möchtest.«

»Um die Freude auf den Gesichtern der Menschen zu verpassen, die diese zauberhaften Kunstwerke kaufen?« Sie schnalzte mit der Zunge und wedelte mit der Hand vor der Brust hin und her. »Auf keinen Fall. Dafür lebe ich. Für genau diese Augenblicke.«

Ich lachte lauthals, als ich ihre ernstgemeinte Entrüstung sah. »Okay, okay. Du darfst bleiben. Aber wenn Pa wieder meckert, dass du zu wenig zuhause bist, musst du mich verteidigen.«

»Ach, der soll sich nicht beschweren. Seit wir vor acht Jahren das hier an dich übergeben haben, hat er vergessen, wie es ist, zu arbeiten. Ich weiß nicht, wie er den Schalter so einfach umlegen konnte. Mir fehlt es manchmal immer noch.«

Ich stieß Maman mit der Hüfte an und zwinkerte ihr zu. »Dann ist es doch gut, dass ich dich immer noch brauche. Selbst mit vierunddreißig Jahren.«

»Ich hoffe, das wird sich auch nie ändern, Kleines«, erwiderte sie und stieß mit ihrer Hüfte zurück. »Es gehört zu meinen liebsten Aufgaben, mich um meine Kinder und Enkelkinder zu kümmern.«

»Du sollst das wundervolle Leben führen, das du dir verdient hast, Maman.«

Wir unterhielten uns eine Weile über die Geburtstagsparty meiner Nichte Milena, die in einigen Wochen stattfinden sollte. Der Zehnte wurde in meiner Familie besonders begangen. Eine Tradition, die schon seit vier Generationen lebte, wie mir meine Eltern immer wieder versicherten. Sobald eines der Kinder zehn wurde, lud man die gesamte Verwandtschaft ein und feierte groß. Ich persönlich glaubte ja, dass es nur ein vorgeschobener Grund war, um lecker zu essen. Aber meine Mutter schwor, dass es aufgrund meines Urgroßvaters war, der mit zehn seine Familie in einem Unwetter verlor. Als einziger Überlebender dieser Katastrophe, die genau an seinem zehnten Geburtstag stattgefunden hatte, hatte er seither jeden Geburtstag gefeiert, als wäre es sein erster.

Sollte es tatsächlich so passiert sein, bewunderte ich die Sichtweise meines Urgroßvaters. Er hätte den Tag zu einem Trauertag erklären können, stattdessen hatte er entschieden, sein Leben zu feiern, statt in Trauer zu versinken.

Meine Mutter klatschte in die Hände und holte mich so aus meinen Gedanken, die eine Weile um die Frage kreisten, wie ich mit solch einem Schicksalsschlag umgehen würde. Zwar war der Verlust einer Liebe nicht mit dem einer ganzen Familie zu vergleichen, aber zumindest konnte ich eine Tendenz erahnen, wie ich mich bei einem einschneidenden Erlebnis verhalten würde. Obwohl ich von einem Mann tief enttäuscht worden war, hatte ich mich nicht gänzlich von der Männerwelt verabschiedet. Ich hatte mich nur noch nicht intensiver auf jemanden eingelassen. Vielleicht war die Geschichte also nicht so unrealistisch, wie ich immer gedacht habe.

»Ich denke, das war es mit der Vorbereitung, oder? Wann kommt der Kunde?«, fragte Maman und hängte ihre Schürze an die Wand.

»Gegen Mittag, aber bis dahin wird sicher einiges zu tun sein. Wenn du noch bleiben möchtest, bist du herzlich eingeladen, weiterzuarbeiten.«

»Wie könnte ich dieser freundlichen Bitte nicht nachkommen, mein Kind?« Sie tätschelte mir die Wange und traf dabei meinen goldenen Ohrring. »Du machst hier hinten noch sauber, oder?«

»Na klar. Kümmere du dich schon mal um den Verkauf«, sagte ich und deutete auf den Schlüssel, der auf dem Verkaufstresen lag.

Meine Mutter war immer lieber bei der Kundschaft gewesen als in der Backstube. Sie war es, die den Kundenstamm gehalten hatte, während ich das Talent zum Backen von meinem Vater hatte.

»Hast du deine Dekoration für Weihnachten schon rausgestellt?«

Verwirrt sah ich nach vorne. »Die hängt und liegt doch schon.«

Meine Mutter stemmte eine Hand in die Hüfte, als sie an der Tür ankam. »Nicht die hier. Für deine Wohnung. Oder wirst du auch dieses Jahr nichts aufstellen?«

»Wozu sollte ich? Ist doch nur Nippes, der herumsteht. Außerdem bin ich eh die meiste Zeit bei euch oder auf der Weihnachtsfeier, die Lilou in diesem Jahr organisiert. Zuhause bin ich doch nur kurz. Also brauche ich mir die Mühe gar nicht zu machen«, erklärte ich schulterzuckend, ehe ich hörte, wie die Tür sich öffnete. Ein kurzer, kalter Luftzug zog bis zu mir in die warme Backstube.

»Du bist eindeutig zu pragmatisch veranlagt. Aber okay, wenn du das so möchtest, dann mach das so. Ich würde mir wünschen, dass du da ein klein wenig mehr nach mir kämest, aber man kann schließlich nicht alles haben.«

Ich lachte über die Schimpftirade, die sie abließ, obwohl die ersten Personen bereits vor der Tür standen. Es war Stammkundschaft, Leute, die meine Mutter von früher kannten und sie sofort mit einem warmherzigen Lächeln begrüßten. Meine Antwort auf ihr Geschimpfe konnte ich mir also sparen. Ab jetzt widmete sich Maman dem Verkauf und hörte mir vermutlich nicht einmal zu.

Erst als die letzte Kundin ihre allmorgendliche Bestellung abgeholt hatte, verabschiedete sie sich von mir und gab mir einen Kuss auf die Wange. »Und denk daran, dass ich noch ein wenig von dem Couscous eingefroren habe, das du so magst. Wenn du mal möchtest, komm ruhig zum Essen vorbei.«

»Danke. Darauf komme ich gerne zurück.« Ich küsste sie ebenfalls und drückte sie fest. »Und danke für deine Hilfe. Ich werde mich beizeiten revanchieren.«

»Wie das? Indem du mir dabei hilfst, die Seiten meines nächsten Buchs umzublättern? Das hat mir dein Vater schon vorgeschlagen, und ich bin mir sicher, dass er es vor Langeweile manchmal sogar tun würde.« Sie winkte mir und legte sich ihren langen, selbstgenähten Schal mit den bunten Farben ihrer Heimat um den Hals. »Wir sehen uns, Bernadette.«

Kurz nachdem Maman die Pâtisserie verlassen hatte, kamen Chloé und Pierre aufgeregt reingeeilt. »Bernadette, wir haben die perfekte Ablenkung gefunden, und du wirst es lieben«, platzte Pierre heraus, noch bevor er den Verkaufstresen erreicht hatte. »Und wir haben dich schon angemeldet.«

Ich stemmte eine Hand in die Hüfte und sah vermutlich genauso aus wie meine Mutter einige Minuten zuvor. »Wir hatten doch einen Deal, Pierre.«

»Keine Sorge.« Chloé hob beschwichtigend die Hände. »Ich habe mich vorher vergewissert, dass es wirklich etwas für dich ist, nichts kaputtmacht und vor allem, nicht zu deinem Nachteil ist.«

»Okay?«, fragte ich neugierig. »Dann sagt mal, was

ihr geplant habt.« Ich rechnete mit einem kleinen Urlaub, den ich mir zeitlich nicht leisten konnte, oder vielleicht einem perfekt durchorganisierten Abendplan mit Spieleabenden und einer Menge anderer Dinge. Als sie allerdings einen Flyer hervorholten und vor mir auf den Tresen legten, schaute ich verblüfft hinunter.

»Was ist das?«

»Deine Ablenkung!« Pierre grinste. »Es ist ein Charity-Backwettbewerb hier in Belleville.«

»Und dafür habt ihr mich angemeldet?« Skeptisch sah ich mir den Flyer näher an. Er war auf mattgrauem Papier gedruckt und sah ziemlich edel aus, dafür, dass es für einen guten Zweck sein sollte. Aus dem Header war nicht ersichtlich, wer der Veranstalter war, aber die leicht verspielte Schriftart passte zu dem Design.

»Ja, mussten wir. Es gab nur noch einen Platz, als ich angerufen habe, und den wollte ich dir reservieren. Nicht, dass es nachher nichts mehr wird«, sagte Pierre und klatschte in die Hände. »Was sagst du?«

»Zu was genau habt ihr mich denn angemeldet? Hier steht ja nicht gerade viel drauf«, fragte ich verwirrt.

Abgesehen von dem Aufruf nach Pâtissiers und Pâtissièren stand nicht viel Informatives auf dem Zettel.

Chloé holte Luft und wirkte ebenfalls ein wenig aufgeregt. Sie lächelte aufmunternd. »Also, es ist für einen guten Zweck. An den vier Adventssonntagen werden vor Ort jeweils Themen vorgegeben, zu denen ihr dann backen müsst. Du trittst mit deinem Team gegen mehrere andere an. Jedes Mal fliegt ein Team raus, bis am Ende das Gewinnerteam feststeht.«

»Also natürlich dein Team«, beendete Pierre die Erklärung.

»Okay, klingt erst mal gar nicht schlecht. Was passiert mit den Backwaren?«

»Das ist das Gute daran. Die Bedürftigen des Viertels bekommen sie als Nachtisch zu dem Adventsessen der Suppenküche. Denn es findet alles in der Suppenküche drüben am Park statt oder soll für die Besuchenden dort sein. So ganz sicher bin ich mir da nicht. Bitte sag, dass du die Idee auch gut findest.«

Ich blickte noch einmal auf den Flyer. »Die Idee klingt ganz nett, ja, aber du sagtest was von einem Team. Ich habe keine Angestellten. Wie habt ihr euch das vorgestellt?«

Chloé schmunzelte. »Das hat Pierre schon geklärt. Lilou würde das mit dir machen. Kim wollte auch, aber als ich sie darum bat, mir den Namen von fünf verschiedenen Weihnachtsgebäckarten zu nennen, gab sie nach dem dritten auf.«

Ich lachte. »Kim liebt meine Leckereien, aber die Namen kann sie sich nie merken. Für sie sind Macarons einfach die runden, knusprigen Dinger mit der Cremefüllung. Aber mittlerweile habe ich schon verstanden, was sie von mir will.«

Chloé nickte. »Wir haben dich auf jeden Fall schon angemeldet, und so wie es klang, ist der Veranstalter wohl sehr gespannt auf deine Werke. Er hat schon von dir gehört.«

»Wer ist denn der Organisator?« Ich nahm erneut den Flyer in die Hand. Doch abgesehen von einer Telefonnummer stand nichts weiter drauf. Kein Name, keine Anschrift. Neben der Telefonnummer war nur eine klassische Tarte Tartin abgebildet. Kurz blitzte eine Erinnerung in mir auf.

»Das ist ein Mann«, sagte Pierre und wedelte mit der Hand im Kreis herum. »Keine Ahnung, wie der hieß, aber es war so wie bei Cher oder Bono. Er hatte nur einen Künstlernamen.«

Ich runzelte die Stirn, sah wieder auf den Zettel. Da fiel es mir wie Schuppen von den Augen. »Tartin vielleicht?«

»Ja, das könnte sein. Ist das eine große Nummer?« Pierre nahm den Zettel noch einmal an sich.

»Nein«, erwiderte ich langgezogen. »Nur ein aufstrebender, junger Künstler in unserem Gewerbe. Wahnsinn. Das hätte ich nicht gedacht. Dass er so etwas ausschreibt.«

»Kennst du ihn?« Chloé schaute neugierig über Pierres Schulter, doch es hatte sich nicht wie durch Zauberhand ein neuer Bereich auf dem Papier enthüllt, der ein Bild von Tartin zeigte.

»Nicht persönlich. Ich weiß nur, dass er vor knapp zwei Jahren in Erscheinung trat. Damals hörte ich den Namen das erste Mal. Allerdings hat er sein Geschäft erst vor etwas über einem Jahr eröffnet«, gab ich wieder, was ich bisher über ihn gehört hatte.

»Sieht er gut aus?«, fragte Pierre und grinste. »So ein knackiger Pâtissier fehlt mir noch in meiner Sammlung, und sein Name klingt zum Anbeißen.«

»Das weiß niemand«, sagte ich nachdenklich und

wischte über meine Augen. »Er trägt immer eine Maske, sein Gesicht ist nie zu erkennen.«

»Wieso macht man sowas, wenn man dabei ist, sich einen Namen in der Szene zu machen? Will man da nicht erkannt werden?« Pierre schüttelte den Kopf. »Ich habe das ja schon bei einigen Hackern gesehen, die anonym bleiben wollen, aber jemand, der Backwaren herstellt?«

Chloé zuckte mit den Schultern. »Jeder hat seine Gründe. Vielleicht hat er ein deformiertes Gesicht und schämt sich dafür.«

Ich starrte sie verwirrt an. »Äußerlichkeiten sind in meiner Branche schon wichtig, allerdings nicht bei den Herstellenden, sondern bei unseren Kunstwerken. Ich bezweifle, dass er das deswegen macht.« Ich nahm Pierre den Flyer wieder ab und betrachtete ihn. Wenn wirklich Tartin der Organisator war, hatte ich keine Chance gegen die anderen Teilnehmenden. Immerhin war er bei Rene Frank, einem der besten deutschen Konditoren, in die Lehre gegangen. Gerüchte besagten, dass er in weniger als einem Jahr seinen ersten Pâtissier-Stern bekommen würde. Allerdings hielt ich das für übertrieben. Selbst mit viel Talent würde das eine Weile dauern. Schließlich musste er erst einmal beweisen, dass er sich am Markt halten konnte.

Dennoch war das eine ganz andere Liga als meine Pâtisserie des Rêves. Hier gab es die typischen Desserts, kleine Küchlein, Konfekt und Leckereien, die der Normalbürger liebte und bezahlen konnte. Nicht aber das, was in den piekfeinen Restaurants als Nachtisch serviert wurde.

»Danke, dass ihr mich angemeldet habt, aber ich denke nicht, dass ich teilnehmen werde«, sagte ich zähneknirschend.

»Wieso das denn nicht?« Chloé verschränkte die Arme vor der Brust. »Wenn du glaubst, dass du zu schlecht dafür bist, dann muss ich dir wohl in den Hintern treten.«

»Bitte nicht«, sagte ich. »Aber ja, du hast recht. Ich glaube nicht, dass ich mit Tartin mithalten kann. Er wird sich doch über mich lustig machen, wenn ich da mit meinen kleinen Gebäckideen auftauche. Ich bin gut, aber nicht so gut.«

»Pierre, ich und auch Lilou und Kim sind uns sicher, dass du das sehr wohl bist.« Chloé nahm mich in den Arm, während Pierre mit der Faust auf den Tresen schlug. »Nur wer aufgibt, hat schon verloren.«

Ich schob Chloé von mir und stemmte eine Hand in die Hüfte. »Stand das heute Morgen auf deiner Müslipackung?«

Pierre sah mich entrüstet an, grinste dann aber. »In meinem Glückskeks vom chinesischen Essen gestern.«

»Erstaunlich, dass er bis heute Morgen überlebt hat«, sagte ich lachend.

»Vielleicht ist er mir unter den Tisch gefallen, und ich habe ihn erst beim Staubsaugen heute früh bemerkt. Ja, verurteilt mich, ich sauge noch vor der Arbeit meine Wohnung. Aber niemand hat sich bisher beschwert.« Er schlich sich ebenfalls um den Tresen mit der Auslage herum und gab mir einen Kuss auf die Wange, ehe er in die Hocke ging, um nach dem Kühlschrank zu schauen.

»Damit ich meinem Ruf auch alle Ehre mache, gönne ich mir jetzt ein paar deiner Abscheulichkeiten.«

»Eines Tages wirst du nicht mehr so einen guten Stoffwechsel haben und dann aussehen wie ich«, verfluchte ich ihn mit einem breiten Grinsen.

»Und ich wäre sehr glücklich, so einen wunderschönen Körper zu haben wie deinen«, erwiderte er wie aus der Pistole geschossen.

»Charmeur«, sagte ich nur und gab ihm mit meinem Fuß einen leichten Schubs.

»Gut, also sind wir uns einig. Du trittst an?«, vergewisserte sich Chloé und schaute zu ihrem Laden. Noch hatte sie Mittagspause. In den Wintermonaten schloss sie tatsächlich für eine Stunde, während sie in den Sommermonaten durchgängig geöffnet hatte.

»Das habe ich nicht gesagt. Ich müsste auch erst mal sehen, wie gut Lilou und ich in der Küche zusammenarbeiten. Immerhin haben wir bis auf unser Weihnachtsdebakel vor zwei Jahren keinen Versuch mehr unternommen, gemeinsam zu backen.«

»Erinnere mich nicht daran. Ich habe zwei Tage später noch Teigreste in meinen Haaren gefunden«, sagte Pierre, der sich gerade mit einer kleinen Schüssel verunglückter Macarons in der Hand wieder aufrichtete. »Aber irgendwie hat es auch Spaß gemacht.«

»Stimmt schon, aber der Weg dorthin war mehr als seltsam«, erklärte ich und schüttelte den Kopf. Wir hatten versucht, in Kims Wohnung zu backen. Allerdings hatte sie das nie zuvor getan und keinerlei Zutaten gehabt. Ich hatte mich auf den Weg zum nächsten Supermarkt gemacht, um ein paar grundlegende Zutaten zu besorgen, während die anderen vier sich eigentlich nur an einem einfachen Mürbeteig versuchen wollten. Als ich wieder zurückkam, klebten Eierschalen an der Wand, eine der Mehlpackungen war wohl scheinbar in Pierres Händen explodiert, und in Kims Backofen wuchs ein Teig auf eine Größe an, die die Kapazitäten des Ofens deutlich sprengte.

Am Ende des Abends hatten wir es zumindest geschafft, einen halbwegs zufriedenstellenden Mürbeteig herzustellen und einige Kekse zu verzieren. Aber seit diesem Versuch waren wir nicht wieder in der Küche zusammengekommen. Vielmehr flehten sie mich seither an, das Gebäck vorzubereiten.

Jeder in unserer Gruppe hatte seine Stärken, und wir ergänzten uns gegenseitig. Ich konnte backen, Lilou basteln, Kim war super in Rechtsfragen, Pierre war ein absolutes Organisationstalent, und Chloé konnte uns in spezifischen Pflanzenfragen beraten und wusste stets, welche Blumensorten sich am besten für unsere saisonale Dekoration eigneten.

»Das Weihnachtsdebakel war definitiv nicht Lilous Schuld, und wenn sie nur auf Anweisungen reagieren soll, wird sie das sicher gut schaffen«, sagte Chloé. »Probiert es zumindest einmal aus. Wenn es nicht klappt, kannst du immer noch absagen, oder?«

Ich seufzte und sah die beiden an. »Es reizt mich schon, mal zu sehen, was die anderen so draufhaben.«

»Siehst du, dann machen wir das doch. Wir werden dich aus dem Publikum hart anfeuern und wenn es nötig ist, auch die anderen aus dem Rennen werfen.« Pierre schlug sich gegen die Brust.

»Nein, wenn, dann gewinne ich mit fairen Mitteln. Ich will nicht im Anschluss disqualifiziert werden.« Ich legte den Flyer vor mir ab.

»In den Abendstunden kannst du mit Lilou und uns schon ein wenig backen und dich auf das Event einstimmen. Bitte sag ja«, flehte Pierre. »Deine Macarons sind einfach auszeichnungswürdig.«

Ich sah zu der Schüssel in seinen Händen, die er bereits geleert hatte. »Das sagst du nur, weil du noch mehr möchtest, oder?« Ich grinste und griff in den Kühlschrank unter dem Tresen, bevor er wieder zu mir kam. »Hier, bedien dich. Aber nicht alle. Ein paar muss ich noch für den Nachmittag behalten.«

Pierre griff beherzt zu und stopfte sich bereits das erste Gebäckstück in den Mund, während er mir mit der anderen Hand einen Daumen zeigte.

»Dann haben wir wohl einen Deal, oder?« Chloé klatschte entschlossen in die Hände. »Ach, ich freue mich, dass wir gemeinsam was erreichen konnten.«

»Na, mal abwarten, ob ich nicht nach einer Woche schon rausfliege – dann muss ich mir eine andere Beschäftigung suchen.«

Kapitel 5

»Ich glaube, ich kann das nicht.« Lilou schaute auf die zehn Schüsseln mit verschiedenen Teigsorten und Cremes, die ich vorbereitet hatte.

»Versuch es wenigstens«, sagte Kim und griff in die Schüssel mit Popcorn, die Pierre mitgebracht hatte. »Sonst muss ich das machen, und das will keiner von euch.«

Ich schüttelte den Kopf. »Das wäre auf jeden Fall eine Herausforderung.« Ich deutete lachend auf das Bataillon an Gefäßen. »Wenn ich sage, ich möchte die Vanillecreme, dann gibst du mir was?«

Lilou sah erneut in die Schalen und tippte auf die dritte von links. »Diese hier?«

»Das stimmt. Hab ein wenig mehr Vertrauen in dich. Dann wird das schon was«, machte ich ihr Mut und gab ihr die Schüssel. »Jetzt probieren wir mal, ob du ein Eclair mit einem gedrehten Topping versehen kannst.«

»Einem was?« Lilou klammerte sich an die Schüssel und sah mich mit ihren großen Rehaugen an.

»Nimm einfach den Spritzbeutel und komm her«, ermunterte ich sie. »Wir versuchen uns in der nächsten Stunde mal an einem Schaf.«

»Das klingt irgendwie falsch, wenn du das so formulierst.« Pierre nahm sich ebenfalls eine Hand Popcorn.

Er und die anderen hatten beschlossen, beim ersten Backabend dabei zu sein. Dass sie vermutlich nur naschen wollten, war mir egal. Ich liebte sie dafür, dass sie mich unterstützten.

»Wieso du immer gleich an Schweinereien denken musst, erschließt sich mir nicht«, sagte Kim trocken, und ich musste mehr über ihre ernste Miene lachen als über Pierres Kommentar.

»Nicht Schweinereien, sondern Schäfereien.« Er grinste und trank einen Schluck von seinem Kaffee. »Aber so ein Schafseclair ist nicht so einfach, behaupte ich mal. Ich habe das mal vor ein paar Monaten versucht, weil ich das in einer Zeitung gesehen habe. Das ist viel schwerer, als du denkst.«

»Glaube ich sofort. Ich verzweifle ja schon an einer Fertigbackmischung für einen einfachen Papageienkuchen.« Kim schüttelte den Kopf. »Es sollte so einfach sein, dass selbst Kinder es schaffen, aber ich bin keins mehr. Vielleicht war das mein Fehler.«

»Ben hat da ein Händchen für«, sagte Chloé schüchtern.

»Wirklich?« Pierre sah sie neugierig an, während ich Lilou dabei half, die Creme in den Spritzbeutel umzufüllen. »Wofür hat er denn noch ein Händchen?«

»Ach, komm, Pierre. Wir wissen alle, dass du schon lange keinen Kerl mehr bei dir zuhause hattest, aber das muss nun wirklich nicht sein«, ging ich dazwischen. »Ignorier ihn einfach, Chloé.«

Die junge Blumenverkäuferin war puterrot geworden und strich sich beschämt eine Strähne hinters Ohr.

»Schon gut. Ich kenne das schon von ihm. Du weißt, dass ich darüber nicht rede.«

»Zu Recht. Was im Bett passiert, bleibt dort«, erklärte ich entschlossen und stellte die Vanillecreme in den großen Industriekühlschrank, der gegenüber von den Backöfen stand.

»Ihr verderbt mir auch jeden Spaß.« Er schmollte vor sich hin, während er sich erneut am Popcorn bediente. »Aber okay, dann frage ich anders. Vermisst du ihn schon?«

Chloé nickte. »Wir telefonieren nachher noch. Da er heute eine Spätschicht mit seinen Kollegen macht, wird es etwas später.«

»Hat er immer noch Probleme mit seinen Arbeitern?«, fragte Kim.

»Was ist denn bei ihm los?« Ich bedeutete Lilou, mit dem ersten Eclair-Rohling anzufangen. »Schneid eine gerade Fläche oben ab, und darauf baust du dann die Wolle auf«, flüsterte ich, um Chloés Schilderung nicht zu unterbrechen.

»Er hat ein paar neue Mitarbeiter, die speziell für die Aufträge vor Ort eingestellt wurden, aber die sind nicht besonders zuverlässig und ständig krank, weswegen er mit den zwei anderen alles aufholen muss. Sein Start in die Selbstständigkeit ist nicht der beste«, murmelte Chloé. »Zumindest was die Erfahrungen mit den Menschen angeht.«

»Wann soll er wieder zurück sein?«, hakte ich nach. »Ist er zu Weihnachten hier? Soll Pierre ihn für unser Weihnachtswichteln einplanen?«

»Ja, auf jeden Fall. Selbst wenn sie nicht fertig werden, kommt er über die Feiertage hierher. Das hat er mir schon versprochen.« Sie strahlte über beide Ohren, als sie von dem Wiedersehen mit Ben redete.

»Ich bewundere dich ja, dass du ihn überhaupt hast gehen lassen«, seufzte Pierre. »Wenn ich so einen Kerl hätte, würde ich ihn vermutlich in meiner Wohnung anketten und nicht mehr aus den Augen lassen.«

»Und du wunderst dich, warum du keinen abbekommst«, kommentierte Kim amüsiert. »Man kettet keine Kerle an, außer vielleicht temporär im Bett.« Sie zwinkerte Pierre zu, ehe sie aufstand, um sich Wasser aus dem Wasserhahn zu holen.

»Ähm, okay?«, hakte Pierre überrascht nach, da er als Erster von uns seine Stimme wiederfand. Er lehnte sich neugierig vor, und auch ich lauschte interessiert. »Möchtest du uns mehr über deine Vorlieben für Handschellen erzählen?«

»Ich halte das wie Chloé. Was im Bett passiert, bleibt im Bett.« Sie hielt kurz inne und zuckte mit den Schultern. »Oder im Rest der Wohnung.«

Pierre sog beleidigt die Luft ein. »Ach komm, du kannst uns keine Möhre hinhalten und sie uns dann nicht essen lassen.«

»Habt ihr denn schon etwas zu Weihnachten geplant?«, fragte ich, um vom Thema abzulenken. »Wollt ihr zu deiner Mutter, oder kommt sie zu dir?«

»Sie kommt zu uns. Mit Maurice.«

Ich schnalzte mit der Zunge, als ich an den cholerischen Freund von Chloés Mutter dachte. »Dieses abscheuliche Exemplar von einem Mann gehört nicht an euren Weihnachtstisch.«

Chloé lachte. »Danke, aber tatsächlich benimmt er sich ganz anders, seit Ben da ist. Ich vermute, es ist die Ruhe, die er ausstrahlt. Die holt mich auch immer runter, wenn ich mal einen stressigen Tag hatte.«

»Klingt für mich eher nach ziemlich sexistischem Machoverhalten, wenn er sich erst in Gegenwart eines anderen Mannes zu benehmen weiß«, sagte ich und schüttelte den Kopf. »Also keine willkürlichen Ausraster mehr? Aber umgänglich ist er sicher immer noch nicht, oder?«

»Er bleibt ein Arsch«, gab Chloé zu, »aber zumindest kann ich ihn einladen, ohne Angst haben zu müssen, wegen Lärmbelästigung Besuch von der Polizei zu bekommen.«

»Wie weit seid ihr mit den Schäfchen?«, fragte Pierre.

»Na ja.« Lilou deutete auf das Etwas vor ihr. Es war vieles, doch mit einem Schaf wies die ungleichmäßig gedrehte Crememasse keinerlei Ähnlichkeiten auf. »Ich denke, ich muss noch ein wenig üben.« Sie zuckte entschuldigend mit den Schultern und sah mich dabei an.

»Alles gut. Es ist ein Anfang, und solange du zuarbeiten kannst, werden wir das sicher hinbekommen. Ich kann dir noch ein paar Tipps zur richtigen Handhaltung zeigen. Das hilft sicher schon«, sagte ich und nahm sie in den Arm. »Ich bin schon sehr froh darüber, dass du dich überhaupt bereiterklärt hast. Immerhin müsstest du das nicht tun.«

»Das muss keiner von uns, aber wenn wir dir schon helfen wollen, dann auch richtig«, antwortete sie und drückte mich fest. »Was du durchmachst, muss niemand allein durchstehen. Dafür hast du uns. Und wenn ich durch meine rudimentären Backkünste helfen kann, dann tue ich das.« Lilou löste sich von mir und reichte mir den Spritzbeutel. »Und jetzt zeig mal, wie ich es besser machen kann.«

Ich legte ihre Hand an den Beutel. »Hier unten führst du die Tülle und hier oben kannst du üben, den Druck zu variieren. Denn gleichmäßig zu drücken, hilft nicht unbedingt. Manchmal muss die Kurve etwas weniger Creme haben als der Belag, deswegen experimentier ruhig ein wenig herum. Die überschüssige Creme kannst du dann hier reinmachen. Pierre wird sich vermutlich darum kümmern.«

»Da mich zuhause niemand erwartet, für den ich gut aussehen muss«, er schlug sich auf seinen nicht vorhandenen Bauchansatz, »immer her damit.«

»Also, ich würde auch nicht Nein sagen«, erklärte Chloé schüchtern und hob eine Hand, als ob sie sich melden müsste.

»Ich soll teilen?« Pierre schnappte sich die Schüssel, in die Lilou die erste Creme gefüllt hatte, und klammerte sich an sie. »Das ist mein Schatzzzzzz.«

»Du hast doch zwei Brüder, Pierre. Solltest du da nicht gelernt haben zu teilen?«, fragte Chloé amüsiert nach.

»Das verstehst du falsch. Gerade WEIL ich zwei Brüder habe, teile ich nicht gern.« Er lachte, und wir stimmten mit ein. Die Schüssel hielt er aber immer noch umklammert.

»Der erste Schwung gehört mir, den nächsten kannst du dann haben.«

Chloé lachte und nickte. »Meinetwegen. Solange ich etwas abbekomme, bin ich schon mit dieser leckeren Kleinigkeit glücklich.«

»Dann bist du besser als mein Cousin. Der nimmt Kleinigkeiten schon zum Anlass, um sich zu trennen.« Kim verschränkte die Arme vor der Brust. »Er hat seine letzte Freundin verlassen, weil sie keine Markenkleidung tragen wollte. Sie ging lieber auf den Second-Hand-Flohmarkt ganz in der Nähe ihres Wohnhauses. Das konnte er einfach nicht verstehen. Manche Exemplare der Spezies Mann sind schon seltsam.«

»Das ist ziemlich oberflächlich.« Ich schnalzte mit der Zunge. »Mal ehrlich. Es ist doch egal, woher die Klamotten kommen, solange sie sich darin wohlfühlt.«

»Habe ich ihm auch versucht zu erklären, aber er war schon immer so. Kam auch schon am Flughafen als Erster aus der Maschine, trug einen maßgefertigten Anzug und beschwerte sich, weil ich ihn nicht mit einer Limousine abgeholt habe.«

»Den hätte ich eiskalt am Flughafen stehen lassen«, erklärte ich kopfschüttelnd. »Du hast sogar deinen Laden früher geschlossen, um für ihn da zu sein. Wie undankbar kann man bitte sein?«

Kim wich kurz meinem Blick aus. »Ja, so ist er halt. Aber Familie kann man sich nicht aussuchen. Manchmal glaube ich, dass ihr auch eher wie Familie für mich seid. Denn ausgewählt hätte ich euch am Anfang sicher nicht«, sagte sie mit einem Schmunzeln.

»Aber missen möchtest du uns nicht mehr, oder?« Pierre legte seinen Kopf auf ihre Schulter und schenkte ihr einen seiner berühmten Dackelblicke.

»Niemals. Auch wenn ihr schlimmer seid als meine Familie.«

»Wie bitte?«, fragte Pierre entsetzt und ruckte mit dem Kopf auf. »Was machen wir denn?«

»Ihr seid immer da«, erklärte sie, doch in ihrer Stimme klang etwas Warmes mit.

»Und du liebst es.« Ich trocknete meine Hand ab und ging zu Pierre, um ihm die inzwischen leere Schüssel wieder abzunehmen.

»Natürlich. Sonst wäre ich nicht hier, Bernie.« Kim löste ihre Verschränkung und griff nach ihrem Wasserglas. »Aber ich muss ehrlich sagen, früher war ich nicht so viel anders als mein Cousin. Ich habe durch ihn erst gemerkt, wie sehr ich mich verändert habe. Wie sehr ihr mich verändert habt.«

Ich musste grinsen. Als Kim hier angefangen hatte, war sie nicht mehr im Designeranzug zur Arbeit erschienen, aber sie hatte dennoch einen leichten Hang zur Übertreibung gehabt. Ihre erste Handlung war es, einen Tag lang kostenlos Eis anzubieten. Für alle, die kommen wollten. Das sprach sich so schnell herum, dass die Schlange bis raus aus der Rue de la Chance führte. Auch ihr Umgang mit Geld war ein ganz anderer als bei Chloé oder mir, die in normalen Verhältnissen aufgewachsen waren. Es war nie übertrieben gewesen, doch beim gemeinsamen Shoppen merkte man schnell, dass sie nicht auf den Euro achtete.

»Und findest du das schlimm?«, hakte ich nach, während ich mir den nächsten Versuch von Lilou anschaute und sie ermunterte, es erneut zu probieren.

»Nein, im Gegenteil. Früher hätte ich ihn wirklich in einer Limousine abgeholt, weil es dem Stand angemessen wäre, den er in unserem Land innehat, aber wir sind nicht in Südkorea, und ich bin nicht Krösus, also muss er mit dem zufrieden sein, was ich ihm biete.«

»War er sehr enttäuscht?« Pierre wollte sich die zweite Creme-Schüssel ebenfalls stibitzen, aber Chloé war schneller.

»Enttäuscht nicht, aber er war auch nicht besonders glücklich über die Situation. Ich glaube, er ist im Leben noch nie in einem Kleinwagen gefahren.« Kim lachte und stieß sich von der Arbeitsfläche ab, um sich ihre Jacke zu holen. »Apropos, ich muss ihn morgen sehr früh zum Flughafen bringen, auch wenn er sich wohl lieber ein Taxi rufen würde. Ihr kommt ohne mich zurecht?«

»Geh nach Hause und ruh dich aus.« Pierre machte scheuchende Bewegungen. »Bleibt mehr Creme für mich übrig.«

»Dann viel Erfolg. Lilou, ich weiß, dass du das schaffen kannst. Ich glaube an dich.«

»Danke schön«, sagte die Buchhändlerin und wischte sich eine blonde Strähne aus dem Gesicht, die sich aus ihrem vollen Zopf gelöst hatte.

»Und du, Bernie, wirst das rocken. Die Konkurrenz steckst du doch locker in die Tasche.«

Ich winkte ihr zum Abschied, auch wenn ich innerlich amüsiert grinste. Kim hatte die Angewohnheit, allen klarzumachen, dass sie jedes Hindernis bewältigen konnten. Eine Eigenschaft, die sie von ihrer Großmutter übernommen hatte, wie sie mir mal erzählte. Die war nicht die Empathischste, aber sie liebte ihre Familie über alles. Und um das zu verdeutlichen, erinnerte sie alle Familienmitglieder immer wieder daran, was sie wert waren. Kim hatte das angenommen, da sie selbst auch nicht sonderlich emotional war, anders als Lilou oder ich.

»So, was machen wir jetzt mit dem angefangenen Abend?«, fragte Pierre und klatschte in die Hände. »Ich weiß, ich habe kein Talent fürs Backen, aber es reizt mich trotzdem, diesen Spritzbeutel mal auszuprobieren. Darf ich?«

»Natürlich. Vielleicht hast du ja doch ein Talent, das ich nutzen kann«, erwiderte ich und grinste. »Also abgesehen von deinem unwiderstehlichen Charme.«

»Schon klar. Gib her.«

Leider zeigte Pierre kein verborgenes Talent, sah man einmal von der Fähigkeit ab, innerhalb kürzester Zeit eine beeindruckend große Menge Topping zu verdrücken. Dennoch verlebten wir einen wunderschönen Abend in meiner Backstube. Sogar Chloé versuchte es noch, und am Ende waren wir alle bis obenhin vollgefuttert mit Vanillecreme. Als ich den Laden hinter mir schloss, war ich froh, den Abend mit meinen Lieblingsmenschen verbracht zu haben, denn ich hatte nicht ein Mal an Noel oder meine Vergangenheit gedacht.

Kapitel 6

»Sollte es nicht in einer Suppenküche stattfinden?«, fragte ich verwirrt, als sie mich zu einer Markthalle führten, die vor zwei Jahren noch ein Cabaret beheimatet hatte. In der Zwischenzeit hatte ein Investor das Gebäude komplett saniert und zu einer großen Halle umfunktioniert, in dem regelmäßig Foodmarkets stattfanden oder auch kleinere Märkte, je nach Laune des Inhabers. Vor einem Jahr fand eine Tabakmesse statt, auf die mich Pierre mitgenommen hatte, da er neue Sorten für seine Pfeife gesucht hatte. Und vor einem Monat war ich mit Lilou hier gewesen, weil dort einige Kleinverlage ihr Winterprogramm vorgestellt hatten, zudem hatte es Lesungen gegeben.

»Genau genommen dient es an den Wochenenden als Suppenküche«, erklärte Pierre, der auf die Anschlagtafeln links und rechts neben dem Eingang zeigte. Darauf waren alle möglichen Plakate gepinnt, um auf die kommenden Messen und Märkte aufmerksam zu machen.

»Ach, das wusste ich noch gar nicht.« Neugierig trat ich näher an die schneeweißen Wände heran, die bisher ohne Graffiti auskamen. Wobei ich mir vorstellen konnte, dass das irgendwann folgen würde. Etwas so Helles, Unbemaltes gehörte einfach nicht in die Umgebung. Die heruntergelassenen Metallläden vor den

Geschäften neben der Suppenküche waren bereits mit Bildern bemalt und fügten sich perfekt ins Gesamtbild.

»Wollen wir reingehen?«, fragte Chloé, die sich dick eingepackt hatte, da heute ein eisiger Wind aus Osten durch die Stadt zog und den Winter ankündigte.

Ich zögerte. Das war die letzte Chance, um zu verschwinden. Aber wollte ich das? Ich hatte an den vergangenen Abenden erneut mit Lilou geübt, allerdings ohne die Aufsicht der anderen. Die hatten sich anderweitig beschäftigt, obwohl Pierre für das Frühstück am Folgetag immer die Reste beanspruchte, damit ich sie nicht wegschmeißen musste. Auch wenn Lilou keine ausgebildete Pâtissière war, hatte sie schnell einige grundlegende Sachen gelernt, die mir die Arbeit erleichtern würden. Nur gestern hatten wir unseren Abend statt mit Backen damit verbracht, unsere Weihnachtsdekoration an den Laternen, den Bäumen am Eingang der Straße und dem Gehweg vor den Läden anzubringen.

Obwohl ich noch unsicher war, ob ich antreten sollte, hatte mein Herz es eigentlich längst entschieden. Denn ich würde Tartin treffen. Allein fürs Networking war dieses Event sicher großartig. Und es war Werbung für die Pâtisserie des Rêves, zumindest wenn ich angekündigt wurde.

»Dann mal los«, sagte ich entschlossen und zog die Tür auf.

Vor uns erstreckte sich eine Halle, die hoch genug war, um einen Doppeldeckerbus zu beherbergen, wenn der Veranstalter es gewollt hätte. Ich starrte auf die Bühne, die sich auf der anderen Seite befand. Darauf war nur eine einzige Arbeitsfläche zu sehen. An der Rückwand befanden sich sechs mobile Backöfen, die zwar nicht breit genug waren, um größere Chargen zu produzieren, aber für handelsübliche Mengen an Backwaren ausreichen mussten.

An den Wänden waren Girlanden angebracht, die alle die Form von Macarons oder auch Cupcakes hatten. Nichts in der Halle wies darauf hin, dass es der erste Advent war, was mich doch etwas verwunderte. Es wirkte eher wie eine der wunderschönen Frühlingsausstellungen für Gebäck, die ich früher als Kind mit meinen Eltern besucht hatte.

Zu der Zeit hatte es noch kostenlose Probetütchen gegeben, die am Eingang verteilt worden waren. Als Sechsjährige war das für mich immer ein Highlight gewesen. Während sich meine Eltern mit ihren Kolleginnen und Kollegen unterhielten, hatte ich danebengestanden und mir den Bauch mit Apfeltarte oder kleinen Küchlein vollgeschlagen.

»Wow, das ist echt hübsch. Wer das wohl dekoriert hat?«, fragte Lilou, die an die nächstgelegene Säule ging, um sich die Girlanden anzuschauen.

»Das lässt sich bestimmt herausfinden«, erwiderte ich und sah mich weiter um. Die Halle war nicht mit Besuchenden gefüllt. Auf der Bühne standen bereits zwei der sechs Teams. Eins davon kannte ich. Ein älteres Ehepaar, das seit fast vierzig Jahren eine Pâtisserie am anderen Ende von Belleville betrieb. Adaliz und Rousel waren herzliche Menschen, wenn auch manchmal etwas eigen, was ihre Rezepte anging. Sie wagten keine neuen

Sachen. Alles in ihrem Geschäft war genau so, wie es vor vierzig Jahren gewesen war. Sie hatten sogar immer noch denselben Tresen, wie sie mir vor einigen Jahren mal stolz erzählt hatten. Den hatte Rousel nämlich selbst gebaut. Doch sie hatten eine treue Stammkundschaft, die ihren Laden bei Wind und Wetter aufsuchte.

Das zweite Team auf der Bühne kannte ich nicht. Es waren zwei Frauen, die genauso gut einer Punkband entsprungen sein konnten. Die Haare waren kurzgeschnitten, in allen Farben des Regenbogens gefärbt und standen nach oben ab. Die jüngere trug Ringe im Ohr, während die andere ein buntes Regenbogen-Tattoo aus Zahnrädern am Hals hatte. Sie lachten fröhlich, und ich freute mich schon, sie kennenzulernen.

Ich suchte die Bühne auch nach Tartin ab, doch der schien bisher nicht da zu sein. Zumindest lief hier niemand mit einer Maske herum. Oder trug er sie hier nicht? Das hätte mich etwas verwundert, denn sein ganzes Image basierte darauf, dass kein Mensch wusste, wer er war. Doch die Neugier in mir war groß, und ich musterte jede der anwesenden Personen genau. Vor der Bühne wurden von einigen Helfenden Stühle im Halbkreis aufgebaut, während andere mit der Ausleuchtung beschäftigt waren. Es musste irgendwo noch einen Gang hinauf geben, denn auf der Hälfte der Halle befand sich eine Galerie. Sie umlief einmal die gesamte Länge und Breite und ermöglichte sicher einen ausgezeichneten Blick auf die Bühne.

»Wonach duftet es hier?«, fragte Pierre und schnupperte in die Räumlichkeiten hinein.

»Das kommt von der Bühne. Adaliz hat anscheinend ihre Zimtrollen mitgebracht.« Die hatte ich früher gern genascht, wenn wir mal zu Besuch bei Adaliz gewesen waren.

»Meinst du, es gibt vielleicht noch etwas für mich? Ich hatte noch kein Mittagessen«, murmelte er abgelenkt.

»Du kannst sie fragen. Wir sollten uns sowieso am besten mal irgendwo melden, sonst stehen wir in einer Stunde noch hier am Eingang rum«, sagte Kim und trieb uns an.

»Schon gut. Nicht schubsen.« Ich packte meine Tasche, in der ich meine Backutensilien eingepackt hatte. Es war ein bisschen wie bei vielen Köchinnen und Köchen. Es gab bestimmte Gegenstände, mit denen ich einfach gerne arbeitete, wie mein persönliches Nudelholz, das ich mir vor ein paar Jahren gegönnt hatte.

»Wie sieht denn der Ablaufplan aus?«, fragte Chloé und schaute auf die Uhr.

»Das weiß ich gar nicht. Das müsstet ihr doch wissen, oder?« Ich hatte bisher nichts mit den Veranstaltern zu tun gehabt, sondern nur Pierre und Chloé.

»Na ja«, erklärte Pierre und lächelte mich entschuldigend an. »Ich weiß, du hast es mir aufgetragen, Lilou, aber ich habe vielleicht vergessen nachzufragen. Diese nette Frau dort vorne sieht jedoch aus, als ob sie Ahnung hätte.« Damit ging er auf eine ältere Frau zu, die mit einem Klemmbrett bewaffnet zwischen den Jugendlichen herumlief und Anweisungen bellte. »Entschuldigung!«, rief er laut genug, um sich der Aufmerksamkeit der meisten in der Halle zu versichern.

Lilou schüttelte den Kopf und schmunzelte. »Also, was machen wir als Erstes?«, fragte mich Lilou.

»Ich denke, wir sollten uns einen Ofen aussuchen. Das letzte Team scheint noch nicht angekommen zu sein, also haben wir noch zwei zur Auswahl.«

Eigentlich hatte ich gehofft, etwas früher als die anderen anzukommen, aber offensichtlich hatten die anderen diesen Gedanken auch gehabt. Wenigstens waren wir nicht die Letzten.

»Kennst du die anderen Teilnehmenden?«, erkundigte sich Lilou leise.

»Zum Teil.« Ich stellte ihr das ältere Paar vor und deutete dann auf die Mädels. »Die zwei werden wir wohl gleich kennenlernen.«

»Oh, das klingt gut«, sagte Lilou freudig und ging mit mir auf die Bühne.

»Bernadette?«, begrüßte Adaliz mich und kniff ihre Augen zusammen. »Wann bist du denn so groß geworden, Kindchen?«

»Adaliz, Rousel, es ist schön, euch wiederzusehen. Geht es euch gut? Ihr seht auf jeden Fall fit genug aus, um hier ordentlich herumzuwirbeln«, sagte ich mit einem liebevollen Lächeln auf den Lippen. Immer, wenn ich die beiden sah, zogen sich meine Mundwinkel automatisch nach oben. Es war wie ein Reflex, da ich mit ihnen wundervolle Kindheitserinnerungen verband.

Adaliz griff an ihren Rock, hob ihn leicht hoch und schwang die Beine ein wenig hin und her. »Nicht mehr ganz so fit wie früher, aber es reicht, um Spaß zu haben«, erklärte sie. Hatte sie schon immer so zerbrechlich geklungen, oder war das erst in den letzten Jahren passiert, in denen ich sie nicht so regelmäßig gesehen hatte?

»Dann drücke ich euch die Daumen. Das Event wird sicher toll. Ich bin selbst schon sehr gespannt, weil ich nicht weiß, was mich erwartet.« Ich deutete auf Lilou, die interessiert neben mir stand. »Ein paar liebe Menschen aus meinem Freundeskreis haben mich angemeldet, und ich lasse mich überraschen.«

»Tatsächlich gibt es auch noch gar nicht so viele Informationen zu der Veranstaltung«, erklärte Rousel mit erhobenem Zeigefinger. »Wir haben uns nur angemeldet, weil wir die Spenden für die Bedürftigen gut und richtig fanden. Außerdem ist es eine sportliche Herausforderung, der wir uns auch im Alter nie verweigern sollten.«

Er nahm seine Frau in den Arm und gab ihr einen Kuss auf die Stirn. Die Liebe zwischen den beiden erinnerte mich an meine Eltern. Bei ihnen war auch nach all der Zeit noch deutlich spürbar, wie viel sie einander bedeuteten und was sie alles durchgemacht hatten.

»Wer ist denn deine Freundin?«, fragte Adaliz, nachdem sie für einen Moment die Nähe ihres Mannes genossen hatte.

»Das ist Lilou. Sie tritt mit mir zusammen als Team an. Wisst ihr, was es mit diesen Teams auf sich hat?« Ich war neugierig und schaute zu den Backöfen. Die beiden äußeren und die inneren waren frei, also beschloss ich, den neben Adaliz und ihrem Mann zu nehmen.

»Das ist eines der großen Mysterien dieses Wettbewerbs. Aber wir sind gespannt. Zum Glück dauerte die

Suche nach meiner Teampartnerin nicht lange«, erklärte Rousel liebevoll und gab Adaliz erneut einen Kuss.

»Ach, es ist so schön, Sie beide zu beobachten«, sagte Lilou mit einem romantischen Seufzen in der Stimme. »Da träumt man direkt wieder von der großen Liebe.«

»Ach, die ist nicht so weit weg, wie man manchmal denkt.« Adaliz zwinkerte mir zu. »Meinen Rousel habe ich kennengelernt, nachdem ich schon verlobt war. Aber es hat einfach gefunkt. Da war es auch egal, wie sehr sich mein Ex-Verlobter um mich bemüht hat. Wenn es sein soll, findet man den einzig wahren Partner immer genau dann, wenn man es am wenigsten erwartet.«

Lilou unterhielt sich noch einen Moment mit den beiden, während ich bereits meine Tasche auf die Arbeitsfläche hievte und die Zutaten inspizierte, die an der Rückwand der Bühne aufgestapelt standen. Neben Mehl, Zucker und Eierkartons fand ich getrocknete Äpfel, einen Likör, dessen Etikett überklebt war, und Blockschokolade.

»Das sieht nach Pralinen aus«, murmelte ich.

»Ich sehe, du hast ein gutes Gespür für die Zutaten«, sagte da eine nasale Stimme neben mir.

»Oh, hallo, ich bin Bernadette«, sagte ich, als ich eine der beiden Punkmädels sah. »Und ihr?«

Die Frau, die ich auf Mitte zwanzig schätzte, musterte mich von oben bis unten und setzte dann ein Lächeln auf, das mich sehr an das von Tina erinnerte. Es erreichte nicht ihre Augen. »Ich bin Juliette und das ist Carmen. Wir sind neu in dem Viertel und haben erst vor sechs Monaten unser Geschäft drüben an der Rue Olivier Métra eröffnet. Bakeology, vielleicht hast du schon mal von uns gehört«, sagte sie wie selbstverständlich.

»Tut mir leid, bisher leider nicht. Aber es hört sich gut an. Verbindet ihr dabei Wissenschaft und Backen?«, fragte ich neugierig, auch wenn ich das Gefühl hatte, dass Juliette kein Interesse daran hatte, sich länger mit mir zu befassen.

In ihren Augen blitzte dennoch ein Funkeln auf. Anscheinend hatte sie nicht geglaubt, dass ich die modernen Versuche der Verbindung von Wissenschaft und Backen kannte. »Doch, ja. Wobei wir einen Großteil unseres Labors nicht mitnehmen durften. Wir mussten uns auf die Geräte konzentrieren, die wir transportieren konnten«, erklärte sie schon weit weniger abweisend.

»Dann bin ich wirklich sehr gespannt, was ihr vorhabt. Es sieht auf jeden Fall sehr interessant aus bei euch.« Ich deutete auf die technischen Geräte, die ich nicht genau zuordnen konnte.

»Danke. Viel Spaß beim Old-School-Backen.« Juliette winkte mir lapidar, als ob es sie nichts anginge.

Ich runzelte die Stirn und fragte mich, ob die beiden eine Konkurrenz für mich waren. Bisher hatte ich von der Bakeology nichts gehört, was sowohl ein gutes als auch ein schlechtes Zeichen sein konnte. Negatives sprach sich schnell herum, was wohl bedeutete, dass sie sich noch keinen Fauxpas geleistet hatten.

»Sie sah nett aus«, sagte Kim, als sie an die Bühne herantrat.

»Ja, mal sehen«, erwiderte ich gedankenverloren, da ich Juliette nicht einschätzen konnte.

»Wo backt ihr?«

Ich schüttelte den Kopf und verdrängte die seltsame Begegnung. »Hier drüben. Wollt ihr euch schon mal Plätze suchen?«, fragte ich, da die Tür sich jetzt immer regelmäßiger öffnete und neugierige Besuchende hereinschnupperten.

»Pierre wartet eigentlich nur darauf, dass das Essen fertig ist. Außerdem glaube ich, dass er in seiner Umhängetasche noch ein paar belegte Baguettes bunkert.« Kim verdrehte die Augen. »Ja, ich bin neidisch darauf, dass er so viel essen kann.«

Ich lachte, und Lilou trat zu mir. »Wer von uns ist nicht neidisch auf ihn? Aber lassen wir ihm seine gute Futterverwertung.«

Kim nickte und lief wieder zurück zu den anderen.

Es war angenehm warm in der Halle, so dass ich meine Jacke ausziehen und unter der Arbeitsfläche verstauen konnte. In Richtung Publikum zeigend war ein langes Banner angebracht, auf dem ich bereits beim Eintreten in die Markthalle Tartins Namen und den Veranstaltungszweck gelesen hatte.

»Wer sind denn die anderen Teams?«, fragte Lilou und deutete auf die Öfen ganz außen.

»Das werden wir wohl im Laufe des Tages herausfinden. Wollen wir noch mal die einzelnen Schritte durchgehen?«

Lilou nickte, und während der nächsten Stunde war ich damit beschäftigt, mich mit ihr und den anderen Mitbackenden zu unterhalten. Das letzte Team kam kurz vor Beginn der Veranstaltung an. Es war ein älterer

Mann, der mir entfernt bekannt vorkam. Vielleicht hatte ich ihn mal auf einer der Pâtisserie-Messen gesehen. Allerdings stand er allein an der Arbeitsplatte und sorgte mit seinen hektischen Bewegungen für Unruhe.

»Kann man doch allein antreten?«, fragte ich verwirrt.

»Nein«, sagte Rousel und setzte sich auf einen kleinen Barhocker, den die Frau mit dem Klemmbrett ihm besorgt hatte. »Er war vorhin schon mal hier, kurz bevor ihr gekommen seid, und hat sich vorgestellt. Der Zug seines Teampartners hat Verspätung, weswegen er die erste Zeit allein arbeiten wird, bis der andere kommt. Ist wohl schon mit dem Veranstalter abgesprochen.«

»Und warum war er dann noch einmal weg, wenn er so viel allein machen muss?«, erkundigte sich Lilou. Ohne Argwohn, nur aus purer Neugier, wie ich es nicht anders von ihr kannte.

»Er musste die Sachen holen, die sein Partner mitgebracht hätte«, erklärte Adaliz. »Ich hoffe, dass er trotzdem eine Chance hat. Wir haben schon angeboten, dass wir einfach etwas später anfangen könnten, aber das hat er ausgeschlagen. Er wollte keine Verzögerung.«

»Sehr löblich. Das finde ich gut. Aber dann gucken wir einfach, ob wir ihm nicht unter die Arme greifen können«, sagte Lilou, und sie und Adaliz kicherten verschwörerisch.

Es war immer wieder faszinierend, wie schnell die schüchterne und sonst so ruhige Buchhändlerin Anschluss bei älteren Menschen fand. Manchmal fragte ich mich, ob sie nicht ihren Beruf verfehlt hatte.

Da veränderte sich das Licht auf der Bühne, und die

Unruhe, die vorher im Publikum geherrscht hatte, endete schlagartig. Die Scheinwerfer, die zuvor auf uns gerichtet waren, erloschen. Stattdessen wurde ein einzelner Mann angeleuchtet, der auf der Galerie auftauchte und eine einfache weiße Maske trug, die sein Gesicht bedeckte. Seine dunklen Haare waren nicht kurzrasiert, wie ich es mir vorgestellt hatte, sondern verwuschelt, und standen in alle Richtungen ab. Um den hellen Hals hatte er einen bordeauxfarbenen Schal geschlungen, der zu seiner Hose passte.

»Guten Tag, meine lieben Pâtissièren und Pâtissiers, guten Tag, liebes Publikum«, flüsterte er in ein Mikrofon. Seine raue Stimme sorgte dafür, dass man ihn kaum verstand. Er streckte eine Hand aus und umfasste damit die gesamte Markthalle. »Willkommen beim erstmaligen Wettbewerb der Belleville-Pâtissiers und -Pâtissièren. Mein Name ist Tartin, und ich bin der heutige Gastgeber.«

»Seine Ansage klingt wie die eines alternden Moderators«, kommentierte Lilou und kicherte. »Aber er sieht gut aus.«

»Findest du?«, fragte ich leise und versuchte, nicht durchschimmern zu lassen, dass ich ihn durchaus heiß fand. Nicht nur, weil er backen konnte wie kaum jemand in unserem Stadtviertel, vielleicht sogar ganz Paris. Sondern, weil mich sein Äußeres ansprach. Er war genau die richtige Mischung aus kuscheligem Teddybär und sportlich. Im Gegensatz zu Pierre hatte er kräftige Beine und um den Bauch herum ein bisschen mehr. Einen Waschbrettbauch suchte man dort sicher vergebens. Und doch wirkte alles an ihm stimmig. Er war hochgewachsen und hatte breite Schultern, an denen man sich auch mal anlehnen konnte. Genau so, wie ich es damals bei Noel immer getan hatte. Tatsächlich waren sich Noel und Tartin vom Körperbau nicht unähnlich.

Ich wünschte, ich könnte sein Gesicht sehen, denn das interessierte mich wirklich sehr. Dabei würde es das Letzte sein, was er mir zeigte. Oder irgendwem anders hier in der Halle. Die Maske war sein Markenzeichen, und das legte man nicht ab, nur weil jemand wie ich neugierig war.

»Ich hoffe, Sie haben Spaß an der Veranstaltung. Neben dem eigentlichen Backen wird es zwischendurch immer wieder ein paar Auftritte von Kunstschaffenden aus dem Viertel geben, um Ihnen die Wartezeit zu versüßen. Und nun gebe ich das Wort ab an Camille. Sie ist die Moderatorin für diese Veranstaltung und wird Ihnen die Teams vorstellen, denen ich viel Erfolg wünsche. Genießen Sie die Show!«

Es ertönte ein donnernder Applaus.

»Schön, Sie heute Abend begrüßen zu dürfen«, sagte da die Klemmbrettträgerin ebenfalls durch ein Mikrofon. Die Boxen in den Ecken der Halle sorgten für eine optimale Beschallung, während über uns die Lichter stärker strahlten. »Wie Tartin bereits sagte, bin ich Camille und habe die Ehre, Sie durch den Nachmittag zu führen. Dazu möchte ich Ihnen zunächst einmal die Teilnehmenden vorstellen, die sich bereiterklärt haben, hier ohne Bezahlung teilzunehmen. Alles für den guten Zweck.«

Erneut brandete Applaus auf, und ich glaubte, Pierre herauszuhören, der immer wieder unsere Namen rief. Ich lächelte bei dem Gedanken, so viel Unterstützung von ihnen zu bekommen. Erkennen konnte ich im Publikum niemanden mehr, da der Scheinwerfer so hell in mein Gesicht strahlte, dass abseits der Bühne nur noch Schemen zu erspähen waren.

»Das erste Team kommt aus der zauberhaften Rue de la Chance und vertritt die Pâtisserie des Rêves. Bernadette und Lilou. Herzlich willkommen, ihr Lieben.«

Diesmal waren Pierre und Kim nicht zu überhören. Sie hatten einfach keine Scheu davor, lauter als alle anderen zu sein, und ich war unfassbar dankbar dafür, die beiden bei mir zu wissen.

»Das zweite Team dürfte jeder kennen, der sich schon einmal hier in Belleville den süßen Leckereien hingegeben hat. Adaliz und Rousel gehören schon seit über vierzig Jahren zu unserem Stadtteil und vertreten die Pâtisserie Adaliz!«

Ich bewunderte die Tatsache, dass Rousel die Pâtisserie damals aus Liebe nach seiner Frau benannt hatte. Ihm war nie der Gedanke gekommen, dass er auch seinen eigenen Namen hätte nutzen können. Die zwei waren so herzlich miteinander und voller Liebe füreinander, dass ihnen solche Befindlichkeiten wohl egal waren. Manchmal beneidete ich sie um genau diese Liebe.

»Das dritte Team ist direkt nach dem Studium der Science Bakery durchgestartet und macht sich einen Namen durch experimentelle Köstlichkeiten, die nur durch die Wissenschaft erschaffen werden. Juliette und

Carmen vertreten die Bakeology, die erst vor wenigen Monaten in Belleville eröffnet hat.«

Der Applaus war genauso laut wie bei uns auch, was mich freute – das Publikum ging unvoreingenommen an den Wettbewerb heran. Zwei weitere Teams aus der Nähe von Belleville wurden vorgestellt, ehe Camille auf den einzelnen Mann zeigte.

»Und das letzte Team kommt aus La Villette und vertritt die Pâtisserie Amourala, die schon seit einigen Jahren für außergewöhnliche Macaron-Zaubereien und Pralinen bekannt ist.« Mir ging ein Licht auf, und plötzlich fiel mir ein, woher ich ihn kannte. Die Pâtisserie hatte ich das erste Mal besucht, als ich mich kurz nach der Übernahme in anderen Geschäften umgesehen hatte, um mich inspirieren zu lassen. Gefühlt war der Besitzer von Amourala in den fast acht Jahren nicht gealtert. Ich erinnerte mich nicht mehr, ob er nett war, aber das würde ich wohl in den kommenden Stunden herausfinden. Soweit ich wusste, führte er das Geschäft allein. Wer also war sein Partner? »Begrüßen Sie mit mir Mathéo und Noel.«

Instinktiv krampfte sich mein Herz zusammen, und ich spürte, wie sich ein unsichtbares Seil um meinen Hals schlang. Es konnte nicht mein Noel von damals sein. Der war nicht Pâtissier geworden. Und erst recht würde er nicht hier antreten. Das würde nicht zu ihm passen.

Erschrocken sah ich mich um, doch da war noch niemand. Stimmt, der Partner von Mathéo wollte später auftauchen.

»Meinst du, dass er es sein könnte?«, fragte Lilou und legte mir eine Hand auf den Arm. »Wie groß wäre die Wahrscheinlichkeit?«

Ich schluckte trocken, denn auf einmal war mein Mund wie ausgedorrt. Eine Antwort konnte ich so nicht geben, also schüttelte ich den Kopf.

»Siehst du, dann können wir uns auf den Tag hier freuen. Entspann dich, trink einen Schluck Wasser und dann hören wir mal, was heute ansteht.« Lilous fast gesungene beruhigende Worte holten mich in die Realität zurück. Ich war mir sicher, dass sie eine tolle Sängerin wäre, wenn sie es nur versuchen würde. Aber sie liebte Bücher zu sehr, um diese jemals aufzugeben.

»In Ordnung. Ja, du hast recht. Es ist dämlich zu glauben, dass er hier wäre. Seit zehn Jahren hat er sich nicht mehr blicken lassen. Da wird er sicher nicht hier bei einem solchen Wettbewerb auftauchen, wo er weiß, dass er auf mich treffen könnte«, sagte ich und winkte ab. »Danke schön, dass du da bist, Lilou.«

»Immer gerne. Also, los geht es.« Sie deutete auf Camille, die bereits wieder das Mikrofon zum Mund führte.

»Der Ablauf ist relativ einfach. Wir geben ein Thema vor, und jeder interpretiert seine Art von Gebäck daraus. Ich denke, wir können uns auf viele verschiedene Köstlichkeiten freuen.« Sie grinste. »So geht es mir jedenfalls.«

Im Hintergrund ertönte ein Trommelwirbel, und alle lauschten gespannt. Auch ich war neugierig, was genau wir erschaffen sollten. Ich hatte eine Ahnung, aber sicher war ich mir nicht.

»Das Thema des ersten Wettkampftages lautet: Bratapfel-Wintertraum.«

Ich sah Lilou an. »Da ist ja gar keine Backware vorgegeben«, kommentierte meine Freundin und schaute mich perplex an.

Unwillkürlich musste ich lachen und griff nach der bereitstehenden Schüssel. »Nein, das ist vermutlich Sinn der Aufgabe. Also, worauf hast du Lust?«

Lilou musterte die Zutaten. »Ich weiß ja gar nicht, was alles in die einzelnen Backwaren kommt. Also, ähm, entscheide du mal lieber. Das ist wohl besser.«

Ich wandte mich kurz den Zutaten zu und studierte diese erneut, überlegte, was man daraus zaubern konnte. »Gut, was hältst du von Bratapfel-Zimt-Pralinen mit einer feinen Kakaoschicht außen herum?«, schlug ich nach kurzem Grübeln vor.

Aus dem Augenwinkel erkannte ich Rousel, der bereits zu den Zutaten ging. Adaliz und er arbeiteten schon so lange in der Backstube zusammen, dass sie sich nur ansehen mussten, um zu wissen, was der jeweils andere dachte.

Juliette und Carmen diskutierten, während Mathéo zum Eingang starrte, als ob er verzweifelt auf seinen Freund wartete. Er machte keinen einzigen Handschlag, als wollte er nicht ohne ihn beginnen.

»Sie haben zwei Stunden Zeit, um etwas zu erschaffen, was für alle essbar ist.«

»Für alle?«, hakte Lilou nach. »Dann sollten wir den Likör weglassen.«

Ich nickte. »Das war auch mein Gedanke. Normalerweise habe ich immer einen kleinen Schuss in solchen Pralinen drin, aber wenn es auch für Kinder oder ehemals Alkoholabhängige geeignet sein soll, will ich das lieber vermeiden.«

»Gut, dann sind wir uns einig.« Lilou fand langsam zu ihrem gelassenen Selbstbewusstsein zurück, was mich automatisch beruhigte. In Gedanken ging ich durch, wie viele Bleche in den Ofen passten, damit ich die Anzahl kalkulieren konnte.

»Holst du bitte sechshundert Gramm Schokolade, eine Packung Mehl, Zucker, Zimt und Salz? Ich kümmere mich dann um den Rest.«

Lilou nickte und wartete, bis Rousel seine Sachen geholt hatte, während ich die Arbeitsfläche vorbereitete. Anfangs war es in der Halle noch relativ ruhig, bis auf ein paar Geräusche, die von den anderen Teams kamen. Doch nach ein paar Minuten begannen die Zuschauenden zu reden, wodurch sich ein wunderschönes Hintergrundrauschen ergab, das fast wie ein leise gestelltes Radio klang.

»Ich denke, ich habe alles. Die Schokolade gibt es aber nur am Stück. Ich vermute, du möchtest, dass ich sie jetzt kleinstoße?«

»Sehr gut. Genau das. Du kannst die Schokolade vorbereiten, und ich beginne mit dem Teig für die Kügelchen.«

Lilou nahm sich den Stößel und die Steinschale, die vor uns auf der Arbeitsfläche bereitstand, und an zu arbeiten. Links von uns wurde es wuselig, wenn auch weniger durch Rousel und Adaliz. Die beiden waren so gemächlich dabei, dass ich mir nicht sicher war, ob sie die vorgegebene Zeit einhalten würden. Dafür lachten sie immer wieder, da sie sich offensichtlich über die guten alten Zeiten unterhielten.

Juliette und Carmen waren konzentriert bei der Arbeit, redeten und lachten gar nicht. Es sah alles ernst und verkniffen aus. Nicht so, als ob es Spaß bereiten würde, sondern, als wäre es wirklich Arbeit. Ich hatte das vor Jahren für mich abgeschrieben. Wenn ich eines Tages mal keinen Spaß mehr an meinem Beruf hätte, würde ich definitiv etwas anderes machen. Nichts war schlimmer, als mit einer Abneigung in den Arbeitstag zu starten. Das konnte und wollte ich nicht riskieren.

»Ah, da ist ja auch der letzte Teilnehmer«, sagte Lilou und deutete auf jemanden, der gerade die Stufen nach oben gelaufen kam.

Beim Anblick der schmalen Nase, die ich seit meiner Kindheit kannte, durchfuhr ein Kribbeln meinen Körper. Die Luft blieb mir weg, als ich die zurückgekämmten, leicht gewellten Haare wiedererkannte, die sich seit dem Tag, an dem ich ihn zum letzten Mal gesehen hatte, kaum verändert hatten.

Denn nur etwa zwanzig Meter von mir entfernt stand der Mann, der mich vor fast genau zehn Jahren vor dem Altar stehen gelassen hatte. Noel winkte seinem Freund und lächelte dabei, als ob alles bestens wäre.

Dann trafen sich unsere Blicke.

Kapitel 7

Sein Lächeln wurde weicher und freundlicher. Zugleich aber auch etwas unsicherer und zaghafter. Und ich wusste nicht, was ich davon halten sollte.

Sekundenlang starrten wir uns an. Mein Herz schlug wie wild in meiner Brust, und ich spürte, wie das Rauschen in meinen Ohren immer mehr Besitz von mir ergriff.

Es ging mir nicht gut und doch konnte ich nicht wegschauen. Sein Blick, diese Augen, dieses Lächeln. Alles erinnerte mich an eine Zeit, in der ich glücklich gewesen war und …

Ein einziger Tag hatte es zerstört. Der 19. Dezember.

Ein Moment, der mich vollkommen verändert hatte. Und der mir bis heute nachhing. Dieses Jahr sogar schwerer als jemals zuvor.

Jetzt stand er da und lächelte mich an, als ob nie etwas gewesen wäre. Als hätte er mir nicht das Herz gebrochen und mir die schlimmsten Monate meines Lebens beschert, weil er ohne Grund abgehauen war. Mich mit einem Leben zurückgelassen hatte, das ich nicht mehr allein verbringen wollte. Wir hatten eine Zukunft geplant, und die hatte er durch sein Verschwinden in den Wind geschossen.

Ihn dort zu sehen, so glücklich, gutaussehend und

scheinbar ohne Probleme, weckte etwas in mir, das ich das letzte Mal gespürt hatte, nachdem ich herausgefunden hatte, dass ihm nichts passiert war. Dieselbe wütende Hitze baute sich in meinem Bauch auf, zerfraß mein Innerstes und legte Gedanken frei, die ich längst begraben glaubte. Was ich mit ihm anstellen würde, wenn er mir gegenüberstand. Sie ließen mich schnauben, brachten mich aber schließlich dazu, mich wegzudrehen.

»Gesundheit«, sagte Lilou in dem Moment und hielt mir ein Paket Taschentücher hin.

»Danke«, knurrte ich und schob ihre Hand wieder beiseite. »Ich brauche es gerade gar nicht, außer, um es dem Kerl an den Kopf zu werfen.«

»Welcher Kerl?« Lilou schaute noch einmal zu Noel und sah dann mich an. »Oh bitte, nein. Sag mir, dass er das nicht ist?«

»Doch. Leider.« Ich presste die Fäuste in den Teig, mit dem ich bereits begonnen hatte.

»Wie kann das sein? Wieso ist er hier? Hattest du nicht gesagt, dass er keine Lehre in dem Bereich gemacht hatte?«

»Hat er auch nicht. Aber offensichtlich hat sich das in den zehn Jahren geändert, die er mir aus dem Weg gegangen ist.«

Ich atmete und sog tief die Luft ein, ehe ich die Augen schloss, da sich das Feuer in mir ausbreitete und eine Wüste der Verzweiflung hinterließ. Diese schlug langsam auf meine Atmung um, und ich wusste nicht, wie ich es jemals schaffen sollte, meine Gefühle wieder in den Griff zu bekommen. Er war nicht weit von mir entfernt. Aus dem Augenwinkel konnte ich erkennen, dass er sich zwar mit Mathéo unterhielt, aber immer noch in meine Richtung sah. Inzwischen ohne dieses verführerische Lächeln.

»Atme, Bernie, atme«, hörte ich Lilou wie durch Watte hindurch.

»Tue ich«, keuchte ich und lehnte mich auf die Arbeitsfläche, um einen Halt zu haben. Dabei war ich mir sicher, dass ich jeden Augenblick umfallen würde. Das wäre auch die einfachste Lösung, um Noel nicht ertragen zu müssen.

»Ich muss hier raus«, sagte ich schließlich und stolperte die wenigen Schritte zum Ende der Bühne. Lilou hielt mich die ganze Zeit fest.

»Wir kommen gleich wieder«, rief meine Freundin noch über die Schulter, aber ich war mir nicht sicher, ob ich dazu wirklich in der Lage sein würde.

»Was ist passiert?«, fragte Chloé, die als Erste neben mir stand.

Nun, da das Scheinwerferlicht nicht mehr auf mich gerichtet war, konnte ich sie erkennen und war froh, dass sie alle sofort bei mir waren. Es lenkte mich zwar nicht von den Gefühlen ab, verdrängte aber einen Teil der Panik.

»Der Noel dort ist ihr Noel«, fasste Lilou zusammen.

Pierre pfiff leise aus. »Dem werde ich erst mal die Meinung geigen!«, sagte er und ich bekam ihn gerade noch zu fassen, ehe er wirklich zu Noel gehen konnte.

»Nicht hier. Nicht jetzt. Das gehört hier nicht her.«

»Wohin denn dann? So eine Arschgeige muss auch mit der Demütigung leben können«, erklärte Kim und deutete auf ihn. »Ich könnte ihn hier und jetzt auseinandernehmen.«

»Ich weiß, aber nein. Das will ich nicht. Bitte!«, flehte ich alle an. Langsam gewann ich die Kontrolle über meinen Körper zurück und war froh darüber, denn nichts war schlimmer, als sich komplett zu verlieren. Ich hatte kein Problem damit, meine Meinung vor aller Welt lautstark kundzutun, doch das hier war etwas vollkommen anderes. Das war privat und emotional und sollte nicht auf einer öffentlichen Veranstaltung verhandelt werden.

»Gut, dann lassen wir ihn in Ruhe, aber sobald er dich auch nur schief ansieht, werde ich ihn mit Teig bewerfen«, versprach Lilou.

Die anderen stiegen gleich mit ein, und Kim kramte in ihrer Handtasche, um zu schauen, welche potenziellen Wurfgeschosse sie bei sich hatte. Pierre zog einen Stimming-Knautschball hervor.

Ich hob beschwichtigend die Arme und atmete tief durch. »Nein, das braucht ihr nicht. Ich denke, ich werde das hier beenden.« Ich deutete um mich herum.

»Nur, weil hier ein Typ auftaucht, der es nicht verdient, dich noch einmal anzusehen? Nein, damit würde er nur gewinnen, und das werden wir nicht zulassen!«, entschied Pierre. »Bitte, meine Liebe. Für alle enttäuschten Lieben und Zurückgelassenen, sei stark. Zeig ihm, dass dir seine Anwesenheit am Arsch vorbeigeht.«

»Das tut sie ja eben nicht. So sehr ich es mir auch wünschen würde, aber er ist hier, und ich komme gerade nicht damit klar.« Ich hatte Schwierigkeiten damit, meine Atmung weiterhin unter Kontrolle zu halten.

»Und wenn wir mit auf die Bühne gehen, um dir beizustehen?«, schlug Kim vor. »Ich würde mich sofort als menschlicher Paravent zur Verfügung stellen. Im wahrsten Sinne des Wortes.«

»Ich denke, das ist nicht erlaubt«, sagte ich und lächelte bei dem Gedanken, wie die zierliche, kleine Kim versuchte, mich abzuschirmen.

»Dann sind wir einfach für dich da. Du weißt, dass du unsere vollste Unterstützung hast, und solltest du wirklich abbrechen wollen, sind wir sofort an deiner Seite«, erklärte Chloé und nahm mich in den Arm. »Aber bedenke auch, dass du hier aus einem bestimmten Grund bist.«

»Du meinst, um mich davon abzulenken, dass er mich vor zehn Jahren sitzen gelassen hat? Ich denke, das funktioniert nicht so gut, wenn er hier bei mir ist«, erwiderte ich sarkastisch.

»Okay, gut. Ja, das stimmt wohl«, sagte Chloé und wurde rot, ehe sie den Kopf schüttelte. »Dann anders. Sieh es einfach als eine Art Schocktherapie. Wenn du das heute hier durchstehst, weißt du, dass du alles andere auch schaffst. Vielleicht sollte es auch sein, dass er hier ist. Damit du endlich deinen Frieden findest, nachdem du mit ihm geredet hast.«

»Bernie ist kein Poltergeist, der noch etwas auf der Erde zu erledigen hat, bevor sie ins Licht gehen kann«, erklärte Pierre und schmunzelte. »Aber du hast recht, ma chérie. Du solltest dich dem stellen. Und wo, wenn nicht hier? Wenn wir alle dabei sind, um dir beizustehen?«

Ich nahm sie eine nach dem anderen in den Arm und schniefte leise. »Ihr seid bekloppt, wisst ihr das?«

»Schon klar, aber deswegen liebst du uns doch so sehr.« Pierre tätschelte meinen Rücken. »Und jetzt rauf da mit euch. Du musst etwas Bratapfeliges machen. Ich bin mir sicher, es wird grandios werden.«

»Das wird es ganz sicher«, sagte Lilou und nahm meine Hand. Sie schaute mir zur Absicherung erneut in die Augen. Erst als ich nickte, ging sie mit mir hinauf.

»Wenn es gar nicht geht, brechen wir aber dennoch ab. Ich bin bei Chloé, dass du dich deinem Trauma-Mann stellen musst, aber bevor es dich kaputt macht, hören wir lieber auf, okay?«

»Du bist ein Schatz, Lilou. Ich hätte mir keine bessere Partnerin für diesen Wettbewerb vorstellen können.«

Da stand Camille auf einmal vor unserem Tisch. »Ist alles in Ordnung?«, vergewisserte sie sich, ohne dass das Mikrofon an war. Sie sah wirklich besorgt aus.

»Ja, geht schon wieder.« Ich warf einen Blick die Arbeitsplatte entlang. Noel sah mich nicht mehr an, sondern arbeitete bereits konzentriert mit Mathéo zusammen an etwas. Noch sah ich nicht, was er backen wollte, aber wenn ich bis zum Ende durchhielt, würde ich es erfahren.

Entschlossen reckte ich den Kopf. »War nur ein kurzes Unwohlsein. Aber das hält mich nicht ab. Danke fürs Nachfragen.«

»Es ist aber nichts Ansteckendes?«, vergewisserte sie sich. »Dann müsste ich nämlich das Gebäck im Anschluss vernichten, bevor es jemand …«

Ich hob beschwichtigend die Hände. »Keine Sorge. Es war eher emotionaler Natur. Ich stecke niemanden an. Versprochen«, erklärte ich und hoffte, dass sie mir das weiterhin glaubte.

Camille schaute skeptisch, doch schließlich nickte sie. »Gut, dann machen Sie weiter. Aber wenn noch mal was ist, dann muss ich Sie leider disqualifizieren.«

»Harte Bandagen«, entgegnete ich und versuchte mich an einem Lächeln. »Aber nur fair.«

Camille klopfte auf ihr Klemmbrett, ehe sie sich langsam wieder entfernte.

»Also, wie machen wir weiter?«, fragte Lilou und deutete auf die Arbeitsfläche. »Die Schokolade habe ich zerkleinert. Soll ich sie schon schmelzen?«

»Nein, erst später, wenn die Teigbällchen fertig sind. Aber du kannst mir die Mandeln anreichen. Außerdem müssen die Äpfel kleingeschnitten und angebraten werden. Dann können wir die im Anschluss häckseln und in den Teig geben.«

Während Lilou meinen Anweisungen folgte, verarbeitete ich die Mandeln. Dabei konnte ich die anderen beobachten. Natürlich fiel mein Blick automatisch auf Noel, und sofort spürte ich wieder diese Enge in der Brust. Als schnürte da jemand mit einem dicken Seil meinen Brustkorb ab, um zu verhindern, dass ich atmen konnte. Und zugleich war da diese Neugier. Diese unnatürliche Freude, ihn wiederzusehen. Ein wenig hasste ich ihn dafür, dass er auch nach all der Zeit noch so gut aussah.

Ich schloss kurz die Augen und hoffte darauf, mich selbst zu beruhigen, indem ich tief einatmete, doch es half nur bedingt. Denn es kam alles hoch, was mich in den letzten zehn Jahren mal mehr oder weniger beschäftigt hatte. Noel sah verdammt gut aus, was es schwerer machte, wegzuschauen. Ihn jetzt so nah zu wissen und doch nicht mit ihm sprechen zu können, machte mich wahnsinnig.

An meiner Meinung, ihn nicht anzusprechen, änderte ich aber nichts. Die junge Frau von vor zehn Jahren in mir war verängstigt, wusste nicht, wie ihr geschah. Ich spürte, wie die Unsicherheiten, die monatelang mein Leben bestimmt hatten, sich wieder einen Weg an die Oberfläche bahnten, und das wollte ich nicht.

Ich holte erneut Luft, ballte eine Faust und bohrte sie in meine Hosentasche. Wie viel Kraft hatte es mich damals gekostet, mich aus diesem Loch zu graben? Wie viele Monate hatte ich gebraucht, um zu begreifen, dass es nicht meine Schuld war? Er allein diese daran trug, mich verlassen zu haben. Immer wieder hatte ich mich gefragt: Bernadette, was hast du falsch gemacht?

Die Antwort »nichts« zu akzeptieren, hatte zu lange gedauert und mich stärker verändert, als meine Freundinnen und Freunde heute verstehen könnten.

»Hallo Bernie«, erklang es plötzlich direkt neben mir.

Erschrocken riss ich die Lider auf und starrte in die hellbraunen Augen, die mich schon mein Leben lang begleiteten. Zuerst als Freund, dann als Geliebter.

Wie erstarrt stand ich vor ihm und konnte nicht einmal mehr blinzeln. In mir toste ein wilder Sturm, der mich an neue Ufer wirbelte. An keinem dieser Ufer war es mir möglich, mich festzuhalten, um etwas zu erwidern und die Kontrolle zurückzuerlangen.

»Hast du mal kurz einen Moment, Bernie?«, sagte

Lilou und zog mich am Arm nach hinten, bevor ich antworten konnte.

Erst als ich einige Schritte weit von Noel entfernt war, blinzelte ich wieder und spürte, wie der Knoten sich langsam löste.

»Alles okay?«, fragte Lilou leise und deutete auf ihre kleingeschnittenen Äpfel.

»Ich weiß nicht. Es ist seltsam, seine Stimme zu hören«, murmelte ich und presste die Lippen aufeinander. »Es weckt so viele Erinnerungen.«

»Gute oder schlechte?«

Das war Lilou. Sie stellte immer die richtigen Fragen zur richtigen Zeit. So auch diesmal. »Beides?«, erwiderte ich. »Ich sehe vor meinem inneren Auge, wie er mich morgens mit einem Kuss auf die Wange weckt, eine Tasse Kaffee in der Hand, und dabei Worte in mein Ohr flüstert. Und gleich darauf stehe ich allein vor dem Altar, wo ich seine Stimme gern gehört hätte.«

»Willst du lieber abbrechen?«

Einen Moment lang überlegte ich. Was wäre, wenn ich das wirklich tun würde? Wie würde ich mich hinterher fühlen? Könnte ich mich dann noch selbst im Spiegel anschauen? All die Jahre war ich wütend auf Noel gewesen, hatte die Schuld irgendwann bei ihm gesucht, aber keine Antworten gefunden. Wusste nicht, wie ich mit dieser unerklärlichen Ablehnung umgehen sollte. Obwohl ich über die Zeit gelernt hatte, zu akzeptieren, dass ich wohl nie eine Erklärung erhalten würde, befand sich die Möglichkeit, endlich Klarheit zu erhalten, nur zwanzig Meter von mir entfernt. Ich könnte endlich Frieden mit der Vergangenheit schließen, sofern ich die nächsten zwei Stunden durchhielt. Ich war stark, das hatte ich mir über die Jahre immer wieder bewiesen. Da würde ich das hier auch aushalten. »Es tut weh, ihn hier zu sehen, aber da muss ich jetzt durch. Und wenn das heute vorbei ist, werde ich ihn zur Rede stellen.« Entschlossen ballte ich die Faust und spürte, dass es das Richtige war.

»Ich bewundere dich, Bernie.« Lilou schüttelte mit offenem Mund den Kopf. »Keine Ahnung, wie du das machst.«

Ich knuffte ihr in die Seite. »Ihr seid nicht ganz unschuldig dran. Immerhin habt ihr mich eben noch überredet, hierzubleiben.«

»Ja, aber ich konnte doch sehen, dass du gerade schon ganz anders auf meine Frage reagiert hast. Nicht so ängstlich und verwirrt wie vorhin noch. Jetzt auf einmal wirkst du entschlossen, als hätte sich ein Schalter in dir umgelegt. Und das bewundere ich an dir. Dass du die Kraft aufbringst, deine Entscheidungen so willensstark zu vertreten.«

»Nur, weil ihr an meiner Seite steht. Sonst wäre ich schon lange durch die Tür da hinten verschwunden.« Ich klatschte in die Hände, und der letzte Rest Mandelmehl flog in alle Richtungen davon, ließ mich kurz husten. »So, dann wollen wir mal. Es gilt einen Teig vorzubereiten, ihn in kleine Kugeln zu formen und dann mit Schokolade zu überziehen. Und dafür bleiben nur noch etwas mehr als anderthalb Stunden.«

Lilou und ich arbeiteten Hand in Hand, wobei ich ihr Anweisungen gab, die sie perfekt umsetzte. Ich war dankbar, dass ich sie dabeihatte, denn allein hätte ich meine Bratapfel-Mandel-Teigkugeln mit Schokoladenüberzug wohl niemals in der vorgegebenen Zeit fertigstellen können. Gerade als ein lautes Tröten erklang, trocknete die Schokolade so an, dass sie langsam hart wurde.

»Verehrtes Publikum, liebe Teilnehmende, die Zeit ist um. Ich sehe bei den meisten Teilnehmenden bereits die fertigen Bleche stehen und bin sehr gespannt auf die Ergebnisse«, erklärte Camille durch ihr Mikrofon.

Ich blickte zu den anderen Teams. Juliette und Carmen mussten schon länger fertig sein, denn sie reinigten bereits ihre mitgebrachten Gerätschaften. Noel und Mathéo ebenfalls. Auch die anderen beiden Teams hatten ihre Bleche in letzter Sekunde abgestellt. Nur Adaliz und Rousel hatten ihre Tarte mit Baiserüberzug nicht rechtzeitig fertigstellen können. Sie lag im Ofen und würde vermutlich noch ein paar Minuten brauchen.

»Am Ende des Tages werden die besten Ergebnisse vom Publikum gekürt. Deswegen muss ich Sie bitten, nun von Ihren Blechen zurückzutreten. Alle, die eine Einladung erhalten haben, dürfen nun nach vorne treten und sich von jedem Gebäck etwas nehmen«, sagte Camille und hob einen Zettel hoch. »Auf der Einladung ist ein Auswertungsbogen, auf dem Sie bitte Ihre Reihenfolge bestimmen. Die Bögen werden wir im Anschluss auswerten, und nächste Woche sehen Sie die fünf besten Teams wieder.«

»Es fliegt tatsächlich nur ein Team raus?«, fragte Lilou, die nervös ihre Hände knetete. Erstaunlicherweise war ich weniger aufgeregt als sie. Dabei war es mein Ruf, der leiden könnte. Ich hatte eine der Kugeln probiert und sie schmeckte, aber wer wusste schon, wie die Zuschauenden das empfanden?

»Du schaffst das schon«, sagte in der Sekunde Noel hinter mir, als er eine der Schüsseln zu dem Waschbecken auf unserer Seite brachte. Es gab nur einen Wasseranschluss, und der war ausgerechnet bei uns.

Ich drehte mich nicht um, schluckte nur trocken, reagierte gar nicht, denn ich wollte ihm auf keinen Fall einen Anlass geben, mit mir zu reden. Dennoch kostete es Kraft, die ich in seiner Nähe nicht hatte. Lilou lehnte sich ein Stück weit zu mir rüber, so dass ihr Arm meinen berührte und ich spüren konnte, dass ich nicht allein war. Dafür war ich so unendlich dankbar, dass sich trotz der angespannten Situation ein Lächeln auf meine Lippen stahl.

Auch wenn ich seine Schritte genau verfolgte und erst wieder atmen konnte, als er sich entfernt hatte, wusste ich, dass Lilou notfalls eingeschritten wäre. Nur für den Fall, dass ich in eine erneute Schockstarre verfallen wäre.

»Darf ich einen davon probieren?«, fragte eine ältere Frau. Ihre Kleidung sah aus, als ob sie schon lange in die Mülltonne gehörte. Zumindest trug sie eine warme, dicke Jacke. Dass ihre Beine nur von einer dünnen, blickdichten Leggins bedeckt waren und ihre Füße in Sommerlatschen steckten, erkannte ich erst, als ich mich vorlehnte, um das Blech näher an sie heranzuschieben.

»Aber sicher doch. Greifen Sie zu. Dafür sind die Pralinen da.«

»Vielen Dank, dass Sie hier mitmachen.« Sie stibitzte

sich verstohlen drei Kugeln, um sie wie einen Schatz auf einem kleinen Pappteller zu hüten.

Ein paar Minuten später kam ein Mann zu mir, der ebenfalls in zerrissenen Jeans und einer zu kurzen Jacke vor der Bühne stand. »Die alte Maeve sagte, dass die hier köstlich sind. Darf ich auch einmal probieren?«, fragte er und deutete auf meine Bleche.

»Natürlich. Greifen Sie zu. Es sind noch genug da.«

Auf einmal hielt er inne und lehnte sich zu mir vor. »Sind die auch ohne Alkohol?«, flüsterte er verschämt.

Ich nickte. Er war jung, aber sicher volljährig. Es dauerte einen Moment, bis mir klar wurde, dass es nicht sein Alter war, weswegen er fragte. »Ja, wir haben extra darauf geachtet, dass es für jeden essbar ist«, sagte ich und war froh, diese Entscheidung getroffen zu haben.

Die Dankbarkeit, die ich in seinem Blick lesen konnte, sprengte fast mein Herz, als er gleich fünf der Kugeln auf seinen Teller packte.

»Dann kann ich ja doch etwas hier essen. Bei den anderen war überall Alkohol drin. Danke dafür.«

Er biss zaghaft in die erste Kugel. Seine Augen leuchteten erneut auf, und ich musste mit den Tränen kämpfen, als ich die Freude sah, mit der er die Pralinen vertilgte.

»Manche von ihnen haben schon seit Monaten keine solche Süßigkeit mehr gegessen«, sagte Camille, die die Szene beobachtet hatte. »Wir versuchen, immer etwas zu bekommen, aber es klappt nicht so oft, wie wir es uns für die Bedürftigen wünschen würden.«

»Dann freut es uns umso mehr, dass wir helfen können«, erwiderte ich und lächelte. »Wenn auch nur temporär.«

»Oh, täuschen Sie sich nicht, Bernadette.« Camille drehte sich zu mir um und sah mich an. »Manchmal bleiben solche Erlebnisse über Monate im Gedächtnis, und die Menschen auf der Straße zehren davon, dass sie hier gewesen sind.«

Eine Mutter mit zwei Kindern kam heran, und Camille machte Platz, nachdem sie ihre Einladung kontrolliert hatte. Ich konnte nur hoffen, dass diese Frau einen regelmäßigen Schlafplatz in einem der Heime für die Nacht fand. Wie ich von Camille zwischenzeitlich erfahren hatte, richtete sich die Veranstaltung auch an die Einrichtungen zum Schutz alleinstehender obdachloser Frauen und ihrer Kinder in Belleville.

Eine halbe Stunde später waren alle versorgt. Bei Adaliz und Rousel hatte es sogar einen kleinen Rest gegeben, den Pierre dankbar verschlungen hatte.

»Kriegen wir die Auswertung heute noch, oder bekommen wir einen Anruf?«, fragte ich, als Camille das nächste Mal bei uns vorbeikam.

»Sie bekommen einen Anruf. Es sind zu viele Zettel, um das jetzt auf die Schnelle zu machen. Lieber will ich es ordentlich erledigen.«

»Das kann ich verstehen. Ich hasse auch nichts mehr als dieses schnelle Gepfusche, wie es in einigen Büros heutzutage üblich ist.« Lilou schien aus eigener Erfahrung zu sprechen. Hatte sie wieder mal Probleme mit einem ihrer Lieferanten? Bisher hatte sie nichts erzählt, aber sie teilte ihre Schwierigkeiten nur selten mit.

»Gut«, sagte ich und nahm die Schürze ab, die meine Kleidung grob vor dem Mehl geschützt hatte. »Dann würde ich mich jetzt verabschieden?« Damit wandte ich mich an Lilou. »Ich habe da noch etwas zu erledigen.«

»Mach das! Und wenn was ist, sag Bescheid. Wir sind direkt hinter dir.« Sie drückte meine Hände. »Ich wasche schon mal ab.«

Ich schaute mich um, suchte nach Noel. Er stand nicht mehr auf der Bühne bei Mathéo und war auch nicht bei den anderen Teilnehmenden, die langsam ihre Sachen zusammenpackten und aufräumten.

»Wo bist du?«, fragte ich leise und presste die Lippen aufeinander.

War er etwa schon gegangen? Hatte ich zu lange gewartet? Oder ging er mir aus dem Weg? Noel hatte immer ein Händchen dafür gehabt, zu spüren, was ich wollte oder vorhatte. Das hatte den Sex wunderbar gemacht, doch für das Planen von Überraschungen war es eine Katastrophe gewesen.

Ich drehte mich einmal um mich selbst, vergewisserte mich, dass er nicht bei den Öfen oder am Waschplatz stand. Enttäuscht zog ich die Augenbrauen zusammen. Er war mir entwischt.

Kapitel 8

»Und was machst du heute Abend noch, Bernie?«, fragte Chloé, die mich zum Auto begleitete. »Willst du noch mit zu mir kommen? Wir könnten uns einen Film ansehen.«

»Das ist lieb von dir, aber ich denke, ich fahre heute zu meinen Eltern. Die haben Hawi und David heute über Nacht da und können ein wenig Verstärkung gebrauchen.«

»Wirklich? Ich meine, wenn du reden möchtest, bin ich da. Du bist sicher aufgewühlt, nachdem du ihn gesehen hast.« Chloé verzog das Gesicht, und ich spürte, wie sehr sie mir helfen wollte.

»Nein, schon gut. Ich bekomme das hin. Außerdem hast du doch heute Abend dein heißes Telefondate mit Ben.«

Chloé lief rot an. »Das ist nicht heiß. Wir reden nur über unseren Tag. Mehr machen wir nicht.«

»Keine Schande, wenn es auch mal ein wenig sexy zugeht, meine Liebe. Du hast es dir verdient, einen so guten Kerl abbekommen zu haben.«

»Danke. Er ist wirklich lieb. Hoffentlich klappt das mit seiner Baustelle alles bald. Weihnachten ist zwar noch ein wenig hin, aber ohne ihn wäre es nicht so schön«, sagte sie und stieg in ihr Auto. »Grüß mir deine

Eltern. Die habe ich auch schon lange nicht mehr gesehen.«

»Willst du damit sagen, dass wir wieder einen der berühmten Jelani-Abende brauchen?«, schlug ich vor.

»Ich wäre dem nicht abgeneigt. Pierres Meinung zu dem Essen deiner Eltern kennst du, und Kim findet auch immer etwas. Also, wenn deine Eltern Lust haben, sehr gerne.«

»Ich frage sie mal. Vielleicht kriegen wir das unter der Woche noch mal hin. Ist schon wieder viel zu lange her, dass wir gemeinsam gegessen haben.«

»Genieß deinen Abend«, verabschiedete Chloé sich und fuhr davon.

Bis zu meinen Eltern brauchte ich eine Weile, da sie nicht in der Innenstadt wohnten. Das Haus, in dem ich mit meinen Geschwistern aufgewachsen war, war kühl weiß verputzt und wirkte wie das normalste Haus der Gegend. Doch sobald man in den Flur kam, wurde deutlich, mit wie viel Liebe es eingerichtet worden war. Maman hatte Wandteppiche aus Nigeria aufgehängt, die sie bei ihren Besuchen in der Heimat gekauft hatte. Außerdem hatte sie in jedem Zimmer französische Filmplakate an der Wand befestigt. Nicht für sich, sondern für meinen Vater. Er liebte die alten Klassiker genauso wie neuere Filme. Bei *Willkommen bei den Sch'tis* lachte er sich jedes Mal kaputt.

Das offene und gemütlich ausgestattete Wohn- und Esszimmer war das Herz des Hauses. Hier trafen wir uns, aßen gemeinsam oder schauten eine der Quizsendungen, die Maman so mochte. Es war groß genug, um all meine Nichten und Neffen, meine Geschwister und meine beiden Schwägerinnen zu fassen. Außerdem noch meine Tante, die damals mit meinen Eltern nach Paris gekommen war und inzwischen selbst zwei Kinder und sechs Enkelkinder hatte.

»Tante Bernie!«, hörte ich da auch schon die Stimme von David, der mit einem Plastikschwert bewaffnet den Flur entlanggerannt kam. »Schnell, wir müssen den Drachen besiegen.« Der Sechsjährige packte mich, bevor ich mich wehren konnte, und zerrte mich mitten ins Wohnzimmer, das durch einen gemauerten Rundbogen vom Hausflur abging.

»Stopp, edler Ritter David«, rief ich und schlüpfte aus meinen Stiefeln und der Jacke, die ich rasch meiner Tante Nahla in die Hand drückte, ehe ich weitergezerrt wurde. »So, wo ist der Drache, und wie können wir ihn aufhalten?«

»Da vorn liegt er. Ich habe ihn schon niedergestreckt, aber er wehrt sich noch! Nimm das, du böser Drache!«, schrie er und stürzte sich auf meinen Vater, der gespielt verwundet auf der großen grauen Couch saß, die mit bunten Überwürfen und Decken überzogen war.

»Nein!« Mein Vater krümmte sich unter den schwachen Hieben meines Neffen. »Ich bin der Letzte meiner Art. Du darfst mich nicht töten.«

David hielt inne, überlegte und holte erneut aus. »Dann bin ich der Vernichter der Drachen. Die Mädchen werden sicher sein.« Er sah zu mir auf, als ob ich damit gemeint wäre. »Los, Tante Bernie, du musst mich jetzt anbeten.«

Verwirrt sah ich ihn an, schaute zu Maman, die auf dem farblich mit der Couch abgestimmten Sessel saß und sich ins Fäustchen lachte. Als ich hilfesuchend mit den Schultern zuckte, rief sie nur: »Da musst du jetzt durch. Ich war eben schon das Burgfräulein und musste auf den Sessel, weil er mich retten wollte.«

»Okay, dann werde ich wohl jetzt zum Anhänger des großen Ritter David.« Ich ging auf die Knie, um ihm zu huldigen. Die nächsten zehn Minuten war ich damit beschäftigt, die korrekte Handhaltung beim Verbeugen zu lernen, da David sehr konkrete Vorstellungen hatte.

»So, nun aber ab ins Bett, du kleiner Racker«, sagte meine Mutter schließlich. »Du durftest schon viel länger wach bleiben als dein Bruder.«

Ich schaute auf die Uhr. Es war bereits halb neun, und da morgen Schule war, würde die Aufstehprozedur sicher interessant werden. Vermutlich sollte ich hierbleiben und meinen Eltern helfen, die beiden für den Tag fertig zu machen.

Während Maman den protestierenden David in sein Zimmer brachte, setzte ich mich zu meinem Vater, der mittlerweile auferstanden war und wieder in normaler Haltung auf der Couch saß.

»Hallo, Bernie, wie geht es dir?«, fragte er und tätschelte mein Knie.

»Ach ja, es war ein durchwachsener Tag. Aber irgendwie auch schön«, gab ich zu. Wenn ich von der Tatsache absah, dass ich Noel getroffen hatte, war es wirklich ein schöner Tag auf dem Backwettbewerb gewesen.

»Möchtest du darüber reden?« Er griff nach der Fernbedienung und spielte damit herum.

»Nein, ich weiß doch, dass du jetzt Football gucken möchtest, also los. Mach an«, sagte ich und lehnte mich mit dem Kopf gegen seine Schulter.

Früher hatten wir gerne zusammen die Sonntagabende auf der Couch verbracht. Er hatte die Spiele der amerikanischen Footballmannschaften geschaut, und ich hatte mit meinem Papa gekuschelt. Das waren einige der gemütlichsten Erinnerungen, die ich an meine Jugend in diesem Haus hatte. Maman hatte dann auf ihrem Sessel gesessen und in Backzeitschriften nach neuen Rezeptinspirationen gesucht, und ich hatte die Nähe genossen, während meine älteren Geschwister in ihren Zimmern gespielt oder gelesen hatten. Das war meine Familie. Meistens laut, aber gerade in den ruhigen Momenten liebevoll und herzlich.

Die Schulter meines Vaters war knochiger, als ich sie in Erinnerung hatte. Oder ich war empfindlicher geworden. Eine Weile saßen wir nur da und kosteten die Ruhe aus, die flackernden Bilder des Fernsehers, bis aus dem Gästezimmer endlich nichts mehr zu hören war und meine Mutter zu uns kam.

Sie sah uns an und legte den Kopf schief. »Ach, das sieht so gemütlich aus. Da würde ich mich gerne zu euch kuscheln.«

»Was hindert dich daran?«, fragte mein Vater und klopfte auf den Platz neben sich. »Einen Football-Abend mit meinen Mädels hatte ich schon lange nicht mehr.«

»Um ehrlich zu sein, meine liebe Tochter«, sagte sie

und kam auf mich zu. Sie baute sich vor mir auf und runzelte die Stirn. »Irgendetwas an dir ist heute anders.«

»Besser?«, versuchte ich sie abzulenken. »Vielleicht, weil ich heute bei dem Back-Wettbewerb gut gewesen bin?«

»Nein, das ist es nicht. Da ist ein Hauch von Traurigkeit und Verwirrung in deinem Blick. Ist heute etwas passiert?«, bohrte sie nach, und ich schluckte. Meine Mutter hatte es schon immer vermocht, durch mich hindurchzusehen, als wäre ich aus lupenreinem Glas.

Als ich nicht sofort antwortete, drehte sich auch mein Vater vom Bildschirm weg und drückte auf Pause. »Bernadette Jelani, möchtest du uns etwas sagen?«

Ich wusste nicht, wie ich es auf den Punkt bringen sollte, ohne meinen Eltern den Abend zu versauen. Sie waren damals für mich da gewesen, als Noel mich vor dem Altar hatte stehen lassen. Sie hatten mich aufgefangen, sich um mich gekümmert, bis ich wieder genug Kraft gesammelt hatte, um weiterzumachen. Auch sie hatte es sehr mitgenommen, dass Noel von heute auf morgen verschwunden war. Sie hatten ihn in der Familie empfangen, als wäre er ihr dritter Sohn. Meine zwei älteren Brüder waren toll, aber sie waren zu der Zeit nicht mehr zuhause gewesen. Beide hatten in Lyon studiert. Deswegen hatten sie Noel gleich aufgenommen und willkommen geheißen, als wir unsere Beziehung offiziell gemacht hatten. Er war sowieso fast jeden Tag bei uns gewesen, da er mit seinen Eltern in einer engen Wohnung gelebt hatte und sich bei uns viel wohler gefühlt hatte. Dennoch wollte ich ihnen nicht die Laune verderben.

»Geht es um Noel?«, fragte Maman und sah mich intensiv an.

Ich biss mir auf die Unterlippe, weil ich nicht fassen konnte, dass sie den Nagel auf den Kopf getroffen hatte. »Wie kommst du darauf?« Vielleicht konnte ich sie ablenken, wenn ich wusste, ob sie es mir wirklich ansah.

»Es ist diese Zeit im Jahr, du sitzt hier angekuschelt an deinen Vater und bist an einem Sonntagabend hier, obwohl du nach dem Wettbewerb sicher etwas mit Pierre, Chloé und den anderen unternehmen könntest.«

»Ich weiß nicht, wie du das immer machst, aber ja, es könnte damit zusammenhängen«, erklärte ich mit einem Seufzen. »Allerdings ist heute noch etwas passiert.«

»Was denn, Liebes?«, fragte mein Vater so unschuldig, dass mir augenblicklich die Tränen in die Augen stiegen. Es waren seine drei Worte, die den Damm brechen ließen, den ich seit dem Wiedersehen mit Noel mühsam versuchte, aufrechtzuerhalten.

Ein leiser Schluchzer verließ meine Kehle, und sofort nahm mein Vater mich in den Arm. »Shhh.« Er tätschelte meinen Rücken, während meine Mutter in die Küche verschwand und gleich darauf mit einem riesigen Becher Eis und drei Löffeln zurückkam.

»Zehn Jahre, das ist eine lange Zeit«, sagte Maman und drückte mir einen in die Hand. »Für jedes Jahr musst du mindestens einen Löffel essen.«

Eine Träne rollte über meine Wange, und ich schnaubte, als ich sie wegwischte. Maman schob ihren Sessel näher heran, so dass wir alle an den Eisbecher kamen.

»Dann erzähl mal. Und lass nichts aus. Wir hören dir zu, Bernadette.«

»Ich habe Noel heute bei dem Weihnachts-Backen gesehen«, murmelte ich, bevor ich mir den ersten Löffel in den Mund schob.

»Warte, wirklich?«, hakte sie nach. »Wie kam das?«

»Er war einer der Teilnehmenden, hat wohl einen Freund unterstützt.« Ich holte tief Luft, bohrte den Löffel in das Eis und erzählte ihnen, was passiert war.

»Dafür, dass du ihn getroffen hast, hältst du dich aber wacker, meine Liebe«, erklärte mein Vater. »Du hast genau richtig gehandelt. Ihn zu ignorieren und weiterzumachen ist das Beste, was du machen konntest.«

»Ach Quatsch, hör nicht auf den alten Mann, der hat keine Ahnung von Gefühlen«, meckerte meine Mutter. »Du musst dich ihm stellen.«

»Und dann?«, fragte ich und aß einen weiteren großen Happen.

»Dann kannst du endlich den Abschluss finden, der dir bisher vorenthalten wurde.« Maman stellte den Eisbecher mit ihrem Löffel darin beiseite und nahm meine freie Hand. »Bernadette, du weißt, dass ich dich liebe, genauso wie deine Freundinnen und Freunde aus der Rue de la Chance, aber glaub mir, wenn ich dir sage, dass du mit ihm reden solltest.«

»Ich weiß nicht, ob ich das kann«, gab ich ehrlich zu. »Als er mir nur Hallo gesagt hat, bin ich fast wahnsinnig geworden vor Verwirrung. Du hast keine Ahnung, was in mir abgeht, wenn er mit mir redet. Was passiert dann erst, wenn wir über wirklich ernste Themen sprechen?«

»Dann wirst du wie so oft über dich hinauswachsen und eine neue Seite an dir entdecken. So wie beim ersten Mal.«

»Du meinst damals, als ich mich wie eine Ameise in meinen Bau zurückziehen und niemanden sehen wollte? Ja, das war wirklich mal was Neues«, erklärte ich frustriert und wischte eine Träne von meiner Wange.

»Nein, ich meinte den Moment, als dir klar wurde, dass es nicht deine Schuld war. Als du erfahren hast, dass Noel dich verlassen hat und du für dich verstanden hast, dass allein er der Verursacher all dieses Leids ist«, sagte Maman und streichelte meinen Arm. »Du bist aufgestanden, unter die Dusche gesprungen und hast dir deinen Weg im Leben gesucht.«

»Es hat aber auch einige Monate Zeit und verdammt viel Kraft gekostet, bis ich das getan habe«, gab ich kleinlaut zu. »Und so möchte ich mich ehrlich gesagt nie wieder fühlen.«

»Das wirst du nicht, Liebes«, erklärte mein Vater und legte den Löffel beiseite. »Du allein bestimmst, wie viel Einfluss Noel noch auf dein Leben hat. Wenn du sagst, dass er sich zum Teufel scheren kann, dann soll er das auch machen. Und wenn du sagst, dass du mit ihm redest, um herauszufinden, was ihn damals geritten hat, dann wirst du merken, dass deine Mutter recht hatte.«

»Warst du nicht eben noch für Verdrängung?«, fragte ich amüsiert und lächelte ihn an.

Er zwinkerte mir zu. »Und ich habe meine Meinung geändert. Weil die Argumente deiner Mutter mir sinnvoll erschienen. Das passiert in einer guten Ehe.« Liebevoll warf er meiner Mutter einen Luftkuss zu. »Abgesehen davon würde sie mich heute Nacht so lange bequatschen, bis ich ihrer Meinung bin. Dem komme ich nur zuvor.«

»Guter Mann«, sagte sie nicht weniger innig.

»Ach, nehmt euch ein Zimmer.« Ich schnappte mir den Eisbecher und aß weiter. »Vor nächster Woche sehe ich Noel sowieso nicht wieder. Bis dahin kann ich sicher noch einen Schlachtplan entwerfen. Heute hat es ja nicht geklappt, aber vielleicht kann ich ihn am nächsten Sonntag abfangen und mit ihm reden, bevor es losgeht.«

»Wenn das jemand schafft, dann du. Weißt du noch, wie du dir vorgenommen hast, deine Lehre in zweieinhalb Jahren zu schaffen statt in drei?«

Stolz hob ich den Kopf, während meine Mutter auf das Zertifikat an der Wand deutete. Ich hatte ihr eine Kopie des Abschlusses gemacht und eingerahmt. Dieser hing neben den Bachelor- und Masterurkunden meiner Brüder im Wohnzimmer. »Und ich weiß immer noch nicht, wie ich das geschafft habe. Aber ja, ich weiß, worauf du hinauswillst.«

»Gut, dann bin ich zuversichtlich, dass du das auch schaffst.« Mein Vater nahm wieder seinen Löffel, um ebenfalls von dem bereits zur Hälfte geleerten Becher zu essen.

»Danke«, murmelte ich und gab beiden einen Kuss. »Danke, dass ihr da seid und mir zuhört.«

»Eine meiner leichtesten Übungen«, sagte Maman und gab mir einen Kuss auf die Stirn. »Willst du noch weiter über ihn reden?«

Ich betrachtete das Standbild des Fernsehers und überlegte. Sie wussten alles, wenn es um Noel ging. Allerdings hatte ich ein Detail aus der Geschichte von heute ausgespart. Etwas, das mich selbst nicht losließ, obwohl ich ahnte, dass ich mit jemandem darüber sprechen musste. Meine Mutter war jedoch nicht die Richtige. Eventuell konnte ich das mit Chloé, Pierre, Kim oder Lilou besprechen. Sie würden am ehesten verstehen, was ich meinte.

»Nein, lieber nicht.« Ich legte meinen Löffel nach dem zehnten Bissen beiseite. »Ich denke, ich möchte einfach nur ein wenig mit Papa fernsehen und dann ins Bett. Es war ein anstrengender Tag.«

»In Ordnung.« Maman nickte mir entschlossen zu. »Aber du weißt auch, dass du jederzeit zu uns kommen kannst, nicht wahr?«

»Natürlich. Sonst wäre ich ja heute nicht hier«, erklärte ich und legte meine Stirn an die von Maman, ehe mein Vater sich räusperte.

»Gut, kann ich dann wieder anmachen?« Er deutete auf den Bildschirm.

»Wenn er nicht Football gucken kann, wird er seines Lebens nicht froh«, meckerte meine Mutter, grinste dabei jedoch. »Dann gib mir wenigstens das Eis, wenn du schon das Fernsehprogramm bestimmen darfst.«

Mein Vater reichte es ihr rüber, und ich fühlte mich ein wenig in die Zeit nach der Trennung zurückversetzt. Damals war ich sehr dankbar gewesen, und zugleich habe ich den Anblick eines glücklich verheirateten Paars kaum ertragen. Dennoch hatte ich die Zurschaustellung von purer Liebe gebraucht, die in diesem Haushalt herrschte. Einfach, um dem zu entkommen, was in der realen Welt auf mich wartete. Lieber wollte ich in einer Fantasieblase existieren, als mich der harten Realität zu stellen. Denn dort gab es kein Happy End für mich. Zumindest hatte sich das vor zehn Jahren so angefühlt. Inzwischen war ich anderer Meinung, doch zu der Zeit hätte ich Stein und Bein geschworen, dass ich nie wieder froh werden würde. Dass ich auch ohne Mann ein tolles Leben führen konnte, hatte ich mir danach bewiesen. Ich war zufrieden damit, wie es war. Zumindest war ich das gewesen, bis ich Noel gesehen hatte. Sein Anblick hat die Momente zurückgebracht, in denen er mir so einfühlsam begegnet war, so voller Zuneigung, dass ich mich gerade fragte, ob zufrieden noch das war, was mir reichte. Oder ob ich mir mehr Liebe wünschte, mehr Vertrautheit.

Nachdem das erste Spiel beendet war, winkte ich meinen Eltern und ging in mein altes Zimmer, das mittlerweile zum Gästezimmer umfunktioniert worden war. Ich schaute mich um, dabei kannte ich jede Ecke auswendig. Die Raufasertapete, an der bis heute die Klebepunkte meiner Poster hingen. Der Schrank, an dem seit über zwanzig Jahren Aufkleber von meinen Lieblingssängern klebten. Inzwischen hörte ich Justin Timberlake nicht mehr, doch damals hatte ich alles gesammelt, was mir von ihm in die Finger kam. Bis ich Countrymusik für mich entdeckt hatte.

Auf diesem Bett hatte ich geschlafen, als Noel nicht zu unserer Hochzeit erschienen war. Die Bettwäsche war eine andere, das einfache weiße Holzgestell war jedoch identisch. Ich zog mich aus, ging zum Schrank und zog ein Nachthemd heraus, das dort zur Sicherheit auf mich wartete. Genauso wie die Pyjamahosen für meine Brüder und weitere Kleidung für meine Nichten und Neffen. Meine Eltern waren immer vorbereitet, falls mal einer von uns spontan bei ihnen übernachtete.

Schließlich lag ich auf dem Bett und starrte die Holzvertäfelung an der Decke an. Sie war nicht frisch, doch die Ecken waren sauber. Jeder Winkel des Hauses war ordentlich. Es war ein Sinnbild meiner Mutter. Denn sie war mit sich und ihrer Welt im Reinen. Es gab keine dunklen Ecken, in denen sie den Müll aufbewahrte. Keine Staubflusen, verborgen hinter einem Schrank, der lange nicht benutzt worden war. Im Gegensatz zu meinem Verstand, in dem das absolute Chaos herrschte. In meinem Inneren wurde gerade so viel Staub aufgewirbelt, dass ich kaum klar sehen, geschweige denn denken konnte. Ich atmete tief aus und versuchte, den Staub damit zu vertreiben, verteilte ihn jedoch nur. Und auf jedem einzelnen Staubkorn prangte Noels Gesicht, das mich vorwurfsvoll musterte. Nicht, weil ich ein schlechtes Gewissen ihm gegenüber hatte. Nein, im Gegenteil. Weil er mich daran erinnerte, wie sehr mein Leben durcheinandergewirbelt worden war. Ich machte mir schon lange keine Vorwürfe mehr, dennoch nagte diese eine Frage immer wieder an mir und hinterließ winzige Spuren, die über die Jahre betrachtet nicht zu übersehen waren.

Es klopfte leise an der Tür. Maman kam herein. »Alles in Ordnung, oder brauchst du noch etwas?«

Ich lächelte. Es war klar, dass sie nicht lockerlassen würde. »Ja, danke. Ich bin echt erledigt vom Tag.«

»Dann solltest du schlafen. Oder liegt dir noch etwas auf dem Herzen?«

Neugier war die wohl hervorstechendste Eigenschaft meiner Mutter. »Jede Menge, um ehrlich zu sein, aber ich denke, ich komme damit klar. Ihr habt mir schon sehr geholfen, indem ich hier sein darf.«

»Ich habe immer ein frisch bezogenes Bett und ein offenes Ohr für jedes meiner Kinder und Enkelkinder. Das weißt du. Wenn also was ist, dann komm jederzeit zu mir.« Sie war schon im Begriff, die Tür hinter sich zuzumachen, drehte sich dann aber nochmal um und grinste mich frech an. »Ansonsten muss ich dir halt alles vor deinem Vater aus der Nase ziehen.«

»Ich habe keine Geheimnisse vor euch beiden, also kannst du beruhigt schlafen gehen.«

»Bis morgen früh«, murmelte Maman und schloss die Tür hinter sich.

Ich hingegen lag noch lange wach und fragte mich, wie ich nach all dem, was Noel mir angetan hatte, den Gedanken nicht abschütteln konnte, dass er verdammt gut aussah.

Kapitel 9

»Wollt ihr wirklich mit mir in einen Liebesfilm gehen?« Ich zog eine Augenbraue hoch. »Ihr wisst doch, dass ich mit diesem Kitsch nichts anfangen kann.«

»Das war mein Vorschlag«, meldete sich Pierre und drängelte sich in der Schlange des Kinos an Chloé vorbei. »Bewältigungsstrategie. Wenn du genügend Emotionen vorweg erlebst, wirst du beim Anblick von Noel nicht emotional.«

»Was ist das denn für ein Blödsinn?«, fragte ich lachend. »Und ihr habt da mitgemacht?«

Kim schnaubte. »Ich wurde überstimmt, was aber wohl eher daran lag, dass Chloé und Lilou den Film sowieso schauen wollten. Eine Buchhändlerin, die sich in einen Floristen verliebt, wer hätte das erwartet.«

»Wir wissen doch noch gar nicht, ob sie ein Paar werden«, schimpfte Lilou und holte ihr Portemonnaie heraus, da wir gleich an der Kasse ankommen würden.

Ich konnte mir ein Lachen diesmal nicht verkneifen und deutete auf das Filmplakat, das in einem Schaukasten zu unserer Linken hing. »Er steht mit einer Blume vor ihr und lächelt sie schüchtern an, während sie vorgibt, ein Buch zu lesen, ihn dabei aber die ganze Zeit beobachtet. Wenn das nicht nach Liebe schreit, weiß ich auch nicht.«

»Vielleicht sind es auch die roten Herzen über den I's, aber das tut hier nichts zur Sache. Der Film hat gute Kritiken bekommen, und er wird dich ablenken. Und sei es nur, dass du die ganze Zeit sauer auf mich bist«, erklärte Pierre mit einem Fingerschnippen und machte den letzten Schritt vor die Kasse. »Fünf Mal Kino drei bitte«, sagte er und zückte seine Kreditkarte. »Ich bezahl die Tickets. Wer ist dran mit den Snacks?«

»Das wäre dann wohl ich.« Lilou hob ihre Geldbörse bereits hoch. »Also, was darf es bei euch sein?«

»Das Übliche.« Da ich immer Nachos mit Käse-Salsa-Dip aß und dazu ein Sprudelwasser trank, wenn wir im Kino waren, wussten alle, woran sie waren und mussten sich nicht jedes Mal umgewöhnen. Während die anderen sich entschieden, was sie gerne essen wollten, schaute ich mir sehnsuchtsvoll das Plakat zu einem Actionfilm an. Ein neuer Film mit Dwayne Johnson, der einige Verletzungen am Körper hatte und ein explodierendes Gebäude im Hintergrund, das sehr viel Ähnlichkeit mit dem Pentagon hatte. Das entsprach eher meinem Geschmack, doch wenn die anderen unbedingt einen Liebesfilm sehen wollten, würde ich mich nicht dagegen wehren. Vielleicht würde es ja ganz nett werden.

Wir entfernten uns von der Kasse und folgten Lilou, die bereits für die Snacks anstand.

»Gut, also, wir wollen heute ein wenig Spaß haben.« Pierre klopfte sich auf den Rucksack, wo es verdächtig klimperte. »Deswegen habe ich schon etwas vorgesorgt.«

»Hast du etwa den Sekt mitgenommen, den ich dir letzte Woche geschenkt habe?«, flüsterte Chloé so verschwörerisch, als hätte er Kokain in seinen Taschen versteckt.

»Was denkst du denn? Ein Mädelsabend ohne Sekt geht einfach nicht.« Er lachte und ging gleich darauf zu Lilou, um seine Bestellung aufzugeben, ehe wir uns vor die Treppe stellten, die hinauf zu den Kinosälen führte. Der rote Teppich dämpfte die Schritte der Besuchenden, die an uns vorbeimarschierten, während wir warteten.

»Wer weiß, vielleicht macht der Sekt das Ganze hier etwas erträglicher«, kommentierte ich trocken. »Mal ehrlich. Ein Liebesfilm, um mich von etwas aus dieser Richtung abzulenken? Irgendwann möchte ich mal in deinen Kopf eintauchen, um zu verstehen, wie du denkst.«

Pierre, der in dem Moment wieder zu uns stieß, tätschelte mir amüsiert die Schulter. »Damit wärst du hoffnungslos überfordert. In mir ist es viel zu wirr. Damit komm ich ja schon selbst kaum klar.«

»Ja, so in etwa habe ich mir das vorgestellt.« Ich lachte und hakte mich bei ihm ein. Obwohl er ein wenig verrückt war und gern den Ton angab, war Pierre ein wichtiger Teil meines Lebens. Einfach, weil er genauso wie ich schon viel Scheiße erlebt hatte und dennoch wieder aufgestanden war, um das Leben zu feiern. Der einzige Unterschied war, dass er offen mit seiner Vergangenheit umgegangen war, während ich die Sache mit Noel vor ihm und meinen Freundinnen geheim gehalten hatte.

»Ah, ich helfe Lilou bei unserem Essen. Wow, täuscht

es oder wird es immer mehr?«, fragte Chloé, ehe sie Lilou zu Hilfe eilte.

Wir warteten noch ein paar Minuten, ehe die Nummer unseres Kinosaals aufleuchtete und wir endlich die Treppe hinaufgehen durften.

Am Eingang entdeckte ich auf einmal einen Mann. Mein Herz blieb fast stehen. Im Halbdunkel der Foyerbeleuchtung sah er aus wie Noel. Rasch verbarg ich mich hinter einer der Säulen, die das Foyer zierten.

Während die anderen dabei waren, sich auf den Film einzustellen, schlich ich langsam hinterher, stets darauf bedacht, den Kerl nicht aus den Augen zu lassen. War er das wirklich? War er mir zehn Jahre aus dem Weg gegangen, nur um jetzt zurück in mein Leben zu treten?

Erst als er ins Licht des Ticketschalters trat, erkannte ich, dass er zu alt war, um Noel zu sein. Erleichtert atmete ich auf. Ich war mir sicher, dass es ein schöner Abend werden würde. Dennoch kam ich nicht umhin, wieder an Noel zu denken. Er war ein Filmfanatiker. Nicht so wie Pierre, der sich jeden Film ein Dutzend Mal ansehen konnte, wenn es ihm passte. Doch er hatte es geliebt, ins Kino zu gehen, weswegen das Ablenkungsmanöver nur bedingt funktionierte. Die anderen konnten das natürlich nicht wissen, und ich wollte sie nicht enttäuschen.

»Alles okay bei dir?«, fragte Chloé und ließ sich zu mir zurückfallen, einen großen Becher Popcorn im Arm.

»Na klar, wird bestimmt lustig. Und bei dir? Hast du

nicht gesagt, dass du jeden Abend mit Ben telefonierst? Macht ihr das heute erst nach dem Film?«

»Nein, wir haben vorhin schon gesprochen. Er lässt schön grüßen und freut sich, dass wir dich ablenken wollen.«

»Ja, wenn das nur so einfach wäre«, seufzte ich, bevor ich es zurückhalten konnte.

Chloé legte den Kopf schief und runzelte die Stirn. »Du bekommst ihn nicht aus deinen Gedanken.« Es war keine Frage, sondern eine Feststellung.

»Und ich weiß nicht, warum. Es sind zehn verdammte Jahre, Chloé. Wieso taucht er ausgerechnet jetzt wieder auf und schleicht sich in meinen Verstand?«

»Solange es nur dein Verstand und nicht dein Herz ist, kannst du ihn doch ausblenden, oder?«, fragte sie wenig hoffnungsvoll. Als sie meinen Blick sah, winkte sie gleich ab. »Ja, schon klar. Ich weiß, was ich gerade gesagt habe. Wenn mir das passieren würde, könnte ich das auch nicht so einfach übergehen.«

»Eben und das macht es einfach nur so anstrengend. Vermutlich wird er mich noch um den Verstand bringen, wenn er nächste Woche nicht rausfliegt.«

Chloés Augen blitzten auf, ehe sie zu Pierre und Kim schaute. »Du hast aber nicht vor, selbst schlechter zu sein, damit du rausfliegst, oder?«

»Auf keinen Fall!« Entschlossen drückte ich den Rücken durch. »Du weißt, dass ich ehrgeizig bin. Nicht so sehr wie Kim, aber es reicht, um bei einem Wettbewerb nicht vorzeitig ausscheiden zu wollen. Nur weil ein Mann involviert ist, der mir vor zehn Jahren das Herz aus der Brust gerissen, sich an dem Loch darin ergötzt und im Anschluss auf den Resten Samba getanzt hat? Darauf kann Noel lange warten.«

»Das ist meine Bernie«, sagte Chloé und schmunzelte. »Hätte ich auch nicht erwartet. Dann unterstützen wir dich weiterhin.«

»Wollt ihr wirklich jeden Sonntag bis Weihnachten dabei sein? Habt ihr nicht mit euren Familien genug zu tun?« Obwohl ich es ihr versuchte auszureden, freute ich mich über den Beistand. Lilou war sowieso anwesend, doch dass die anderen ebenfalls mitkommen wollten, erfüllte mein Inneres mit Wärme.

»Ach, die haben wir jedes Jahr. Im Gegensatz zu einem Backwettbewerb, bei dem wir sogar noch Gutes beitragen können.«

Wir erreichten den Kinosaal, vor dem großer Andrang herrschte. Da wir feste Plätze hatten, war mir egal, wann wir reinkamen. Pierre hingegen streckte sich bereits, um über den Rest hinwegsehen zu können. Dabei geriet sein Becher mit Cola verdächtig ins Schwanken.

»Ich denke, ich habe gute Chancen dabeizubleiben. Morgen erfahren wir, wer weiter ist und wer nicht. Vorbereiten kann ich mich auf das Backen ja nicht.«

»Aber du kannst dich auf die Begegnung mit Noel vorbereiten«, sagte Chloé auf einmal und drehte sich zu mir um.

Ich verstand nur Bahnhof, doch sie redete direkt weiter. »Es ist eigentlich ganz einfach. Wir tun so, als ob wir Noel wären und spielen ein paar Rollenspiele, um dich auf die Begegnung einzustimmen. Das bekommen wir hin.«

»Ähm, bist du dir sicher, dass das eine gute Idee ist?« Ich lachte bei der Vorstellung, dass Lilou versuchte, Noel darzustellen. Er war immer ein Träumer, mit einem Hang zur Extrovertiertheit gewesen, was sich in seinem Fall nicht widersprach und seine außergewöhnliche Mischung ausmachte. Denn obwohl er gerne mit anderen geredet und ab und an seine schrille Seite gezeigt hatte, war er doch in ruhigen Momenten sehr verträumt gewesen. Als wir über unsere Zukunft gesprochen hatten, war er es gewesen, der mir gesagt hatte, dass ich die Pâtisserie übernehmen konnte, wenn ich es nur wollte.

»Zumindest wird es lustig.« Sie kicherte leise. »Stell dir mal bitte vor, wie Pierre versucht, jemanden wie Noel zu spielen. Allein dafür würde ich schon Eintritt bezahlen.«

»Mein Leben ist aber kein Kinobesuch«, erklärte ich gekränkt. »Ich will niemanden mit meinen Problemen unterhalten.«

Chloé winkte erschrocken ab. »So war das gar nicht gemeint, Bernie. Im Gegenteil. Ich wollte dich damit eigentlich aufmuntern. Aber wenn es dir nicht gefällt, werde ich das nicht vorschlagen.«

Die Floristin senkte den Kopf, und ich bekam sofort ein schlechtes Gewissen ihr gegenüber. Sie war schüchtern, und überhaupt in dieser Gruppe unterwegs zu sein, kostete sie viel mehr Kraft, als sie vermutlich zugeben würde. Solch einen Rat zu geben war mehr, als sie sonst tat. Normalerweise blieb sie im Hintergrund und überließ Pierre und Kim die Ideen für die Abendgestaltung.

»Entschuldige meine harschen Worte. Die Idee ist sicher lustig. Wir können es ja mal ausprobieren.«

Sie schaute mich mit skeptischem Blick an. »Sicher? Wenn du das nicht möchtest, musst du nicht. Es war nur eine Idee«, vergewisserte sie sich.

»Schon gut. Es kann zumindest nicht schaden. Im schlimmsten Fall mache ich mich vor euch zum Affen. Und das ist allemal besser, als wenn mir das vor Noel passiert.« Ich drückte ihren Arm fest, um ihr zu zeigen, dass ich es ernst meinte. »Okay, lass es uns in den nächsten Tagen tun.«

»Na, das wird sicher eine interessante Erfahrung.« Lachend folgte ich Kim in den Kinosaal.

Chloé erklärte den anderen, was wir besprochen hatten, und Pierre war sofort Feuer und Flamme. »Dann müssen wir aber noch ein wenig mehr über ihn erfahren. Glaubst du, dass du das schaffst?«

»Solange es nicht heute, hier und jetzt ist, bestimmt«, sagte ich, obwohl ich Pierre ansah, wie erpicht er darauf war, mehr über Noel zu erfahren.

»Na gut, aber wir hätten noch ein wenig Zeit, bis der Film losgeht. Also könnten wir schon mal anfangen.«

Ich seufzte. »Kann ich dich davon abbringen, mich hier auszufragen?«

Pierre grinste und schüttelte entschlossen den Kopf. »Du willst es doch auch. Ich sehe dir an der Nasenspitze an, dass du mir all seine schmutzigen Geheimnisse verraten möchtest, damit ich ihn für dich spielen kann. Also komm schon«, sagte er mit zischender Stimme, die mich an einen Disneybösewicht erinnerte.

Unwillkürlich lachte ich so laut, dass sich einige der anderen Besuchenden zu uns umdrehten. Zum Glück lief noch die Werbung im Vorspann. »Okay, was wollt ihr wissen?«

Bei der Vorstellung, wie Pierre versuchte, Noel nachzuspielen, schüttelte es mich direkt wieder vor Lachen, ich gönnte ihm jedoch den Spaß. Und mir ebenfalls.

»Was war seine stärkste Eigenschaft?«, wollte Lilou wissen.

Ich runzelte die Stirn. »Ausgerechnet das wollt ihr als Erstes von dem Kerl wissen, der mich vor dem Altar hat sitzen lassen?«

»Na ja, du wolltest ihn heiraten, also muss er irgendwas Gutes an sich gehabt haben«, erklärte Kim mit einem Schulterzucken und lehnte sich weiter in ihrem Sitz vor.

»Okay, ich weiß nicht, wie ich das am besten beschreiben soll, aber ich denke, es war immer seine innere Ruhe, die mich beeindruckt hat.«

»So eine Kifferruhe oder eine Ich-habe-schon-viel-erlebt-und-nichts-kann-mich-mehr-schocken-Ruhe?«, hakte Pierre nach. Er zückte sein Handy – offensichtlich hatte er vor, meine Antworten zu dokumentieren.

»Eher Letzteres, wobei er nicht viel erlebt hat, wenn ich ehrlich bin. Er ist in Paris geboren, hat immer hier gelebt und nie irgendwelche Auslandssemester gemacht, obwohl er die Welt sehen wollte. Ein einfacher Junge aus einer einfachen Gegend der Stadt«, erklärte ich und sah wieder den Spielplatz vor mir, auf dem wir fast täglich gespielt hatten, weil es nicht viele andere Dinge zur Beschäftigung gegeben hatte.

»Was hat dich so richtig an ihm genervt?«, fragte Lilou und rieb sich amüsiert die Hände.

»Ehrlich?«, sagte ich und wischte das Bild von der schwarzen Netzschaukel beiseite, in der wir öfter gelegen und in den Himmel gestarrt hatten. »Dass er seine Sachen überall hat rumliegen lassen, hat mich zur Weißglut getrieben. Sogar seine Schuhe hat er einfach wahllos vor den Schuhschrank gestellt.«

»Welches Körperteil an ihm hat dich schwach werden lassen?«, wollte Chloé wissen und lief gleich darauf rot an. »Also du weißt schon, abgesehen von dem einen.«

Ich tätschelte ihren Arm über Kim hinweg und lachte. »Tja, das war wohl sein weicher Bauch. Er hatte nie Speckröllchen wie ich, aber es war immer bequem, auf ihm zu liegen, weswegen ich mich gern an ihn gekuschelt habe.« Ich konnte es nicht verhindern, dass erneut Bilder vor meinem inneren Auge aufploppten. Er und ich, gemütlich auf der Couch kuschelnd. Meist hatte er einen Film geschaut, während ich entweder in Rezeptbüchern gestöbert oder willkürlich durch die sozialen Medien gescrollt hatte.

»Wirklich? Das bekomme ich hin.«

»Du weißt schon, dass du nicht er sein musst, oder?« Ich lachte und stellte mir vor, wie Pierre versuchte, genauso auszusehen wie Noel.

»Ich gebe mich ganz der Sache hin«, erklärte Pierre und schmunzelte. »Außerdem habe ich schon lange keine Kostümparty mehr gehabt. Wird mal wieder Zeit, dass ich etwas mehr in der Hinsicht veranstalte.«

»Können Sie bitte endlich ruhig sein?«, merkte eine ältere Frau hinter uns an. »Ich verstehe ja gar nichts vom Film.«

»Das könnte daran liegen, dass er noch nicht läuft«, antwortete Kim mit einem freundlichen Lächeln. Für meine Freundin war es nur eine Feststellung, aber die Kinobesucherin schnappte empört nach Luft, weil sie es für eine schnippische Bemerkung hielt. Dennoch lehnte sie sich wieder zurück.

»Sie hat aber recht. Lasst uns später weiterreden, in Ordnung?«, fragte ich und deutete auf die Nachos auf meinem Schoß. »Sonst wird der Käsedip kalt.«

»Du und deine Nachos. Irgendwann wachsen sie dir aus den Ohren heraus«, sagte Lilou und stahl sich einen aus meiner Schale.

»Nur, wenn ihr mich noch häufiger in solche Filme schleift.«

»Pst!« – Ein Zischen erklang aus der Dunkelheit des Kinosaals.

Ich drehte mich um und suchte nach dem Urheber der Stimme, konnte ihn jedoch nicht ausmachen. Obwohl die Handlung des Films ziemlich kitschig war – sie trifft ihn online, verliebt sich sofort, beschließt, zu Weihnachten zu ihm zu fliegen und ihn zu überraschen. Doch dann erfährt sie, dass er das Foto eines Kumpels benutzt hat und selbst gar nicht so gut aussieht, wie sie erwartet hatte –, mochte ich ihn irgendwie. Es war einer dieser Feelgood-Filme, bei dem man schon am Anfang weiß, was man kriegt und es dann auch schmackhaft serviert bekommt.

Als wir hinausgingen, war ich mir sicher, dass Pierre zumindest ein kleines Tränchen verdrückt hatte, während Kim wie immer desinteressiert wirkte.

»Das war doch mal ein gemütlicher Abend. Wollen wir noch was trinken gehen? Oder einfach noch etwas herumspazieren?«, fragte Lilou.

»Laufen? Es sind fast Minusgrade.« Chloé schüttelte entschieden den Kopf. »Für einen Cappuccino könnte ich mich aber noch erwärmen.«

»Dann machen wir das. Der Film hat mich noch zu so einigen Fragen inspiriert.« Pierre klatschte entschlossen in die Hände und deutete auf eine Bar am Ende der Straße, die wir nun anpeilten.

Wieder sah ich den Mann, der ein wenig wie Noel aussah, und schüttelte den Gedanken ab, dass er hier irgendwo in der Nähe sein könnte. Das war nur jemand, der ihm ähnelte, mehr nicht.

»So, erzähl mal mehr von ihm«, sagte Kim schließlich, als wir unsere Sitzplätze eingenommen hatten.

»Er ist nichts Besonderes«, wiegelte ich ab.

»Das bezweifle ich. Die Bernadette Jelani, die ich kenne, hätte niemals einen gewöhnlichen Mann geheiratet«, erklärte Kim entschieden.

»Damals war ich noch eine andere Frau«, murmelte ich nach einigen Sekunden, in denen mich alle beobachteten. »Ihr hättet mich nicht wiedererkannt.«

»Was meinst du damit? Deine Mutter erzählt doch immer, was für ein Wirbelwind du warst, schon dein Leben lang.« Chloé pustete in ihr Glas und nahm einen Schluck.

»Ach, meine Mutter erzählt viel, wenn der Tag lang ist«, schnaubte ich mit einem wehmütigen Seufzen. »Aber die Wahrheit ist, ich war früher sehr viel ruhiger. Nicht so wie du, ma chérie«, stellte ich mit einem Blick auf Chloé klar. »Bei weitem nicht, aber ich war auch nicht so keck wie heute.«

»Das kann ich mir gar nicht vorstellen.« Pierre versenkte den eleganten silbernen Löffel im Glas und rührte seinen Latte Macchiato um, bis sich die verschiedenen Ebenen vermischt hatten.

Ich hob daraufhin mein Getränk und deutete darauf. »Diese Schichten hier beschreiben mein Leben ziemlich gut. Da unten, das ist meine Kindheit. Die war zwar nicht sorglos, aber voller Liebe. Dann kam die ruhigere Zeit, in der ich einfach nur meinen Platz finden wollte. Mit Noel hatte ich geglaubt, ihn gefunden zu haben«, gestand ich und schluckte einmal schwer. Diese Worte laut auszusprechen, trieb mir beinahe die Tränen in die Augen. Nein, ich wollte nicht schon wieder wegen ihm weinen. »Schließlich kommt der fluffige Schaum, der alles bedeckt. Er sieht leicht und locker aus, aber eigentlich soll er nur verbergen, was sich darunter befindet.«

Die anderen sahen mich erschrocken an. Wären das Klimpern der Gläser aus der Bar und das Dauerrauschen der leisen Gespräche, vermischt mit der Musik aus einer versteckten Anlage, nicht gewesen, hätte man vermutlich eine Stecknadel fallen hören können. Es war Kim, die als Erste das Schweigen durchbrach. »Das nagt wirklich sehr an dir, und ich weiß nicht, wie ich dir helfen kann. Aber ich bin für dich da, wann immer du es brauchst.«

»Danke, Liebes. Das bedeutet mir viel. Versteht mich nicht falsch. Ich will es nicht verbergen. Das war nie meine Absicht«, erklärte ich rasch. »Ich habe mich einfach nur so sehr daran gewöhnt, ein Leben im Schaum zu führen, dass ich vergessen habe, wie es darunter aussah. Die Gespräche mit euch rühren mich allerdings gerade kräftig durch.« Ich deutete auf Pierre, der seinen Löffel nach dem Umrühren ableckte.

Der stutzte und legte den Löffel ab. »Willst du darüber reden? Ich frage jetzt noch einmal zur Sicherheit nach. Auch wenn ich extrem neugierig bin, würde ich das Gefühl für dich bremsen.«

Ein Lächeln stahl sich auf meine Lippen, denn ich wusste, was das für Pierre bedeutete. Der hatte nämlich ein massives Problem damit, seine Neugier zu unterdrücken. Dass er bereit war, sich mir zuliebe zurückzuhalten, war mehr wert als jeder andere Freundschaftsbeweis. »Schon gut. Vielleicht hilft es ja, wenn ich über die Vergangenheit rede. Immerhin wollte ich die schon lange hinter mir gelassen haben.«

»Aber die Vergangenheit holt einen immer wieder ein«, murmelte Kim und nickte, als wüsste sie genau, was ich meinte. Dabei stammte sie aus einem reichen südkoreanischen Elternhaus, hatte in Paris Jura studiert und besaß nun eine Eisdiele in der Rue de la Chance. Solch einen Lebensweg hätte ich mir nicht erlauben können.

»Also, was genau hast du denn unter deinem Schaumleben verborgen?«, fragte Chloé und nippte an ihrem Cappuccino.

Ich schloss kurz die Augen, wollte mich vergewissern, dass ich dafür bereit war. Denn eines war gewiss: Wenn ich anfing, von der Vergangenheit zu sprechen, würde ich mit Sicherheit in Tränen ausbrechen. Viel zu dünn war mein Nervenkostüm in den letzten Tagen geworden, als dass es jetzt nicht beim kleinsten Gedanken an die geplatzte Hochzeit reißen würde.

»Einen wundervollen Mann, über den ich wohl immer noch nicht hinweg bin«, murmelte ich in mein Glas hinein. »Nicht darüber, wie sehr ich ihn geliebt habe. Und erst recht nicht über den Tag, an dem er mich verlassen hat.«

»Wie hast du dich damals gefühlt?«, fragte Chloé einfühlsam und bedächtig. Sie wusste, wie schwer es mir fiel, darüber zu reden, und ich war ihr dankbar, dass sie meine Gefühle nicht sofort versuchte zu erklären oder einzuordnen.

»Verloren. Hoffnungslos verloren.« Die Tränen traten mir in die Augen, als ich an den Tag zurückdachte, an dem meine Welt zusammengebrochen war. »Ich meine, wie schäbig ist es, die Braut vor dem Altar zurückzulassen? Ohne Erklärung, mit der ganzen Hochzeitsgesellschaft, die ebenfalls wartet. Als klar wurde, dass er nicht auftauchen würde, haben meine Eltern alle nach Hause geschickt, während ich noch daran glaubte, dass er in einem Krankenhaus lag oder ihm etwas zugestoßen war. Im Nachhinein war es armselig.«

»Nein, du hattest keinen Grund, damit zu rechnen,

oder? Ausgehend von dem, was du bisher über ihn erzählt hast, klingt es so, als ob er ansonsten zuverlässig war«, merkte Lilou an.

»Ja, das war er«, gestand ich. »Erwartet habe ich das sicher nicht. Wir hatten unsere Zukunft geplant. Ihr wisst ja, dass ich viele Nichten und Neffen habe. Wir wollten diese Familie noch um einige Kinder erweitern, hatten gedanklich sogar schon damit begonnen, ein Kinderzimmer in unserer gemeinsamen Wohnung einzurichten, obwohl ich zu der Zeit nicht schwanger war.« Bei der Erinnerung an die gemütlichen Abende vor dem Fernsehkamin, bei einem Glas Rotwein und überbackenen Käsecroissants, konnte ich die Tränen nicht mehr zurückhalten. »Verdammt!«, schnaufte ich und nahm die Serviette, die mit meinem Glas geliefert worden war. Sofort umarmten sie mich, und ich kam kaum mit der Serviette zu meinen feuchten Augen.

»Ihr erdrückt mich noch«, keuchte ich, als ich wirklich keine Luft mehr bekam, da sich Chloés Arm gegen meinen Hals presste.

»Tschuldige, aber du weinst nicht oft, da müssen wir dich einfach in den Arm nehmen«, merkte Kim an.

Zuerst wollte ich das verneinen, doch tatsächlich hatte Kim recht. Ich weinte sehr selten und noch seltener vor anderen. Ich runzelte die Stirn. Eigentlich so gut wie nie, seit ich mich dazu entschieden hatte, nicht mehr Noel hinterherzutrauern. Ich hatte mir geschworen, mich nie wieder so abhängig von einem Mann zu machen, dass meine ganze Welt zusammenbrach, sobald dieser aus meinem Leben verschwand. Ich schüttelte den

Kopf und atmete durch. »Schon gut. Wird wohl nicht das letzte Mal gewesen sein, wenn wir über Noel reden. Aber alles, was jetzt rauskommt, verhindert, dass ich vor ihm so emotional bin. Und vor euch weine ich zehn Mal lieber als vor Noel.«

Ich holte tief Luft. »Also los, was wollt ihr noch wissen?«

Kapitel 10

»Bist du dir sicher, dass ich das bestellen soll?« Meine Mutter nahm den Zettel in die Hand, den ich ihr hingelegt hatte.

»Ja, sonst habe ich nachher nicht genügend Hirschhornsalz und Süßkartoffelmehl da. Es scheint alles ausgegangen zu sein. Keine Ahnung, wo und wer das aktuell bunkert«, kommentierte ich und deutete auf meinen Vorratsschrank.

In den letzten Jahren war er immer aufgefüllt gewesen. Alles war stets vorbereitet gewesen, und ich hatte mich darauf verlassen können, in einer stressigen Woche ausreichend Zutaten vorrätig zu haben. Seit vierzehn Tagen jedoch bekam ich von meinem Lieferanten nichts. Mit der Begründung, er hätte selbst Schwierigkeiten nachzubestellen. Ein neuer Großhändler schien aufzukaufen, was in der Backbranche üblicherweise gebraucht wurde. Wer das war, hatte er allerdings bisher nicht verraten wollen.

»Du hast doch noch genug Mehl, und auch die Schokolade ist da. Was brauchst du denn noch mehr?«

»Ich weiß nicht, was in den nächsten Tagen auf mich zukommt. Die Speisestärke ist auch schon fast aufgebraucht. Genauso wie die Mandeln.«

Meine Mutter schaute in das Regal und schüttelte

den Kopf. »Du übertreibst. Das reicht sicher noch für eine Woche.«

»Im Normalfall schon, aber in der Vorweihnachtszeit kaufen die Menschen mehr Gebäck als sonst. Seit ich letzten Sonntag am Adventsbacken teilgenommen habe, scheint auch mehr Kundschaft herzukommen. Es ist gute Werbung, auch wenn ich das anfangs nicht vermutet hätte.«

»Du glaubst doch nicht wirklich, dass du plötzlich so riesige Massen wie in einem Supermarkt verkaufst, oder?«, fragte Maman und stemmte eine Hand in die Hüfte. »Du bist eine fantastische Pâtissière, aber der Laden ist immer noch am Rand von Belleville und nicht mitten in der Pariser Innenstadt. Also werden die Menschen dich nicht überrennen.«

»Schon gut. Ich liebe es, wie du mich immer aufheiterst«, antwortete ich mit einem Lachen. »Trotzdem muss ich schauen, wie ich an weitere Zutaten komme. Wenn die Lieferengpässe ein Dauerzustand werden, kann ich nachher keine Tartes oder Pralinen mehr herstellen.« Ich griff mir einen Schokoladenblock, mit dem man einen Menschen hätte erschlagen können. Ich hingegen benötigte die Blöcke für meine schokoüberzogenen Macarons. Sie waren fast alle aufgebraucht, und das Wochenende stand bevor.

»Vielleicht kannst du ja bei den anderen Pâtissièren aus Belleville etwas in Erfahrung bringen«, schlug Maman vor und winkte mir schließlich zum Abschied. Sie hatte eigentlich nur Bescheid geben wollen, dass sie für zwei Tage weg war, da sie eine Freundin in einem Vorort von Paris besuchte und bei ihr übernachtete. Es war die unterschwellige Aufforderung von ihr, wenigstens einmal zu meinem Vater zu fahren und nachzuschauen, ob er klarkam. Ich wusste, dass er das tat. Maman liebte meinen Vater abgöttisch, traute ihm jedoch nicht zu, selbst zu kochen. Dabei war seine Lasagne wundervoll. Bei dem Gedanken an die Gewürzmischung, die er anrührte, lief mir bereits am frühen Morgen das Wasser im Mund zusammen. Vielleicht würde ich wirklich vorbeischauen, falls ich ihn vorher überzeugen konnte zu kochen.

Kurz vor der Mittagszeit kam Kim zu mir und brachte mir eine warme Schokolade mit Erdbeer-Zimt-Geschmack. »Du musst das probieren. Ich bin mir unsicher. Mir schmeckt es, aber Erdbeer-Zimt ist schon sehr speziell. Was meinst du?«

»Hast du Pierre schon gefragt? Der würde das vermutlich mit Kusshand genießen«, lachte ich.

»Nein, der ist gerade bei Chloé und hilft ihr beim Verladen einer größeren Bestellung für eine Hochzeit«, erklärte Kim, und ich schluckte, presste die Lippen aufeinander. Allein das Wort Hochzeit reichte aus, um mich durcheinanderzubringen.

Ich nahm einen Schluck aus dem Becher, dessen Inhalt durch den Weg von ihrer Eisdiele zu meiner Pâtisserie abgekühlt war. »Es schmeckt tatsächlich etwas gewöhnungsbedürftig, aber ich an deiner Stelle würde es anbieten. Einfach, weil es mal was anderes ist als die übliche Apfel-Zimt-Mischung, die zurzeit so beliebt ist.«

»Danke, ich hatte gehofft, dass du so etwas sagen würdest.« Sie schaute sich um und deutete auf die Jacke, die bereits auf dem Hocker hinter meinem Tresen bereitlag. »Willst du irgendwo hin?«, fragte sie neugierig.

»Von einer Kollegin aus einer Pâtisserie habe ich erfahren, dass Tartin immer mehr Zutaten aufkauft, und da ich ein paar benötige, will ich ihn fragen, ob ich sie ihm abkaufen kann.« Ich deutete auf die Uhr im Laden. »Ich warte nur noch, dass ich über die Mittagszeit schließen kann.«

»Soll ich dich begleiten?«, fragte sie und nahm den leeren Becher wieder entgegen. »Ich habe nichts weiter vor heute Mittag und würde vermutlich zum hundertsten Mal das neue Video von BTS anschauen.«

Kurz überlegte ich. »Ist lieb gemeint, aber ruh dich lieber etwas aus. Du siehst müde aus. Wenn du möchtest, kannst du bestimmt bei Lilou im Sessel schlafen. Die hat heute Mittag auch schon etwas vor.«

»Wirklich? Ich mache das gern.« Kim legte die Hände um die Tasse und rollte sie hin und her.

Skeptisch betrachtete ich sie. »Ist alles in Ordnung? Du wirkst so, als ob dich etwas beschäftigt.«

»Wenn etwas wäre, würde ich es dir sagen. Du musst dir keine Sorgen machen«, sagte sie ein wenig zu schnell, und ich fragte mich, was sie beschäftigen könnte. Aber solange sie nichts sagte, würde ich nicht nachbohren. Kim teilte ihre Gefühle nicht offen. Und wenn ich sie dazu drängte, genau das zu tun, würde sie abblocken, und ich hätte keine Chance, ihr zu helfen, sobald sie es schließlich zuließ.

»Gut, dann gehe ich mal los. Falls ich nicht pünktlich zurück sein sollte, wovon ich mal nicht ausgehe, hast du einen Blick auf den Laden und erklärst es der Kundschaft?«, bat ich sie.

»Aber sicher doch.« Kim nickte. »Treffen wir uns heute Abend wieder zum Backen oder steht etwas anderes an?«

»Soweit ich weiß, wollte Lilou vorbeikommen. Was Chloé und Pierre vorhaben, weiß ich nicht. Willst du sie fragen?« Ich griff nach der Jacke. In ein paar Minuten war Mittag, und auf der Straße war niemand zu sehen, der in meine Richtung kam. Ich würde es einfach riskieren, jetzt schon zu schließen. »Bis später«, sagte ich und machte mich auf den Weg. Nachdem ich mit ein paar Kolleginnen telefoniert hatte, war immer wieder der Name Tartin gefallen. Der schien in den nächsten Wochen Größeres vorzuhaben. Ob das alles für seine Charity-Veranstaltungen war? Was hatte er vor, wenn er so viele Vorräte bunkerte? Ich schlenderte durch die Straßen von Belleville. In der Eiseskälte zur Mittagszeit kreuzten nicht viele Menschen meinen Weg. Die meisten huschten zu ihren Autos und sprangen hinein. Ich hingegen hatte nicht vor, auf den teilweise vereisten Straßen auszurutschen.

Die Pâtisserie von Tartin befand sich etwa zwei Kilometer Fußmarsch von mir entfernt. Ich hätte die Strecke mit dem Auto fahren können, aber erstens schadete mir ein wenig Bewegung nicht, und zweitens wäre ich ohnehin nicht schneller da, wenn ich mich durch den Pariser Mittagsverkehr quälen würde.

Ein leuchtend blaues Stoffvordach mit der Aufschrift *Pâtissier Tartin Traiteur* machte mich darauf aufmerksam, dass ich wohl mein Ziel erreicht hatte. Von außen war die Holzfassade in einem simplen Schwarz gehalten, was im krassen Gegensatz zu den hellen Mauern links und rechts stand. Bei genauerer Betrachtung fiel mir auf, dass die Fassade vor die eigentlich weiße Wand gebaut worden war, denn das obere Stockwerk des Gebäudes war wieder grauweiß verwaschen verputzt worden. Was wollte er mit dem Kontrast sagen? Wieso nicht das ursprüngliche Mauerwerk nutzen?

Die Frage konnte ich mir leicht beantworten, wenn ich einen Blick die Straße hinunter warf. Das Geschäft fiel sofort ins Auge. Nicht nur, weil das Blau des Vordachs strahlte, sondern aufgrund der dunklen Holzverkleidung. Dazu noch die dezent beleuchteten Schilder im oberen Bereich, die den Laden auch in den Abendstunden als Pâtisserie auswiesen.

Beeindruckt nickte ich. In der Rue de la Chance brauchte ich keinen Blickfang. Jeder wusste, was er in der kleinen Seitengasse von Belleville bekam. Umso mehr bewunderte ich den aufstrebenden Backwarenkünstler – er verstand etwas von Selbstdarstellung. Mir war das Talent nicht in die Wiege gelegt worden, und sollte eines Tages die Kundschaft ausbleiben, wäre ich vermutlich geliefert.

»Gut, dann schauen wir mal, wer du bist«, murmelte ich vor mich hin, um mir selbst Mut zu machen.

Bisher war ich ihm nicht direkt begegnet. Tartin hatte zwar das erste Adventsbacken anmoderiert, aber danach war er verschwunden und erst einige Minuten vor dem Schließen der Türen wieder aufgetaucht. Natürlich mit der Maske bekleidet, die die Glasscheibe seiner Pâtisserie zierte, hinter der er die Auslage präsentierte.

Ich ging auf die Tür zu und konnte schon einen Schritt vorher die Düfte wahrnehmen, die das Innere des Ladens durchzogen. Zimt und Apfel, aber auch Schokolade und Mürbeteig. Als ich die Tür öffnete, war es wie ein warmer, weicher Mantel, in den ich mich fallen lassen konnte. Der Duft war nicht penetrant, dafür so vertraut, dass ich mich sofort an das Spritzgebäck meiner Mutter erinnert fühlte. Einen Hauch zu viel Butter, doch immer mit einer leckeren Schokoladenglasur überdeckt, die alles wettmachte.

»Guten Tag, willkommen bei Tartin, was kann ich für Sie tun?«, begrüßte mich eine junge, gutaussehende Verkäuferin. Ihre Schürze, in demselben Blau gehalten, das schon das Vordach zierte, hing leger über einem gut gewölbten Bauch. Sie war offensichtlich schwanger und kurz davor, in den Mutterschutz zu gehen. Dennoch wirkte sie nicht erschöpft ob des zusätzlichen Gewichts, das sie mit sich herumschleppte.

»Guten Tag, ist der Geschäftsführer zu sprechen?«, fragte ich ernst.

Augenblicklich wurde die Frau blass, und ich bereute, dass ich nicht gelächelt hatte. Schnell holte ich das nach. »Ich muss etwas mit ihm besprechen.«

Ihr lautes Ausatmen drang bis zu mir vor. »Natürlich. Es dauert allerdings einen Moment. Er ist gerade in einer Telefonbesprechung. Aber wenn Sie dort vorn bitte Platz nehmen würden?« Sie lotste mich zu einem gemütlich aussehenden Sessel, der vor der Wand mit einer einzelnen Treppenstufe stand. Diese Stufe führte anscheinend in den Backbereich oder zumindest in die privaten Räume des Pâtissiers. Die Schwangere verschwand leichtfüßig nach hinten und kam gleich darauf wieder.

»Ich habe ihm einen Zettel hingelegt. Sobald er fertig ist, kommt er zu Ihnen«, sagte sie und deutete auf einen Kaffeeautomaten. »Darf ich Ihnen einen Kaffee oder Tee anbieten?«

»Nein, danke. Ich bin nur kurz hier.« Zumindest hoffte ich das, denn der Sessel, in dem ich nun einsank, hatte etwas Urgemütliches. Auch wenn er neu aussah, schien er einige Jahre auf dem Buckel zu haben, und ich fragte mich, wieso ein Pâtissier eine Sitzgelegenheit in seinem Laden hatte. Hätte er ein kleines Café angeschlossen, hätte ich es verstanden, aber hier gab es nur diesen einen.

Der Tresen war in demselben Schwarz gehalten, das die Außenfassade zierte, wobei es hier farbliche Akzente gab, die die Dunkelheit freundlich auflockerten. Gelbe Zitronen-Aufkleber waren unter dem Tarte-Bereich angebracht, weiße Schokoladentafeln unter den Pralinen, und zwischen den dunklen Regalreihen gab es immer wieder helle Einweckgläser mit Mehl oder Zucker darin. Genau konnte ich das von hier nicht erkennen. Es war so stimmig dekoriert, dass ich fast schon überlegte, ihn zu bitten, das bei mir ebenfalls zu tun. Ich liebte die Ausstrahlung meiner Pâtisserie, aber hier war alles modern und frisch eingerichtet, wirkte dabei aber nicht aufdringlich.

Ich lehnte mich auf dem Sessel ein wenig zur Seite, um hinter mich zu schauen. Dort gab es einen weiteren Tresen, allerdings nicht so breit wie der neben der Tür. Genau genommen war er nicht einmal halb so groß und schien nur als Kühlung für die Backwaren mit Vanillecreme oder Sahne zu dienen. Ein leises Röhren war von dem Kühlmotor aus dem Innern zu vernehmen, wurde jedoch fast durch die bunte Musikmischung übertönt, die durch die Boxen in den Ecken drang. Vermutlich hörte ich es gerade auch nur, weil ich es wollte.

Es ertönte ein alter Chanson, der Lilou sicher gefallen hätte, und unwillkürlich wippte ich mit dem Fuß mit. Lag es an der Nervosität? Immerhin traf ich gleich einen aufstrebenden Künstler meiner Szene. Jemand, der eines Tages als einer der Großen gelten könnte. Ich hatte Respekt vor dem, was er leistete. Jeder hatte eine Leidenschaft, die er ausleben konnte, und bei manchen wurde es zu einer Obsession, die das ganze Dasein beanspruchte. Ich vermutete, dass es bei Tartin genau das war. So ein Talent kam nicht davon, dass man abends faul auf der Couch lag, sondern das Leben als Pâtissier voll akzeptierte. Ich liebte meinen Beruf und mochte, was ich tat. Allerdings wollte ich nicht davon beherrscht werden. Ich besaß ein Leben neben dem Backen, und das liebte ich. Vor allem die gemütlichen Abende mit meinen Lieblingsmenschen.

»Entschuldigung, Sie wollten mich sprechen?«, hörte

ich eine raue Stimme neben mir, die ich das erste Mal auf der Veranstaltung am letzten Sonntag gehört hatte. Nun stand der Mann, der auch aus der Nähe betrachtet noch verdammt gutaussehend war, vor mir und trug wieder seine Maske. Sogar seine Augen lagen so weit hinter dem Plastik verborgen, dass ich nicht einmal erkennen konnte, welche Farbe sie hatten. Die Schatten verbargen sie einfach zu sehr.

»Ja, entschuldigen Sie, dass ich hier so reinplatze, ich hoffe, ich störe nicht«, sagte ich und wollte mich erheben.

Tartin blieb vor mir stehen und verhinderte so, dass ich genügend Platz dafür hatte. Stattdessen sah er auf mich herab und verschränkte die Hände hinter dem Rücken. Ich fühlte mich von ihm gemustert, obwohl ich seine Blicke nicht verfolgen konnte.

Da ich es nicht leiden konnte, von oben angesehen zu werden, drängte ich mich mit einem Bein an ihm vorbei, so dass er notgedrungen zur Seite treten musste und ich aufstehen konnte. Entschlossen trat ich ihm gegenüber. Hatte er mir seine Macht demonstrieren wollen, oder hatte er das einfach nicht bemerkt? Ich war mir nicht sicher und wusste nicht, wie ich ihn einschätzen sollte. Einerseits veranstaltete er ein Charity-Backen für die Obdachlosen von Belleville, andererseits war er auf dem Weg nach oben in der Welt der Pâtissiers und Pâtissièren. Da verlor der ein oder andere schon mal seine Menschlichkeit und Empathie.

»Verzeihung, stand ich im Weg, das war keine Absicht«, sagte er gleich darauf, als hätte er meine Gedanken gelesen. *Also war es nur Unbeholfenheit*, dachte ich, und sofort mochte ich ihn ein wenig mehr.

»Schon gut. Es war ja keine Absicht.« Ich nutzte den Moment, um mich so zu positionieren, dass eine der Deckenlampen auf sein Gesicht schien, in der Hoffnung, einen Blick auf seine Augen erhaschen zu können. Allerdings ohne Erfolg.

Erwartungsvoll sah mich die Maske an, was mich wirklich irritierte, da sie steif und ohne Mimik war. Ich brauchte einen Moment, um mich zu sammeln und das zu fragen, weswegen ich hergekommen war.

»Ich habe erfahren, dass Sie Waren aufkaufen. Mein Lieferant hat deswegen Schwierigkeiten, mich zu beliefern«, begann ich und fühlte mich augenblicklich schlecht. Es klang, als ob ich betteln wollte. Dabei hatte ich das gar nicht vor. Trotzdem musste ich weitermachen, auch wenn ich mich nicht wohlfühlte. »Bei ein paar Telefonaten mit einigen Kolleginnen ist häufiger Ihr Name gefallen. Offensichtlich haben Sie einen großen Vorrat angelegt. Stimmt das?«

»Ja, für die Events an den Sonntagen«, entgegnete Tartin, dessen Stimme mir trotz des rauen Untertons bekannt vorkam. Allerdings veränderte sich der Tonfall hinter der Maske, weswegen ich mir nicht ganz sicher war. »Und ein paar andere Aktionen, die ich noch geplant habe.«

»Oh, es wird noch mehr geben?«, fragte ich neugierig nach.

»Eventuell, aber noch ist nichts spruchreif. Ich befinde mich noch in der Planungsphase, wollte aber schon mal genügend Vorräte anschaffen. Habe ich Ihnen dadurch etwas weggenommen?« Er hob entschuldigend die Hände vor die Brust. »Das war nicht meine Absicht.«

Zuerst wollte ich ihm sagen, dass es nicht so schlimm sei, aber dann fragte ich mich, warum ich das tun wollte. Nur weil er gut aussah und eines Tages mal berühmt wäre? Das war kein Grund, um ihm die Wahrheit vorzuenthalten. »Um ehrlich zu sein, ja, das haben Sie. Mein Lieferant hat Schwierigkeiten, und das ist bisher noch nie vorgekommen.«

»Oh, das ist wirklich nicht meine Intention gewesen. Entschuldigen Sie bitte, Bernadette. Was brauchen Sie denn?« Er sprach meinen Namen aus, wie ich es nur von Noel kannte. Kraftvoll und nicht so gehaucht, wie viele es taten.

»Süßkartoffelmehl, Kardamom, Hirschhornsalz und Bourbon Vanille bräuchte ich, allerdings nicht jetzt. Wenn es okay ist, würde ich das heute Abend mit dem Auto abholen«, schlug ich vor. »Sofern wir uns auf einen Preis einigen können.«

»Oh, dann müsste ich das aus meinem Lager holen. Ich habe nicht alles hier. Aber das bekomme ich hin«, sagte er und es klang so kratzig, dass ich mich fragte, ob er mit Absicht die Stimme verstellte oder tatsächlich solch eine raue Klangfarbe besaß. Ich mochte es, wenn er redete. Dabei fühlte ich mich wie von einer warmen Winterdecke eingekuschelt und festgehalten. So fest, wie ich es schon lange nicht mehr bei einem Mann gespürt hatte. Ich runzelte die Stirn und musterte ihn. Wie kam es, dass ich das dachte? Ja, er war sexy und sah gut aus, das war jedoch kein Grund, sich sofort in ihn zu vergucken. Vor allem, da ich sein Gesicht nicht kannte und gerade zum ersten Mal mehr als ein paar Worte mit ihm gewechselt hatte.

»Das wäre lieb«, sagte ich schließlich, um die Stille zwischen uns nicht zu lange zu ziehen und unangenehm werden zu lassen. »Ich habe zwar noch ein bisschen was, aber auch ich habe ein Weihnachtsgeschäft zu bedienen.«

»Und ein erfolgreiches, wie ich höre. Das freut mich sehr.« Er drehte sich gleich darauf von mir fort, um hinter die Theke zu greifen, vor der wir standen. Die Schwangere beobachtete uns neugierig, da im Augenblick keine Kundschaft im Laden war.

»Woher wissen Sie das? Ich führe nur einen kleinen, unbedeutenden Laden in der Rue de la Chance«, erwiderte ich und winkte ab. »Nichts Besonderes so wie hier. Es ist wirklich wunderschön eingerichtet.«

»Danke. Ich hatte die beste Ausbildung, was die Gemütlichkeit anging. Eine alte Freundin, die ich schon lange nicht mehr gesehen habe«, erklärte Tartin mit einem wehmütigen Unterton, der sofort bei mir anschlug. Ich wollte ihn in den Arm nehmen, aber erstens kannte ich ihn kaum, und zweitens war er mit der Maske so unnahbar.

»Scheint eine gute Frau zu sein«, sagte ich einfühlsam, um ihm zu zeigen, dass es mir leidtat, was auch immer mit dieser Bekannten passiert war. Es klang so, als wäre sie nicht länger Teil seines Lebens.

»Das war sie wirklich. Aber unsere Wege haben sich schon vor langer Zeit getrennt. Wann genau kann ich denn heute Abend mit Ihnen rechnen, Bernadette?« Er schob sich an mir vorbei, um zu einem Terminkalender zu gelangen, der ebenfalls hinter dem Tresen lag. Die Schwangere schien seine Gedanken lesen zu können, denn sie reichte ihm den kleinen Taschenkalender mit einem Stift.

»Ich denke, so gegen 19 Uhr, wenn das passt?«, fragte ich unsicher und versuchte, einen Blick in seinen Kalender zu werfen.

»Noch steht da nichts drin.« Er ratschte mit dem Stift eilig über das Papier und klappte dann den Kalender zu. »Nun ist der Abend für Sie reserviert.«

»Der Abend? Ich wollte nur ein paar Sachen abholen«, vergewisserte ich mich. War das etwa eine versteckte Einladung gewesen? Wollte er mit mir ausgehen, oder hatte er sich nur versprochen? Und weshalb hielt ich es für möglich, obwohl ich genau wusste, dass er unmöglich Interesse haben konnte? Und viel wichtiger: ich eigentlich kein Interesse hatte. Ja, er hatte einen Körperbau, der mich ansprach, und wir teilten die Leidenschaft fürs Backen, aber ich war wirklich nicht auf der Suche nach etwas Längerfristigem. Einmal abschleppen und am nächsten Tag wieder aus dem Leben gestrichen. Das war es, was mich im Moment antrieb. Nicht der Wunsch, mich auf einen Kerl einzulassen. Warum also glaubte ich, dass er mich auf ein Date einladen könnte? Und wieso fühlte ich mich mit dem Gedanken wohl, dass ich es annehmen könnte?

»Na, ich dachte, vielleicht können wir uns ein wenig über das Charity-Event unterhalten. Oder über das Backen?«, schlug er vor. Er machte das definitiv nicht zum ersten Mal. So selbstsicher, wie er die Worte rüberbrachte, bat er Frauen öfter um ein Date. Die Frage war für mich nur, ob er das mit Maske oder ohne tat. Gab ihm diese Maske und die Reputation, die damit verbunden war, das Selbstbewusstsein, oder war er das von Haus aus?

»Was, wenn ich heute Abend noch etwas vorhabe?«, fragte ich keck, um mir Zeit zu verschaffen. Noch war ich mir nicht sicher, was ich von ihm erwarten konnte. Er war mein Typ, was mich am Ende schwach werden ließ. Bis dahin wollte ich es ihm jedoch nicht zu leicht machen.

»Dann würde ich fragen, ob ich es bin, was Sie vorhaben«, erklärte er mit so rauer Stimme, dass sie fast in meinem Ohr kratzte. Zugleich prickelte es in meinem Bauch bei dem Gedanken, dass er nicht schüchtern war. Die meisten Männer kamen nicht damit klar, wenn eine Frau genau dieselben Wünsche äußerte wie ein Mann. Weswegen ich zwar nicht oft, aber doch so manches Mal allein nach Hause gegangen war.

»Das ist ganz schön frech, so etwas zu fragen«, erklärte ich mit einem Lächeln und ohne den Augenkontakt zu unterbrechen. Je länger ich in die Maske hineinschaute, desto mehr fühlte ich mich hingezogen zu dem Kerl, der dahintersteckte. Womöglich diente die Maske gar nicht als Schleier für ein vernarbtes Gesicht oder einen anderen körperlichen Makel, wie Chloé anfangs angenommen hatte. Eventuell war es nur ein Teil seiner Flirtstrategie. Ich schüttelte mich innerlich. Das wäre schon sehr perfide, wenn er eine Maske brauchte, um Frauen herumzukriegen. Allerdings musste ich mir selbst eingestehen, dass es bei mir zumindest funktionierte. »Was genau wollen Sie denn da besprechen?«

»Ach, einfach sehen, wohin uns der Abend so trägt. Vielleicht kann ich ja noch etwas von Ihnen lernen«, schlug Tartin vor.

»Werden Sie denn Ihre Maske tragen?«, wollte ich wissen. Wenn ich durch ein Date dahinterkommen konnte, wer er war, würde ich das vermutlich sogar in Betracht ziehen. Ich kannte niemanden, der wusste, wer hinter diesem weißen Gesicht steckte. Und es reizte mich schon, das Mysterium aufzudecken.

Er zögerte einen Moment, ehe er nickte. »Die gehört dazu, wie meine Haare«, sagte er und fuhr sich gleich darauf dadurch.

»Dann würde ich sagen, verschieben wir das Reden gerne auf nach dem Wettbewerb«, sagte ich mit einem Schmunzeln. »Nicht, dass es nachher noch heißt, ich hätte Sie beeinflusst, weil ich mich vorher mit Ihnen unterhalten habe.«

»Ich bin unbestechlich«, erwiderte er, und ich konnte aus seinen rauen Worten das Lächeln heraushören.

Ein Kribbeln fuhr meine Wirbelsäule hinab und nahm mich mit auf die Reise. Ich wollte mehr davon fühlen, mehr von seiner kratzigen Stimme hören und herausfinden, wer er war.

Die Glocke über der Tür erklang und unterbrach den

Moment. Eine Kundin trat ein und ging augenblicklich zu Tartin. »Gut, dass ich Sie erwische. Ich habe da etwas Dringendes für die Hochzeit mit Ihnen zu besprechen.« Sie fuchtelte hektisch mit den Händen und ließ dabei fast ihr Handy fallen.

Tartin nickte. »Einen kleinen Moment bitte, ich beende noch das Gespräch und bin dann sofort bei Ihnen, Madame. Nehmen Sie schon mal Platz, und Alice wird Ihnen einen kleinen Teller mit Pralinés bringen.«

Die Frau folgte seinen Anweisungen und atmete tief durch. »Dafür ist der Sessel also da«, murmelte ich mit einem Schmunzeln auf den Lippen.

Tartin nickte. »Entweder dafür oder für die Älteren, die nicht mehr so lange stehen können, wie eine gute Beratung manchmal dauert«, sagte er und deutete zwischen sich und mir hin und her. »Heute Abend 19 Uhr?«

»Ich parke dann vor dem Laden, oder soll ich zu Ihrem Lager kommen?«, fragte ich wieder ganz geschäftsmäßig.

»Hier würde genügen. Ich denke, bis dahin habe ich die Kasse gemacht. Ich stehe Ihnen dann also gern zur Verfügung.«

Damit tippte er sich an die von der Maske überzogene Stirn. Ich lächelte und winkte, ehe ich mich umdrehte. Meine Hand lag schon auf der Türklinke, als mir einfiel, dass wir die Bezahlung gar nicht geklärt hatten. »Was bekommen Sie denn dafür?«, fragte ich über die Schulter hinweg.

Tartin hielt erneut inne, sah mich an, und ich hätte schwören können, dass ich ein leises Schnauben hörte.

»Verraten Sie mir das Rezept für die köstlichen Bratapfel-Pralinen.«

Ich runzelte die Stirn. »Nein, ich meinte, was bekommen Sie von mir für die Zutaten?«

Er schenkte mir ein zauberhaftes Lächeln. »Ich habe den Engpass verursacht, also ist es selbstverständlich, diesen zu beheben. Wenn Sie mir das Rezept nächsten Sonntag geben möchten, nehme ich es gerne, sonst sehen Sie es einfach als Wiedergutmachung an.« Damit drehte er sich um und ließ mir keine Möglichkeit, weiter nachzuhaken.

Irritiert verließ ich die Pâtisserie, blieb vor dem Schaufenster noch einmal stehen, um ins Innere zu schauen, doch Tartin sah mich nicht mehr an, sondern war bereits auf seine Kundin konzentriert. Löblich, dass er das nach diesem Gespräch konnte. Bei mir blieb eine Mischung aus Verwirrung und Ablehnung zurück. Ich brauchte die Materialien, aber ich wollte dafür bezahlen. Ein Rezept reichte niemals, und ich wollte ihm nichts schuldig sein. Meine Unabhängigkeit war mir wichtiger als ein paar Beutel Süßkartoffelmehl.

»Dann sehen wir doch mal, ob ich das Rezept am Sonntag wirklich mitbringe.« Ich schmunzelte und dachte daran, dass auch Noel vor Ort sein würde. Das Lächeln verschwand zwar nicht von meinen Lippen, aber es wurde von dem Schatten der Komplikationen überzogen. Nicht, weil Noels Anblick nicht angenehm war, sondern weil ich Angst davor hatte, wie ich auf seine Anwesenheit reagieren würde. Ich blieb noch einen Moment vor dem Laden von Tartin, erhoffte mir, einen kurzen Blick von ihm zu erhaschen. Als dieser sich nicht umdrehte, seufzte ich nur, straffte die Schultern und machte mich auf den Rückweg. Meine Pâtisserie wartete.

Kapitel 11

Pierre, Chloé und Kim saßen in der ersten Reihe und schauten gespannt zu der Empore, auf der Tartin jeden Augenblick erscheinen sollte. Lilou hatte sich bei mir eingehakt und wartete ebenfalls. Sie trug dieselbe Strickjacke wie am Abend zuvor und duftete noch immer nach der Perlhirsesuppe meiner Mutter. Denn meine Lieblingsmenschen hatten mich gestern für eine Ablenkung zum Essen zu meinen Eltern entführt. Es war ein wunderschöner Abend gewesen. Beim Nachtisch hatten wir uns überlegt, wie wir Noel aus dem Wettbewerb kicken könnten, aber ich wollte nicht mit unfairen Mitteln gewinnen, falls ich denn überhaupt eine Chance gegen meine Konkurrenz hatte.

Ein Räuspern holte mich aus der Erinnerung, und ich sah hinauf, wo Tartin inzwischen ins Licht getreten war. »Heute gibt es die besondere Aufgabe, Eclairs zu erschaffen. Aber nicht den Klassiker, den vermutlich alle hier aus dem Ärmel schütteln können, wenn man sie nachts um zwei aus dem Bett klingelt«, rief Tartin von der Galerie hinunter. Er trug einen rot-grünen Weihnachtspullover in Übergröße, der viel Platz für Interpretationen ließ. Ich schaute zu ihm hinauf und musste mich auf die Worte konzentrieren. Irgendetwas an dem Kerl lenkte mich jedes Mal von dem ab, was ich gerade tat. Wenigstens war er nicht anwesend, wenn ich die Backaufgabe erfüllte. Vermutlich würde ich zu gar nichts mehr kommen.

»Was dann?«, rief ein neugieriger Zuschauer aus der Dunkelheit jenseits der Bühne. Tartin hatte eine künstlerische Pause eingelegt, die einigen offensichtlich zu lange dauerte.

»Ich möchte weihnachtliche Motiv-Eclairs sehen. Ich werde keine weiteren Hinweise geben, werden Sie einfach kreativ. Vielleicht sehen wir von Ihren Kreationen nächste Woche tatsächlich einige in Ihren Geschäften. Außerdem gibt es diesmal einen Backofen weniger, so dass zugelost wird, welcher Backofen für wen ist. Camille wird gleich Zettel austeilen, so dass alle eine Zahl ziehen können. Seien Sie fair, und backen Sie etwas Großartiges.« Damit ging der Lichtkegel aus, der auf ihn gerichtet war, und ich konnte nicht mehr erkennen, wo er war. Was er auch tat, bis zum Ende der heutigen Veranstaltung würde ich ihn wohl nicht wiedersehen.

»Hoffentlich können wir uns den Ofen mit den Mädels teilen«, murmelte ich und deutete auf Juliette und Carmen, die einen Bunsenbrenner dabeihatten.

»Soll ich den Zettel ziehen? Ich habe doch meistens Glück bei solchen Verlosungen«, schlug Lilou vor, und ich nickte.

Tatsächlich hatte sie schon häufiger etwas gewonnen als wir anderen zusammen. Vielleicht lag es daran, dass sie an mehr Gewinnspielen teilnahm, doch das Glück war ihr häufig hold. Nie bei großen Sachen – ein Handtuch hier, ein Wasserkocher dort –, aber irgendeine Kleinigkeit sprang meistens für sie heraus. Das ging so weit, dass wir bereits alle ein Waffeleisen aus ihren Gewinnen erhalten hatten, weil sie selbst schon eins besaß.

Camille kam zu uns, und Lilou zog den Zettel mit der Eins darauf. Es war der Ofen, der genau hinter uns stand. Neugierig schaute ich zu den anderen, die ihre Zahlen bisher nicht gesichtet hatten. Außer Juliette, die gerade auf den mittleren deutete. Mist, mit ihnen also nicht. Blieben noch drei weitere Paarungen. Als ich sah, wie Mathéo Noel den Zettel und dann auf unsere Ecke zeigte, schloss ich die Augen. Verbrannte Macarons. Das war so nicht geplant gewesen. Warum musste ich mir ausgerechnet mit ihm einen Backofen teilen?

»Eclairs werden mit einem Brandteig gemacht, oder?«, fragte Lilou unsicher. »Ich kann das versuchen, dann musst du nicht mit ihm reden.«

»Schon okay.« Ich öffnete meine Augen wieder. »Ich bin eine erwachsene Frau, die weiß, was sie will und was nicht. Deswegen werde ich ihm gegenübertreten. Egal, wie schlecht es mir geht.«

»Ich bin trotzdem für dich da, falls was sein sollte«, sagte sie einfühlsam und machte sich daran, die Zutaten für den Teig zusammenzusuchen. Wie beim ersten Mal war alles auf Tischen hinter uns aufgereiht, und jeder konnte sich nehmen, was benötigt wurde.

»Sieht so aus, als ob wir uns einen Ofen teilen«, hörte ich da Noels weiche, warme Stimme neben mir. Ich drehte mich nicht um, musste noch Kraft sammeln. So rasch hatte ich nicht mit ihm gerechnet. Einmal durchatmen. Zweimal. Dann drehte ich mich abrupt um.

Noel stand so dicht vor mir, dass ich ihn durch meine

schnelle Bewegung fast umriss. Sofort packte er mich an der Schulter, um zu verhindern, dass ich durch meine Rotation und den Zusammenstoß das Gleichgewicht verlor. Diese Berührung seiner Hände, die Stärke zu spüren, mit der er mich früher schon gehalten hatte, zerstörte alle meine Vorsätze, mich in seiner Gegenwart normal zu verhalten.

Ich spürte die Hitze in mir aufsteigen und konnte nicht anders, als in seine Augen zu schauen. Sie waren mir trotz der zehn Jahre Pause, in der wir uns nicht gesehen hatten, immer noch so vertraut. Ein Teil von mir lag darin verwurzelt. So viel hatte ich ihm gegeben, hatte mein Innerstes vor ihm ausgebreitet, und er war stepptanzend darauf herumgetrampelt. Dabei hatte ich mir nichts sehnlicher gewünscht, als mein Leben mit ihm zu verbringen.

»Nicht so stürmisch, Bernadette«, sagte er dicht bei mir.

»Entschuldige, ich …« Da wurde mir bewusst, dass es nicht mein Fehler war, gegen ihn gerempelt zu sein. »Könntest du bitte etwas Abstand halten? Dann wäre das auch nicht passiert.«

Er folgte meiner Bitte und trat einen Schritt zurück. Plötzlich stand Lilou neben mir und packte meine Hand, während sie in der anderen Mehl, Zucker und Butter balancierte. »Ich denke, wir sollten uns an unseren Teig machen.« Lilou zog mich weiter zurück. »Der Erste, der mit seinem Teig fertig ist, darf den Ofen benutzen«, erklärte sie gleich darauf über die Schulter.

Ich hingegen starrte noch einen Moment lang Noel

an. In seinem Blick lag Enttäuschung, so als wäre er traurig, dass der Augenblick schon wieder vorbei war. Seltsamerweise verspürte ich dasselbe. Ich schüttelte mich. Das wollte ich nicht empfinden, wenn ich in seiner Nähe war. Ich wollte ihn hassen oder zumindest ignorieren, doch da war etwas zwischen uns, das mich davon abhielt. Lag es daran, dass ich noch so viele gute Erinnerungen an die gemeinsame Zeit mit ihm hatte? Oder dass allein seine Stimme mir eine Gänsehaut verschaffte? Keine gruselige, sondern die, die einen von innen wärmte – wie ein heißer Kakao nach einem langen Winterspaziergang.

»Danke, dass du mich geholt hast«, sagte ich automatisch. »Aber ich denke, ich komme einigermaßen klar.«

»Das sah gerade nicht ganz so aus. Eher, als ob du ihn gleich küssen wolltest«, erwiderte Lilou und stellte die Zutaten auf den Tisch vor uns.

»Vielleicht stimmt das zum Teil, aber ich hatte mich gerade, als du kamst, von ihm gelöst. Ich denke, ich schaffe das wirklich.« Mit den Worten flößte ich mir selbst Mut und Kraft ein, und ich konnte erneut zu Noel schauen. Der war wieder auf dem Rückweg zu seinem Arbeitsbereich einige Meter von mir entfernt und sah nicht zu mir. Mein Blick glitt an ihm herunter, und ich kam nicht umhin, seinen knackigen Hintern zu bewundern. Wohlgeformt und zum Anbeißen. Rasch wandte ich mich wieder ab, um den Gedanken nicht weiter zu verfolgen.

»Also, was soll ich zuerst machen?«, fragte Lilou und deutete auf die Zutaten.

»Zuerst holst du noch das Salz, und im Anschluss brauchen wir Wasser und Milch. Du bereitest dann schon mal die Füllung zu. Ich kümmere mich um den Teig.«

Lilou nickte und machte sich entschlossen an die Arbeit. Ich hingegen musste zu dem Vorratstisch, auf den Noel nun ebenfalls zuging.

»Denk nicht, dass ich das mit Absicht mache«, sagte er und hob abwehrend die Hände. »Ich habe einfach nur die Arbeitsabläufe von dir gelernt.«

Ich atmete tief durch und sah ihn mit einem möglichst emotionslosen Ausdruck an. »Du backst noch? Jobbst du bei Mathéo?«

»Sowas in der Richtung, ja«, erklärte er und deutete auf seinen Partner. »Er braucht ab und an Verstärkung in der Backstube, und da fragt er meistens mich. Ist so eine Vereinbarung zwischen uns.«

»Freut mich, dass du immer noch ein wenig backst.« Ich wollte mich an ihm vorbei zum Vanillearoma drängeln, doch er rührte sich nicht, hatte mir den Weg versperrt.

»Wie könnte ich das nicht? Einige meiner schönsten Erinnerungen verbinde ich damit«, sagte er leise und sah mir dabei tief in die Augen.

Ich biss mir auf die Zunge, wollte ihm hier und jetzt augenblicklich eine Szene machen und ihn fragen, warum er diese ach so schönen Erinnerungen dann aufgegeben hatte, aber in der Sekunde kam Lilou zu mir. »Muss ich erst die Butter oder erst die Milch dazugeben?«, fragte sie laut genug, um mich aus meiner Starre zu befreien.

»Warte, ich komme schon«, erwiderte ich und wandte mich von Noel ab. Jedes Mal, wenn ich das tat, kämpften in mir zwei Gefühle. Einerseits wollte ich ihn nicht aus den Augen verlieren, und gleichzeitig war es, als könnte ich endlich durchatmen.

»Du weißt, wie die Füllung geht, Lilou, aber danke.«

Meine Freundin nickte mir zu und fügte ihre Zutaten hinzu. Ich stand neben ihr, so dass ich an ihr vorbeisah, um die restliche Bühne im Blick zu behalten. So konnte ich den Augenblick abpassen, in dem Noel zurückging, um selbst meine Materialien zu holen. Die anderen Teams waren bereits dabei, ihren Teig kräftig mit dem Löffel zu bearbeiten, während wir hinterherhingen. Das würde ich jedoch bei der Dekoration wettmachen, da war ich mir sicher.

»Ich hole kurz die Speisestärke«, sagte ich zu Lilou, als Noel endlich wegging.

Er bemerkte mich, und für einen Moment glaubte ich, dass er sich umdrehen und zu mir stellen wollte, aber ich beeilte mich und war zurück an meiner Arbeitsfläche, bevor er reagieren konnte.

»Sieht das nur für mich so aus, oder versucht er Kontakt mit dir aufzunehmen?«, fragte Lilou.

»Wie kommst du darauf?« Ich schaute gerade wieder zu Noel. Er sah ebenfalls zu mir, bevor Mathéo ihn ablenkte.

»Jedes Mal, wenn ich hochschaue, guckt er herüber.«

Ein heftiges Prickeln durchfuhr meinen Körper. Allerdings konnte ich nicht einordnen, ob es auf Freude oder Angst zurückzuführen war. Hatte ich wirklich ein so dringendes Bedürfnis, mich mit Noel zu unterhalten oder war ich genau dazu nicht bereit?

»Ach, das ist sicher nur Zufall. Der sieht bestimmt zu Tartin hoch.«

»Der ist gar nicht mehr dort oben. Ich habe auch schon nachgeschaut. Aber er ist wohl in eines der Zimmer gegangen«, erklärte Lilou.

»Warte, du kannst da oben etwas erkennen?«, fragte ich verwirrt und starrte erneut hinauf, wobei ich gegen das Scheinwerferlicht anblinzelte.

»Zumindest schemenhafte Umrisse. Aber was genau da ist, weiß ich nicht. Vielleicht beobachtet er uns über Kameras, die hier irgendwo angebracht sind«, sagte sie kichernd.

»Du liest zu viele Kriminalromane«, erwiderte ich mit einem Lachen. Ich war dankbar, dass sie mich mit so einer Kleinigkeit ablenkte.

Während wir den Teig fertigstellten und den Pudding zubereiteten, unterhielten wir uns über den letzten Krimi, den sie gelesen hatte. Ich schaute kein weiteres Mal zu Noel, worauf ich ein wenig stolz war.

»Ich bin gleich wieder da«, sagte Lilou nach einer Weile und deutete über die Schulter zu der kleinen Tür neben der Bühne, die zu einer Toilette führte. »Stell nichts an, was ich nicht auch tun würde.«

»Du machst ja nie etwas, also wäre ich mit Atmen auf der sicheren Seite«, erwiderte ich.

Lilou lachte und verschwand gleich darauf. Ich kümmerte mich darum, die Teigzungen in den Ofen zu schieben, der tatsächlich frei war. Ich hatte mit einer

Pipette grüne Teigstreifen eingearbeitet, die nach dem Backen hoffentlich wie Girlanden aussehen würden. Außerdem wollte ich die Oberfläche der Gebäckstückchen mit kleinen Weihnachtskugeln aus Zuckerguss dekorieren.

»Irgendwie laufen wir uns immer hier über den Weg. Und ich muss sagen, ich bin nicht traurig drum.« Noel stand mit einem Blech neben mir. »Aber diesmal warst du schneller. Ich werde mich also brav an die Regeln halten und warten.«

»Da ist noch Platz für eins, wenn du möchtest.« Ich deutete durch das Glas hindurch.

»Ich warte auch, falls du noch ein paar vorbereitet hast.« Noel schaute zu unserem Platz, der allerdings keinerlei Bleche mehr beherbergte.

»Ich mache eine Ladung nach der anderen, damit ich noch reagieren kann, wenn die Ergebnisse nicht so ausfallen wie gewünscht.«

»Oh, das ist eine interessante Herangehensweise«, sagte er amüsiert. »Ganz anders als damals bei unseren Backabenden.«

Ich runzelte die Stirn, als ich das Bild von dem ersten Abend vor mir sah. Er stand hinter mir, die Arme um mich geschlungen, während wir gemeinsam den Teig kneteten. Wir hatten über irgendeinen seiner Witze gelacht. Dann hatte er meine Haare beiseitegeschoben und angefangen mich zu küssen. Wir waren nie dazu gekommen, diesen Teig zu beenden, da Noel an meinem Hals geknabbert hatte. Es gab da diese eine Stelle, die er immer auf Anhieb getroffen hatte. Ich hatte versucht, mir meine Hände zu waschen, ehe wir übereinander hergefallen waren, aber er hatte mich zu sehr abgelenkt. Damals schon hatte ich mich in seine spontane Art verliebt. Er hatte mich so genommen, wie ich war und mich nie verändern wollen. Bei den Backabenden war mir das besonders aufgefallen. Egal, ob ich im unförmigen Nachthemd mit ihm in der Küche gestanden hatte oder noch in den Klamotten des Tages, er hatte mir immer zu verstehen gegeben, dass er mich bedingungslos liebte.

»Stimmt, ich erinnere mich«, entgegnete ich und konnte mir ein Lächeln nicht verkneifen. Dabei wollte ich das gar nicht. Er sollte mich nicht zum Lachen bringen, mich nicht mit den Erinnerungen an die guten alten Zeiten konfrontieren. Denn ich durfte die schlechten nicht vergessen. Nicht verdrängen, dass wir nur deshalb nicht als Paar hier standen, weil er sich dazu entschieden hatte, am wichtigsten Tag unserer Beziehung nicht aufzutauchen.

»Ich muss ehrlich sagen, dass ich dich bewundere«, sagte er auf einmal, und ich schüttelte verwirrt den Kopf.

»Wieso das?« *Weil ich dir nicht vor aller Augen eine reinhaue*?, dachte ich den Satz weiter.

»Weil du auch nach so langer Zeit eine bezaubernde Figur beim Backen machst. Deine Handgriffe sind so präzise, und du weißt jederzeit, was du tust. Das finde ich faszinierend. Du bist so gut, dass du sogar mit einer Anfängerin arbeiten kannst.« Er deutete auf Lilou, die wieder zurückkam.

»Sie ist keine Anfängerin, sondern eine Freundin, die

mich unterstützt«, erwiderte ich mit kräftiger Stimme. »Und sie heißt Lilou.«

Die Hitze des Backofens erreichte meine Wangen, als ich einen Schritt zur Seite machte, um mich von Noel zu entfernen. Ich merkte, wie sehr er mich mit seinem Charme einzuwickeln drohte. Er war zwar immer schon eine ruhige Person gewesen, aber dafür mit dem gewissen Etwas ausgestattet, dem ich schon damals erlegen war.

»Entschuldige, ich wollte sie nicht herabwerten. Es war als Kompliment gemeint. Du bist wirklich unglaublich«, sagte Noel und lächelte mich auf diese unvollkommene Art an. Nur einen Mundwinkel hochgezogen und doch so voller Herzenswärme, dass man sich fragte, wie hell er strahlen würde, wenn er ein ganzes Lächeln schenkte. *Wieso ist er nur so gutaussehend?*, meckerte ich innerlich und zählte bis fünf, um mich wieder unter Kontrolle zu kriegen. Auf keinen Fall durfte ich ihm und seiner liebevollen Art verfallen. Das war nicht der Plan. Ich wollte nur mit ihm reden, um herauszufinden, warum er vor zehn Jahren verschwunden war. Das war das Ziel, und genau das würde ich auch verfolgen.

»Danke für das Kompliment. Ich hatte zehn Jahre Zeit, um meine Fähigkeiten zu erweitern. Aber schön, dass du es nach all der Zeit bemerkst.« Damit ließ ich ihn stehen und wandte mich um. Ich wollte nicht sehen, wie er meine Spitze verkraftete oder ob er sie überhaupt wahrnahm.

»Alles in Ordnung?«, fragte Lilou. »Du siehst aus, als hättest du zu viele rohe Eier gegessen.«

»Sowas in der Art«, schnaubte ich und berichtete kurz, während ich aus den Augenwinkeln Noel beobachtete. Er wartete vor dem Backofen mit seinem Blech darauf, dass meine Brandteigzungen fertig wurden.

»Puh, du hast meinen größten Respekt dafür, dass du ihm das so eiskalt ins Gesicht sagen konntest. Ich hätte das nicht geschafft.« Lilou grinste und starrte dann hinüber zu Noel. »Aber recht hast du. Er sieht schon ein bisschen gut aus.«

»Wann habe ich das denn gesagt?«, fragte ich amüsiert.

»Gar nicht, aber dein Blick verrät es mir. Ich kenne dich gut genug, um zu wissen, wann du jemanden gutaussehend findest.« Sie lachte vor sich hin.

»Das stimmt vielleicht ein bisschen, aber nur äußerlich. Innerlich hat er sich vor zehn Jahren bei mir ins Aus geschossen«, erwiderte ich entschlossen, auch wenn ich mich fragte, wem ich hier eigentlich etwas vormachen wollte.

Ich schaute an Lilou vorbei und stellte fest, dass Noel mich beobachtete. Seinen Blick konnte ich nicht deuten, er schien mich jedoch zu mustern. Wollte er herausfinden, wie ich mich ihm gegenüber verhalten würde? Oder suchte er nach einem Weg, um mit mir zu reden? Ich konnte es nicht erkennen. Dabei hatte es eine Zeit gegeben, in der ich jede seiner Gefühlsregungen an seinem Gesicht ablesen konnte.

»Dafür beobachtest du ihn aber immer noch sehr oft.« Lilou knuffte mir in die Seite und zwinkerte mir zu. »Es ist doch okay, wenn du ihn immer noch anziehend findest. Nicht umsonst hättest du ihn beinahe geheiratet, oder?«

»Das stimmt wohl. Kennst du das, wenn man einen Gedanken hat, von dem man weiß, dass er falsch ist, der einen aber trotzdem nicht loslässt?«, fragte ich leise.

»Hat dieser Gedanke etwas mit Noel zu tun?« Lilou kam näher, als ich nickte. »Erzähl mir mehr. Ich bin ganz Ohr.«

»Eigentlich möchte ich nicht über ihn nachdenken, und zugleich kann ich nicht anders, als es immer wieder zu tun.«

»Das liegt vermutlich daran, dass du immer noch den Grund für eure Trennung mit ihm klären musst«, erklärte Lilou und reichte mir den Schneebesen, damit ich den Vanillepudding umrühren konnte. »Du hast es noch nicht komplett verarbeitet. Natürlich fühlst du dich zu ihm hingezogen.«

»Das wird es sicher sein. Also werde ich ihn gleich darum bitten, mit mir zu sprechen, sobald das hier vorbei ist. Diesmal werde ich nicht nur abwarten, um ihn abzufangen, sondern ganz konkret mit ihm sprechen«, sagte ich entschlossen und sah erneut zu Noel, der das Blech inzwischen auf den Mehlbergen abgestellt hatte, damit er es nicht die ganze Zeit halten musste.

»Mach das, Bernie, das ist eine ausgezeichnete Idee.« Lilou schubste mich in Richtung der Öfen.

»Was, sofort?«

»Wenn du es jetzt nicht tust, vergisst du das Gefühl, das dich dazu bewegt hat«, erwiderte sie und wedelte mit den Armen.

»Du meinst wohl, dass ich vergessen könnte, was für eine dominante Freundin ich doch habe«, antwortete ich schmunzelnd, spürte aber gleichzeitig, dass sie recht hatte. Wenn ich jetzt nicht ging, würde ich es auf die lange Bank schieben. Dabei hatte ich gerade den Mut und die Kraft, um mit ihm zu reden.

Auf den Stühlen in der ersten Reihe, die ich nur schwach erkennen konnte, saßen Pierre, Kim und Chloé, die sich dick eingepackt hatten. Zwar gab es vereinzelte Heizpilze in der großen Halle dieser Location, die Tür wurde jedoch immer wieder geöffnet, wodurch die winterliche Kälte eindrang.

Entschlossen drehte ich mich auf dem Absatz um und marschierte zu Noel. Der sah mich überrascht an. »Nanu, so schnell habe ich nicht mit dir gerechnet. Dein Teig ist erst in ein paar Minuten fertig.« Er lächelte so glücklich, als hätte er die Sonne selbst aufgehen sehen.

»Ich muss mit dir reden«, sagte ich freiheraus und knetete meine Finger. So selbstbewusst ich auch gerade auftrat, so schrecklich unsicher fühlte ich mich in meinem Innern. Wieso nur wurde ich in seiner Nähe zu dem zwanzigjährigen Mädchen, das verschüchtert vor ihm stand, um zu klären, was sie füreinander empfanden?

Noel sog die Luft ein, vergrub die Hände in den Hosentaschen und nickte. »Ich habe befürchtet, dass du das sagen würdest.«

»War doch klar, oder? Du tauchst hier auf, nach zehn Jahren, und erwartest, dass ich nichts sage?«, schnaubte ich.

»Doch, das ist es ja. Ich hatte es befürchtet. Obwohl

ein kleiner, naiver Teil gehofft hatte, dass du dich nicht anmeldest und ich dir nicht begegne«, sagte er ehrlich.

Ich spürte, wie bei seinen Worten die Wut in mir aufstieg. Ich musste mich zusammennehmen, um nicht sofort laut loszubrüllen. Immerhin standen wir gut sichtbar mitten auf einer Bühne. »Nun bin ich hier und stehe vor dir. Was willst du dagegen tun?«

»Gar nichts.« Noel senkte den Kopf wie ein geschlagener Hund und klang auch so. »Ich weiß, dass ich dir eine Erklärung schulde, aber wenn es für dich in Ordnung wäre, würde ich sie dir lieber nicht hier geben.«

»Warum nicht?«, fragte ich und verschränkte die Arme vor der Brust.

Er zog seine Hand aus der Tasche und deutete um uns. »Ich denke nicht, dass das ein angemessener Ort dafür ist. Deswegen würde ich sagen, wir treffen uns ein anderes Mal.«

»Wieso nicht gleich hiernach? Dann haben wir kein Publikum, und ich bekomme endlich meine Antworten.« Dass ich innerlich zitterte, versuchte ich zu verbergen, indem ich die Finger gegen meine Oberarme drückte.

»Ich habe tatsächlich noch etwas vor heute Abend. Genau genommen muss ich arbeiten«, erwiderte er und schmunzelte.

»Und du hast keine fünf Minuten, um mir zu sagen, warum das damals passiert ist?« Ich presste die Lippen aufeinander und schüttelte den Kopf.

»Ich möchte dich nicht in fünf Minuten abspeisen, Bernie«, erklärte er mit ruhiger Stimme und sah mich dabei eindringlich an. »Das hast du nicht verdient.«

»Verdammt richtig. Das hatte ich nicht verdient«, entgegnete ich eine Spur zu laut, so dass uns die anderen Teilnehmenden irritiert anschauten. Ich zwang mich zu einem Lächeln, damit sie sich wieder der Arbeit zuwandten, während ich einen Schritt näher an Noel herantrat. Er roch nach Sandelholz und Brandteig, und ich musste mich beherrschen, nicht genüsslich einzuatmen. »Ich will doch einfach nur eine Erklärung.«

»Und die bekommst du, Bernadette. Das verspreche ich dir. Nur nicht hier und jetzt. Ich kann dir nur sagen, wie sehr ich das alles bereut habe und es noch immer tue.« Er nahm eine meiner Hände in seine und drückte sie, so dass seine Wärme sich in mir ausbreitete. Ein Teil von mir, viel kleiner, als ich es erwartet hatte, wollte ihm die Hand entziehen. Der weit größere Teil genoss diese Berührung, spürte dem wohltuenden Kitzeln nach, das sie hinterließ.

Ich wollte ihn so vieles fragen. Wo er wohnte, was er beruflich machte und wie ich ihn erreichen konnte, damit er mir die Antwort geben konnte, die er mir schuldete. Stattdessen starrte ich ihn nur wortlos an. Es war, als ob ich in seinem Blick gefangen war. So hatte ich mich das letzte Mal gefühlt, als er mir einen Antrag gemacht hatte. Er war nicht auf die Knie gegangen, sondern hatte mir in die Augen gesehen, mich zu sich herangezogen und fest an sich gepresst. Dann war er einen kleinen Schritt zurückgetreten, um mir die eine Frage zu stellen. Damals schon hatte ich nicht wegsehen können, ebenso wenig wie heute.

»Ich muss heute wirklich arbeiten, aber wenn du es

zulässt, würde ich mich in den nächsten Tagen bei dir melden.«

»Wie willst du das machen? Ich habe nicht mehr dieselbe Nummer wie damals«, antwortete ich automatisch.

»Du könntest mir natürlich deine neue geben, aber ich verstehe auch, wenn dir das unangenehm ist. Ich würde sonst bei dir vorbeikommen oder einen Zettel mit einem Treffpunkt bei dir in der Pâtisserie abgeben.«

Ich spürte, wie es in mir brodelte, als ich daran dachte, dass er ohne Vorankündigung bei mir auftauchen könnte. Ich war ehrlich genug mir selbst gegenüber, um zu wissen, dass ich das nicht schaffen würde. Aber die Nummer rausgeben? An einen Kerl, der mich vor zehn Jahren vor dem Altar hatte sitzen lassen? Ich schnaubte. »Du könntest mir auch deine Nummer geben, und ich rufe dich an.«

»Sofort. Willst du sie dir notieren?« Ich nickte, woraufhin er mir seine Nummer diktierte.

»Keine Sorge. Ich melde mich bei dir. Du hast mir einiges zu erklären.«

Ich konnte die Vorfreude auf dieses Treffen in seinen Augen erkennen, doch da war noch mehr – was nur hatte er so lange vor mir geheim gehalten?

Ich griff nach den Handschuhen, um meine Bleche aus dem Ofen zu holen. Die heiße Dampfwolke mit dem köstlichen Brandteiggeruch schlug mir ins Gesicht, als ich die Backofentür öffnete. Ich atmete tief ein und genoss den Augenblick. Ich nahm mein Gebäck, ließ ihn stehen und ging zu meinem Arbeitsbereich, um dort die Eclairs zu verzieren, so wie ich es mir vorgestellt hatte.

Das alles tat ich mit einem halbwegs zufriedenen Gefühl im Bauch, denn ich würde bald eine Antwort erhalten und konnte dann Noel für immer aus meinem Gedächtnis und nach diesem Wettbewerb auch aus meinem Leben streichen. Zumindest hoffte ich das.

Kapitel 12

»Wieso bist du denn geschminkt?«, fragte Pierre, als ich am Lumière vorbeiging. Er schloss gerade sein Geschäft und starrte mich verwirrt an. »Das machst du sonst nur, wenn du ausgehst. Hast du heute Abend etwa ein Date, von dem wir nichts wissen?«

»Nein, habe ich nicht. Darf ich etwa nicht einfach mal gut aussehen?« Provokant sah ich ihn an.

»Süße, du siehst immer zauberhaft aus, das hat aber nichts mit der Farbe auf deinen Augenlidern zu tun, sondern mit deiner Ausstrahlung.«

»Ach, du alter Charmeur«, sagte ich und winkte ab, fühlte mich jedoch gleich etwas besser. Seit ich öfter an Noel denken musste und er wieder in mein Leben getreten war, hatte ich das Gefühl, eben diese Ausstrahlung verloren zu haben. Vielleicht verblasste sie auch eher, weil ich nicht genug daran glaubte. Und das wurmte mich. Ich wusste, wer ich war und was ich erreicht hatte. Dennoch nahm mich das Auftauchen eines Kerls so sehr mit, dass ich mich am liebsten bis nach den Feiertagen im Bett verkriechen wollte.

»Nein, jetzt mal im Ernst, hast du heute noch Pläne?« Pierre begleitete mich ein Stück weit in Richtung meines Wagens. Er selbst fuhr wohl wieder mit der Metro. Kurz schaute ich mich um, doch die Mädels hatten ihre

Läden bereits geschlossen. Chloé ging heute zu ihrem Pilates-Kurs, und Lilou ging mit Kim ins Kino.

»Willst du etwa mitkommen?«, fragte ich.

»Kommt darauf an, wohin du gehen möchtest«, sagte er und deutete auf die Box in meiner Hand. »Das sieht eher aus, als ob du noch etwas auslieferst.«

»Damit liegst du nicht so falsch. Ich möchte mich bei Tartin bedanken, weil er mir das Mehl und die anderen Zutaten gegeben hat, obwohl er sie auch brauchte. Ein kleines Dankeschön für die Unterstützung.«

Pierre stieß mir in die Seite. »Wirklich nicht mehr?«

»Was unterstellst du mir? Dass mir dieser geheimnisvolle Wohltäter, der sich um die Community kümmert und dann auch noch gut aussieht, gefällt?«

Pierre nickte.

»Dann hast du damit verdammt recht«, erklärte ich mit einem breiten Grinsen. »Ich habe zwar keine Ahnung, wer hinter der Maske steckt, und ich bin mir sicher, dass er seine Stimme verstellt, aber das, was ich sehen kann, gefällt mir.« Ich zwinkerte ihm zu.

»Und deswegen der Überraschungsbesuch?« Pierre schien sich köstlich zu amüsieren. »Meinst du, Gebäck ist das richtige für einen Pâtissier?«

»Gerade er weiß zu schätzen, was das bedeutet. Ich denke, das ist perfekt«, antwortete ich und gab ihm einen Kuss auf die Wange. »Wir sehen uns morgen. Ich möchte bei ihm sein, bevor er seinen Laden für heute schließt. Und außerdem muss ich noch mein Wichtelgeschenk besorgen. Es ist endlich angekommen, und ich hoffe, dass es der Person gefallen wird.«

»Dann viel Erfolg. Und erzähl mir, wie er unter der Maske aussieht.«

»Das werde ich heute wohl kaum herausfinden«, sagte ich und ging zum Wagen, der auf der anderen Straßenseite vor einem der höheren Häuser stand, auf denen sich die Graffitisprayer mit einer großen Sonne und strahlenförmig angeordneten Tags, den Künstlersignaturen, verewigt hatten.

»Du unterschätzt deine Fähigkeiten, ma chérie«, sagte er lachend und warf mir eine Kusshand zu. »Du musst nur an dich glauben, dann kannst du alles erreichen.«

Eine Viertelstunde später kam ich an und freute mich über einen Parkplatz direkt vor Tartins Shop. Vielleicht sollte es so sein. Ich schnappte mir die Box, die neben mir auf dem Beifahrersitz lag, und stieg aus. Als ich den Laden betrat, entdeckte ich Tartin hinter dem Tresen. Er sortierte gerade einige Kekse und Macarons in seiner Auslage. Sie waren in einem simplen Schwarz-Weiß gehalten. Dennoch sahen sie zum Anbeißen aus. Viel appetitlicher als meine. Wieso kam ich eigentlich auf die Idee, ihm mein Gebäck zu bringen, wenn er doch selbst so viel Besseres herstellte?

»Bernadette«, rief er überrascht mit seiner so markanten, tiefen und kratzigen Stimme aus und hörte augenblicklich auf zu sortieren. »Was verschafft mir die Ehre?«

»Ich wollte mich für die Hilfe bedanken. Ohne das Hirschhornsalz für die Lebkuchen und die Bourbon Vanille hätte ich diese Woche mein Geschäft zulassen können. Die Vorweihnachtszeit ist wirklich materialfressend«, sagte ich mit einem freundlichen Lächeln und versuchte, die kleine Box zu verbergen, die ich ihm mitgebracht hatte. Natürlich vergeblich.

»Ja, das ist mir auch schon aufgefallen. Aber mich stört das nicht. Und ich vermute, Sie auch nicht, oder?« Ich konnte zwar sein Gesicht nicht erkennen, doch das spitzbübische Grinsen klang deutlich heraus.

»Auf keinen Fall. Jede Einnahme ist eine gute Einnahme«, erklärte ich und schnaubte leise. »Was wäre ich sonst für eine Geschäftsfrau?«

»Immer noch eine verdammt beeindruckende.«

Tartin deutete auf die Box, die ich ungelenk hinter meinem Rücken verbergen wollte. »Haben Sie mir etwas mitgebracht?« Ich zögerte kurz, nickte dann aber und überreichte ihm mein Geschenk. Tartin stellte die Box neben sich auf den Verkaufstresen. Es war nur ein schmaler Streifen, doch er reichte, um eine Kasse und ein paar Notizblöcke zu beherbergen.

»Wie bitte?«, hakte ich nach, als mir klar wurde, dass er mir gerade ein Kompliment gemacht hatte. Er, der aufstrebende Nachwuchsstar von Belleville.

»Eine verdammt beeindruckende. Kaum eine andere Pâtisserie in Belleville gibt es so lange wie die Ihrer Familie.«

»Okay, mit so einem Lob habe ich jetzt nicht gerechnet«, erwiderte ich ehrlich und holte einmal tief Luft. »Wir können uns gerne duzen.«

»Sollte dieser Vorschlag nicht immer von der älteren Person kommen?«, fragte Tartin leise, und ich konnte nicht einschätzen, ob er mich damit in die Schranken verweisen oder witzig sein wollte. Skeptisch sah ich ihn noch einen Moment an.

»Wer sagt denn, dass ich das nicht bin?«, entgegnete ich gekonnt.

»Unmöglich«, sagte Tartin. »Ich bin mit Sicherheit älter. Keine Sorge, ich werde dir mein Alter verraten, und du kannst mir ein heimliches Zeichen geben, ob ich richtiglag.«

Ich lachte. »In Ordnung. Dann mal los.«

»Ich bin fünfunddreißig Jahre alt.«

»Wirklich?« Überrascht verschränkte ich die Arme vor der Brust.

»Das geheime Zeichen«, erinnerte er mich, antwortete aber nicht auf meine Frage.

Einen Moment lang verwirrt, nickte ich schließlich.

»Es hätte mich auch wirklich verwundert, wenn du älter als ich gewesen wärst. Du siehst viel zu jung dafür aus«, erwiderte Tartin lässig und deutete auf meine Box. »Wir können aber gerne beim Du bleiben. Hast du für mich gebacken?«

»Nur eine Kleinigkeit. Ich dachte, wer sich den Spitznamen Tartin gibt, wird das Gebäck sicher mögen«, erklärte ich rasch, um die Tarte Tartin zu begründen, die ich ihm eingepackt hatte.

»Du willst mich damit aber nicht bestechen, um herauszufinden, was nächsten Sonntag gebacken wird, oder?«

Ich runzelte die Stirn. »Heißt das, ich bin weiterhin dabei? Bisher kam noch kein Anruf«, sagte ich hoffnungsfroh.

»Aber sicher doch. Wer solch kleine Köstlichkeiten zaubert, muss weiterkommen.« Tartin schaute in meine kleine Box und schnupperte daran. Er seufzte wohlig. »Das riecht sehr gut.«

»Dir hat also gefallen, was ich gemacht habe? Das freut mich sehr.« Ich streckte stolz meinen Rücken durch. Ein Lob von so jemandem wie ihm zu bekommen, fühlte sich außergewöhnlich an. Immerhin hatte er von einem der Besten gelernt.

»Ich muss sagen, dass es eine kreative Idee war, die ich so noch nicht gesehen habe, und das bedeutet schon etwas. Besonders die Verzierungen in dem Teig waren einzigartig und sahen aus wie Girlanden. Genau so etwas habe ich mir erhofft.«

»Von mir oder von dem Wettbewerb?«, fragte ich keck und lächelte ihn an.

»Beides, um ehrlich zu sein«, erklärte er und legte den Kopf mit der Maske schief. »Ich weiß ja, dass deine Pâtisserie schon lange existiert, und hatte entsprechend hohe Erwartungen. Die du auch vollkommen erfüllt hast«, schob er hastig hinterher.

»Danke schön. Freut mich wirklich ungemein.« Ich deutete auf die Macarons, die er kurz vorher in seine Auslage hatte legen wollen. »Wie kommt es eigentlich, dass du noch geöffnet hast? Normalerweise ist um diese Uhrzeit doch niemand mehr bereit, etwas Süßes zu essen.«

»Jein, ich habe heute Abend eine Vorbestellung einer Gruppe. Das machen sie jeden Mittwoch, und sie wollen immer Macarons in Massen. Ich glaube, die gehen hinterher in einem der Clubs hier feiern. Zumindest schließe ich das aus ihren Outfits«, sagte er und deutete zur Tür. »Danach schließe ich aber immer ab.«

»Lohnt sich das tatsächlich für dich?«, hakte ich nach.

»Sonst würde ich es nicht machen. Zwar bin ich mit Leib und Seele Pâtissier, aber auch ich muss wirtschaftlich denken.«

Er lachte. »Das war das Erste, was mein Chef mir in der Ausbildung beigebracht hat. Wenn du jemals einen eigenen Laden eröffnest, denk dir nicht aus, wie du welche Kekse oder Pralinen verzierst, sondern, was wie viel kostet.«

»Eine harte Aussage, die auch mich damals auf den Boden der Tatsachen zurückgeholt hat, aber er hat grundsätzlich recht«, stimmte ich zu, was mich daran erinnerte, dass ich am Ende des Jahres wieder die Buchhaltung nachzuholen hatte. »Wie kam es denn dazu, dass du diesen Wettbewerb ausrichtest? Das ist sicher nicht günstig.«

»Ist es auch nicht, aber ich habe mir vorgenommen, meiner Kundschaft etwas zurückzugeben, sobald der Laden Gewinne abwirft. Nur ein Teil, aber so viel, dass es anderen hilft. Und ich dachte mir, einfach nur das Gebäck an die Bedürftigen zu verteilen ist langweilig.«

»Wie kamst du auf die Idee, uns dazuzuholen?«

»Na ja, die Menschen mögen Wettbewerbe, und auch wenn ich die Materialien stellen muss, brauche ich wenigstens nicht zu arbeiten«, sagte er und lachte leise. Ein wohliger Schauer glitt über meinen Rücken, als ich die raue Stimme hörte. Sie löste ein behagliches Gefühl in mir aus. Ich fühlte mich einfach wohl.

»Also bist du faul?«, hakte ich schmunzelnd nach.

»Nennen wir es arbeitsoptimiert. Ich liebe Effizienz und habe mir immer geschworen, eines Tages ein Geschäft zu haben, das möglichst effizient läuft und zugleich den Charme des Handwerks nicht verliert.«

»Ist es dir gelungen?«, fragte ich und lehnte mich gegen den Tresen.

»Ich denke schon«, erwiderte er und nickte zurückhaltend. »So ganz zufrieden ist man aber wohl nie, wenn ich das richtig sehe. Dennoch kann ich für mich behaupten, dass ich mich auf einem guten Weg befinde. Was ist mit dir? Bist du zufrieden mit deinem Geschäft?«

»Ich liebe, was ich tue, habe einen tollen Freundeskreis, auf den ich mich immer verlassen kann, und eine Familie, die im Notfall einspringt. Ich denke, ich habe den Jackpot«, antwortete ich ehrlich. Obwohl nicht alles in meinem Leben perfekt war, so war ich doch verdammt nah dran, sobald ich erst einmal Noel aus meinem Kopf gestrichen und verbannt haben würde.

»Das klingt so, als gäbe es da ein kleines Aber«, hakte er nach.

Verwirrt sah ich ihn an. Hatte er meine Gedanken gelesen? Gut, mir war schon häufiger gesagt worden, dass meine Mimik mich in den meisten Fällen verriet. Chloé wurde nicht müde zu betonen, dass ich wie ein offenes Buch durch die Welt lief. »Nein, ein Aber gibt es nicht.« Zumindest keines, das ich hier und heute mit einem Mann teilen wollte, der mir zwar gefiel und der mir das Gefühl gab, ihn schon ewig zu kennen, den ich tatsächlich aber erst seit ein paar Tagen kannte. »Faulheit wird wohl nicht der einzige Grund gewesen sein, warum du den Wettbewerb ausgerufen hast, oder? Wenn ich mir den Laden so anschaue, die Liebe für die Details«, ich deutete auf die Auslage und den Tresen, den er mit handgeschnitztem Holzgebäck verziert hatte, »glaube ich eher, dass du dafür ziemlich lange gebraucht hast.« Dazu die Weihnachtsdekoration, die er farblich seiner Innenausstattung angepasst hatte. Statt satte Grün- und Rottöne zu verwenden, hatte er es dezent gehalten und nicht so überladen. Der Fokus in dem ansonsten eher dunkleren Interieur lag auf dem hell beleuchteten Gebäck.

»Ach, das ist eine Liebhaberei. Wenn mir langweilig ist, bemale ich gerne Holzelemente. Das ist nun wirklich nichts Besonderes. Es gibt auch Monate, in denen ich nichts zum Dekorieren habe.«

»Das beantwortet allerdings nicht meine Frage«, erklärte ich mit einem Zwinkern. Der Mann, der immer noch hinter dem Tresen stand und offensichtlich sorgsam darauf bedacht war, nicht zu nah an mich heranzutreten, gab mir Rätsel auf, und ich wollte mehr über ihn erfahren. Nicht nur, weil sein Gesicht von einer Maske verdeckt war, sondern auch, weil ich ihn von Minute zu Minute interessanter fand.

»Ah, eine hartnäckige Frau«, sagte er und deutete mit einem Finger auf mich. Eine dünne Narbe, die erst ein paar Monate alt sein konnte, zog sich über das zweite Gelenk. Vermutlich hatte er sich irgendwann einmal beim Backen am Ofen verbrannt. Die Innenseiten der Unterarme und die Fingerknöchel waren prädestiniert dazu, irgendwo gegenzustoßen, wenn man ein Blech aus dem Backofen zog. »Also gut, es war nicht nur die Faulheit, das gebe ich zu. Belleville hat mich so herzlich aufgenommen, dass ich mir einfach etwas einfallen lassen musste. Eine alte Freundin war dafür eine Inspiration«, erklärte er mit einem Hauch Wehmut in der Stimme. Allerdings konnte ich nicht erkennen, was genau in ihm vorging, da seine Augen vor mir verborgen blieben.

»Wie hat sie das geschafft?«, fragte ich.

Tartin sah mich einen Moment lang an, als ob er überlegen würde. Er wirkte, als wollte er mir nichts Privates aus seinem Leben verraten. Eigentlich war ich bei fremden Menschen nicht so neugierig, aber bei ihm war es anders. In Tartins Nähe fühlte ich mich wie in einem Haufen von weichen Kissen. Umsorgt und sicher. Jederzeit bereit, aufgefangen zu werden. Das letzte Mal hatte ich solche Gefühle in Noels Nähe.

Schließlich seufzte er und ließ ein wenig die Schultern hängen. »Sie war immer sehr offen und hat stets jedem geholfen, der Hilfe brauchte. Egal, zu welcher Tages- oder Nachtzeit – sie war immer für die Menschen da, die sie liebte.«

»War?«, fragte ich vorsichtig. Die Vergangenheitsform deutete oft darauf hin, dass die Person tot war. Ich hoffte, dass es nicht der Fall war, denn das hätte bedeutet, dass ich gerade im Begriff war, mit Anlauf in ein Fettnäpfchen zu rennen.

Wieder starrte er mich an. Die Sekunden verstrichen, und das einzige Geräusch in unserer Nähe war das Ticken der altmodischen Bahnhofsuhr, die über dem

Durchgang zur Backstube hing. Wieso nur erwiderte er nichts? Hatte ich das Fettnäpfchen doch schon voll erwischt, indem ich nur nachgefragt hatte?

»Wir sind nicht mehr befreundet«, antwortete er ausweichend. »Sie ist seit fast einem Jahrzehnt kein Teil mehr von meinem Leben.«

»Das klingt, als ob du das bereuen würdest«, sagte ich und legte den Kopf schief.

Tartin drehte sich kurz von mir weg und griff in ein Regal hinter sich.

»Entschuldige, wenn ich zu persönlich werde. Das geht mich ja auch nichts an«, beeilte ich mich zu sagen. Warum hatte ich nur nachgehakt? Ich kannte ihn kaum. Solche Informationen teilte man doch nicht mit einer dahergelaufenen Pâtissière, die man erst wenige Male gesehen hatte.

Ich selbst hatte zwar das Gefühl, Tartin mehr erzählen zu können, doch das schien nicht auf Gegenseitigkeit zu beruhen.

»Nein, schon gut. Es ist nur so erschreckend, dass du den Nagel direkt auf den Kopf triffst.« Damit wandte er sich wieder um und machte sich an der Kiste zu schaffen, die bereits zur Hälfte mit Macarons gefüllt war. »Ich bedauere es in der Tat, sie nicht mehr in meinem Leben zu haben, allerdings ist es vermutlich besser so.«

»Wenn du reden möchtest, dann …«, bot ich an, auch wenn ich ungern der Seelenmülleimer für andere war. Bei Tartin konnte ich mir vorstellen, eine Ausnahme zu machen.

»Schon gut. Ich denke nicht, dass du dir das anhören möchtest. Du musst dich bestimmt noch für Sonntag vorbereiten«, sagte er und hantierte mit den Macarons.

Wollte er mich rausschmeißen? War ihm die Situation zu unangenehm? »Entschuldige, ich wollte dir nicht zu nahe treten. Ich hoffe, dass du mir das nicht übelnimmst.«

»Falls du Angst hast, dass sich das auf den Wettbewerb auswirkt, keine Sorge«, erklärte er und schüttelte den Kopf. »Das hier hat rein gar nichts damit zu tun. Um ehrlich zu sein, bin ich tatsächlich dankbar, dass ich mal wieder an sie erinnert wurde.«

»Wirklich? Du stehst darauf, schmerzhafte Erinnerungen wieder hervorzuholen?«, hakte ich nach und überlegte kurz, weiter nachzufragen. Vielleicht würde mir ein ähnliches Vorgehen auch helfen, um besser damit klarzukommen, dass Noel wieder in meinem Leben aufgetaucht war.

»Wer sagt denn, dass es schmerzhafte Erinnerungen sind?« Tartin schmunzelte offensichtlich hinter seiner Maske, und ich fragte mich, ob er mir absichtlich ein schlechtes Gewissen hatte machen wollen.

»Sie ist nicht mehr Teil deines Lebens. Ich ging davon aus, dass es …«

»Ja, das stimmt«, erklärte er und stellte die Kiste mit den Macarons nun endlich auf die Theke. »Der Moment war auch verdammt schwer, und ich versuche so oft es geht, nicht daran zu denken, wie sehr sie mir fehlt. Aber es gibt ja nicht nur die Erinnerung an die Trennung. Da sind noch viele, wunderschöne Momente davor gewesen, die ich in meinem Leben nicht missen möchte. Und an die ich vor allem gern zurückdenke.«

»Wow, das ist eine Herangehensweise, auf die ich nicht sehr häufig treffe. Sehr positiv«, sagte ich mit hochgezogenen Augenbrauen. Tatsächlich beeindruckten mich seine Worte, denn ich hatte noch nie darüber nachgedacht. Für mich war dieser Tag vor dem Altar allgegenwärtig und untrennbar mit dem Gedanken an Noel verbunden. Ein paar gute Erinnerungen an ihn hatte ich zugelassen, sie jedoch sofort wieder verdrängt, weil ich mich daran festgeklammert hatte, dass ich diese nicht haben dürfte. Er hatte mich enttäuscht, und das war alles, was ich zu ihm wissen musste.

»Ich habe eine ganze Weile dafür gebraucht, aber irgendwann ist mir klargeworden, dass ich nicht immer nur das Negative sehen darf. Und auch wenn unsere Wege sich getrennt haben, heißt das nicht, dass ich voller Traurigkeit an unsere gemeinsame Vergangenheit zurückdenken muss.«

»Ich wünschte, ich könnte dasselbe tun«, entgegnete ich aus einem Impuls heraus. Ich wollte nicht mit ihm über Noel reden. Das war nun wirklich nichts, was ich mit dem zukünftigen Michelin-Pâtissier von Belleville teilen wollte.

»Kannst du. Es ist deine eigene Entscheidung. Immerhin hast du die Kontrolle über deine Einstellung«, erwiderte er und deutete um sich. »Jeder hat das.«

Ich verzog die Mundwinkel zu einem freudlosen Lachen. »Trägst du deswegen eine Maske? Weil du die Kontrolle behalten möchtest?« Mir war klar, dass ich ihn damit reizte, aber wenn er gerade ohnehin in Plauderlaune war, konnte ich vielleicht mehr über ihn herausfinden.

Er klopfte sich auf die Maske, die offensichtlich aus flexiblem Plastik bestand und nicht aus Keramik, wie ich angenommen hatte. »Sie beschützt mich, um ehrlich zu sein.«

»Vor was denn?« So sehr ich es liebte, in dieser Pâtisserie zu stehen, so sehr merkte ich, wie mich der Geruch immer stärker einlullte. Der Zucker, der hier in der Luft lag. Der Geschmack nach Vanille und Zimt, der sich auf meine Zunge legte. Es erinnerte mich so stark an meine Kindheit, dass ich beinahe durchgängig lächelte.

»Meiner Vergangenheit?«

»Ist das eine Frage oder eine Aussage?«, hakte ich frech nach. Anscheinend wollte er mit mir reden und schien bereit zu sein, mehr über sich preiszugeben, was natürlich ein Gewinn für mich wäre. Ich kannte niemanden in der gesamten Szene, der wusste, wer hinter der Maske steckte. Und anders als bei der TV-Show mit den aufwendig gestalteten Masken, hinter der sich ein Promi befand, vermutete ich hier keinen. Sondern einfach nur einen Mann, der etwas zu verbergen hatte. Und das machte mich nur noch neugieriger.

»Erwischt. Ja, ich habe in meiner Vergangenheit ein paar Fehler begangen, die dafür gesorgt haben, dass ich mich hier in Belleville und vor allem in meinem aktuellen Leben nicht so zeigen kann, wie ich wirklich bin.«

»Wirst du die Maske denn jemals lüften?« Ich versuchte, ein wenig nachzubohren, in der Hoffnung, dass er mir etwas verriet.

»Vielleicht«, entgegnete er unsicher. »Bevor ich mich zeigen kann, muss ich noch ein paar Fehler ausbügeln.«

»Fehler? Das klingt dramatisch«, sagte ich und runzelte die Stirn. War er etwa ein Verbrecher? Wenn er eine kriminelle Vergangenheit hätte, wäre es nachvollziehbar, dass er sich versteckt hielt. Ich fragte mich allerdings, ob vor der Polizei oder seinen ehemaligen Kumpanen. Dass er ein Dieb oder Schläger war, konnte ich mir kaum vorstellen, eventuell ein Ganove, wie ich ihn aus den alten Filmen meines Vaters kannte. Er hatte mit mir oft genug *Oceans Eleven* geguckt, dass ich bis heute die Handlung auswendig kannte. Aber falls doch, interessierte es mich, was er getan hatte. Er wirkte wie ein großer, kuscheliger Bär, in dessen Arme man sich legte und in dessen Fell man einsinken konnte, bis man eingeschlafen war.

Was es auch war, es regte meine Fantasie bei Dingen an, die ich in solch einem Gespräch tatsächlich nicht gebrauchen konnte. In meinen Augen war er gerade ein wenig heißer geworden, was dämlich war, denn für einen Danny Ocean hatte ich keine Zeit. Ein Schwindler sorgte nur für Ärger. Obwohl ich mich gern an ein paar leidenschaftliche Nächte mit Jungs erinnerte, die mit dem Gesetz nicht unbedingt auf einer Straßenseite gestanden hatten. Tartin war niemand, dem ich ein schweres Verbrechen zutrauen würde, und wie der Sex mit ihm wäre, wollte ich mir gerade lieber nicht vorstellen.

Der Einzige, bei dem ich immer all das hatte, was ich wollte, war Noel. Verdammt guten Sex, tiefgründige Gespräche und einen verlässlichen Partner. Bis zum 19.

Dezember vor zehn Jahren. Ich strich mir über die Augenlider, um den Gedanken zu vertreiben und meine Aufmerksamkeit wieder voll auf Tartin zu lenken.

»Na ja, ich habe schlechte Entscheidungen getroffen und muss gewissen Menschen erst beweisen, dass ich mich gebessert habe, ehe ich wirklich zeigen kann, wer ich bin. Ich weiß, das klingt jetzt ziemlich abgedroschen, aber ich bin geläutert, und das will ich beweisen«, erklärte er, und anhand der Faust, die er geballt gegen seinen Oberschenkel drückte, sah ich die Entschlossenheit hinter seinem Vorhaben.

»Das klingt nicht sehr durchdacht. Ich muss zugeben, dass ich das nicht so erwartet hätte«, merkte ich an, löste damit mein Stirnrunzeln auf und schenkte ihm ein Lächeln. »Ich finde es gut, wenn Menschen sich weiterentwickeln. Die Geheimnistuerei weniger, aber wenn es für dich der richtige Weg ist, muss es wohl funktionieren.«

»Findest du, dass ich keine Maske tragen sollte?«, hakte er überrascht nach. Das Raue in seiner Stimme kippte ins Kratzige, und ich fragte mich, ob er es schaffte, den ganzen Tag mit verstellter Stimme zu reden. Wenn ja, verdiente er größten Respekt, denn das ging sicher stark auf die Stimmbänder. Für ein Theaterstück aus der Schule hatte ich einmal in einer hohen, piepsigen Stimme sprechen müssen, da ich einen Vogel gespielt hatte. Nach der dritten Aufführung war ich heiser gewesen. Andererseits schien er Übung darin zu haben, so zu sprechen. Vielleicht war er auch ein gescheiterter, ehemals erfolgreicher Schauspieler aus Paris, der sich ein neues Leben aufbaute.

Ein amüsiertes Prickeln schoss durch meinen Körper bis in meine Fingerspitzen, und ich stieß mich vom Tresen ab, da ich die Energie irgendwohin leiten musste.

»Ich finde, Ehrlichkeit ist eines der größten Güter, die wir im Leben haben, und wenn wir einen Fehler begangen oder Fehlentscheidungen getroffen haben, sollten wir dafür geradestehen. Deswegen tendiere ich dazu zu sagen: lieber offen und ehrlich sein.« Den Frust über Noels Geheimnisse konnte ich nicht ganz aus meiner Stimme verbannen, was Tartin wohl nicht entging.

»Klingt, als hättest du Erfahrungen mit Menschen gemacht, die nicht aufrichtig zu dir waren«, hakte er nach.

Ich schüttelte den Kopf. »Ist nichts, was ich hier zwischen Tür und Angel besprechen möchte, ehrlich gesagt. Eigentlich wollte ich auch nur herumkommen, um Danke zu sagen.«

»Und herausgekommen ist eine Unterhaltung, die ich sehr genossen habe«, entgegnete Tartin und deutete eine Verbeugung an.

»Ach, übertreib nicht. Wir haben nur ein wenig geplauscht. Nichts Besonderes«, sagte ich und winkte ab.

»Du kannst mir nicht sagen, wie ich es empfunden habe.« Tartin streckte mir die Hand entgegen. Ich ergriff sie instinktiv und spürte der Hitze nach, die er ausstrahlte. Vermutlich hatte er vorher am Backofen gearbeitet. »Und ich muss sagen, ich habe es sehr genossen, liebe Bernadette. Wenn du Interesse hast, stehe ich für eine weitere Konversation jederzeit zur Verfügung.« Damit deutete er einen Kuss auf den Handrücken an, ehe er mich losließ.

Verwirrt ob dieser seltsamen Verabschiedung stand ich einen Moment lang da und wusste nicht, wie ich reagieren sollte. Hatte er mir wirklich gerade mit seiner Maske einen Handkuss gegeben? Kurz kam mir der Verdacht, dass seine kratzige Stimme vielleicht echt war und einfach nur verriet, dass er älter war. Sein ganzer Körperbau behauptete das Gegenteil.

»Danke schön«, sagte ich schließlich und entzog ihm meine Hand.

»Gerne. Wir sehen uns dann wohl am Sonntag?«, fragte er.

Ich nickte und drehte mich um, um die Pâtisserie zu verlassen. An der Tür schaute ich erneut über die Schulter. Tartin stand weiter hinter dem Tresen und sah mir nach. Es ließ mein Herz höherschlagen. Als wäre ich eine Teenagerin, die sich über einen Blick vom großen Schwarm einmal quer durch die Halle freute wie eine Schneekönigin.

Ich lächelte und ging hinaus. Begleitet von den Fragen, wer er nun war. Verbrecher oder Schauspieler. Herausfinden würde ich es wohl so schnell nicht.

Kapitel 13

»Bist du sicher, dass du nicht mitkommen möchtest?«, fragte Kim mich erneut. »Es ist diesmal auch kein Liebesfilm.«

Ich lachte und winkte ab. »Der war gar nicht so schlecht, aber nein, ich habe heute Abend ein Date mit dem Fernseher. Die neue Folge meiner Serie kommt raus, und das will ich nicht verpassen. Sonst werde ich wieder gespoilert«, erklärte ich ihr und schloss meinen Laden ab. »Geht ihr ruhig ins Kino, ich genieße mal einen Abend allein.«

»Beim nächsten Mal kommst du dann aber wieder mit, oder?« Lilou hakte sich bei Kim unter. Pierre winkte schon aus dem Fenster seines Lumière und deutete mit der Hand fünf Minuten an. Vermutlich würde er auch gleich mitkommen.

»Kommt auf den Film an, aber ja, ich hätte nichts dagegen. Sehen wir uns morgen zum Mittag bei dir? Ich habe gehört, dass du ein neues Eisrezept hast, das auch als vollwertige Mahlzeit durchgeht?«

Kim schnaubte und zeigte über die Schulter zu Pierre. »Der kann auch einfach nichts für sich behalten. Sollte der jemals sterben, werden wir seinen Mund noch mal extra totschlagen müssen.«

»Lass das niemanden aus deinem Anwaltsfreundeskreis hören, nachher wirst du noch verhaftet, wenn Pierre wirklich was passiert«, erklärte ich mit einem Augenzwinkern. Gut, vielleicht hatte ich am Abend zuvor zu viele Crime-Folgen gesehen, nachdem ich mit Tartin gesprochen hatte.

»Die würden es nicht wagen, sich mit mir anzulegen«, gab Kim trocken zurück, und aus irgendeinem Grund glaubte ich ihr das sogar.

»Dann bis morgen«, sagte ich und winkte ihnen.

Tatsächlich ging ich hoch in meine Wohnung, allerdings nicht, um mich in meiner Lieblingsjogginghose auf die Couch zu legen, sondern um mich in mein Outfit zu schmeißen. Heute Abend spielte eine der besten Willie-Nelson-Coverbands aus ganz Paris im Rockys, und das würde ich mir nicht entgehen lassen. Dass ich auf Countrymusik stand, wussten die anderen zwar, aber nicht, wie sehr. Und dabei wollte ich es belassen. Es war meine eigene kleine Welt, in die ich abtauchen konnte, wenn mir alles andere zu viel wurde. Manchmal fragte ich mich, ob es Lilou hier nicht auch gefallen würde, schließlich mochte sie Musik. Aber ich traute mich nicht, ihr davon zu erzählen.

Diesmal rief ich mir ein Taxi, denn ich wollte mir einen Drink genehmigen, ausgiebig tanzen und vielleicht am Ende des Abends einen netten Mann finden, den ich mit nach Hause nehmen könnte.

»Bernadette, schön, dass du wieder da bist. Die Band hat noch nicht angefangen. Ich habe dir hinten einen Tisch freigehalten«, begrüßte mich die Barfrau Sally und stellte mir gleich darauf eine Schale mit Cashews hin. Sie wusste, dass ich die immer mitnahm, wenn eine Band spielte. Ach, es war so behaglich, hierherzukommen.

»Danke dir. Machst du mir heute mal einen mit Schuss? Ich lasse es mir heute so richtig gutgehen«, sagte ich mit einem breiten Grinsen.

»Na, da ist aber jemand gut drauf heute. Liegt das an dem netten Kerl?«, fragte Sally und hob vielsagend eine Augenbraue.

»Welcher Kerl? Ich bin allein hier.«

»Dann musst du mir mal erklären, warum der schnieke Bursche dahinten wusste, dass du heute kommen würdest.« Sally deutete auf meinen Stammtisch in der Ecke, schräg vor der Band.

Ich wandte mich um. »Ich habe keine Verabredung heut…« Der Rest des Satzes blieb mir im Hals stecken, als ich Noel entdeckte.

»Gehört der etwa nicht zu dir?«, wollte Sally wissen.

In dem Moment bemerkte mich Noel und stand auf. Er hielt einen Cowboyhut in den Händen und trug ein Outfit, das selbst an Alan Jackson nicht besser hätte aussehen können. Nervös drehte er den Hut in seinen Fingern und sah mich flehentlich an. Natürlich hatte er gewusst, dass ich hier sein würde. Die Musik war auch früher ein Teil von mir gewesen. Noel hatte mich immer darin unterstützt und war sogar mit mir auf einige Konzerte gereist.

Nun aber stand er dort wie ein kleiner Junge, der auf einem Jahrmarkt vergessen worden war. Und in seinen Augen konnte ich deutlich sehen, dass er nur auf mich gewartet hatte. Um mich zu vergewissern, dass ich keine Nachricht von ihm übersehen hatte, schaute ich noch einmal auf mein Handy, doch da war nichts. Natürlich. Ich hatte ihm meine Nummer nicht gegeben. Er hatte mir gar nicht schreiben können. Noel kam nicht auf mich zu, sondern blieb vor dem Tisch stehen, während die Band die letzten Soundchecks mit ihren Instrumenten machte.

»Bernie, soll ich ihn rauswerfen lassen?«

»Nein, nein. Schon gut. Ich kläre das. Vermutlich hat er was missverstanden«, sagte ich rasch und erwachte damit auch aus meiner Starre.

»Wenn was ist, du weißt Bescheid.«

Ich nickte, wusste, dass sie das Handzeichen meinte, mit dem jede Frau in ihrem Laden einen Notfall signalisieren konnte, sollte ein Kerl zu aufdringlich werden. Ich selbst hatte es in den vergangenen Jahren nur einmal gebraucht, aber als die Security gekommen war, um ihn rauszuschmeißen, hatten diese ihn erst vom Fußboden aufsammeln müssen, da ich ihm einen ordentlichen Tritt in die Kronjuwelen verpasst hatte.

Langsam ging ich die zwei Stufen hinunter, die zur Tanzfläche führten, und überquerte diese, während ich Noel nicht aus den Augen ließ. Er stand immer noch an derselben Stelle und nestelte nervös an der Hutkrempe. Als ich vor ihm stand, verschränkte ich die Arme vor der Brust und sah ihn erwartungsvoll an.

Zunächst sagte er nichts, sondern lächelte mich nur an. Dann deutete er an mir herunter. »Du siehst toll aus in dem Kostüm. Es steht dir echt gut.«

Zuerst wollte ich ihn zurechtweisen, seinen Blick gefälligst oben zu behalten. Allerdings hatte ich eine Vermutung, warum er heute hier war. Und das wollte ich nicht durch meine schroffe, ablehnende Haltung gefährden. Schließlich war es genau das, was ich von ihm verlangt hatte.

»Danke, was willst du hier?« Es gelang mir nicht, den abweisenden Tonfall ganz zu unterdrücken.

»Du wolltest doch reden, und hier bin ich.« Er breitete die Arme aus.

»Nein, wir wollten einen Termin ausmachen. Wir haben nicht abgesprochen, dass du einfach hier auftauchst. Woher wusstest du das eigentlich?« Ich setzte mich in die Sitzecke mit der roten Polsterung.

»Entschuldige, ich war mir nicht sicher, ob du wirklich mit mir sprechen wolltest, da du dich nicht bei mir gemeldet hast. Deswegen bin ich einfach hergekommen«, erklärte er und setzte sich mir gegenüber.

»Ist das dein Ernst? Ich habe selbst vorgeschlagen, dass wir reden.«

Er legte seinen Hut auf die glatte Tischoberfläche und griff nach dem Bier, das er sich wohl schon vor einer Weile bestellt hatte.

»Außerdem ist das keine Entschuldigung, sondern übergriffig«, antwortete ich resolut. »Wenn du mit mir reden willst, obwohl ich genau das nicht will, es dann aber erzwingst, scheinst du keine Ahnung von respektvollem Verhalten zu haben. Sei froh, dass ich überhaupt noch mit dir rede.«

Noel starrte mich an und schien im ersten Moment

nicht zu verstehen, was ich meinte. Als er den Mund aufmachte, erwartete ich eine weitere Ausrede. »Du hast recht. Das hätte ich nicht tun sollen. Soll ich gehen?«

Verblüfft hob ich die Augenbrauen. Damit hatte ich nicht gerechnet. Sah er etwa ein, dass er einen Fehler gemacht hatte und versuchte, sich zu bessern? Wenn ich so darüber nachdachte, war er früher auch schon lernfähig gewesen, wenn es um meine Bedürfnisse ging. Zumindest die, die er nicht sofort erkannt hatte.

Ich musterte ihn. Großartig verändert hatte er sich nicht. Sein ordentlich gestutzter Dreitagebart, die weichen Augen, in denen ich immer noch lesen konnte, als ob keine zehn Jahre vergangen waren, und diese Lippen, an deren sanfte Berührung ich mich gerne zurückerinnerte. Verwirrt ob solcher Gedanken schüttelte ich den Kopf. »Nein, schon gut. Ich wollte dich ja sehen. Aber danke, dass du den Vorschlag gemacht hast.«

»Ich will wirklich nichts Böses, Bernadette.« So eindringlich, wie er die Worte aussprach, konnte ich mir vorstellen, dass er sie ernst meinte.

Sally stellte mir einen Cocktail hin, den ich sofort zur Hälfte leerte. Egal, was an diesem Abend passierte, ich brauchte mit Sicherheit Alkohol, um es zu überstehen. Die Gefühle drohten mich bereits jetzt zu überwältigen, und das nur, weil ich Noel gegenübersaß. Was würde er erst in mir auslösen, wenn wir über unsere gemeinsame Vergangenheit sprachen? Ich musste vorbereitet sein.

»Dann erzähl mal«, sagte ich und stellte das Cocktailglas wieder auf die Serviette, mit deren Ecken ich nun spielte.

»Was möchtest du denn wissen?«, erwiderte er und presste die Lippen aufeinander.

»Alles!«, forderte ich mit klaren Worten. »Ich verdiene eine Erklärung.«

Die Bar füllte sich, und die Band stand bereits in Position. Von früheren Konzerten wusste ich, dass es mit einer Unterhaltung verdammt schwer werden würde, sobald sie erst einmal loslegten.

»Die verdienst du. Absolut. Ich habe mich in den letzten zehn Jahren immer wieder gefragt, ob ich nicht einfach mal vor deiner Haustür auftauchen sollte, um mit dir zu reden. Aber ich habe mich nicht getraut«, gab er zu und senkte beschämt den Kopf. Auch er nestelte an seiner Serviette herum und rupfte kleine Stücke heraus, um sie dann zu winzigen Bällen zu formen.

»Warum hast du es nicht einfach getan? Dir muss doch klar gewesen sein, dass ich Antworten wollte. Vor allem in Bezug auf die Dinge, die mich emotional betreffen«, sagte ich und legte die Arme verschränkt auf dem Tisch ab.

»Natürlich. Wie könnte ich deinen Versuch vergessen, aus einem Priester Antworten herauszubekommen, um zu erfahren, was nach dem Tod mit den Körpern und den Seelen passiert«, gab er mit einem Schmunzeln zurück.

Kurz überlegte ich, was er meinte. Dann erinnerte ich mich an die Beerdigung einer gemeinsamen Freundin, als wir vierzehn gewesen waren. Sie war bei einem Autounfall gestorben, und ich hatte lange versucht, zu verstehen, warum sie nicht mehr bei uns war. Es hatte mir das Herz gebrochen, und da meine Eltern mir erklärt hatten, dass sie nun im Himmel war, hatte ich den Priester mit Fragen gelöchert. Wie sie dort oben behandelt wurde, was sie da tun konnte gegen Langeweile und wie ihre Chancen standen, jemanden zu finden, der sie küsste, weil sie das vorher nicht geschafft hatte. Dinge, die für mein vierzehnjähriges Ich wichtig gewesen waren und die ich hatte verarbeiten müssen.

»Das ist über zwanzig Jahre her, Noel.«

»Und trotzdem ist es immer in mir präsent. Alles, was dich betrifft, Bernie«, sagte er leise.

Ich wusste nicht, was ich darauf erwidern sollte. Hatte er nach all der Zeit etwa noch Gefühle für mich? Warum war er dann gegangen? Und weshalb kam er ausgerechnet jetzt zurück? Ich brauchte Antworten. Ganz dringend, sonst würde mein Kopf explodieren.

»Wenn ich so präsent in deinen Gedanken bin, wieso hat es dann zehn Jahre und ein zufälliges Treffen auf einem Backwettbewerb gedauert, bis du den Kontakt zu mir gesucht hast? Wo warst du in all der Zeit? Wieso hast du mir nicht auf meine Nachrichten geantwortet?«

»Ich hatte Angst«, erwiderte er und zuckte mit den Schultern. »Es ist eine erbärmliche Ausrede, das weiß ich mittlerweile. Wie du leider feststellen musstest, viel zu spät. Im ersten Jahr war ich mir sicher, dass es die richtige Entscheidung gewesen war, einfach zu gehen. Im zweiten Jahr kamen die ersten Zweifel, weil ich dich wirklich vermisst habe. Und als ich dann eingesehen hatte, dass ich einfach nur dämlich gewesen war, waren schon fast drei Jahre vergangen, und es wäre einfach nur peinlich geworden.«

»Lass mich das zusammenfassen: Du lässt mich vor dem Altar sitzen, und erst nach drei Jahren ist dir klargeworden, dass es die falsche Entscheidung war?« Ich starrte ihn fassungslos an.

»Nein«, erwiderte er scharf. »Das ist nicht richtig.«

»Dann sag mir, wie es richtig war. Denn ich habe keine Ahnung, was in deinem Kopf vorgeht. Es gab eine Zeit, da hätte ich es erkannt, aber scheinbar war das auch nur Wunschdenken, wenn ich nicht einmal vorhersehen konnte, was du vorhattest.«

»Dreh mir bitte nicht die Worte im Mund um, Bernadette. Ich hatte das so nicht geplant. Glaub mir«, erklärte er und blieb ruhig, auch wenn seine Finger zitterten, als er auf mich deutete.

»Was soll ich dir denn glauben, Noel? Was war nicht geplant? Warum bist du einfach gegangen? Wie konntest du das, was wir hatten, mit Füßen treten und nicht ein einziges Mal nachsehen, wie es mir dabei erging?«

»Das wollte ich, wirklich«, sagte Noel und rang mit seinen Händen. »Aber damals war ich noch nicht der Mann, der ich heute bin, und konnte mich nicht dazu durchringen. Es hat mich schlussendlich zehn Jahre gekostet, und glaub mir, das zuzugeben ist mir immer noch peinlich genug.«

Ich atmete tief durch, um Noel anzusehen. Seine Augen waren weit aufgerissen, und ich konnte das Flehen darin erkennen. Seine gesamte Körpersprache war in meine Richtung gewandt. Keine verschränkten Arme, die mir zeigten, dass er etwas verbarg. Er wollte nur ehrlich sein. Und doch hatte ich Zweifel.

Er hob die Hände und fuhr sich durch die lockigen Haare, prustete die Luft aus. »Wirklich, Bernadette. Niemandem ist es stärker bewusst als mir selbst, was für einen Fehler ich begangen habe. All die Zeit, die wir zusammen hatten. Die guten Zeiten habe ich für etwas weggeworfen, was im Nachhinein so dämlich war.«

»Was, Noel? Was war das?«, forderte ich ihn auf, endlich mit der Wahrheit rauszurücken.

In der Sekunde, in der er den Mund öffnete, setzte das erste Lied ein, und er schloss ihn wieder. *On the Road again*, ein Klassiker aus dem gleichnamigen Film, in dem Willie Nelson die Hauptrolle spielte.

Kaum hörte ich das, wippte ich instinktiv mit dem Fuß. Dabei stieß ich kurz gegen Noels Bein, und er schaute hinunter. Ein zaghaftes Lächeln stahl sich auf seine Lippen. »Willst du tanzen?«, rief er mir über die Musik und den lauten Gesang des Publikums hinweg zu.

Zuerst wollte ich den Kopf schütteln. Ich brauchte Antworten. Jetzt. Mir war jedoch auch klar, dass ich die erst bekommen würde, sobald die Lautstärke sank. Und dann erinnerte ich mich an die wunderschönen Momente, die wir zusammen gehabt hatten. Einige davon waren eng mit dem Tanzen verknüpft. Nur zu gern dachte ich an seine warmen Hände auf meinem Rücken, wenn wir gemeinsam tanzten. An das Gefühl, dass er mich für alle Ewigkeiten halten könnte, egal wie schnell wir uns drehten. Nie hatte er mich gegen jemand anderen laufen lassen. Seine Arme waren der sicherste Hafen gewesen, den ich kannte. Jahrelang. Warum nicht ein letztes Mal in den Erinnerungen schwelgen? Hatte nicht Tartin etwas Ähnliches gesagt? Dass er zwar den Tag nicht mochte, an dem seine Freundin aus seinem Leben verschwunden war, er aber immer noch mit Freude an die Zeit davor dachte? Die guten Augenblicke? Das könnte ich ebenfalls. Einfach genießen, wie es früher war.

Also nickte ich. Diesmal würde er mir sicher nicht weglaufen.

In seinen Augen funkelte ein Licht. Eines, das ich zehn Jahre lang nicht gesehen hatte. Es war genau das, was ich in diesem Moment brauchte, um mich wohlzufühlen, und ich hatte es nicht einmal gewusst. War es etwa das, was er bezweckte? Oder hatte ich nur meinen Weg gefunden, mit seiner Anwesenheit klarzukommen?

»Danke«, hauchte er mir ins Ohr, als ich neben ihm stand. Er hielt mir seine Hand hin, zwang mich nicht, sie zu ergreifen, sondern wartete, bis ich mich dazu entschied. Das war überraschend. Nicht, weil ich früher nichts in unserer Beziehung bestimmen durfte, sondern da es mich daran erinnerte, dass er schon immer so gewesen war.

Als es darum ging, die Pâtisserie eines Tages zu übernehmen, hatte er mir die Wahl gelassen, mir aber versichert, dass er mir mit Rat und Tat zur Seite stehen würde, egal, welche Entscheidung ich traf. Damals war es für mich nichts Besonderes gewesen, ich hatte es nicht wertschätzen können. Zehn Jahre später war ich umso erstaunter über die Tatsache.

»Woher wusstest du, dass ich hier sein würde?«, fragte

ich, während wir zur Tanzfläche gingen. Diese füllte sich rasch mit Paaren und Tanzwütigen. Ich selbst war mir auf einmal nicht mehr sicher, ob es eine gute Idee war, mich mit Noel dorthin zu begeben. Es würde eng werden dort unten, und wenn ich einer Sache nicht widerstehen konnte, dann dem engen Tanz mit einem Kerl, der wusste, was er tat. Verdammt. Wieso hatte ich das nicht gleich bedacht?

»Es ist Willie Nelson, und auch wenn ich die Bar erst seit ein paar Monaten kenne, war ich mir sicher, dass du hier sein würdest. Die Band würdest du nie verpassen«, gestand er und deutete auf die vorgelagerte Bühne.

»Okay, du weißt eindeutig noch viel zu viel von mir.«

»Ich habe dich nie vergessen«, sagte er leise, doch so dicht neben mir, dass ich ihn sogar über die Musik hinweg verstand.

Verwirrt blieb ich stehen, sah ihn an, aber Noel zog mich weiter, die zwei Stufen auf die Tanzfläche hinunter und wirbelte mich so herum, dass ich in seinen Armen landen musste. Instinktiv schlang ich meinen Arm um seinen Hals und hielt mich fest, während er mir tief in die Augen sah. »Bereit?«

Ich schluckte, vertraute meiner Stimme in diesem Augenblick nicht. Dennoch nickte ich. Keine Sekunde danach machte er den ersten Schritt und schob mich rückwärts. Es war, als hätte man mich in eine Zeitmaschine gesetzt und in dem Tanzkurs herausgelassen, den wir gemeinsam als Vorbereitung für die Hochzeit gemacht hatten. Die anderen Paare hatten verbissen die Tanzschritte lernen wollen, wir hingegen hatten einfach

Spaß gehabt. Der Rest hatte wie von allein funktioniert. Sicher war mal eine Schrittfolge danebengegangen, aber die hatten wir dann übergangen und direkt mit der nächsten weitergemacht. Schon damals hatte ich mich mehr als wohlgefühlt in seiner Nähe.

Auch heute hatte ich das Bedürfnis, jeden Moment wieder vor Freude loszulachen. Nicht, weil ich mich von der Umgebung dazu gezwungen fühlte, sondern weil ich es wollte. Ich versuchte, es zu unterdrücken, da ich keinen Spaß empfinden durfte, nicht wenn ich mich mit meinem Ex vergnügte. Zu allem, was in der Vergangenheit passiert war, war er auch noch mein Gegner bei der Charity-Veranstaltung.

Er zog mich fester an sich heran, als weitere Paare auf die Tanzfläche kamen. Ich spürte die Hitze seines Körpers und verspürte direkt wieder dieses Gefühl, das ich immer so geliebt hatte. Diese ständige, allgegenwärtige Wärme, als ob ein Teil von ihm durchgängig brannte. Nicht nur in den kalten Winternächten von Paris. Seine Berührungen waren so voller Versprechen gewesen, voller Liebe, dass ich jetzt Schwierigkeiten hatte, nicht daran zu denken, was wir früher gehabt hatten. Wie sehr wir uns einander verbunden gefühlt hatten und welche Augenblicke wir miteinander geteilt hatten. Heimliche, liebevolle und vor allem zuversichtliche Momente.

Ich spürte, wie ich mich tiefer auf den Tanz einließ. Dieser Blick von ihm, diese Intensität, mit der er mich ansah. Auch nach all der Zeit konnte ich noch darin lesen.

Die Musik wurde schwungvoller, da die Band einen neuen Song anstimmte. Einige Paare verließen die Tanzfläche, weil es zu schnell für sie wurde. Noel aber wirbelte mit mir herum, als gäbe es kein Morgen. Dabei presste er mich eng an sich, bis wir uns wie ein einziger Körper bewegten. Wie war ich nur in den vergangenen zehn Jahren ohne dieses Gefühl ausgekommen, das er in mir weckte? Diese Zuversicht, dieses Versprechen auf eine bessere Zukunft? Mit ihm? Wie hatte ich das geschafft? Und wieso zum Henker hatte ich keinen Kerl gefunden, der seinen Körper so einzusetzen wusste wie Noel? Er war überall und nirgendwo. Bei jedem Schritt, den er machte, spürte ich sein Bein zwischen meinen, konnte die Muskeln erahnen, die nicht weniger geworden waren. Seine Finger, die sich nur für den Hauch eines Moments fester auf meine Wirbelsäule legten, wenn ich abzudriften drohte. Wie machte er das?

»Denk nicht nach. Lass einfach los«, flüsterte er schließlich in mein Ohr.

»Ich bin keine verdammte Eiskönigin«, erwiderte ich.

Noel lachte lauthals, verlor aber nicht die Kontrolle über den Tanz. Meine Füße glitten über das Parkett, das als Tanzfläche ausgelegt war, während er sich köstlich amüsierte. Wie sehr ich dieses herzliche Lachen vermisst hatte, wurde mir erst jetzt wieder bewusst.

Minutenlang tanzten wir eng umschlungen, und ich fühlte mich wieder wie dreiundzwanzig. Ein Alter, dem ich immer mehr nachtrauerte, je mehr Zeit ich mit Noel verbrachte. Wie hatte ich nur all die Jahre glauben können, dass es mit Noel schrecklich gewesen war? Dieser eine Abend bewies mir doch das Gegenteil. Kam das durch die körperliche Nähe zu ihm? Oder hatte es etwas mit den Worten von Tartin zu tun?

»Das stimmt. Dafür bist du viel zu leidenschaftlich«, erklärte Noel und zwinkerte mir zu.

Ich runzelte die Stirn, als ein Bild vor meinen Augen aufploppte. Eine Keramikvase, die an die Wand des Wohnzimmers flog. Das war allerdings nach Noels Weggang gewesen. Eine Nacht, in der ich voller Wut auf ihn war. Ich hatte dem Zorn freien Lauf gelassen, und dabei hatte leider die arme Vase dran glauben müssen. Es war die erste Nacht allein in meiner Wohnung, damals noch nicht die über der Pâtisserie. Ich hatte mich einsam gefühlt, wusste nicht, was ich tun sollte, und an Schlaf war nicht zu denken.

Warum ploppte das Bild jetzt auf? Ich hatte doch gerade viel Spaß, genoss den Augenblick, ehe es wieder in den Ernst des Lebens zurückging. Wieso konnte mein Verstand das nicht zulassen?

Zeitgleich mit meinem Rückblickus interruptus legte die Band eine Pause ein. Noel hielt mich noch kurz fest, während um uns herum alle klatschten. Aber der Moment der Freude war erloschen, stürzte mich sogar in ein Loch, das ich bisher nicht bemerkt hatte. Zu sehr war ich von den guten Erinnerungen abgelenkt gewesen. Dabei wusste ich eigentlich, dass es existierte.

»Alles in Ordnung, Bernadette?«, fragte Noel und legte mir eine Hand auf den Oberarm.

Auf einmal fühlte sich diese Berührung nicht mehr gut an. Ich wollte nicht, dass er bei mir war. Egal, was ich einige Sekunden zuvor gefühlt hatte. Ich wollte weg. Jetzt. Nicht darüber nachdenken müssen, was in den vergangenen fünfzehn Minuten, die ich mit Noel über das Parkett geschwebt war, passiert war. Dabei wusste ich es längst, wollte es nur nicht wahrhaben.

»Nein, ich denke, ich gehe besser nach Hause«, murmelte ich und sah mich um. Wir waren die Letzten auf der Tanzfläche. Alle anderen waren bereits zu ihren Plätzen oder an die Bar zurückgekehrt.

»Was ist los? Geht es dir nicht gut? Habe ich dich zu doll herumgedreht?«, fragte er, und ich hörte die Sorge, die in seinen Worten mitschwang.

Das machte es allerdings nur noch schlimmer. Ich wollte gar nicht, dass er irgendetwas in mir auslöste, und dennoch tat er genau das. Mit jedem Augenblick, den er bei mir war, veränderte er meine Wahrnehmung von ihm. Das Bild, das ich von ihm in meiner Erinnerung gezeichnet hatte, war düster und wenig einfühlsam. Ein Gemälde aus einer dunklen Phase. Je länger ich jedoch in seiner Nähe war, desto mehr dieser Pinselstriche aus der Vergangenheit leuchteten bunt auf. Strahlten unangenehm, als versuchte mein eigener Verstand mich daran zu erinnern, dass ich ein verzerrtes Bild von ihm hatte, aber das wollte ich nicht.

»Das ist es nicht«, erklärte ich und versuchte, ihm nicht in die Augen zu schauen. Gar nicht so leicht, wenn er direkt vor mir stand.

Noel machte einen Schritt beiseite, um mich durchzulassen. »Ich verstehe schon. Es ist zu viel auf einmal. Ich kann das nachvollziehen.«

»Wirklich?«, fragte ich und spürte, wie der Zorn in mir erwachte, den ich so lange weggeschlossen hatte. »Wie willst du das verstehen? Du warst die letzten zehn Jahre ja nicht da, um zu sehen, wie es mir nach deinem Abtauchen ging! Du hast nicht mitbekommen, wie schwer mir das Leben selbst gefallen ist.«

»Aber ich weiß, wie schwer es mir gerade fällt, dir in die Augen zu sehen«, murmelte er. »Wie viel Scham ich dabei verspüre und wie sehr die alten Erinnerungen und … Gefühle aus den Tiefen meines Unterbewusstseins aufbrechen, weil ich dich gerade wieder herumgewirbelt habe, wie zu unseren besten Zeiten. Ich verstehe, dass es aufwühlend ist. Ich maße mir allerdings nicht an, zu wissen, wie es dir gerade geht. Das kannst nur du allein sagen, Bernie. Aber ich bin hier und höre zu, wenn du reden willst.«

»Nein!«, entfuhr es mir lauter als beabsichtigt. Einige der Umstehenden, inklusive Sally und dem Sänger der Band, beobachteten uns einen Moment lang. Noel hatte einen Schritt Abstand zwischen uns gebracht, und schließlich sahen alle wieder beruhigt weg. »Nein, das kannst du nicht«, sagte ich ein wenig ruhiger. »Und das wirst du auch nicht, Noel.«

Damit ließ ich ihn stehen und ging zurück zu meinem Tisch. Nur langsam folgte er mir. »Heißt das, du willst nicht mehr reden?«

Ich griff nach meiner Handtasche und hängte sie mir über die Schulter. Das war eine gute Frage. Er wollte mich aufklären, ich musste jedoch erst einmal selbst herausfinden, was die letzte Viertelstunde in mir ausgelöst hatte. Das waren nicht die Gefühle, die ich Noel gegenüber empfinden wollte. Ich war völlig durcheinander. Jetzt noch den eigentlichen Grund zu erfahren, warum wir seit zehn Jahren nicht miteinander gesprochen hatten, würde mich vermutlich an den Rand des Wahnsinns treiben.

»Gerade nicht. Ich melde mich bei dir«, wiegelte ich ihn ab und hoffte, dass er nicht nachhaken würde.

»Willst du jetzt etwa gehen?«, fragte er. »Aber es spielt doch die Coverband.«

Ich stellte mich vor Noel, und obwohl es mich viel Kraft kostete, schaute ich ihm direkt in die Augen, um ihm zu zeigen, wie es in mir aussah.

»Schon gut. Wir sprechen ein anderes Mal miteinander«, murmelte er schließlich und machte einen Schritt beiseite.

Dass ich nicht ein Wort sagen musste, verunsicherte mich noch mehr. Eigentlich hatte ich geglaubt, mich in den letzten zehn Jahren verändert zu haben. Ein anderer Mensch geworden zu sein. Offensichtlich war das nicht der Fall, sonst könnte Noel nicht nach wie vor in meinen Gefühlen lesen wie in einem offenen Tagebuch.

»Danke«, erwiderte ich nur und ging an ihm vorbei.

Die Geräusche der Bar begleiteten mich auf dem Weg nach draußen. Vor der Tür atmete ich die eisige Luft ein, die sofort meine Gedanken schockgefrieren ließ. Eine Wohltat, nachdem sie im Innern der Bar vor lauter Rotation geglüht hatten.

»Soll ich dich noch nach Hause bringen?«, fragte da Noel hinter mir. Erschrocken fuhr ich herum und sah ihn an. Zunächst sagte ich nichts, sah nur diese wunderschönen Augen, in denen ich wieder versinken wollte.

»So spät abends würde ich dich ungern allein nach Hause gehen lassen«, schob er rasch hinterher.

»Deine Sorge ist unnötig«, erklärte ich schroff, dabei raste die Hitze, die seine Besorgnis um mein Wohlergehen auslöste, durch meinen gesamten Körper und bildete einen wohligen Ball in meinem Bauch.

Ich schüttelte den Kopf. Er war kein Teil meines Lebens mehr und sollte es auch nicht wieder werden. Das hatte ich mir geschworen. Nicht nach allem, was er mir angetan hatte. »Ich bin in den letzten zehn Jahren oft genug abends allein nach Hause gegangen und habe es überlebt. Da brauche ich dich heute Abend auch nicht.«

Noel hob entschuldigend die Arme und nickte. »In Ordnung.«

Er respektierte meinen Wunsch, ohne nachzuhaken, was mich sehr verwunderte. Noel hob die Hand zum Gruß, ehe er in die entgegengesetzte Richtung verschwand.

Ich starrte ihm hinterher. Noel hatte sich verändert. Eindeutig. Er hatte schon immer meine Entscheidungen akzeptiert, allerdings war er weit weniger selbstverständlich damit umgegangen wie heute. Es fühlte sich an, als ob er sie heute nicht nur respektierte, sondern auch den Hintergrund zu meinen Wünschen und Entscheidungen verstand. Gerade als ich achtzehn geworden war, hatte ich viel mit ihm diskutieren müssen, weil er sich auf Partys wie mein Beschützer aufgeführt hatte. Damals hatte ich nichts von seinen Gefühlen für mich gewusst. Dass er jetzt auf mich hörte und mich allein ließ, weckte Fragen in mir, die ich mir nicht erlauben wollte zu stellen. Wieso er mir gegenüber so zuvorkommend war. Er schien nicht mehr der ruhige junge Mann zu sein, der davon träumte, die Welt zu bereisen und den ich heiraten wollte, und dennoch hatte er etwas an sich, das mich eindeutig anzog. Verdammt, was war das nur mit Noel? Ich wollte nichts für ihn empfinden. Warum wollte mein Herz das nicht einsehen?

Kapitel 14

Ich hatte mir die halbe Nacht um die Ohren gehauen, weil ich nicht wusste, was im Rockys mit mir passiert war. Oder besser gesagt in der Gegenwart von Noel. Erst in den frühen Morgenstunden war ich schließlich eingeschlafen. Chloés Anruf holte mich aus dem Bett.

»Schau mal aus dem Fenster. Es hat geschneit. Müssen wir Schneeschieben?«, fragte sie noch vor der Begrüßung.

Mühsam kroch ich aus dem Bett und sah hinaus. »Ach, Mist. Ja, sagst du den anderen Bescheid?«

»Klar. Wir sehen uns dann gleich. Ich bin schon auf dem Weg zum Rose Rouge.«

Chloé legte auf, und ich schaute sehnsüchtig zurück zu meinem Bett. Das würde wohl bis heute Abend warten müssen. Eine halbe Stunde später waren wir alle unten auf der Straße versammelt.

»Wir müssen den Schnee zumindest ein wenig beiseite räumen«, erklärte Pierre und deutete auf die kleine, freigeschobene Ecke, direkt vor dem Buchladen von Tina. Offensichtlich hatte sie jemanden beauftragt, der das für sie erledigte, denn es waren keine Angestellten zu sehen.

»Hast du noch den alten Rasenmäher im Nachbargarten stehen? Können wir da die Schaufel vorne dranstecken?«, schlug ich vor.

»Der ist leider entsorgt worden, als neue Personen eingezogen sind.« Er zuckte mit den Schultern. »Wir werden das mit unseren eigenen Händen schaffen müssen.« Damit drückte er mir den Schneeschieber in die Hand und zwinkerte mir zu. »Aber sieh es positiv. Davon werden wir wenigstens alle wach.«

Lilou lachte. »Bernie sieht so aus, als ob nicht einmal die körperliche Bewegung sie heute noch wachbekommen könnte. Brauchst du einen Kaffee?«

»Ja, intravenös bitte«, erwiderte ich. Tatsächlich fiel es mir schwer, die Augen aufzuhalten. Einzig die Kälte sorgte dafür, dass ich nicht einfach umfiel und direkt einschlief.

»Ich mache dann mal eine Kanne fertig«, sagte Pierre und verschwand im Lumière.

»Denk ja nicht, dass wir fertig sind, wenn du wieder rauskommst«, schimpfte ich hinterher, begann aber sofort damit, den Schnee auf einen Hügel zu schieben.

Chloé, Kim und Lilou taten es mir gleich, wobei wir alle vor unseren Läden anfingen und die Massen zu einem großen Haufen im Wendehammer der Rue de la Chance zusammenkehrten. »Irgendwann müssen wir uns mal eine Räummaschine besorgen«, meckerte Kim, als wir uns eine kurze Verschnaufpause gönnten. »Nur, weil die Passage zu klein für ein Räumfahrzeug ist, heißt das ja nicht, dass es nicht geht. Sicher gibt es da eine technische Lösung.«

»Du suchst wirklich immer nach dem effizientesten Weg, oder?« Chloé lachte leise und deutete auf ihren Blumenladen, das Rose Rouge. »Die Vorbesitzer meinten damals zu mir, dass es hier niemals schneien würde. Dafür wäre Paris zu warm, und vor allem wäre die Straße zu gut von allen Seiten geschützt.«

»Nun, das stimmt wohl auch, wenn die Flocken aus der anderen Richtung kommen.« Kim zeigte nach oben auf das Hochhaus, das dort aufragte. »Aber gestern Nacht war es wohl mal anders. Wenigstens hat es jetzt aufgehört.«

»Und die Kundschaft lässt auch noch auf sich warten«, sagte Lilou und schaufelte ein wenig auf die Spitze des Haufens, der uns bereits bis zur Hüfte reichte.

»Kaffee ist fertig«, rief Pierre da von der anderen Seite. »Den gibt es aber nur, wenn ihr fertig seid. Ich dachte ja, dass ihr schon durch seid. Habe mir extra Zeit gelassen.« Er streckte uns grinsend die Zunge raus.

Der Schneeball traf ihn nicht unerwartet am Oberarm.

»Vorsichtig mit dem guten Kaffee.« Er schüttelte den Schnee von seiner dunklen Jacke herunter. »Nicht, dass ihr ihn verdünnt. Ich habe genau die Menge an Wasser genommen, die wir laut meinem Bekannten brauchen. Sonst wird er zu dünn und schmeckt nicht mehr.«

»Also wieder einer der guten«, sagte ich und schnappte mir eine der Tassen, die er auf dem Tablett bereits vorbereitet hatte.

»Nur das Beste für meine Mädels aus der Rue de la Chance«, erwiderte er und reichte das Tablett so herum, dass jede eine Tasse bekam.

Leise schlürften wir unseren Kaffee und genossen die Stille in der Straße.

»Wieso bist du eigentlich so müde?«, fragte Pierre schließlich. »Hast du wieder eine ganze Staffel geschaut und gekonnt ignoriert, dass Schlaf ein menschliches Grundbedürfnis ist?«

»So ähnlich, ja«, erklärte ich und überlegte kurz, ob ich von der Sache mit Noel erzählen sollte. Dann würde ich allerdings gestehen müssen, dass ich am Vorabend nicht ehrlich gewesen war.

Lilou legte den Kopf schief auf der Schneeschaufel ab und sah mich an. »Was meinst du damit?«

»Ich war gestern Abend noch aus«, gestand ich nach kurzem Überlegen.

»Mit Tartin?«, hakte Chloé nach.

Die anderen grinsten mich alle an, als ob sie sich darauf verschworen hatten, dass ich etwas für Tartin empfand. Ich schüttelte den Kopf. »Lasst den mal aus dem Spiel. Ich fürchte, dafür habe ich gerade gar keine Zeit.«

»Da taucht ein Kerl auf, dessen Gesicht du nicht einmal kennst, den du aber trotzdem heiß findest, und du willst ihn nicht an dich ranlassen? Wer bist du, und was hast du mit meiner Freundin gemacht?« Pierre pustete in seinen Kaffeebecher, auf dem Kätzchen in Regenbogenfarben abgebildet waren. Den hatte er von einem deutschen Freund geschenkt bekommen, mit dem er leider nur einige Monate zusammen gewesen war. Dabei waren sie so ein schönes Paar gewesen. Für Pierre war er zu unromantisch gewesen, weswegen Max recht schnell wieder verschwunden war.

»Ihr wisst genau, warum es gerade ein ungünstiger

Zeitpunkt ist«, erklärte ich, ohne auf seine Spitze einzugehen.

»Schon klar. Dennoch würdest du dir den Typen warmhalten, wenn es ginge, oder nicht?«, fragte er weiter.

»Ich weiß gar nicht, ob ich das will. Immerhin sind wir in derselben Branche unterwegs. Wenn es schiefgeht, würden wir uns immer wieder über den Weg laufen.« Ich winkte ab.

»Darum geht es ja aber eigentlich gar nicht«, sagte Kim und deutete auf mich. »Du warst also gestern nicht mit Tartin weg. Mit wem denn dann?«

Die anderen verstummten und sahen erwartungsvoll zu mir. Vor allem Pierre. »Eigentlich war ich allein unterwegs. Im Rocky Mountains«, nuschelte ich in meine Tasse und nahm einen großen Schluck. Dabei verbrannte ich mir beinahe die Zunge.

»Was ist das?«, hakte Chloé nach.

»Eine Countrybar, die ich immer mal wieder besuche.« Ich biss mir auf die Unterlippe und beobachtete die anderen.

Ich hatte mit einer Reaktion gerechnet. Lachen, vielleicht noch amüsiertes Giggeln, aber dass sie gar nicht reagierten, verwunderte mich schon. Bis mir einfiel, dass sie längst von meiner musikalischen Vorliebe wussten.

»Ja, es macht einfach Spaß, die Musik zu hören. Sie ist offen und ehrlich und holt mich immer ab. Anders als die Popmusik von heute«, erklärte ich. Sobald ich jemandem davon erzählte, dass ich Country hörte, verfiel ich automatisch in den Verteidigungsmodus. Dabei sagte gar keiner etwas dagegen.

»Und da bist du gestern versackt und deswegen so müde?« Chloé stellte ihren leeren Becher wieder auf das Tablett zurück.

»Genau genommen war ich nur eine halbe Stunde dort.« Ich sah zu Boden. Das auszusprechen, was mich die ganze Nacht über wach gehalten hatte, bereitete mir Unwohlsein. Dabei war es die natürlichste Sache der Welt zu sagen: Ich habe meinen Ex getroffen.

Doch wie erklärte ich ihnen, dass ich eng mit ihm getanzt hatte, mich seine Nähe und seine Bewegungen an meinem Verstand zweifeln ließen? Wie sagte ich, dass dieser Tanz Dinge in meinem Unterbewusstsein aufgerührt hatte, von denen ich glaubte, dass sie längst zu Kleinholz verarbeitet und irgendwo verbrannt waren? Wie sollte ich erklären, was ich mir selbst nicht eingestehen wollte?

»Also wirklich, ich dachte immer, Chloé wäre schlimm, wenn es darum geht, etwas aus ihr herauszubekommen, aber du bist ja noch schlimmer.« Kim kam auf mich zu und deutete mit der leicht gefüllten Schneeschaufel auf mich. »Sag uns jetzt, was wir wissen wollen, oder ich überschütte dich mit Schnee.«

»Ehrlich, Kim, du bist angsteinflößend mit deinem Schnee.« Ich lachte und bereute es sofort. Denn Kim schleuderte ihre Schaufel in meine Richtung, und ich musste rasch den Mund schließen.

»Na warte«, erwiderte ich und schnappte mir eine Handvoll Schnee, presste ihn zusammen und warf ihn auf Kim, ehe sie ihren Schneeschieber als Schutzschild benutzen konnte.

»Der Kaffee!«, rief Pierre und sprang nach vorn zwischen uns, um das Tablett in Sicherheit zu bringen. Dabei erwischte ihn die prompte Antwort von Kim, und er prustete.

»Okay, damit habt ihr eindeutig den Zorn des Pierre auf euch gezogen«, erklärte er, räumte fein säuberlich das Tablett beiseite, ehe er auf die Knie ging und gleich mehrere Schneebälle formte.

»Oh, er meint es ernst«, sagte Chloé und ging hinter dem Schneehaufen in Deckung. Genauso wie sie wussten wir, dass Pierre zwar wirklich gut im Kerzengießen war, aber ihm dafür gewisse Fähigkeiten im Werfen von Gegenständen fehlten. Die Richtung, die er anpeilte, war nicht immer die, die sein Wurfgeschoss einschlug. Ich schnappte mir zur Sicherheit meine Schaufel und nutzte sie, um mich zu verteidigen, gegen was auch immer da kommen mochte.

Allerdings hatte ich nicht damit gerechnet, dass Lilou ebenfalls einstieg und uns von hinten mit Schneebällen bewarf.

»Du freche Bibliothekarin!«, schimpfte ich und kratzte ein wenig Pulverschnee aus meinem Ohr. »Wieso hilfst du ihm denn jetzt noch?«

»Du weißt doch, dass ich ein Herz für den Underdog habe.« Lilou schmunzelte. »Außerdem wäre es fies, wenn wir vier gegen einen hätten. Deswegen ...« Sie warf den nächsten Ball auf Kim, die die ganze Schlacht begonnen hatte.

Es entbrannte eine Schneeballschlacht. »Lasst mich da raus!«, hörte ich immer wieder von Chloé. »Ich habe keine Wechselklamotten mit.«

Pierre ließ sich den Spaß nicht nehmen und bewarf auch sie mit Schnee, wobei er von oben auf sie zielte. Egal, wie sehr sie sich schüttelte, ein bisschen Schnee fand seinen Weg in ihren Kragen.

Schließlich winkte ich keuchend ab, da die erste Kundschaft in der Straße auftauchte. »Wir müssen weitermachen.«

Pierre stand mit erhobener Hand vor Kim und wollte sie mit dem letzten Schneeball abwerfen, aber er ließ ihn fallen, als ich mit dem Zeigefinger auf ihn deutete. Dass ich vollkommen außer Atem und teilweise durchnässt war, ignorierte ich.

»Schon gut, ich denke, sie möchte zu mir«, sagte Pierre, wischte sich noch die Schneereste aus den Haaren und schnappte sich das Tablett, um zu seinem Laden zu gehen. Die Kundin wartete bereits davor.

Wir atmeten einmal kräftig durch, ehe wir uns wieder daran machten, die Straße zu räumen. So kamen zumindest die Lieferfahrzeuge und die Post durch. Kurze Zeit später mussten auch Kim und Lilou in ihre Läden, um die Kundschaft in Empfang zu nehmen, so dass Chloé und ich übrig blieben.

»Wieso bist du denn jetzt so müde, obwohl du nur eine halbe Stunde dort warst?«, fragte sie schließlich, als wir den letzten Schnee beiseitegeschoben hatten.

»Noel hat dort auf mich gewartet«, sagte ich mit einem langen Seufzer.

»Und du hast dich mit ihm unterhalten?«, fragte sie ohne Vorwurf in der Stimme nach.

»Ja, er schuldete mir noch eine Erklärung und wollte

sie mir gestern Abend geben.« Ich lehnte mich auf den Schaufelstock und legte mein Kinn auf den Händen ab. »Allerdings kamen wir nicht so weit.«

»Moment, hast du mit ihm geschlafen?« Chloé sah mich mit aufgerissenen Augen an.

»Nein!«, rief ich laut aus. »Ich habe zwar gern Sex, aber doch nicht mit ihm.«

Die Entrüstung war größtenteils gespielt, denn im Bett war er immer gut gewesen. Chloé schien mein Ausruf jedoch zu beruhigen.

»Ich dachte schon, ich müsste dich schütteln, Bernie. Also warst du so lange wach, weil du über seine Worte nachgedacht hast?«

»Weniger über seine Worte als über meine Gefühle«, gestand ich und verzog das Gesicht. »Ich weiß auch nicht, wieso, aber wir haben getanzt und dabei sind Erinnerungen hochgekommen.«

»Warum hast du denn nicht angerufen? Ich wäre sofort vorbeigekommen und hätte dich getröstet«, sagte sie und gab mir einen kleinen Stoß mit der Faust gegen den Oberarm.

»Es waren keine schlechten Erinnerungen«, flüsterte ich.

»Oh«, machte Chloé da nur und runzelte die Stirn.

»Genau das. Und darüber habe ich die halbe Nacht gegrübelt. Frag mich nicht, wieso. Ich habe mich selbst schon mehr als genug darüber geärgert. Aber ich konnte auch nicht nicht daran denken«, schimpfte ich.

»Ich muss das jetzt einfach fragen. Hast du noch Gefühle für ihn?« Chloé stellte sich vor mich, und obwohl ich einen halben Kopf größer war, sackte ich so weit herunter, dass ich fast auf Augenhöhe mit ihr war.

»Oh, Gefühle habe ich auf jeden Fall noch für den Kerl, aber eigentlich hatte ich immer gedacht, dass diese mit meiner Fußspitze in seinen Kronjuwelen enden würden. Nicht mit dem Gedanken, ihn zu küssen. Oder mehr«, schob ich leiser hinterher. Je länger ich in der Nacht über ihn nachgedacht hatte, desto öfter waren meine Erinnerungen auch auf unsere Bettgeschichten abgedriftet.

»Hat er dir denn erzählt, warum er gegangen ist? Hatte er einen guten Grund dafür?«, wollte Chloé wissen.

»Es gibt einen guten Grund, jemanden vor dem Altar stehen zu lassen?«, fragte ich und zog eine Augenbraue hoch.

»Du weißt, was ich meine. Natürlich gibt es den nicht, aber vielleicht gibt es einen, den du nachvollziehen oder zumindest als Abschluss akzeptieren kannst«, sagte Chloé und trat ein wenig Schnee in meine Richtung.

»Nein, ich habe ihn daran gehindert. Ich war gestern Abend nach dem Tanzen so aufgewühlt, dass ich nicht wusste, ob ich das vertragen konnte. Was, wenn er mir etwas erzählt hätte, das ich wirklich nachvollziehen könnte? Wären dann meine Emotionen der letzten zehn Jahre nichtig oder wertlos? Außerdem war ich gestern einfach durcheinander. Ich wusste nicht, wie ich reagiert hätte, wenn er mir etwas erzählt hätte, das mich kalt erwischt. Deswegen musste ich einfach weg von ihm.«

»Tanzt er so gut?«, fragte Chloé mit einem wissenden Lächeln.

»Du hast ja keine Ahnung.« Ich seufzte und senkte den Blick auf den Boden. »Mit keinem anderen Mann habe ich je wieder so tanzen können. Es ist, als ob er und ich auf der Tanzfläche zu einer Person verschmelzen. Manchmal fühlt es sich zumindest so an.«

»Das klingt verdammt heiß und nach viel Chaos in deinem Herzen.« Chloé ließ ihren Schneeschieber fallen, um mich in den Arm zu nehmen. »Ich kann dir dabei nicht viel helfen, aber ich kann zumindest versuchen, dich ein wenig zu trösten.«

»Danke schön. Das hilft schon sehr. Auch wenn ich keine Ahnung habe, was ich nun machen soll. Morgen sehe ich ihn schon wieder, und ob ich nun will oder nicht, schuldet er mir immer noch eine Erklärung für seinen Abgang damals.« Ich drückte Chloé fest, genoss ihre Freundschaft.

»Willst du das denn wirklich hören? Immerhin haben wir in den letzten drei, vier Jahren nicht mitbekommen, was dir damals passiert ist. Noel war kein Thema für dich. Willst du nicht zu diesem Zustand zurückkehren?«, fragte Chloé neugierig und löste sich langsam von mir.

»Es wäre die einfache Lösung. Einfach verdrängen. Einfach vergessen, dass ich ihn getroffen habe. Vielleicht fliegt er ja morgen aus dem Wettbewerb«, sagte ich hoffnungsfroh. »Dann hätte ich meine Ruhe und könnte in mein Leben zurück, wie ich es kannte.«

»Aber …?«, hakte Chloé nach und suchte meinen Blick.

Ich seufzte und bückte mich nach ihrem Schieber. »Aber ich habe keine Lust, wieder in solch ein Loch zu fallen. Weder möchte ich euch damit belasten noch mich. Ich muss mich der Vergangenheit stellen, um sie hinter mir lassen zu können.«

»Das ist sehr mutig von dir. Meinst du, du findest die Kraft dafür?«

»Nein, vermutlich nicht, aber es bleibt mir sowieso keine Wahl.« Ich lehnte die Schaufel gegen meinen Bauch und klatschte in die Hände. »Auch wenn es vielleicht wehtun wird – ach, wem mache ich was vor, ich werde mit Sicherheit heulen wie ein Schlosshund. Ich muss es trotzdem wagen. Wenn ich es nicht verarbeite, wird er für immer in meinem Innern festhängen, und ich werde niemals lernen, ihm zu begegnen.«

Chloé nahm mich erneut in den Arm. »Danke, dass du mir das erzählt hast. Den anderen solltest du das vielleicht vor morgen auch noch erzählen. Vor allem Lilou. Denn die wird dich morgen wieder wie eine Löwenmutter vor ihm verteidigen, wenn sie nicht weiß, dass du dich gestern Abend mit ihm unterhalten hast.«

»Keine schlechte Idee«, stimmte ich zu. »Ich wollte sowieso heute Abend mit ihr üben. Morgen wird es vermutlich deutlich schwerer werden als die Male davor, schließlich rückt das Finale näher«, sagte ich nachdenklich. »Die Hälfte der Zeit ist schon rum.«

»Wer weiß, was ihr morgen machen müsst. Vielleicht mit verbundenen Augen arbeiten«, sagte Chloé kichernd. »Das dürfte beim Ablesen der Grammzahlen lustig werden. Aber zumindest hast du ja noch eine Helferin.«

»Wir werden das schon irgendwie hinbekommen. Und Noel und Mathéo kann ich allemal schlagen. Ich muss ihn nur ein wenig ablenken«, überlegte ich laut.

»Denkst du etwa darüber nach, ihn nach allen Regeln der Kunst zu beeinflussen?«, fragte Chloé gespielt empört.

Ich zuckte mit den Schultern. »Nicht so, dass er schlechte Qualität abliefert, aber vielleicht etwas später als ich«, stimmte ich zu. »Mal sehen. Ich will nicht, dass die Bedürftigen wegen meiner kleinen Racheaktion weniger zu naschen bekommen. Aber ein oder zwei Minuten auf Mathéos Köstlichkeiten warten – das werden sie schon verkraften.«

Chloé schüttelte den Kopf. »Zu guter Letzt doch noch auf der dunklen Seite der Macht unterwegs«, merkte sie lachend an und deutete dann auf die Pâtisserie. »Gib mir mal deine Schaufel, ich räume alles weg. Du hast Kundschaft.«

Kapitel 15

Ich betrat die Halle, in der das Halbfinale stattfand. Tatsächlich traten nur vier Teams an. Zumindest deuteten das die Schilder mit den hübschen Törtchenstickern und kleinen Verzierungen an, die gut sichtbar vor der Arbeitsfläche angebracht waren. Allerdings stand dort nur der Name der jeweiligen Pâtisserie. Mein Arbeitsbereich war diesmal in der Mitte, direkt neben dem von Mathéo. Ich würde also die nächsten zwei Stunden Seite an Seite mit Noel arbeiten müssen.

»Oh, schau mal, da steht ja schon dein heißer Pâtissier«, sagte Lilou und zeigte hinauf zur Galerie.

Sofort hob ich den Blick, und die anderen taten es mir nach. »Er gehört mir nicht, auch wenn ich nicht Nein sagen würde, falls er bei mir anklopft«, erwiderte ich und grinste.

Auf der Fahrt hierher hatte ich den anderen von meinem Gefühlschaos und dem Treffen mit Noel erzählt. Sie hatten alle verständnisvoll reagiert, und ich war einmal mehr froh, sie an meiner Seite zu wissen. Nichtsdestotrotz hatte ich keine Ahnung, wie ich den Tag überstehen sollte, wenn ich ständig an die guten Zeiten denken musste und daran, wie sehr sie mir fehlten. Vielleicht konnte ich erneut mit Tartin sprechen. Bei unserem letzten Gespräch hatte er sich als Quell einer neuen

Perspektive für mein Problem herausgestellt, obwohl das gar nicht seine Absicht gewesen war.

»Ach, wenn ich nur wüsste, wer unter der Maske steckt. So ganz ohne Gesicht finde ich es schwer, jemanden einzuschätzen«, sagte Pierre und schnalzte mit der Zunge.

»Bist du so oberflächlich, dass du auf das Äußere schauen musst?«, hakte Kim nach und zwängte sich an mir vorbei, um sich mit ihrer Jacke einen Platz zu sichern, da diesmal die ersten Reihen für ein Kinderheim reserviert waren, das am heutigen Tag das Naschwerk erhalten sollte. Zumindest stand das auf einem großen Begrüßungsbanner über der Bühne, das vermutlich Camille gemalt hatte.

»Sag mir nicht, dass du dich schon mal in jemanden verliebt hast, dessen Gesicht du nicht kanntest?« Pierre starrte die Eiscafébesitzerin an und wartete gespannt auf eine Antwort.

»Als ich siebzehn war, habe ich mich in die Stimme eines Radiosprechers bei uns zuhause verliebt. Sie war so wohltuend, als würde ich in einer Sauna liegen, nackt, allein und mit einem guten Kräuteraufguss«, erklärte sie, als die Tür aufging und eine Horde Kinder und Jugendlicher hineingestürmt kam. Sie wurden durch einige Betreuungspersonen begleitet, die versuchten, die Meute zu bändigen. Erfolglos. Der Geruch von gebackenem, süßem Brot lag bereits in der Luft, so dass sie alle auf die Bühne zusteuerten.

»Stimmen können mich auch sehr berühren. Und dich sicher auch, Pierre. Aber wenn du das Gesicht brauchst, um dich zu verlieben, ist das vollkommen okay.«

»Ich möchte nur festhalten, dass ich nicht oberflächlich bin«, meckerte er und verschränkte ein wenig eingeschnappt die Arme vor der Brust. »Ich mag nur einfach die symmetrischen Formen eines gut gebauten männlichen Kinns. Daran ist nichts Verwerfliches. Mich ärgert nur, dass ich das von Tartin nicht erkennen kann«, schimpfte er leise vor sich hin.

Kim tätschelte ihm die Schulter. »Du bekommst auch noch deinen Kerl ab. Natürlich einen mit dem richtigen Kinn. Und wenn wir dafür ganz Paris auf den Kopf stellen müssen.«

»Danke, Liebes, irgendwann muss ich ja auch mal Erfolg haben«, seufzte er und schaute zu dem einzigen männlichen Betreuer, der die Heimkinder begleitete. Pierre schien ihn zu scannen, blieb am Gesicht hängen und zog interessiert die Augenbrauen hoch. »Vielleicht brauche ich auch nicht mehr so lange, wenn er auf der richtigen Seite steht.«

»Nicht jetzt, Pierre«, sagte ich und deutete auf die Bühne. »Lilou und ich müssen rauf. Es fängt in zehn Minuten an, und ich muss mich noch umziehen.«

»Dann viel Erfolg. Ich hoffe, ihr rockt die heutige Aufgabe.« Chloé zog sich den Rucksack vom Rücken und nahm eine Flasche Wasser heraus. »Noch jemand?«

Lilou und ich begaben uns auf die Bühne, wo bereits zwei andere Teams versammelt waren. Nur Mathéo und Noel fehlten. Es schien zu ihrem Auftritt zu gehören, jedes Mal als Letzte die Bühne zu betreten. Dabei fragte ich mich, wieso, denn Noel war früher stets pünktlich gewesen. Bis auf das eine Mal, wo er gar nicht aufgetaucht war. Ob ich ihn darauf ansprechen sollte? Mein Blick wanderte zu Tartin hinauf.

Wenn ich Noel in der Öffentlichkeit ansprach und er etwas sagte, was mich aus der Bahn warf, würde ich heulen. Und wenn ich wirklich eines Tages mehr mit Tartin arbeiten oder vielleicht sogar mal ein Date wagen wollte, wäre das verdammt peinlich.

Also nahm ich mir vor, ihn wieder hinterher anzusprechen. In der Hoffnung, dass Lilou und die anderen mich auffingen, falls ich zusammenbrach. Während ich Tartin beobachtete, dachte ich darüber nach, was Noel mir erzählen könnte. Welche unterschiedlichen Reaktionen verschiedene Aussagen in mir hervorrufen könnten. Was, wenn er mir mitteilte, dass er eine andere gefunden hatte? Vermutlich würde ich so laut schreien, dass ihm die Ohren noch drei Tage später klingelten.

Und wenn er mir sagen würde, dass er sich nicht sicher war, ob er mich je geliebt hatte? Wahrscheinlich würde das die gleiche Reaktion hervorrufen. Wobei seine bisherigen Andeutungen etwas anderes erahnen ließen. Allein der Tanz im Rockys war heißer, als er zwischen uns hätte sein dürfen. Zehn Jahre hatten wir uns nicht gesehen, und dann war es für eine Viertelstunde so gewesen, als ob nichts geschehen wäre.

»Hast du gehört?«, fragte Lilou und stieß mich an.

»Wie bitte?« Verwirrt kam ich aus meiner Gedankenwelt zurück und sah, dass Camille vor mir stand. »Entschuldigt, ich war gerade in Gedanken versunken.«

»Vier Teams, drei davon kommen ins Finale, das wollte ich Ihnen nur mitteilen. Eines wird ausscheiden. Ich hoffe, Sie haben nächste Woche noch Zeit.«

»Dafür müssen wir erst einmal das Halbfinale schaffen.« Lilou meinte es nicht böse und hatte vollstes Vertrauen in mich. Dennoch verletzte ihre Bemerkung mein kleines Pâtissière-Herz.

»Natürlich schaffen wir das«, sagte ich deswegen entschlossen. »Nichts anderes habe ich vor.«

»Gute Einstellung. Mein Chef sagt auch immer, wenn man negativ denkt, hat man schon verloren.« Camille klopfte mit ihrem Stift gegen das Klemmbrett, auf dem sie wie schon in den Wochen zuvor einige Zettel bereithielt, die sie hinterher verteilen würde. Allerdings nur an diejenigen, die eine Einladung erhalten hatten. Dass Tartin Kinder einlud, wunderte mich etwas, da ich dachte, dass er nur eine bestimmte Einrichtung fördern wollte. Offensichtlich hatte ich mich geirrt. Vier Wochenenden, an denen er jeweils andere Vereine unterstützte. Je mehr ich von dem Mann erfuhr, desto attraktiver wurde er für mich. Sobald die Sache mit Noel abgeschlossen war, würde ich Tartin noch einmal besuchen und ihn auf einen Kaffee einladen.

Entschlossen nickte ich und bemerkte, dass Camille längst verschwunden war. Lilou zog mich zu unserem Platz in der Mitte. Links von uns waren Carmen und Juliette, die diesmal einen dampfenden Kessel dabeihatten. Was sie damit backen wollten, konnte ich nicht sagen, aber sie berührten das Metall nur mit dicken Handschuhen. Es würde bei den Kindern sicher gut ankommen, wenn sie gebrannte Mandeln oder Ähnliches herstellten.

»Na, wie ich sehe, seid ihr auch weitergekommen. Erstaunlich«, begrüßte Juliette mich und grinste frech.

»Wieso das?«, hakte Lilou nach.

»Nun, es ist doch sehr altbacken, was ihr hier anbietet. Wo bleibt denn da das Neue?«, sagte Carmen mit einem breiten spanischen Akzent.

»Neu heißt nicht immer besser«, erwiderte ich nur und stellte mich zu Lilou.

»In unserem Fall wohl schon. Macht euch heute auf etwas gefasst. Wir werden jeden hier schocken«, erklärte Juliette und klang dabei wie eine Schurkin aus der Kinderserie meiner Neffen.

Ich schnaubte nur und winkte ab. »Mach einfach dein Ding, und wir machen unseres.«

Lilou schaute einen Moment lang zwischen uns hin und her, ehe sie mit den Schultern zuckte und sagte: »Eigentlich sind sie ja ganz nett, aber sehr ehrgeizig. Ich glaube, verlieren steht nicht auf ihrer To-do-Liste.«

Ich lachte leise. »Das denke ich auch. Aber nun ja. Lassen wir sie einfach in Ruhe. Ich glaube, Juliette sieht in uns einfach eine große Konkurrenz und möchte uns verunsichern.« Ich tätschelte ihren Arm und deutete auf die Zutaten hinter uns. »Wird wohl heute wieder ein bisschen was Neues zu backen geben«, sagte ich mit Blick auf den Gefrierschrank.

»Meinst du, es gibt etwas mit Eis für die Kinder?«, kombinierte Lilou, und ich lächelte.

»Lass uns mal abwarten. Aber ja, vermutlich schon.

Das weiß wohl nur Tartin.« Erneut sah ich hoch. Mittlerweile stand er so, dass er von der Bühne und dem Publikumsbereich aus gesehen werden konnte. Er trug einen langen hellbraunen Mantel, der besser zu einem gut situierten Businessman passte als zu einem Pâtissier. Dennoch stand er ihm gut, betonte seine Figur, die ich immer noch gerne einmal ohne die Kleidung sehen wollte.

Ein Knacken in den Boxen sorgte für ein gespanntes Einatmen in der Halle. Die Jüngeren schauten sich um, als würde jeden Augenblick der Weihnachtsmann um die Ecke kommen.

»Mein liebes Publikum, und vor allem, liebe Kinder. Schön, dass ihr heute hergekommen seid. Ich hoffe, ihr habt Appetit mitgebracht?«, fragte er mit seiner rauen, kratzigen Stimme.

»Er klingt diesmal viel fröhlicher«, sagte Lilou überrascht.

»Findest du?«, murmelte ich zurück. Ich hatte mich mehr auf den Klang als auf die Wirkung seiner Worte konzentriert.

Die Kinder brüllten lauthals, während die Jugendlichen nur stumm nickten. Zumindest konnte ich diese leichten Bewegungen in der ersten Reihe erahnen.

»Das ist gut, denn ich habe die besten Pâtissiers und Pâtissièren des Viertels zusammengetrommelt, die euch heute eine Besonderheit kreieren werden. Wollt ihr raten, was es ist?«

»Kekse.«

»Pralinen.«

»Lebkuchenhaus.«

»Macarons.«

Die Vorschläge kamen so zahlreich wie laut aus den Kehlen verschiedener Kinder. Sie klangen genauso wie meine Nichten und Neffen, wenn Maman sie etwas fragte. Wer auch immer Tartin war, er wusste, wie man mit Kindern umging, um sie in das Geschehen einzubinden. Ob er selbst welche hatte?

Das war das Erste, was ich gelernt hatte, nachdem meine Neffen älter geworden waren. Sie waren schnell gelangweilt, wenn man ihnen keine Beschäftigung gab. Also hieß es: Immer fragen, was sie von dem hielten, was man vorhatte. So fühlten sie sich wahrgenommen und wertgeschätzt. Sogar ein Fünfjähriger konnte so rasch besänftigt werden. Entweder so oder mit Eis und Fernsehen.

»Ich sehe schon, ihr habt wirklich großen Appetit mitgebracht. Dann möchte ich euch nicht länger auf die Folter spannen. Für den Anfang hat die liebe Camille schon mal eine kleine Tüte mit süßen Fougasse für jeden von euch. Die könnt ihr jetzt schon genießen, wenn ihr möchtet. Aber bedenkt, dass es in zwei Stunden das große Schlemmen für euch gibt.« Er hob den Zeigefinger und deutete auf jeden Einzelnen von uns auf der Bühne. Ich bildete mir ein, dass er auf mich einen Moment länger zeigte, doch das konnte auch Wunschdenken sein.

»Denn am Ende des heutigen Backabends gibt es ein Eisknusperhaus in einer weihnachtlich gestalteten Fruchtkonfektumgebung für euch alle.«

Lauter Jubel brandete auf, obwohl vermutlich die meisten Kinder nicht wussten, was sie erwartete. Da sie Eis gehört hatten, waren sie so oder so zufrieden.

Ich schaute nach rechts an den leeren Platz. Mathéo kam in diesem Moment in die Halle gestolpert. Er pustete in seine Hände, als wäre er den Weg von seiner Wohnung bis hierher gelaufen, ohne Handschuhe zu tragen oder die Hände in den Manteltaschen zu vergraben. Von Noel war nichts zu sehen.

»Da der letzte Pâtissier gerade eingetroffen ist, können wir auch gleich loslegen. Diesmal allerdings mit einer Neuerung, um es noch spannender zu machen. Camille wird sie euch und Ihnen gleich erklären. Viel Erfolg, und möge der oder die beste Teilnehmende gewinnen.«

Damit trat Tartin wieder in die Schatten der Galerie und verschwand aus meinem Sichtfeld.

»Wer möchte, kann in dem hinteren Teil auf der Kissenwelt Platz nehmen und dort zusammen mit mir einen Weihnachtsfilm schauen. Und ja, er ist für Kinder«, erklärte Camille einem Jungen, der anscheinend leise nachgefragt hatte. »Die Kopfhörer dazu findet ihr auf den Kissen. Für die Älteren habe ich ein paar Gesellschaftsspiele mitgebracht und ein Spiel, das ich selbst gerne als Kind gespielt habe. Twister. Ich wünsche viel Spaß, und an Sie da oben: Die Teilnehmenden kommen bitte einmal her und ziehen einen Zettel. Der Reihenfolge nach, wie ich sie aufrufe. Angefangen bei Mathéo.«

Der warf seinen Mantel unter den Tisch und kam an den Rand der Bühne getänzelt. Ein freches Lächeln auf den Lippen. Er zwinkerte Camille zu, die sofort knallrot wurde und auf ihre Hand deutete, in der sie vier Zettel hielt.

»Juliette«, rief sie, nachdem sich Mathéo einen ausgesucht hatte.

Auch sie zog einen heraus, ehe Camille den dritten Patissier aufrief. Und schließlich mich.

Sie reichte mir den letzten Zettel. »Eine echte Pâtissière kann mit allem klarkommen, wurde mir gesagt. Deswegen machen wir es Ihnen heute schwerer. Statt der Ihnen vertrauten Helfer und Helferinnen werden Sie jemand anderen zugeteilt bekommen und mit der Person arbeiten.«

Ich schloss die Augen, da ich mir meinen Zettel noch nicht angeschaut hatte, aber ich ahnte bereits, was auf meinem stehen würde. Das Schicksal wollte einfach nicht, dass ich einen ruhigen Tag hatte.

»Wie wird denn dann entschieden, wer rausfliegt?«, fragte Mathéo neugierig. »Fliegt mein Helfer dann auch raus oder nur ich mit der neuen Helferin?«

»Sie und Ihr eigentlicher Helfer scheiden dann aus. Und denken Sie daran, dass es nichts bringt, die anderen absichtlich zu sabotieren, damit Ihr eigentliches Team gewinnt. Das wäre unfair und würde dem Sinn und Zweck dieses Wettbewerbs widersprechen«, sagte sie und sah uns dabei streng an.

»Verstanden«, erwiderte ich und schob das Blatt zwischen meinen Fingern hin und her. Ich hatte Angst, es zu öffnen. Warum hatte ich solches Herzklopfen bei dem Gedanken, Noel wieder so nah zu sein? Ich hatte einen Tanz mit ihm überstanden und die Nacht danach. Allerdings waren das nur ein paar Minuten in einer vollen Bar gewesen. Hier würden es zwei Stunden sein.

»Was steht auf deinem Zettel?«, fragte Lilou, als ich vor ihr stand. »Du denkst doch nicht, dass es …?«

Sie nahm ihn mir aus der Hand und schaute nach. Ich beobachtete jede ihrer Regungen. Wann würde das Mitleid in ihren Augen auftauchen, weil ich mit meiner Vermutung richtiglag?

»Oh, wir dürfen weiter zusammenarbeiten.«

Ich brauchte einen Moment, ehe ich begriff, was sie gesagt hatte. »Kein Noel?«

»Nein, du darfst mich weiterhin ertragen.« Lilou legte den Kopf schief und grinste. »Sehe ich da einen Hauch von Enttäuschung?«

»Gar nichts siehst du«, erwiderte ich, sah aber demonstrativ weg. In diesem Moment kam Noel die Stufen zur Bühne hochgelaufen.

»Wenn du mit ihm arbeiten möchtest, kannst du das gerne tun«, sagte Lilou. »Sein Pâtissier sieht nett aus, mit dem kann ich mich sicher auch gut arrangieren.«

»Nein, wir machen das gemeinsam, Lilou.« Ich sah zu Noel, der sich zu Juliette stellte, Carmen war zum dritten Team gewechselt, und die Helferin von Team drei stand nun bei Mathéo. »Wir sind wohl das einzige Team, das zusammenbleiben darf.«

»Dann sollten wir keine Zeit verschwenden und loslegen. Oder hat Camille noch andere Anweisungen gegeben?«

Ich schüttelte den Kopf und deutete auf die Frau

mit dem Klemmbrett, die sich gerade von der Bühne wegdrehte.

»Okay, wir sollen ein Haus aus Eis bauen?«, fragte Lilou nach einigen Sekunden nach. »Wie sollen wir das hinbekommen, ohne dass es schmilzt?«

Ich biss mir auf die Unterlippe und wandte mich den Zutaten zu, die bereitstanden. »Ich denke, ich habe eine Idee, aber wir werden unser Haus dafür in ein paar Teile aufteilen und im Anschluss ordentlich verstauen müssen.«

»Was genau hast du vor?«, fragte Lilou und schob sich an mir vorbei, um zum Tisch zu gehen. »Und was soll ich holen?«

»Wir brauchen Eis, Schokolade, Keksplatten, Mandelsplitter, alles für eine Vanillecreme und ein bisschen Dekoration für das Haus. Das Fruchtkonfekt mache ich«, sagte ich und begann selbst mit dem Zusammensuchen der Zutaten. Auch zwei andere Teams waren bereits fleißig dabei, alles zu greifen, was sie brauchten. Noel und Juliette diskutierten noch leise miteinander. Leider verstand ich nicht, worüber, doch es sah so aus, als ob sie sich bei der Erschaffung ihres Eishäuschens nicht einig waren. Es war spannend zu beobachten, wie Noel mit ihr redete. Er flirtete nicht, Juliette schon. Allerdings blendete er das aus und blieb professionell.

Eine Stunde später hatten wir das Haus größtenteils vorbereitet. Die spitz zulaufenden Keksplatten für das Haus waren aneinandergestellt und im Innern mit Vanilleeis und Mandelsplittern gefüllt. »Kannst du das Dach mit Schokolade bestreichen?«, bat ich Lilou.

»Aber sicher. Helle oder dunkle?«

»Sei kreativ, das kannst du am besten«, erklärte ich lachend. »Aber schreib keine Romane auf das Dach.«

»Das würde ich mir nie zutrauen. Aber ich könnte noch ein paar Verzierungen für die Kinder anbringen«, schlug sie vor.

»Mach das. Ich bringe dann mal das Fruchtkonfekt in Form.«

Plötzlich erklang eine Stimme neben mir. »Hast du dir schon Gedanken um die Motive gemacht?« Noel stand dicht bei mir und schaute mir über die Schulter.

»Abstand, junger Mann.« Ich lehnte mich selbst ein wenig zur Seite. Dabei gefiel mir der Duft, den er verströmte. Er hatte etwas von einem Waldspaziergang bei Regen. Es war angenehm und versprach eine gewisse Ruhe, die ich lange verzweifelt zu finden versucht hatte und die so selbstverständlich in seiner Nähe war. Aber solange ich nicht mit ihm geredet hatte, würde ich diese nicht bei ihm finden.

»Entschuldige. Ich wollte dir nicht zu nahe treten. Ich war nur neugierig«, sagte er und wich sofort zurück.

»Schon gut. Ich wollte aus Fruchtkonfekt einen Schlitten und ein paar Rentiere formen. Oder gibt es hier Ausstechformen, die ich nutzen kann?« Ich sah mich zur Sicherheit noch einmal um. Bei meiner ersten Begutachtung hatte ich nichts gefunden, doch vielleicht war nur einer der anderen Teilnehmenden schneller gewesen als ich.

»Nein, ich denke, wir sollen kreativ werden. Juliette hat sich da was mit ihrer Trockeneismaschine ausgedacht. Bin gespannt, ob das klappt.«

»Und du kannst nicht helfen?«, fragte ich, um ihm deutlich zu machen, dass ich arbeiten musste.

»Habe gerade nicht viel zu tun, weil sie ihre Formen vorbereitet. Sie schickte mich mit dem Auftrag weg, unsere Konkurrenz abzulenken«, sagte er lachend. »Und ich bin ihr ja zugeteilt. Wer wäre ich also, wenn ich nicht auf meine Chefin hören würde?«

»Weil du ja schon immer so ein gehorsamer Mann warst«, erwiderte ich und nickte übertrieben.

»Wann habe ich denn mal nicht auf dich gehört?«, fragte er.

»Die letzten zehn Jahre, in denen ich von dir eine Erklärung wollte?«, gab ich ohne vorwurfsvollen Unterton zurück. Tatsächlich war ich mir nicht sicher, ob ich ihm noch einen Vorwurf machen wollte. Ich war sauer, keine Frage, allerdings hatte ich mich in den letzten Tagen an den Gedanken gewöhnt, ihn häufiger zu sehen. Er war wieder in meinem Leben aufgetaucht, und ich befürchtete, dass das vorerst so bleiben würde. Entweder war er nach Paris zurückgekehrt oder er war nie weggewesen und mir nur aus dem Weg gegangen.

Er versenkte eine Hand in der Hosentasche und stützte sich mit der anderen auf der Arbeitsfläche ab. »Ich denke, ich weiß, was gleich kommt. Heute habe ich aber leider wieder keine Zeit. Wie sieht es morgen bei dir aus?«

»Willst du ernsthaft behaupten, dass du jeden Sonntagabend einen festen Termin hast? Immer zufällig dann, wenn ich mit dir reden will?« Ich verschränkte die Arme vor der Brust und sah ihn neugierig an.

»Ich will mit dir reden, vergiss das nicht, Bernadette. Aber wenn du möchtest, können wir das jetzt tun. Es muss ja nicht über die Vergangenheit sein.«

»Ach komm, wieso interessierst du dich jetzt plötzlich für mein Leben?«, sagte ich und schnitt die getrockneten Früchte klein, um sie im Anschluss in den Häcksler zu geben.

»Bernadette, ich habe nie behauptet, dass ich mich nicht für dein Leben interessiere. Du hast einfach nur etwas angenommen«, erklärte er. »Ja, meine Taten sprechen nicht gerade für mich, aber jetzt bin ich hier. Ich bin da, um mit dir zu reden und das zu klären.«

»Und was dann?« Ich packte das Messer ein wenig fester, knallte es mit einem lauten Rums auf die Arbeitsplatte, ehe ich mich zu ihm drehte. »Was erwartest du von mir, wenn du dich erklärt hast?«

Noel öffnete den Mund und schloss ihn gleich wieder, starrte einen Augenblick hinauf zur Galerie, als suchte er dort nach einer Antwort. »Darüber habe ich noch nicht nachgedacht. Aber wenn du so direkt fragst.« Er zuckte mit den Schultern und fuhr sich durch die lockigen Haare. »Ich würde mich freuen, wenn wir vielleicht ab und an mal einen Kaffee trinken gehen könnten.«

»Willst du etwa wieder etwas mit mir anfangen?«, fragte ich und biss mir auf die Unterlippe. »Denn der Zug ist abgefahren, Noel. Vor zehn Jahren.«

Der Glanz wich aus seinen Augen. Nur einen Moment lang, doch ich hatte es bemerkt. Er war enttäuscht, dass ich das kategorisch ablehnte. Hatte er Gefühle für mich? Immer noch oder wieder? Und wieso brachte dieser Gedanke mein Herz zum Stolpern?

»Das ist mir bewusst. Aber ich mag dich immer noch sehr und vermisse unsere Unterhaltungen.« Er zog einen Mundwinkel hoch und schnaubte leicht. »So wie an dem Abend, als wir uns übers Häkeln unterhalten haben.«

Als hätte er einen Knopf in meinen Erinnerungen gedrückt, erschien ein Bild vor meinem inneren Auge. Wir saßen uns am Esstisch gegenüber und führten eine lebhafte Diskussion darüber, wie viel Wolle ein Hobby-Häkler besitzen sollte. Ausgelöst worden war das durch eine Freundin, die sich beschwerte, dass ihr Mann ständig neue Wolle für Projekte kaufte, obwohl er genug Vorräte hatte. Er häkelte für sein Leben gern Meerestiere, und wir hatten uns in das Gespräch eingeklinkt. Im Laufe dieser Unterhaltung waren einige Erbsen von der Gabel gefallen und in der Wohnung verteilt worden, weil ich zu stark mit den Armen gewedelt hatte.

»Wir haben viele Abende damit verbracht zu reden. Das stimmt. Das konnten wir«, antwortete ich und musste mir ein Schmunzeln verkneifen.

»Wir konnten auch noch andere Dinge gut«, flüsterte er mir ins Ohr und sah mich dann an.

Meinte er gerade das, was ich dachte? Aber bevor ich ihm eine Standpauke über die Unangemessenheit seines Kommentars halten konnte, deutete er mit dem Kopf auf die Arbeitsfläche. »Wir waren wirklich gut in der Küche zusammen. Schade, dass ich nicht dir zugelost wurde.«

Ich atmete erleichtert auf, obwohl ich spürte, wie sich gleichzeitig Enttäuschung in mir breitmachte. »Auch das stimmt. Wir haben wirklich viel Zeit dort verbracht. Allerdings hat das mit dem Kochen nie geklappt.«

»Soll ich dir hier vielleicht helfen?«, fragte er. »Bei Fruchtkonfekt kann man die Zutaten nicht klein genug schneiden.«

»Danke schön, das weiß ich. Das ist mein Job, Noel«, erwiderte ich amüsiert. »Du hast dein eigenes Team. Nur, weil dir langweilig ist, heißt das nicht, dass du mich abhalten kannst. Ich habe vielleicht keine Chancen gegen die coolen Gimmicks, die Juliette benutzt, aber ich gebe mein Bestes.«

»Täusch dich nicht«, antwortete Noel. »Mit deiner Leidenschaft und deiner Erfahrung brauchst du keine fancy Küchengeräte. Du hast das Talent.«

Irritiert schaute ich zu ihm und versuchte herauszufinden, ob er mit mir flirtete. Genau sagen konnte ich das bei ihm nicht. Bereits in unserer Jugend hatte er wohl mit mir geflirtet, ohne dass ich es gemerkt hatte. Erst durch eine Freundin erfuhr ich, was er für mich empfand.

»Danke schön«, sagte ich deswegen nur und strich einen meiner Braids hinters Ohr. Ich sah Noel in die Augen. Was war das nur zwischen uns? Kaum ließ ich es zu, dass er mir gedanklich ein wenig näher kam, drang er tiefer in mein Herz ein. Wie ein Schatzsucher, der auch nach Jahren nicht aufgegeben hatte, den einen Unterwasserschatz zu finden, der ihm seit einer Ewigkeit den Schlaf raubte.

»Also, soll ich dir helfen?«, hakte er nach und holte mich aus meiner Gedankenspirale heraus.

»Ist lieb, aber ich habe ja Lilou.« Juliette fluchte neben uns, als etwas nicht so lief, wie es sollte. »Viel Spaß mit ihr.« Ich lächelte. Ohne Scham, weil ich den Gedanken an Noel tatsächlich zuließ. Weil meine Finger kribbelten und drohten kalt zu werden, da sich meine Hitze in einem anderen Körperteil zentrierte.

»Oh, sie ist ganz nett, aber ich könnte nie mit ihr zusammenarbeiten, wie wir es getan haben.« Noel stieß sich mit der Hand von der Tischkante ab und schlenderte zurück zu Juliette. »Das könnte ich mit niemandem.«

Damit überließ er mich meinem Fruchtkonfekt. Es müsste noch gehäckselt und gekühlt werden, sollte dann aber fertig sein.

Noel schaute zu mir herüber und lächelte mir zu. Unwillkürlich spürte ich wieder diese Wärme, die ich früher immer in seiner Gegenwart empfunden hatte, wenn wir gemeinsam gebacken oder einen Spieleabend zu zweit veranstaltet hatten. Er deutete auf meine getrockneten Früchte und machte eine scheuchende Bewegung. Ich nickte und machte eine beschwichtigende Geste mit der Hand. Es blieb noch genug Zeit. Zumindest hoffte ich das.

Eine halbe Stunde später gerieten wir tatsächlich in Zeitnot. Lilou war damit beschäftigt, die Verzierungen für das Haus anzubringen und den Zuckerguss vorzubereiten, den wir als Schnee benutzen wollten.

»Schaffen wir es?«, fragte Lilou mit einem zweifelnden Gesichtsausdruck, als ich mit der ersten Fuhre des Fruchtkonfekts fertig wurde.

Vorsichtig drückte ich auf ein elchförmiges Konfektstück. Es gab leicht nach. »Ich weiß es nicht. Das Fruchtkonfekt sollte zur Sicherheit einige Zeit in die Kühlung, danach kann ich verzieren. Aber der Kühlschrank ist zu klein für die Figuren. Ich weiß nicht, ob ich es in zwanzig Minuten schaffe, wenn wir sie nur nacheinander kühlen können.« Der Schweiß stand mir auf der Stirn. Vor der Bühne waren die heißen Strahler angebracht, die immer auf die Arbeitsfläche schienen und die Hitze dort konstant hielten. Dazu die Heizpilze, die in der Halle verteilt waren.

»Komm, ich nehme sie und gehe mit ihnen nach draußen. Dann geht es ganz schnell«, hörte ich Noel in dem Moment neben mir.

Zuerst wollte ich Nein sagen. Doch je länger ich darüber nachdachte, desto attraktiver fand ich die Idee. »Was sagt Juliette denn dazu?«

»Die versucht gerade noch zu retten, was zu retten ist, aber ich fürchte, sie wird die selbstgemachten Wände aus Eis nicht mehr rechtzeitig meistern können. Vor allem, da sie nicht so gerne Arbeit abgibt. Ich würde ihr ja helfen, aber …«

»Ich schaffe das schon«, rief sie von ihrer Position links von uns. Juliette tröpfelte mit einer Pipette etwas in das Eis, das bereitstand. Sie hatte jedoch keinerlei Verzierungen. Die schaffte ich allerdings auch nur, wenn ich Noels Angebot annahm.

Lilou sah mich an, in der Hand die Schüssel mit dem Zuckerguss, den sie kräftig rührte. Sie nickte kaum merklich, und ich sog die warme, von Gewürzen geschwängerte Luft ein. »Na, meinetwegen, aber wenn

Tartin später fragt, warum du nicht hier warst, dann erklärst du ihm das, okay?«

Noel schmunzelte und nickte. »Keine Sorge. Das mache ich schon mit ihm aus.«

Dann drückte ich ihm das große Blech mit dem Fruchtkonfekt in die Hand, und er verschwand in den Schatten jenseits der Bühne.

»Er ist wirklich sehr nett und hilfsbereit«, bemerkte Lilou und grinste.

»Ich weiß, worauf du hinauswillst, aber nein. Einfach nein. Wir reden später. Jetzt werden wir erst einmal dieses Haus fertig machen, bevor die Zeit abgelaufen ist.«

Als die Endglocke erklang, war ich tatsächlich mit der letzten Fuhre Konfekt fertig. Eines der Rentiere war zwar umgekippt, dafür sah es so aus, als ob es am Gras knabbern wollte, das ich mit grüner Lebensmittelfarbe auf die Eisfläche gesprenkelt hatte.

»Danke«, sagte ich zu Noel, der noch immer seine Jacke trug und in Richtung Männer-Toiletten verschwinden wollte.

Er winkte mir nur und lief los. Camille übernahm das Mikrofon. »Das sieht alles unfassbar gut aus. Wer von euch Kindern hat denn jetzt Hunger auf eine große Portion Eis?«

Das daraufhin ertönende Gebrüll war zu erwarten gewesen. Was die Kinder in der Zwischenzeit gemacht hatten, war an mir vorbeigegangen, da ich erstens nicht über die Bühne hinaussehen konnte und zweitens die ganze Zeit konzentriert gearbeitet hatte.

Während alle zu ihren ursprünglichen Teams zurückkehrten, verteilten wir die Portionen auf die Teller, die uns entgegengestreckt wurden. Die strahlenden Kinderaugen ließen mich sofort den Stress der letzten zwei Stunden vergessen. Ich liebte es, dass die Kleinen vor mir sich so sehr auf etwas freuten, das ich geschaffen hatte. Dieses verschmitzte Grinsen, wenn sie sich noch auf dem Weg zu ihrem Sitzplatz das erste Fruchtkonfekt in Form eines Schneemanns in den Mund schoben. Oder die diebische Freude in ihrem Gesicht, weil sie heute von allem kosten durften.

Die Obdachlosen waren ebenfalls dankbar gewesen und hatten ihre Freude auch immer wieder zum Ausdruck gebracht. Doch die Kinder zeigten eine Art der Begeisterung, die sich nicht in Worten niederschlug, sondern direkt ins Herz traf. Am Ende, als nichts mehr auf meiner Platte übrig war, hatten die Kinder einen vollen Bauch, und ich war gerührt von all dem Glück.

Die Teilnehmenden lächelten, obwohl nicht jedes Team rechtzeitig fertig geworden war. Juliette holte erst ganz am Ende ihre letzte Ladung aus dem Backofen, aber sie verzierte sie mit genauso viel Liebe wie am Anfang. Auch wenn sie etwas zickig war, liebte sie, was sie tat, und das war alles, was zählte. Ihre Leckereien packte Camille in kleine Tüten, die den Kindern mitgegeben wurden.

Gerade, als ich Noel noch einmal auf ein Treffen in der nächsten Woche ansprechen wollte, sah ich, wie er ohne Verabschiedung die Halle verließ.

Kapitel 16

»Ach Mist«, schimpfte ich und warf den Lappen auf die Arbeitsfläche.

»Was ist denn?«, fragte Lilou und sah sich sofort verwirrt um.

»Noel ist schon wieder weg. Dabei wollte ich mit ihm reden.«

Pierre lehnte vor der Arbeitsfläche an der Bühne. »Willst du ihm hinterher? Ich wäre sofort für ein Chloé-Revival zu haben.«

»Nein, ich habe seine Nummer und werde ihm nachher schreiben. Dann werde ich ihn auf einen Termin festnageln.«

»Und dann bist du frei von alten Lasten und kannst dich aufmachen, um mit Tartin endlich kleine Mini-Tartes zu machen.«

Erschrocken sah ich mich um, doch glücklicherweise war seine Maske nirgendwo in der Nähe ausfindig zu machen – er schien sich nicht gerne unter die Anwesenden zu mischen. Chloé und Lilou lachten, während Kim nur ein amüsiertes Schnauben von sich gab.

»Wieso glaubt ihr eigentlich alle, dass ich etwas von Tartin möchte? Er sieht gut aus, das ist auch schon alles. Ich kenne ihn doch noch gar nicht gut genug. Außerdem verheimlicht er mir etwas aus seiner Vergangenheit, und damit habe ich nun wirklich keine guten Erfahrungen gemacht.«

»Wovon sprichst du?«, hakte Lilou nach, und auch die anderen schauten neugierig zu mir.

»Ach, ich glaube, er war mal kriminell. Deswegen trägt er auch die Maske. Zumindest würde das einiges erklären, was er mir mal erzählt hat, als ich in seinem Laden war.« Ich hob die Hand, bevor sie sich auf dieses Detail stürzen konnten. »Aber ich liebe mein Leben so, wie es ist. Ich muss mich mit niemandem absprechen. Und ich muss mich nicht darum sorgen, dass mir der vermeintliche Mr Right irgendwann zu langweilig werden würde.«

»Oder du ihm«, erwiderte Kim pragmatisch.

Ich hielt inne. »Was meinst du damit?«

»Na, du wurdest von Noel tief enttäuscht. Er hat dich sitzen lassen, und du hast sicher gedacht, dass du ihm zu langweilig geworden bist. Das wäre zumindest mein erster Gedanke dabei.«

Ich merkte, wie sich etwas um meine Kehle legte und mir die Luft zum Atmen nahm. »Warum sagst du sowas?«

»Versteh mich nicht falsch. Ich möchte damit nicht sagen, dass ich dich langweilig finde. Ich vermute nur, dass es einer der ersten Gedanken ist, die dir damals gekommen sein dürften. Mir wäre es so ergangen. Und wenn sich dieser Gedanke erst einmal verankert hat, wird es schwer, ihn wieder loszuwerden. Vielleicht willst du deswegen nichts Festes.«

Einen Moment lang herrschte Stille zwischen uns.

Ich musste das eben Gehörte verarbeiten. Wie kam sie darauf, mir ausgerechnet das zu unterstellen? Ich wusste, dass sie solche Sachen nie böse meinte, aber die Aussage erschütterte mich bis ins Mark. Nicht, weil es mich so sehr verletzte. Sondern, weil es der Wahrheit entsprach.

»Mensch, Kim.« Pierre vergrub die Hände in den Jackentaschen und schnalzte mit der Zunge in Richtung Kim. »Du bist echt eine Marke.«

»Habe ich etwas Falsches gesagt? Ich meine, es wäre mein erster Gedanke gewesen«, verteidigte sie sich.

»Nein, schon gut, Kim. Du hast den Nagel auf den Kopf getroffen, wenn ich mir Bernie so ansehe.« Lilou nahm mich in den Arm. »Alles in Ordnung?«

»Ja, ich denke schon«, erwiderte ich nach einigen Sekunden. »Das kam nur so unerwartet.«

»Also hat Kim tatsächlich recht? Du glaubst, dass du ihm damals zu langweilig geworden bist?«, hakte Chloé nach und kam ebenfalls auf mich zu.

Ich warf die Arme in die Luft. »Wer weiß. Es war damals zumindest eine logische Erklärung, die ich mir zurechtgelegt hatte. Wieso sonst hätte er unsere aus meiner Sicht perfekte Beziehung beenden sollen? Und dann noch mit solch einem Knall?«

»Bernadette Jelani, du bist sicher vieles, aber langweilig niemals. Jedes Mal, wenn ich mit dir um die Häuser ziehe, erlebe ich etwas. Nach jedem Kinobesuch mit dir komme ich zurück und denke mir, was für ein Abend«, erklärte Kim und gab mir einen Knuff auf den Oberarm.

»Trotzdem hast du den Finger genau in die Wunde

gelegt, von der ich mir selbst seit Jahren vorgaukele, sie schon längst verschlossen zu haben.« Ich winkte ab, musste erst einmal tief durchatmen. Ich mochte mein Leben, wie es war, und wollte nichts anderes erleben. Aber fühlte ich das vielleicht nur, weil ich immer noch Angst hatte, wieder verletzt und alleingelassen zu werden?

»Willst du nach Hause?«, fragte Chloé.

»Nein, auf keinen Fall. Wenn ich jetzt allein nach Hause gehe, werde ich sicher nur heulen. Ich bin stark genug, um zu entscheiden, eben das nicht zu tun. Aber hier herumzustehen, ist auch nicht optimal«, schob ich hinterher. »Ich denke, ich werde irgendwo einen Drink nehmen.« Ich hob die Augenbrauen und seufzte.

»Ich komme mit.« Kim hakte sich bei mir unter, bevor ich noch etwas sagen konnte.

»Ich ebenfalls«, sagten die anderen drei gleichzeitig und lachten direkt darauf.

»Euch wird man auch nicht so schnell los, oder?«, fragte ich liebevoll, löste mich von Kim und nahm jeden einzelnen von ihnen in den Arm.

»Das willst du doch gar nicht, Bernadette«, sagte Pierre amüsiert und gab mir einen Kuss auf die Wange. »Wir sind deine zweite, liebevolle Familie. Wenn es schon in der Liebe nicht klappt, dann wenigstens für immer und ewig mit uns.«

»Versprechen oder Drohung?« Ich spürte, wie die Tür, die ich bei dem Gedanken an Noel geöffnet hatte, sich ganz langsam wieder schloss. Sie würde nicht lange verschlossen bleiben, das war mir klar, aber so konnte ich wenigstens den Moment mit meinen Lieblingsmenschen genießen, ehe ich darüber nachdenken musste, was da zwischen Noel und mir genau war.

»Ist dir eigentlich schon mal aufgefallen, dass Pierre immer erst ein Wasser trinkt, bevor er Alkohol bestellt?«, fragte Lilou mit einem leisen Kichern. »Ich habe ihn nie gefragt, warum.«

»Stimmt, jetzt wo du es sagst. Ich habe nie darüber nachgedacht«, sagte ich und trank meinen Tequila.

Die Zitrone brannte auf der Zunge, als ich direkt nach dem Ablecken des Salzes hineinbiss. Gleich darauf hielt ich mich wieder an meinem Glas mit Gin Tonic fest.

Da die Bar relativ leer war, hatten wir bei unserer Ankunft freie Sitzplatzwahl gehabt. Sie hatte erst vor ein paar Wochen aufgemacht und befand sich im Herzen von Bellevilles Fressmeile. Die Bar war kein heruntergekommener Schuppen, wie einige der Kellerkneipen hier im Viertel, sondern ebenerdig. Vor der Tür gab es Heizpilze, an denen geraucht werden durfte, und im hinteren Bereich hatte ich eine gläserne Innenterrasse entdeckt. Alles wirkte modern und doch behaglich. Alle, die wollten, konnten es sich mit einer Decke gemütlich machen und die frische Luft genießen. Allerdings herrschte wie überall in der Bar Rauchverbot, weswegen Pierre vorher geraucht hatte und jetzt erst hereinkam.

»Ihr glaubt nicht, wen ich gerade vor der Tür getroffen habe.« Er stellte sein Wasserglas auf den Tisch.

»Tina.« Kim trank einen Schluck von ihrem Soda.

»Was? Woher …«

Kim deutete zum Fenster. »Ich habe sie gesehen. Was erzählt sie denn so?«

»Sie wollte wissen, ob wir uns noch regelmäßig mittwochs treffen.«

»Möchte sie etwa dabei sein?«, fragte ich überrascht.

»Klang zumindest so, aber ich habe sie nicht gefragt. Erst wollte ich das mit euch klären«, gestand er. »Wollen wir sie dabeihaben?«

»Sie gehört zur Rue de la Chance«, sagte ich und zuckte mit den Schultern. »Egal, ob wir sie mögen oder nicht.«

»Tina ist wirklich nicht die freundlichste Person, da hat Bernie schon recht, aber sie hat ein Geschäft in unserer Straße.«

»Klingt ein wenig elitär. Unsere Straße.« Lilou kicherte, ehe sie erneut in ihre Zitrone biss. »Eigentlich gehört sie der Stadt Paris, aber ich weiß, was ihr meint. Von mir aus können wir sie ja einmal im Monat dazuholen, wenn wir wirklich geschäftlich sprechen.«

»Und die anderen Tage treffen wir uns so?« Chloé spielte unbehaglich mit einem Knopf an ihrer Bluse. »Das fühlt sich seltsam an.«

»Das ist dir nur unangenehm, weil du denkst, du müsstest ihr das erklären, aber ich denke, sie ist alt genug, um zu verstehen, was wir ihr damit sagen wollen«, sagte Kim. »Und wenn nicht, erkläre ich es ihr.«

Mir klappte der Mund auf. »Du würdest ihr sagen, dass wir sie menschlich nicht mögen, aber mit ihr zusammenarbeiten werden?«

»Natürlich. Wäre nicht das erste Mal«, erklärte sie und zuckte mit den Schultern. »Wir hatten damals im Studium eine Bekannte, die konnte einfach nicht den Mund halten. Sie redete zu jeder Tages- und Nachtzeit und war immer gut drauf. Für meine Lerngruppe und mich nicht sinnvoll. Allerdings war sie die Beste in unserem Jahrgang.«

»Und was hatte sie davon? Sie hätte sich doch jederzeit eine andere Gruppe suchen können, als du ihr das gesagt hast«, fragte Lilou und legte die Zitrone beiseite, deren Innenleben sie inzwischen komplett aufgegessen hatte.

»Wir waren alle direkt hinter ihr, und sie wollte die Beste bleiben, deswegen behielt sie uns im Auge, und wir profitierten alle voneinander«, erklärte Kim.

»Das klingt sehr traurig.« Chloé schüttelte den Kopf. »Ich finde, wir sollten es ihr nicht sagen.«

»Aber was bringt das?« Kim trank einen Schluck und stellte das Glas dann wieder auf den Tisch. »Sie denkt, sie wäre bei uns willkommen. Ich schätze sie ehrlicherweise so ein, dass sie auch keinen Bock auf uns hat und das nur macht, um rauszufinden, wie es bei uns läuft. Vielleicht hat sie ein geschäftliches Interesse daran, sich mit uns auszutauschen. Aber mehr auch nicht.«

»Wir sollten vielleicht einfach mal mit ihr reden, dann könnten wir das aufklären«, schlug ich vor.

Chloé zog den Kopf ein. »Ich weiß nicht, ob ich mich das trauen würde.«

»Dafür hast du doch Kim und mich. Wir machen das schon. Und wenn sie mich am Ende des Tages nicht mag, kann ich damit leben. Ich konnte auch vorher schon entspannt existieren, ohne dass sie mich mochte.« Ich nahm Chloé in den Arm und drückte sie. »Du musst nicht jedem gefallen. Reicht doch, dass du uns hast.«

»Und Ben«, erinnerte sie mich. »Ohne ihn würde mir etwas im Leben fehlen.«

»Glaubst du, dass du mit dem Abstand klarkommst?«, fragte ich Chloé, während Pierre, Kim und Lilou sich weiter über Tina unterhielten.

Sie nickte. »Ich habe das Rose Rouge. Das frisst viel Zeit und lenkt mich ab. Außerdem will ich den Laden nicht vernachlässigen, wenn Ben da ist, deswegen bereite ich vieles vor.«

»Du weißt, dass wir dir helfen können, oder? Nur, weil ich gerade ein paar Probleme habe, die ich nicht allein geregelt bekomme, heißt das nicht, dass eure Probleme hintenanstehen müssen, ihr Lieben. Eure sind genauso wichtig.«

»Das wissen wir doch. Aber das, was ich habe, ist doch kein Problem, sondern ganz normal. Ich vermisse meinen Freund. Er kommt in etwas mehr als einer Woche zurück. Damit komme ich schon klar.« Chloé winkte ab. Durch die Liebe, die Ben ihr jeden Tag aufs Neue schenkte, hatte sie einen großen Schritt in Richtung Selbstbewusstsein gemacht, allerdings war sie immer noch schüchterner als alle anderen hier am Tisch.

»Bernie?«, rief Pierre und deutete hinter mich. Er grinste breit, und ich drehte mich überrascht um.

»Hei«, sagte da ein Mann, der zwei Tequila in der Hand hielt und mich wohlwollend musterte.

»Hei«, erwiderte ich nur und sah ihn nun meinerseits von oben bis unten an. Er war heiß. Viel zu heiß für diesen Laden und diese Uhrzeit. Er trug ein körperbetontes Shirt, darüber eine Strickjacke, die ebenfalls eng anlag. Seine dunkelblaue Jeans betonte seine knackigen Oberschenkel, und der Kurzhaarschnitt zeigte mir sein attraktives, kantiges Gesicht. Wieso war er hier, und was wollte er von mir?

»Ich habe mich gefragt, ob du Lust auf einen Drink hast«, sagte er mit einer samtweichen Stimme. Ich merkte, dass er genau der Typ Mann für eine schöne Nacht war. Einfach entspannen und genießen, bis ich am nächsten Morgen zur Arbeit gehen und ihn vermutlich nie wiedersehen würde.

Die anderen starrten mich neugierig an und grinsten allesamt, wie ich aus den Augenwinkeln erkennen konnte. »Das ist ganz lieb von dir, aber ich bin hier mit meinen Freu…« Ich spürte einen Tritt an meinem Schienbein. Kurz schloss ich die Augen und atmete den Schmerz weg, ehe ich den Fremden wieder anlächelte.

»Diesem Haufen treuloser Tomaten unterwegs, die mich anscheinend loswerden wollen«, sagte ich und drehte mich zu ihnen um, um sie wütend anzufunkeln.

»Ich wäre verrückt, wenn ich sage, dass du nicht auf sie hören sollst«, erwiderte der Fremde und reichte mir einen Tequila.

Die anderen standen auf und verschwanden vom Tisch, während der heiße Kerl und ich allein zurückblieben. Kim, Pierre, Lilou und Chloé quetschten sich an den kleineren Nachbartisch und taten angestrengt so, als würden sie uns nicht beobachten, aber ich durchschaute ihre Taktik. Zuerst sah eine herüber, dann der Nächste und wieder die Nächste. Immer im Wechsel, so dass es nie so aussah, als ob sie jemanden ausspähten.

Ich wedelte mit der Hand in ihre Richtung, als sich der Fremde zu mir an den Tisch setzte.

»Ich bin Amar, und wie heißt du?«, fragte er und lenkte damit meine Aufmerksamkeit auf ihn.

»Bernadette. Was machst du so, Amar?«, begann ich ein Gespräch und stellte den Tequila neben mein Ginglas. Solange ich ihn nicht näher kannte, wollte ich nichts von ihm trinken. Wer wusste, was in dem Tequila war. Ich hatte zu viele Horrorstorys gehört.

»Ich bin Sportlehrer«, erklärte er. »Ich trainiere Kinder und Jugendliche, damit sie das Beste aus sich herausholen können.«

»Hast du denn schon das Beste aus dir herausgeholt?«, fragte ich mit einem Schmunzeln. Es war offensichtlich, dass er sportlich war. Nicht übertrieben muskulös, aber wohlproportioniert.

Er hat nicht Noels Kuschelspeck, schoss es mir durch den Kopf. Verwirrt strich ich mir über die Augen, als könnte ich damit die Gedanken wie eine Gardine beiseiteschieben.

»Ich arbeite zumindest jeden Tag daran«, erwiderte er mit dieser samtigen Stimme.

»Machst du wirklich jeden Tag Sport?«, hakte ich irritiert nach.

»Sofern ich es schaffe, ja.«

»Und was genau?«, fragte ich neugierig.

»Ich tanze hauptsächlich Breakdance, aber ab und an mache ich auch Crossfit«, erklärte er und lehnte sich lässig an die Lehne der Sitzbank, die zum Tisch passte.

»Wow, das ist beeindruckend.« Erneut tauchte Noels wohlgeformter Körper vor meinem inneren Auge auf. Er war nicht so durchtrainiert wie Amar, dafür gab es an seinem Körper Stellen, an die ich mich noch heute gerne ankuscheln würde.

Wieder strich ich mir über die Augen. *Das ist jetzt wirklich nicht der richtige Zeitpunkt, Verstand*, ermahnte ich mich. *Ich will nichts von Noel und brauche ihn nicht mit allen zu vergleichen, die ich treffe.*

»Machst du auch Sport?«, fragte Amar und schaute mich erwartungsvoll an.

»Nein, ich sehe gern zu, aber selbst mitmachen ist mir zu anstrengend«, antwortete ich ehrlich. Klar könnte ich behaupten, eine riesige Sportskanone zu sein, aber das wäre gelogen und nicht meine Art von Flirten.

»Magst du vielleicht tanzen?« Amar deutete auf die Tanzfläche, auf der bisher nur ein paar einzelne Menschen waren.

Eine gute Ablenkung, um Noel aus meinem Kopf zu vertreiben. Also nickte ich und stand sofort auf. Amar nahm meine Hand, seine Finger waren glatt und überhaupt nicht rau, wie ich es erwartet hätte.

»Ich creme sie regelmäßig ein«, sagte Amar, als würde er genau wissen, was ich dachte. »Sie werden beim Sport sonst immer rissig, was einfach nicht angenehm ist.«

»Ein Mann, der sich um seinen Körper kümmert, das ist doch mal was.«

»Jederzeit«, erklärte er und führte mich auf die Tanzfläche.

Gerade endete ein Song und eine poppige Soulnummer begann. Ich wartete darauf, dass er mich packte und eng an sich presste, was er auch sofort tat.

Seine Füße bewegten sich im Takt der Musik und immer im Kreis. Schon nach wenigen Schritten merkte ich, dass er nicht besonders gut im Paartanzen war. Er mochte ein guter Breakdancer sein, aber für das hier fehlte ihm das Gespür. Er zerrte eher an mir, statt mit meinen Bewegungen mitzugehen. Er führte mich auch nicht, sondern ließ mich machen, während er krampfhaft versuchte, sein Bein zwischen meine zu schieben, um möglichst eng mit mir zu tanzen. Es war so gar nicht sexy und vor allem nicht so, wie ich mir das vorgestellt hatte.

»Stopp!«, sagte ich deswegen mitten im Tanz und drückte ihn von mir. »Ich denke nicht, dass das was wird.«

»Was meinst du?«, fragte er und runzelte die Stirn. »Du fühlst dich voll smooth an.«

»Ja, aber das hier nicht. Das ist wie Stelzenlaufen im Salatfeld. Klappt einfach nicht. Sorry«, erklärte ich und ließ ihn stehen.

Er rief mir einen leisen Fluch hinterher, den ich gekonnt ignorierte. Stattdessen lief ich zu den anderen, wo Pierre mir bereits entsetzt entgegenblickte.

»Was ist passiert? Der Typ ist heiß.«

»Aber er kann nicht tanzen. Er schafft es nicht einmal, mich vernünftig zu führen«, sagte ich, ging noch kurz zum Nebentisch, um mir meinen Gin Tonic zu holen, und setzte mich dann zu ihnen.

»Das waren doch keine fünf Minuten. Ist er so schlimm?«, hakte Chloé nach.

Ich zuckte mit den Schultern. »Es gibt einfach Männer, mit denen ich sehr viel besser getanzt habe«, erwiderte ich ausweichend.

Sie schwiegen, sahen sich gegenseitig an. »Heißt einer dieser Männer zufällig Noel?«, fragte Lilou.

Ich öffnete den Mund, wollte es verneinen, weil ich mich ertappt fühlte, schloss ihn dann aber wieder und nickte.

»Wieso vergleichst du den heißen Kerl mit Noel?«, wollte Chloé wissen. »Dein Ex ist doch nicht das Maß aller Dinge, oder?«

»Na ja, er war der Kerl, den ich heiraten wollte. Also sehr viel mehr als nur Datingmaterial«, verteidigte ich mich.

»Du willst doch aber gar nicht mehr heiraten«, erinnerte Pierre mich. »Weder Noel noch irgendwen anders. Oder hat sich das geändert? Denn falls nicht, verstehe ich wirklich nicht, warum du diese Schnitte hast abblitzen lassen.«

Ich schaute ihn verdutzt an. »Nein, ich will meine Freiheit genießen«, erklärte ich stur und presste meine Finger um das Glas.

»Du klingst wie ein bockiges Kind, das auf seiner Meinung beharrt, obwohl es weiß, dass diese falsch ist«, sagte Kim. »Willst du deine Antwort vielleicht noch einmal revidieren?«

»Nein?«, erwiderte ich fragend und merkte selbst, was ich da tat. »Ich muss mal verschwinden. Bin gleich wieder da.« Ich stand auf, bevor die anderen mich aufhalten konnten. In meinem Verstand surrte es wie in einem übervollen Bienenstock. Ich fühlte mich völlig überfordert mit dem Gedanken, der sich gerade in mir manifestierte.

Mochte ich Noel noch so sehr, dass ich alle anderen deswegen unattraktiv fand? Ja, er war sexy, und seit ich auf Tartins Rat hin die guten Erinnerungen von damals zugelassen hatte, wusste ich wieder, wie es war, in seinen Armen zu liegen, Zeit mit ihm zu verbringen und sich auf einen Menschen verlassen zu können.

»Mist«, sagte ich zu meinem Spiegelbild, als ich vor dem Waschbecken stand. »Wie konnte das denn passieren?«

Mein Herz grinste innerlich und nickte wissend. Wieso hatte ich das Gefühl, gerade von einem Zug überfahren zu werden? Überall waren da diese Emotionen, die mich mitschleiften und denen ich nicht entkommen konnte.

Er hatte mich enttäuscht, mich vor dem Altar sitzen gelassen und mir das Gefühl gegeben, nichts wert zu sein. Und dennoch schien mein Herz noch längst nicht mit ihm abgeschlossen zu haben. Warum? War es für eine erneute Auseinandersetzung mit Noel wieder offen? Was wusste mein Herz, was ich nicht wusste?

Ich spritzte mir Wasser ins Gesicht. Es war Sonntagabend, und ich stand in einer Bar und hatte das Angebot eines wirklich attraktiven und vermutlich netten Kerls ausgeschlagen. Ich mochte Männer, und obwohl ich nicht jedes Wochenende einen abschleppte, wusste ich, was ich wollte. Wieso wurde dieser Plan durch Noels erneutes Auftauchen in meinem Leben einfach so auf den Kopf gestellt?

Ich schnaubte. Eigentlich sollte ich ihm dankbar sein. Durch sein Verschwinden hatte er mir ein Leben in Freiheit geschenkt. Genau das, was ich heute nicht mehr missen wollte.

Weshalb also konnte ich eben diese nicht richtig genießen? Der Sportlehrer wäre ideal für einen entspannten Abend ohne Verpflichtungen gewesen. Stattdessen ging mir Noel nicht aus dem Kopf.

Da kam mir mit einem Mal ein Gedanke, den ich bisher verdrängt hatte. Was, wenn er den Moment nicht zerstörte, sondern mich daran erinnerte, was ich mit ihm gehabt hatte? Welche Seite meines Lebens ich vermisste? Ich hatte mich damit abgefunden, der ewige Single in der Familie zu sein. Ich hatte Nichten und Neffen, die mich auf Trab hielten. Dazu die Pâtisserie und meinen Freundeskreis. Mein Leben war erfüllt. Und doch verlangte mein Herz eine tiefergehende Beziehung wie damals mit Noel.

Vielleicht sogar mit Noel? Der Moment, als ich Noel wiedergesehen hatte. Der erste Augenblick. Ich hatte keine Angst oder Abscheu, keinen Hass und keine Ablehnung ihm gegenüber gefühlt. Wenn ich ehrlich zu mir war, war er auch heute noch der perfekte Mann für mich.

In mir brodelte es wie in einem Kochtopf. Alles

wurde durcheinandergewirbelt, nichts blieb an seinem Platz. Nur dieser eine Gedanke hielt sich krampfhaft in der Mitte.

Was, wenn seine Rückkehr mir zeigen sollte, dass ich all die Jahre Gefühle für ihn gehabt hatte? Es war, als ob der Gedanke sich an mein Herz gekettet hatte und ich nur mithilfe eines Bolzenschneiders wieder freikommen würde, der mich weit mehr verletzte als diese Kette.

Die Tür öffnete sich, und Pierre kam in die Damentoilette. »Alles in Ordnung, Bernie?«, fragte er sanft und kam auf mich zu.

»Ja, ich brauchte nur mal einen Moment, um nachzudenken«, sagte ich und seufzte.

Eine Frau kam aus einer der Kabinen und starrte Pierre an. »Das ist die Frauentoilette«, sagte sie perplex und blieb stehen.

»Das ist ein Notfall.« Er wedelte so mit den Armen, dass die Frau tatsächlich zum Waschbecken weiterging, wenn auch mit gerunzelter Stirn und nicht besonders amüsiertem Blick. »Also, worüber hast du nachgedacht? Erzähl es Onkel Pierre.«

Während die Frau ihre Finger abtrocknete, schwieg ich und sagte nichts. Ich musste mein Innerstes nicht vor Fremden auskehren. Erst recht nicht auf der Damentoilette.

Erst als sie aus der Tür war, seufzte ich und warf die Arme in die Luft. »Ich bin ein Wrack. Das kann ich dir sagen.«

»Kein Wrack, sondern einfach nur ein wenig auf Grund gelaufen«, erklärte er und zog mich mit sich.

»Und ich bin dein Schlepper. Komm mit, dann kannst du es uns allen sagen.« Pierre zerrte mich von meinem Spiegelbild weg, das ich sowieso nicht ertrug.

»Ich will nicht!«, jammerte ich. »Kann es nicht einfach wieder so werden wie vorher? Das war so viel entspannter.«

Pierre blieb direkt vor der Tür stehen und schnalzte mit der Zunge. »Du kannst natürlich alles vergessen und einfach so weitermachen wie bisher. Oder du hast endlich den Arsch in der Hose und stellst dich dem, was gerade in dir vorgeht. Entweder wird es dich vollkommen zerstören oder du lernst daraus was fürs Leben und machst es noch viel besser als vorher.«

»Und was, wenn nicht?« Ich spielte mit dem kleinen Band-Aufkleber, der auf dem Händetrockner klebte. Die Ecken hatten sich bereits gelöst und standen ab. »Was, wenn es schlechter wird und ich einfach für immer in diesem Tal des Jammerns festhänge?«

»Wirst du nicht, Bernie. Ich kenne dich jetzt schon lange genug, um zu wissen, dass du eine Frohnatur bist. Natürlich gibt es immer mal wieder Phasen, in denen man mal schlecht drauf sein darf. Das, was du gerade durchmachst, ist ein Hindernis im Leben, das du lernen musst zu überwinden, um danach stärker daraus hervorzugehen«, erklärte er ohne Sarkasmus, ohne eindringliche Stimme. Nur die Worte eines Freundes, der sich Sorgen um seine Freundin machte.

Und genau das brauchte ich. Jemanden, der mir versprach, dass alles gut werden würde, wenn ich mich nur anstrengte. »Danke. Wann bist du so ein guter Ratgeber geworden? Was ist aus den Tipps aus Hollywoodfilmen geworden?«, fragte ich nach.

»Das war das, was ich aus *E-Mail für dich* mitgenommen habe«, sagte er und grinste. »Das Leben hat Kathleen Kelly auch Steine in den Weg gelegt, die unüberwindbar für sie erschienen. Sie hat sich ihnen gestellt, bis sie voll gegen sie gelaufen ist, statt einmal nachzuschauen, ob es auch einen anderen Weg gegeben hätte. Genau diesen Weg schlage ich dir gerade vor, damit du dir dein süßes Näschen nicht noch platter drückst.«

Pierre tippte mir auf die Nase, und ich wischte seinen Finger instinktiv weg. »Schon verstanden. Du und die anderen wollt helfen.«

Ich straffte den Rücken und versuchte erneut, die Gedanken, die mir vor dem Spiegel gekommen waren, in eine Reihenfolge zu bringen, während wir zum Tisch zurückkehrten.

Pierre setzte sich hin, und ich holte tief Luft, um das auszusprechen, was mir nicht mehr aus dem Kopf ging. »Ich denke, ich empfinde noch etwas für Noel.«

Sie alle sahen mich mit großen Augen an. Nur Kim nickte. »No shit, Sherlock«, kommentierte sie trocken.

Irritiert blinzelte ich. »Was?«

»Sie meint damit, dass wir uns sowas schon gedacht haben«, erklärte Chloé und schmunzelte.

»Warum habt ihr dann immer auf Tartin getippt?«, fragte ich verwirrt.

»Weil wir deinen Wunsch nach Freiheit respektieren und alles tun wollten, um dich glücklich zu sehen«, erklärte Lilou. »Du wirkst zwar immer wie ein Fels in der Brandung, dem nicht einmal die Wassermassen des Ozeans etwas anhaben könnten, aber wir wissen auch, dass du dich in den letzten Wochen mit vielem herumgeschlagen hast.«

»Und ihr habt nicht daran gedacht, mich darauf hinzuweisen?«, hakte ich misstrauisch nach.

»Hättest du uns geglaubt?« Pierre schüttelte den Kopf, weil er genau wusste, wie meine Antwort lautete.

»Vielleicht nicht, aber es hätte mich vielleicht früher darauf gebracht, was mir heute erst klargeworden ist«, schimpfte ich.

»Wir wollten dich selbst drauf kommen lassen. Stell dir vor, wir hätten dich gedrängt. Was wäre wohl passiert?« Kim verschränkte die Arme vor der Brust und sah mich herausfordernd an.

»Ich hätte dichtgemacht und euch für verrückt erklärt.«

»Beweisführung abgeschlossen«, sagte sie nur und nahm einen Schluck von ihrem Drink.

»Schon gut, ist ja in Ordnung«, gab ich zerknirscht zu. »Danke, dass ihr mich nicht beeinflusst habt.«

»Immer wieder gerne, meine Liebe.« Lilou schaute verträumt auf die Tanzfläche, wo sie einem Paar zusah, das sich rhythmisch bewegte und dabei in seiner ganz eigenen Welt zu schweben schien.

»Das stellt mich aber jetzt vor eine große Frage«, seufzte ich. »Was zum Henker tue ich mit dieser Erkenntnis?«

Die ratlosen Gesichter der anderen konnten mir nicht weiterhelfen. Ebenso wenig wie die Gedanken, die noch in mir brodelten und ständig neue Erinnerungen an die Oberfläche brachten. Kurz legte ich das Gesicht in die Hände, schloss die Erinnerungen in einer Schublade ein und hoffte, dass alles hineinpassen würde. Zumindest für den Augenblick.

Kapitel 17

»Tante Bernie!«, begrüßte mich meine Nichte Milena.

Sie umarmte mich mit ihren schlaksigen Armen, als hätten wir uns seit einer Ewigkeit nicht gesehen. Dabei war es gerade erst drei Wochen her. Sie ließ mich wieder los und griff nach dem Geschenk in meinen Händen. »Ist das für mich?«, rief sie, ehe sie viel zu schnell um die Kurve ins Wohnzimmer raste.

Der Lautstärke nach zu urteilen traf ich wohl als eine der Letzten ein. Maman kam gleich darauf lachend zu mir. »Sie ist so aufgeregt«, erklärte sie und nahm mir den Mantel ab. »Seit einer halben Stunde bekommt sie alle paar Minuten ein Geschenk in die Hand gedrückt und dazu noch die ganze Schokolade. Ich fürchte, sie wird heute nicht mehr schlafen.«

»Hast du das erwartet?«, fragte ich amüsiert. Bei meinen älteren Neffen war es genauso gewesen. Die hatten sich auch die Bäuche mit Süßkram vollgeschlagen. Zumindest hatten wir uns bei ihnen noch abgesprochen und für dieselbe Sache – nämlich eine Carrerabahn mit diversen Fahrzeugen – zusammengelegt. Dieses Mal allerdings hatten Milenas Eltern keine Vorgaben gemacht. Obwohl das nicht ganz richtig war. Nicoleta hatte schulterzuckend gesagt: Was eine Zehnjährige nun mal braucht.

Ich mochte Nicoleta, die Frau meines Bruders, aber sobald es darum ging, konkrete Anweisungen zu geben, war sie schwammiger als eine Politikerin, die eine Aussage zur Klimapolitik machen sollte. Am liebsten winkte sie ab und meinte, dass alles schon irgendwie klappen würde. Wie oft meine Eltern dabei eingegriffen hatten, damit es dann wirklich klappte, konnte ich nicht mehr zählen. Zu allem Überfluss hielt mein Bruder sich bei solchen Angelegenheiten komplett zurück.

»Mama, schau mal, ich habe auch noch was von Tante Bernie bekommen. Der Tag ist soooo schön«, quietschte Milena aus dem Wohnzimmer, während ich mich erst einmal in die Küche begab. Selbst dort herrschte schon Full House.

Mein Vater liebte es, Besuch zu bewirten, auch wenn er und meine Mutter im Vorfeld immer in Arbeit versanken, um es allen recht zu machen.

»Bernadette, schnapp dir eine Schürze und kümmere dich um die Cake Pops. Ich habe sie in Form einer Zehn angerichtet, aber dein nichtsnutziger Bruder zerstört alles«, schimpfte Maman, kaum dass ich die Tür öffnete.

»Hei, ich habe mir Mühe gegeben«, sagte Taio, nahm mich in den Arm und gab mir einen Kuss auf die Wange. »Jetzt musst du den Küchendrachen ertragen. Viel Spaß.«

»Du hättest einfach öfter mal mitbacken sollen, statt immer nur zu naschen«, piesackte ich ihn und stach ihm in den Bauch, der deutlich kleiner war als meiner.

»Fang du nicht auch noch an. Nicoleta meckert auch immer.«

Meine Mutter drehte sich vom Herd weg, auf dem eine Suppe kochte, und schleuderte das Handtuch über ihrem Kopf. »Alle ohne Koch- oder Backausbildung verlassen jetzt auf der Stelle die Küche, sonst vergesse ich mich.«

Mein Onkel und meine Tante, die ihren Enkel auf dem Arm hielt, grinsten und gingen aus dem Raum. Ich hingegen winkte Taio frech hinterher, weil ich genau wusste, dass er eigentlich nur naschen wollte und deswegen vermutlich absichtlich nur im Weg herumgestanden hatte.

Meine Mutter stieß meinen Vater an. »Du auch. Bernadette und ich schaffen den Rest schon. Danke, dass du mir geholfen hast. Aber jetzt darfst du dich den Gastgeberpflichten widmen.«

»Bier?«, fragte ich, als mein Vater am Kühlschrank vorbeiging.

»Bier«, erwiderte er und griff nach einem Tablett, das er bereits vorbereitet hatte. »Aber alkoholfrei. Ist ja immerhin ein Kindergeburtstag.«

»Auf dem keine Kinder eingeladen sind«, merkte ich an. »Abgesehen von denen, die sowieso zur Familie gehören.«

»Sie bekommt noch eine Kinderparty von ihren Eltern, aber das hier ist die Familienfeier. Die wird zelebriert, das weißt du. Oder erinnerst du dich nicht mehr an deine Feier?«

»Wie könnte ich die vergessen? Das Clownskostüm hat Feuer gefangen, weil unser Hund Bieber damit abgehauen ist und dabei den Grill umgeschmissen hat.«

Der Clownsdarsteller wollte eigentlich nur die Bezahlung klären, als unser Schäferhund sich das Kostüm aus seiner Tasche geschnappt hatte und in Richtung Garten gerannt war. Da er zu der Zeit bereits fast blind gewesen war, hatte er den Grill übersehen, der dort prall gefüllt mit noch glühender Kohle zum Abkühlen stand.

»Und dann meine ich mich zu erinnern, dass du so viel Schokolade gegessen hast, dass du noch zwei Tage später Bauchweh hattest«, sagte sie und zeigte mit der Suppenkelle auf mich.

»Es war auf jeden Fall ein unvergesslicher Tag, da hast du recht«, sagte ich mit einem Lachen. »Habt ihr für Milena auch etwas Ähnliches geplant oder einfach nur das Zusammensein als Familie?«, fragte ich, während ich die Cake Pops langsam aus der selbstgebauten Backform löste, um sie mit der bereitstehenden geschmolzenen Schokolade zu bestreichen. Meine Mutter hatte alles vorbereitet, wie immer.

»Wir werden nachher ihren Lieblingsfilm gucken. Das hat sie sich gewünscht. Es ist etwas mit einem Drachen und Juwelen. Und in der Zwischenzeit wird dein Vater einen dieser Juwelen im Garten verstecken. Wir machen dann eine Schnitzeljagd. Hoffentlich wird es ihr gefallen.«

»Wenn es ihr Lieblingsfilm ist und ihr etwas daraus nachgebaut habt, ganz sicher, Maman«, sagte ich und lächelte ihr über die Schulter zu.

»Hoffentlich hast du recht. Die Kleine ist ganz schön anspruchsvoll«, meckerte meine Mutter. »Manchmal kommt es mir so vor, als ob die Jugend von heute immer höhere Anforderungen stellt, aber gar nicht mehr mit den kleinen Dingen zufrieden sein kann«, seufzte sie und rührte wieder in ihrer Suppe herum.

»Ach, das werden deine Eltern vermutlich auch schon über eure Generation gesagt haben. Und ich erinnere mich noch gut daran, dass du so etwas Ähnliches mal zu mir gesagt hast, als ich fünfzehn war.«

»Habe ich?«, fragte sie überrascht. »Wann das denn?«

»Als ich unbedingt ein Tattoo wollte und euch ständig damit genervt habe. Nur, weil meine Freundin eins von ihren Eltern erlaubt bekommen hatte. Zum Glück habt ihr nicht eure Zustimmung gegeben, sonst würde ich heute mit einem total wirren Bild auf dem Oberarm herumlaufen.«

»Wolltest du nicht dieses umgedrehte Dreieck mit einem Tribal darauf haben?« Maman drehte sich zu mir. »Hatte das nicht etwas mit einem Jungen zu tun?«

»Frag lieber nicht zu genau nach. Es war das Zeichen auf seiner Jacke. Ich hätte es einfach nur cool gefunden, wenn ich dasselbe getragen hätte, nur eben auf meiner Haut.« Ich verdrehte die Augen. »Wie gesagt, es war gut, dass ihr mich abgehalten habt.«

»Auch wenn du uns dafür eine ganze Weile nicht einmal mit dem Arsch angeguckt hast«, erklärte meine Mutter und stellte den ersten Topf auf eine der drei Warmhalteplatten auf der länglichen Arbeitsfläche. »Nur Noel hat sich damals auf unsere Seite geschlagen.«

Ich hätte fast die Null der Zehn zerrissen, so sehr zuckte ich zusammen. Mit der Erwähnung dieses Namens hatte ich jetzt nicht gerechnet.

»Entschuldige. Ich hätte daran denken sollen. Er beschäftigt dich immer noch, oder?« Sie kam auf mich zu und ignorierte für ein paar Sekunden die Töpfe auf dem Herd, um sich mit einem Blick auf mich zu vergewissern, dass es mir gut ging.

»Solange dieser Wettbewerb noch andauert, wird es wohl nicht besser werden. Aber es ist nur noch eine Woche. Dann habe ich es geschafft«, seufzte ich.

»Das wird schon werden, meine Kleine. Und wenn das rum ist, lenken wir dich an Weihnachten wieder ab. Diesmal aber nicht mit der ganzen Verwandtschaft«, stöhnte meine Mutter und eilte zurück an den Herd. »Ich liebe meine Familie, aber ich werde langsam zu alt dafür, euch alle zu bekochen.«

»Wenn du mehr Menschen als mich in der Küche dulden würdest, hättest du schon vor Jahren Ersatz gehabt«, erklärte ich und arbeitete weiter.

Während ich die Schokolade umrührte, fragte ich mich, wie es wohl gewesen wäre, wenn Noel und ich geheiratet hätten. Wenn ich ihn selbst nach zehn Jahren und dem, was er mir angetan hatte, nicht aus meinen Gedanken verbannen konnte, hätte die Beziehung sicher bis heute angedauert.

Und wir hätten auf jeden Fall Kinder bekommen. Ich hatte immer eine große Familie gewollt. Zumindest hatte ich mir das ausgemalt. Mein Leben wäre vermutlich vollkommen anders verlaufen. Hätte ich Noel davon überzeugen können, mit mir gemeinsam das Geschäft zu übernehmen?

Fragen, die mir durch den Kopf schossen und auf die

ich keine Antwort hatte, weil die Situation nie eingetreten war.

»Willst du mit mir darüber reden? Immerhin kenne ich Noel ja auch schon eine Weile und könnte dir vielleicht mit Rat und Tat zur Seite stehen«, schlug meine Mutter vor und griff nach der Fleischschere, mit der sie das gebratene Fleischstück aus dem Backofen zerschneiden wollte.

»Du hast ihn doch auch seit zehn Jahren nicht mehr gesehen. Wie willst du mir da helfen?«, fragte ich und steckte die Cake Pops auf die bereitstehende Halbkugel, um sie im Anschluss mit Schokolade zu verzieren.

»Mit meiner Erfahrung, Kind. Immerhin hast du mir schon einiges erzählt. Und auch, wenn ich keine Ahnung habe, wie er jetzt aussieht, weiß ich doch immer noch, wie er ist. Oder hat er sich in den letzten zehn Jahren sehr stark verändert?«

Ich nahm den ersten Cake Pop in die Hand und versenkte ihn in der Schokolade. In Gedanken verglich ich den Gegenwarts-Noel mit dem Vergangenheits-Noel. Wenn es möglich war, war er eher noch attraktiver geworden. Am Abend im Rockys war mir bereits aufgefallen, dass er eine innere Ruhe in sich trug, die er früher nicht gehabt hatte. Er war schon früher mein Fels nach einem stressigen Arbeitstag gewesen. Allerdings strahlte er heute eine andere Art der Ruhe aus.

»Ich bin mir sicher, dass er sich verändert hat«, sagte ich schließlich vorsichtig.

Meine Mutter schnitt mit kräftigen Handgriffen das Fleisch. »Aber lass mich raten: Du hast nicht darüber nachgedacht und ignorierst jetzt einfach alles, was du nicht zu ihm wissen möchtest?«

Ich schnaubte, erwiderte nichts weiter dazu.

»Schon gut, du musst es mir nicht erklären. Wäre mein Ex auf einmal wieder aufgetaucht, wäre ich auch nicht sehr aufnahmefähig. Ich verstehe dich ja, Bernadette.«

Ich drehte den zweiten Cake Pop in der Schokolade, während Maman über einen Kerl aus ihrer Jugend berichtete, den sie beinahe anstelle meines Vaters geheiratet hätte. Ich kannte die Geschichte bereits und stellte deswegen auf Durchzug.

»Jedenfalls finde ich, dass sich Noel gemacht hat«, endete meine Mutter nach einigen Minuten.

»Wieso denkst du das?«

Meine Mutter hatte das Fleisch mittlerweile auf einem Teller drapiert und diesen meinem Onkel in die Hand gedrückt, als der den Fehler beging, einmal in die Küche zu kommen, um die Karaffen mit stillem Wasser aufzufüllen.

»Du hast mir gesagt, dass er beim Wettbewerb seinen Freund unterstützt. Und ich habe mich mit Pierre unterhalten. Er hat mir von letztem Sonntag erzählt.«

Ich lachte leise. »Natürlich hat er das«, kommentierte ich trocken.

»Lass ihn. Wenn du mir schon nicht alles erzählst, dann wenigstens die Menschen in deinem Leben«, schimpfte sie.

Ich rang mit meinen Händen. »Mama, es sind zwei Tage vergangen, und ich habe dich in der Zeit kaum einen Moment allein gesehen. Wie sollte ich dir das erzählen?«

»Das lässt sich schon immer irgendwie unterbringen. Hat bei Pierre ja auch geklappt«, merkte sie spitz an, zwinkerte mir aber über die Schulter zu. »Da fällt mir ein: Hast du dich an dem Abend noch bei ihm gemeldet? Pierre konnte mir das nicht sagen.«

»Weil er es nicht weiß«, sagte ich und genoss für einen kleinen Moment das Wissen, das ich hatte. »Und ja, ich habe mich gemeldet.«

»Was hat er geschrieben?«, fragte sie und zupfte erneut an der Käseplatte herum.

»Wir reden nach dem nächsten Adventsbacken. Er hat sich extra freigenommen, damit diesmal nichts dazwischenkommt.«

»Oh, wie überraschend. Geht ihr einen Kaffee trinken, oder redet ihr in der Markthalle?«, hakte sie nach.

»Das klären wir dann spontan, je nach Wetterlage«, antwortete ich und nahm ihr die Käseplatte ab, um sie ins Wohnzimmer zu bringen.

Damit nahm ich meiner Mutter hoffentlich den Wind aus den Segeln. Noel und ich hatten zwar nur Nachrichten ausgetauscht, doch da ich allein zuhause gewesen war, als er mir auf meine Nachricht antwortete, hatte ich auf seine Fragen nach meinem Wohlbefinden geantwortet. Eine Belanglosigkeit. Aber mit ihm zu schreiben hatte sich wie früher angefühlt, als wir noch nicht zusammengewohnt hatten. Wenn wir uns für die Nacht trennen mussten, weil wir beide am nächsten Tag arbeiten mussten. Als wir uns, keine fünf Minuten, nachdem wir uns gesehen hatten, eine Nachricht geschickt hatten, weil wir es nicht ohne den anderen aushielten.

Schon damals hatten wir über viele Nichtigkeiten geschrieben. Wie man am besten Brot einfror oder welche Bücher, die wir gelesen hatten, rote Cover hatten. Ich erinnerte mich an eine längere Chatunterhaltung, in der wir uns über die Polsterung in der Metro unterhalten und Vorschläge gesammelt hatten, um das Sitzerlebnis bequemer und attraktiver zu gestalten.

Kaum öffnete ich die Tür zum Wohnzimmer, surrte es um mich herum. Ein Teil meiner Verwandten saß bereits am Esstisch und wartete auf das Essen. Die meisten aber waren mit den Kindern beschäftigt und spielten, tobten oder beobachteten. Ich stellte die Platte auf den Tisch und drehte auf dem Absatz um. Es gab noch genug in der Küche zu tun, obwohl ich mich damit den Fragen meiner Mutter aussetzte. Ich atmete tief durch und stieß die Tür wieder auf.

»Meinst du denn, dass er dir alles sagen wird?«, fragte sie direkt.

Ich schmunzelte und nickte. »Wenn nicht, werde ich es merken.«

»Stimmt, du hast immer bemerkt, wenn er geflunkert hat, egal, wie sehr er versucht hat, etwas vor dir zu verbergen. So wie damals, als er deinen Porzellandelfin fallen gelassen hatte.«

Amüsiert nickte ich. »Zwei Monate später hat er mir dann endlich gestanden, dass er damit versucht hatte zu jonglieren und er dabei heruntergefallen war«, erklärte ich, nahm die letzten Cake Pops und stellte sie zum Abkühlen in den Kühlschrank.

»Manchmal frage ich mich, wie eure Kinder wohl geworden wären.« Maman sah für einen Moment träumerisch nach oben. »Ich weiß, dass es niemals dazu kommen wird, aber der Gedanke, Kinder von dir hier im Haus zu haben, hat mich immer glücklich gemacht.«

»Ich denke nicht, dass das noch passieren wird«, sagte ich und versuchte, Entschlossenheit in meine Stimme zu legen. »Ich habe keinen Mann an meiner Seite.«

»Möchtest du denn einen?«

»Nicht, wenn ihr wieder versucht, mir einen auszusuchen, so wie früher.«

»Das war kein komplettes Nein.« Maman sah mich mit großen Augen an.

Ich hatte keine Ahnung, wie ich meine Gefühle Noel gegenüber erklären sollte, ohne zu viel von meinem zerfaserten Gefühlsleben auszubreiten und ihr den Abend zu verderben. Manchmal fühlte sich mein Herz an wie eine alte Fransendecke. Sie war kuschelig und gemütlich, aber überall hingen lose Fäden raus, die man eigentlich abschneiden sollte, um sie wieder frischer aussehen zu lassen. Doch dazu fehlte mir der Mut.

»Maman, wenn ich einen Mann und Kinder gehabt hätte, würde die Pâtisserie nicht so gut laufen«, wich ich ihrer Frage aus und hoffte, dass sie das Thema damit beendete.

Natürlich tat sie es nicht. »Ich habe es auch geschafft, und du bist noch stärker als ich. Das zählt nicht. Und es beantwortet nicht meine Frage«, schimpfte sie leise.

»Schon gut. Ich gebe zu, dass ich mir nicht mehr sicher bin«, stöhnte ich und legte den Kopf in die Hände. Vermutlich schmierte ich mir gerade Cremereste in die Haare, aber das war mir egal. »Eigentlich mag ich mein Leben, aber ich stelle mir immer wieder vor, wie es sich mit Noel anfühlen würde.«

»Du magst ihn noch immer, oder Bernadette?« Diesmal ließ meine Mutter die Schüssel mit dem Couscous-Salat auf der Arbeitsfläche stehen und nahm mich in den Arm. Sie wollte keine Antwort darauf haben, dessen war ich mir bewusst. Dennoch nickte ich.

»Ich bin so dämlich«, meckerte ich über mich selbst.

»Wieso das?« Sie strich mir einen Braid aus dem Gesicht. »Das Herz will, was es will. Da bringt es auch nichts, wenn du eine Partymeile drum herum baust, um deine Gefühle einzuschließen.«

Ich schnaubte. »Schon klar. Aber ich bin glücklich mit meinem Leben.«

»Vielleicht solltest du das auch sein. Diese zehn Jahre.« Sie holte tief Luft und streichelte mir beruhigend über die Oberarme. »Jetzt stell dir mal vor, du hättest ihn vor zehn Jahren geheiratet. Vermutlich hättet ihr jetzt zwei oder drei Kinder. Eventuell würdest du nur Teilzeit in der Pâtisserie arbeiten, wenn Noel sich nicht um die Kinder gekümmert hätte.«

»Ja, das wäre in etwa das, was passiert wäre«, stimmte ich zu. »Aber was willst du damit sagen?«

»Es ist nichts davon eingetreten und das vielleicht aus gutem Grund. Du hast Noel dein ganzes Leben gekannt, und als ihr ein Paar wurdet, habt ihr euch festgelegt. Deine Zukunft stand fest. Daran hätte damals niemand rütteln können. Du und Noel, ihr wärt glücklich bis ans Ende eurer Tage gewesen.«

Irritiert schüttelte ich den Kopf, wusste immer noch nicht, was sie von mir wollte.

Sie schnalzte mit der Zunge und deutete hinter sich. »Ich habe mich damals erst ausgetobt, bevor ich deinen Vater geheiratet habe. Das hättest du nicht gehabt. Vielleicht wollte das Schicksal, dass ihr nicht zusammenkommt.« Sie suchte meinen Blick und vergewisserte sich, dass ich ihr wirklich zuhörte. »Zumindest nicht damals.«

Ich legte meine Stirn an ihre und schloss die Augen. Jetzt wurde mir klar, worauf sie hinauswollte. »Du meinst, ich sollte meine Freiheit genießen, um nichts zu vermissen, wenn ich doch einen Partner finde?«

»Ich wusste doch, dass mein Mädchen nicht auf den Kopf gefallen ist«, merkte sie an und tippte mir gegen die Stirn, so dass ich mich wieder von ihr zurückzog.

»Schon klar. Aber wie kommst du darauf? Woher nimmst du diesen Gedanken? Ich kann mir einfach nicht vorstellen, dass ich dieses Leben jemals aufgeben könnte.«

»Erfahrung«, entgegnete sie nur. »Nennen wir es Erfahrung.«

»Nein, damit kommst du mir jetzt nicht davon«, sagte ich und hielt sie fest, bevor sie sich von mir wegdrehen konnte. »Welche Erfahrungen meinst du?«

»Meine eigenen, die von Freundinnen und einfach das Leben, Bernadette. Ich habe schon so viel gesehen und weiß, was du gerade durchmachst. Zumindest kann ich es im Ansatz nachvollziehen. Wenn man sich über Jahre in ein Leben verwurzelt hat, dann möchte man das ungern aufgeben, aber vielleicht waren eben diese Jahre nur eine Vorbereitung darauf, was eigentlich kommen mag. Nämlich doch irgendwann die Liebe, die in dein Leben kommen soll.«

Ich schnaubte. »Genau, sie genoss ihr Leben und wollte nicht, dass sich etwas daran ändert. Und dann kam die Liebe – klingt nach einem der kitschigen Hollywoodfilme, die Pierre so gerne schaut.«

Meine Mutter lachte. »Von irgendwoher müssen die Ideen für die Drehbücher ja kommen.« Sie klopfte mir auf die Schulter und ging zum Kühlschrank, um einige vorbereitete Platten herauszuziehen. »Denk mal darüber nach, ob du wirklich noch so sehr an deinem Partyleben hängst oder ob du doch lieber ein anderes Leben genießen möchtest.«

»Maman, ich …«

Sie drückte mir die Platten in die Hand. »Ich sagte, nachdenken. Und jetzt bring das mit raus. Die Dips müssen auch noch umgerührt werden.«

Ich schüttelte den Kopf über ihre Worte. Sie hatte schon immer eine bevormundende Art, hat mich dabei aber stets angeleitet und mir nie etwas befohlen. Deswegen schwieg ich tatsächlich und fragte mich, ob sie recht haben könnte. Noel war die einzige Person gewesen, mit der ich mir eine Zukunft hatte vorstellen können. Alle anderen, die nach ihm kamen, waren ein netter Zeitvertreib gewesen, nichts, was ich mir für ewig in meinem Leben wünschte.

Langsam ging ich zur Küchentür und stieß sie mit dem Fuß auf. Meine Verwandtschaft hatte sich an den zwei Esstischen eingefunden.

»Ah, gleich ist alles fertig.« Mein Vater deutete auf mich. »Brauchst du noch Hilfe beim Reintragen?«

»Nein, das geht schon. Wir haben wohl gleich alles«, erwiderte ich und stellte die Platten in die Mitte des großen Tischs, ehe ich zurückeilte.

»Kannst du noch ein Glas Sprudelwasser für mich mitbringen?«, fragte Nicoleta und hielt mir ihr Glas hin. Sie war mit der Jüngsten beschäftigt und las ihr ein Buch vor.

»Klar«, sagte ich und nahm es entgegen, während Nicoleta mit ihrer Tochter diskutierte, ob sie die letzte Seite erneut lesen sollte. Kaum hatten sie sich geeinigt, lehnte Nicoleta sich zurück, schloss kurz die Augen und seufzte tief. Ich fragte mich, ob ich dafür bereit wäre. Mein Leben so zu verändern. Ich wollte mich nicht selbst vergessen, wie ich es bei Nicoleta immer mal wieder sah. Nur für die Kinder und die Liebe leben? *Wenn es Noel ist, dann schon*, flüsterte eine Stimme in meinem Kopf.

Es war mein Herz, das da sprach, und ich konnte es nicht überhören. Es war ein Flüstern, aber es übertönte alles andere wie eine Stadiondurchsage.

Kapitel 18

»Wie kommt es eigentlich, dass Sie immer gut gelaunt sind?«, fragte mich Mrs Petit und griff nach der Tüte mit den Zimthörnchen.

»Ach, ich mag einfach das Leben«, erwiderte ich und lächelte sie an. Dabei war mir heute nicht zum Lachen zumute. Ich hatte die ganze Nacht wachgelegen, weil die Worte meiner Mutter mich zum Grübeln gebracht hatten. Während der Geburtstagsparty war ich abgelenkt gewesen, aber in meiner Wohnung hatten meine Gedanken mich fast schon angebrüllt.

»Dann behalten Sie sich diese Einstellung bei. Sonst wird es irgendwann ziemlich finster«, erklärte die alte Frau, die regelmäßig bei uns einkaufte.

»Solange Sie uns besuchen, wird es niemals finster.«

»Sie sind und bleiben eine Charmeurin. Grüßen Sie Ihre Mutter recht herzlich von mir.«

Ich winkte ihr, ehe ich den nächsten Kunden bediente, der nur ab und an vorbeikam. Die schwarze Aktentasche in seiner Hand und der immer gehetzte Blick auf die Uhr ließen mich aber vermuten, dass er Termine in der Nähe hatte.

Auf einmal stand Tartin mit seiner Maske vor mir. Ich hatte ihn gar nicht in der Schlange bemerkt, da er die meiste Zeit mit dem Rücken zu mir gestanden hatte.

»Oh, was verschafft mir die Ehre?«, begrüßte ich ihn und wischte meine Hände an der Schürze ab.

»Ich wollte dir die Nachricht persönlich überbringen«, sagte er mit ernster Stimme.

Mein Herz rutschte in die Hose. Ich hatte es nicht ins Finale geschafft. Mist. Dabei war ich mir sicher gewesen, dass es klappen würde, immerhin hatten die Mädels der Bakeology es nicht innerhalb der vorgegebenen Zeit geschafft. Ich seufzte. »Danke schön. Ist lieb von dir. Aber dann habe ich wenigstens am Sonntag frei«, sagte ich und winkte ab.

Tartin verschränkte die Arme vor der Brust. Unter seiner Maske konnte ich seinen Gesichtsausdruck nicht erkennen, so dass ich raten musste, warum er so vor mir stand.

»Wie kommst du darauf, dass du frei hast?«

»Na, du klangst gerade so, als ob ich rausgeflogen wäre«, antwortete ich verwirrt. »Willst du damit sagen, dass ich weiter bin?«

Sein Kopf bewegte sich auf und ab. »Du hast es geschafft!«

Ein lautes Quietschen entfuhr mir, und ich konnte nicht anders, als einmal in die Luft zu springen. »Das ist ja fantastisch.«

»Du solltest nur wissen, dass ihr diesmal wieder in der üblichen Besetzung zusammenarbeitet«, erklärte er nach meinem kurzen freudigen Ausbruch.

»Und welche Teams sind noch im Rennen?«

»Das wird nicht verraten.« Tartin löste die Arme, um sich am Tresen abzustützen.

»Das verstehe ich«, sagte ich und hoffte, dass Noel nicht dabei war. Dann konnte ich mich voll und ganz auf das Backen konzentrieren, ehe ich im Anschluss mit ihm redete.

»Vielleicht habe ich ja wieder so ein Glück wie beim letzten Mal.«

»Ich glaube, das hat bei dir wenig mit Glück zu tun. Viel Erfolg.« Er entfernte sich ein paar Schritte, dann drehte er sich noch einmal um und sah mich an.

Da er nichts sagte, hob ich ermutigend die Augenbrauen und nickte ihm zu. »Ist etwas?«

»Ich wollte fragen, ob du …«, stotterte Tartin mit seiner rauen Stimme und hielt auf einmal inne.

»Ja?«, schob ich seinen Mut an. Wollte er mich gerade um ein Date bitten? Verdammt, warum konnte er diese dämliche Maske nicht endlich abnehmen?

Er räusperte sich und senkte dann den Kopf. »Ob du noch ein paar von deinen Macarons hast.«

»Oh«, erwiderte ich leise und senkte enttäuscht den Blick. Es war kein Schlag in die Magengrube, aber fröhlich fühlte sich anders an.

»Also, ich würde sie natürlich auch bezahlen«, beeilte er sich zu sagen.

»Ja, alles gut. Das kriegen wir schon hin«, sagte ich ebenso schnell und winkte ab. Dazu setzte ich ein Lächeln auf, von dem ich hoffte, dass es ehrlich rüberkam.

Ich legte mir einen Karton zurecht und deutete auf die Auslage. »Welche möchtest du denn?«

Er suchte sich zehn Stück aus und bezahlte sie, ehe er sich kleinlaut von mir verabschiedete. Ich beobachtete ihn einen Moment, als er hinausging und auf der Hälfte der Strecke die Schachtel mit den Macarons an seinen Kopf drückte. Er blieb stehen und drehte sich erneut zu mir um. Dann kam er mit großen Schritten zur Pâtisserie zurück. Unwillkürlich musste ich schmunzeln. Also war da doch noch etwas anderes, das er hatte fragen wollen. Ich bediente die Kundin, die nach ihm in der Schlange gestanden hatte. Er kam erst ins Geschäft, als sie hinausging.

»Entschuldige. Eigentlich wollte ich gar keine Macarons«, sagte er mit kratziger Stimme und schaute die ganze Zeit auf den Boden. »Sie sind sicher genauso lecker wie deine Tarte. Aber eigentlich wollte ich fragen, ob wir mal einen Kaffee trinken gehen wollen.«

Mein Herz schlug ein wenig schneller, als ich merkte, dass ich darauf Lust hätte. Ich mochte ihn. Irgendwie. Und vielleicht hatten Pierre, Chloé, Kim und Lilou ja recht und ich musste mich mal wieder auf jemanden einlassen. »Jetzt kann ich leider nicht«, erwiderte ich leise.

»Ach so, ja. Kann ich verstehen. Dann vielleicht ein anderes Mal«, sagte er und sah nicht in meine Richtung.

»Ein anderes Mal sehr gerne. Nur nicht am Sonntag. Da habe ich noch ein Treffen, das ich nicht aufschieben kann und möchte. Das ist mir wichtig.«

»Geht es um das Geschäft?«, fragte Tartin zögerlich nach.

»Nein, es ist etwas Privates, das ich endlich geklärt haben möchte.«

»Klingt nach einem anstrengenden Gespräch. Ich

drücke dir die Daumen, dass es dir die Antworten bringt, die du gerne haben möchtest.« Tartin nickte mir zu.

»Aber wir können uns ja auch vorher treffen«, schlug ich rasch vor. Auch wenn ich nicht wusste, wohin die Sache mit Noel führen würde, wollte ich Tartin nicht sofort abschrecken, indem ich ihn von vornherein abblockte. Das hatte er nicht verdient. Er war ein heißer Kerl, der sich mir gegenüber freundlich verhielt, auch wenn ich nach wie vor keine Ahnung hatte, wer hinter der Maske steckte.

Tartin blieb stehen und wirkte überrascht. »Wirklich? Ich meine, ja, sehr gerne. Wie wäre es mit Samstag?«

»Der Tag vor dem Wettbewerb?«, fragte ich skeptisch. »Hast du da nicht alle Hände voll zu tun?«

»Camille fährt alles in die Halle, und ich bin mit den Vorbereitungen fertig. Ich hätte also Zeit. Wie sieht es bei dir aus?«

»Samstag passt mir gut. Wir können ja los, nachdem ich Feierabend habe«, schlug ich vor.

»Sehr gerne. Ich hole dich ab, wenn das für dich okay ist.«

»Wirst du die Maske tragen?«, hakte ich nach, als er schon auf dem Weg nach draußen war.

Er nickte. »Wäre es nach Sonntag gewesen, hätten wir uns ohne treffen können, aber vorher nicht.«

»Nur, weil du den Wettbewerb machst?« Verwirrt fragte ich mich, bei wem er etwas gutzumachen hatte. War es Camille, vor der er seine Identität geheim hielt? Oder ging es um einen oder eine der Teilnehmenden? War er am Ende doch ein Verbrecher, der am Wochenende einen großen Deal abwickeln musste? Meine Fantasie ging mit mir durch, und ich fragte mich, ob er ein Spitzel für die Polizei war und durch die Maske verschleierte, wer er war, um seine Kontakte in bestimmten Szenen nicht zu gefährden.

Natürlich wusste ich, dass das Blödsinn war. Er hatte mir bereits gesagt, dass es um Wiedergutmachung seinerseits ging. Meine Idee von ihm als Spion gefiel mir aber tausend Mal besser. Das machte das Tragen seiner Maske geheimnisvoller.

»Man sollte nie die Macht der Vorstellung unterschätzen«, sagte Tartin und tippte sich gegen die Plastiknase.

»Also geht es bei der Maske nur ums Image?«, fragte ich neugierig. »Hilft es denn?«

»Hat es dich neugierig darauf gemacht, wer dahinter stecken könnte?«

Ich nickte.

»Dann hat sie ihre Aufgabe vollkommen erfüllt. Ich freue mich darauf, den Samstag mit dir zu verbringen.« Er deutete eine Verbeugung an und verließ meinen Laden.

Diesmal ging er mit viel beschwingterem Gang die Rue de la Chance entlang, und ich bildete mir ein, dass es aufgrund unserer Verabredung war.

Einige Stunden später saß ich mit Lilou, Chloé und Pierre in Kims Eiscafé und genoss eine heiße Schokolade. Kim hatte ein großes Paket aus ihrer Heimat mit einer Cassis-Kirsch-Kakaomischung bekommen. Ich war bereits bei meiner zweiten Tasse und genoss die Wärme, die sich in mir ausbreitete.

»Deswegen würde ich gerne eine Offensive starten, um die Bücher etwas mehr zu bewerben«, erklärte Lilou gerade und stellte ihren Becher ab. Es war, als ob sie sich daran festgeklammert hatte, während sie berichtet hatte, wie viel ihr das nächste Jahr bedeutete und wie sehr sie ihre Liebe zu Büchern mit dem Viertel teilen wollte.

»Hast du denn schon eine konkrete Idee?«, fragte ich und deutete über die Schulter. »Mit Tinas Geschäft zu konkurrieren, stelle ich mir sehr schwer vor, meine Liebe.«

»Das wird schon«, sagte sie leichthin und winkte ab. Allerdings sah ich einen Hauch von Sorge in ihrem Gesicht. Offensichtlich hatte sie mehr Probleme, als sie zugeben wollte. »Wir haben sie ja zum ersten Treffen im neuen Jahr eingeladen. Da werden wir sehen, was sie beitragen kann.«

»Bisher war das nicht viel, außer seltsame Plakate überall. Ist euch aufgefallen, dass sie am liebsten die Schundroman-Cover im Spiegelkasten aufhängt?«, fragte Pierre.

»Nenn sie bitte nicht Schundromane«, schimpfte Lilou und hob mahnend den Zeigefinger. »Es sind Geschichten, die ihre Leserschaft haben, und die empfinden das definitiv nicht als Schund. Ich sage ja auch nichts dergleichen zu deinen Liebesfilmen.«

Pierre hob seine Hände zur Verteidigung. »Du hast recht. Entschuldige. Ich wollte keine Geschichten deklassieren. Jede hat ihre Berechtigung. Dennoch kann ich diese Nackenbeißer-Cover langsam nicht mehr sehen.«

Ich lachte. »Das sind Vampirromane?«, fragte ich nach.

»Nein«, sagte Lilou und schmunzelte. »Damit meint er Cover, bei denen der Mann hinter der Frau steht, ihren Nacken küsst oder eine ähnliche Position einnimmt. Es sieht halt aus, als ob er sie beißen würde.«

Kim kam mit einer weiteren Kanne Kakao an und stellte einen Teller mit Keksen hin. Diese waren allesamt in den Buchstaben BTS, ihrer Lieblingsband, ausgestochen und mit viel Glitzer verziert.

»Apropos beißen.« Ich grinste vor mich hin. »Wir sind im Finale.«

»Was?« Lilou sprang auf, um mich zu umarmen. »Das ist ja wunderbar. Wir haben wirklich eine Chance zu gewinnen.«

»Es besteht zumindest ein Funken Hoffnung, ja«, gab ich zu.

»Ach, komm, du hoffst doch selbst darauf, oder?«, fragte Chloé und schmunzelte. »Spiel nicht die Pessimistin.«

Ich konnte mir das Grinsen nicht verkneifen. »Natürlich tue ich das. Was denkst du denn? Wie toll wäre das bitte, wenn ich gewinnen könnte? Am Ende geht es vermutlich nur um eine kleine Urkunde, aber die gute Presse könnte uns im nächsten Jahr helfen.«

»Und es wäre eine Bestätigung für dich, dass deine Fähigkeiten gut ankommen«, sagte Kim pragmatisch wie immer.

»Auch das.« Ich drehte meinen halbvollen Becher in der Hand. »Es war auf jeden Fall sehr schön, dass Tartin mir die Nachricht persönlich überbracht hat.«

»Wann hat er das denn gemacht? Ist er ohne Maske gekommen?«, fragte Pierre überrascht. Normalerweise hatte er jeden im Blick, da sein Lumière das vorderste Geschäft war.

»Er kam mit Maske, aber wir haben uns verabredet.« Stille breitete sich in dem Eiscafé aus, doch ich ahnte bereits, dass es nur die Ruhe vor dem Sturm war, und sah die anderen erwartungsvoll an.

»Du hast ein Date mit dem Maskenbäcker? Nicht mit Noel?«

»Warum sollte ich ein Date mit Noel haben?«, erwiderte ich und ließ mir nicht anmerken, dass ich genau darüber auch schon selbst nachgedacht hatte.

Pierre hob nur eine Augenbraue und warf mir einen vielsagenden Blick zu, während Kim den Mund öffnete.

Ich winkte ab. »Schon klar. Ich weiß, was ihr sagen wollt, aber das mit Noel ist die reinste Utopie. Ich habe einfach keine Ahnung, was er mir all die Jahre verheimlicht hat und weiß nicht, ob ich damit klarkomme, wenn ich es weiß. Egal, welche Gefühle seine Rückkehr in mir auslösen.«

»Gegen deine Gefühle kannst du aber nichts machen«, sagte Kim und zuckte mit den Schultern. »Sie sind einfach da. Und wenn du mal ganz ehrlich zu dir bist, weißt du das längst selbst.«

»Jaaaa«, antwortete ich und verdrehte die Augen. »Das heißt nicht, dass ich sie gut finde. Auf jeden Fall gehe ich mit Tartin am Samstag einen Kaffee trinken, und am Sonntag rede ich mit Noel. Es wird auf jeden Fall eine turbulente Woche.«

»Kommt er denn auch mit der Maske zu eurem Date?«, wollte Kim wissen.

Ich nickte. »Zumindest hat er das angekündigt. Angeblich kann er erst nach Sonntag wieder ohne Maske herumlaufen.«

Lilou runzelte die Stirn und schaute mich fragend an. Ich zuckte mit den Schultern. »Ich vermute immer noch, dass er ein Geheimnis hat, das mit dem Wettbewerb zu tun hat. Aber ich komme nicht drauf, welches. Meine Vermutung ist, dass er ein Verbrecher ist und seinen Namen erst noch in der Community reinwaschen will mit diesem Event.«

»Das klingt nicht logisch.« Kim schüttelte den Kopf. »Wenn er wirklich ein Verbrecher ist, könnte er damit sicher nicht wiedergutmachen, was er getan hat. Zumindest würde es mich wundern.«

»Er könnte es aber für sich vermuten«, sagte Lilou. »Viele Menschen glauben ja auch, dass ihnen Absolution erteilt wird, wenn sie sich entschuldigen. Kann doch sein, dass er sich mit diesem Event bei jemandem entschuldigen möchte, dem er Unrecht getan hat.«

Ich wiegte den Kopf hin und her. »Wer weiß. Ich könnte ihn Samstag mal danach fragen. Oder wir warten bis Sonntag, wenn er vielleicht seine Maske lüftet.« Dann würde ich vielleicht auch endlich herausfinden, warum ich manchmal das Gefühl nicht loswurde, ihn schon ewig zu kennen.

»Wer er auch ist, diese Maske macht mich neugierig auf sein Gesicht«, erklärte Pierre. »Hätte ich beim ersten Mal nicht gedacht.«

»Das liegt vermutlich nur daran, dass Bernie ihn heiß findet und du deswegen noch etwas genauer hingeschaut hast.«

»Immer das, was man nicht haben kann … Das weißt du doch«, sagte er und pustete in seinen frischen Kakao.

»Oder es sind einfach zwei Sachen attraktiv, die man beide vermutlich haben könnte, aber man weiß nicht, was man will.«

»Dein Glück möchte ich mal haben. Mir aus zwei hübschen Jungs einen aussuchen zu können«, sagte Kim lachend.

»Du willst aber nicht das Gefühlschaos haben, das in mir herrscht«, erwiderte ich und nahm mir von der Sahne, die Kim bereitgestellt hatte.

»Ich glaube ehrlich gesagt, da ist gar kein Chaos in dir.« Kim stand auf und ging hinter ihren Tresen, um die Musik leiser zu drehen.

»Nicht?«, fragte ich amüsiert. »Was ist es denn?«

»Das Nichteingestehen deiner Gefühle, die dich ins Chaos stürzen. Wenn du akzeptieren würdest, dass du noch was für Noel empfindest, könntest du vielleicht leichter damit abschließen oder dich auf etwas Neues mit deinem Ex einlassen.«

Ich runzelte die Stirn. »Wie kommst du darauf, dass ich mich auf etwas Neues mit Noel einlassen würde?«

»Im Jura-Studium habe ich gelernt, dass es hilft, mal eine Position einzunehmen, die vielleicht nicht so bequem ist. In deinem Fall wäre es der Blick darauf, ob du vielleicht noch mal mit Noel zusammenkommen könntest. Du sagst ja selbst, dass da noch was zwischen euch ist. Was ist, wenn du das zulassen würdest?«

Instinktiv wollte ich das verneinen, aber dann war da dieser kleine Widerstand in meiner Kehle, der mich daran hinderte, es auszusprechen. Eine Mauer, über die die Worte nicht hüpfen konnten. Stattdessen blieben sie schmollend davor sitzen und warteten darauf, dass diese sich von allein senkte.

»Und genau deswegen ist es immer gut, wenn man etwas von einer anderen Seite aus betrachtet.« Sie setzte sich zurück auf ihren Stuhl.

»Wieso siehst du sowas, hast aber keine Ahnung, wann man lieber schweigen sollte?«, fragte ich.

»Ich habe das nicht gesehen. Es ist nur eine Annahme, die sich in den Jahren meines Studiums häufig als wahr herausgestellt hat.«

»Du könntest recht haben«, sagte Pierre und starrte mich verblüfft an. »Wir haben uns das ja schon gedacht, aber dass du es jetzt zugeben kannst, ist doch schon mal ein großer Schritt.«

»Für euch oder mich?« Geräuschvoll stellte ich die Tasse auf den Tisch und legte mein Gesicht in die Hände. »Ich weiß nicht, ob ich das jetzt besser finden soll als vorher.«

»Jetzt weißt du zumindest, dass du etwas mehr darüber nachdenken solltest, wie du am Samstag Tartin und am Sonntag Noel gegenübertrittst«, erklärte Chloé einfühlsam.

Ich schnaubte. Wieso hatte Kim diese Tür nur aufgestoßen? Zu behaupten, dass ich nichts für Noel empfand, wäre eine Lüge, und eigentlich wusste ich das schon lange. Sauer auf ihn zu sein, war so viel leichter als zuzugeben, dass ich ihn in den letzten zehn Jahren vermisst hatte. Nicht durchgängig, dafür war mein Leben zu abwechslungsreich gewesen. Aber in den kleinen Momenten zwischendurch, den Augenblicken, in denen ich mich einsam gefühlt hatte.

Ich holte tief Luft und seufzte langgezogen. »Manchmal hasse ich es, mit euch befreundet zu sein.«

Kim sah mich mit mitleidigem Blick an. »Nein, tust du nicht.«

Ich schüttelte den Kopf und grinste schief. »Natürlich nicht.«

Kapitel 19

Ich lief neben Tartin, der tatsächlich seine Gesichtsmaske trug, seit er mich abgeholt hatte.

»Hier ist das Café, von dem ich gesprochen habe.« Er deutete auf eine kleine Tür mitten in einer Hauswand.

»Da ist ein Café drin?«, fragte ich verwirrt und suchte ein Banner oder etwas, das darauf aufmerksam machte.

»Nur vier Tage die Woche. Die restliche Zeit ist die Besitzerin anderweitig unterwegs und arbeitet als Angestellte«, erklärte er und schob die Tür auf, die in einen langgezogenen Flur führte.

»Ist das einer dieser Geheimtipps, die ich als Bewohnerin des Viertels eigentlich kennen sollte?« Kaffeegeruch und der Duft von frisch gebackenem Zitronenkuchen schlugen mir entgegen.

»Vielleicht«, sagte er und schloss die Tür hinter uns.

Im Flur gab es einige Bilder von gerösteten Kaffeebohnen und Cupcakes. Bis auf die Geräusche, die langsam lauter wurden, wirkte es wie ein normaler Hausflur. Fliesen an den Wänden, Linoleumboden und eine Treppe, die nach oben und unten führte. Allerdings sah ich Bewegungen hinter einer mit Milchglas vernebelten Tür. Ich deutete darauf.

»Es ist das Café einer Freundin, die mir vor acht Jahren geholfen hat, meinen Weg zu finden. Vor zwei Monaten hat sie hier ihr Café eröffnet. Ich helfe ihr nun ein wenig als Dankeschön und erzähle jedem von dem Café, der es hören will. Oder auch nicht«, erklärte er und zuckte entschuldigend mit nur einer Schulter. Verwirrt runzelte ich die Stirn. So ähnlich hatte Noel das auch immer gemacht, wenn er unsicher gewesen war. Dieses kleine Detail ließ mich kurz stocken, aber ich schob den Gedanken beiseite.

»Du hast deinen Weg vor acht Jahren verloren?«, fragte ich stattdessen neugierig nach. »Wo bist du denn falsch abgebogen?«

Tartin winkte ab und öffnete mir die Tür zu dem Café. »Ich habe einfach eine Entscheidung getroffen, die mich lange hat zweifeln lassen. Aber mittlerweile habe ich verstanden, dass es wohl so sein sollte.« Ein Hauch von Traurigkeit schwang in seinen Worten mit, und mich überkam der plötzliche Wunsch, ihn in die Arme zu nehmen.

Stattdessen sagte ich nur: »Das kenne ich. Meine Mutter hat mich gerade erst darauf gebracht, dass das Schicksal manchmal seltsame Wege geht, um uns zu einer Antwort zu führen.«

»Tartin, schön, dass du hier bist«, begrüßte uns eine ältere Frau. »Und heute mal in Begleitung. Ein Tisch für zwei?«

»Gerne, Michelle. Wenn möglich auch am Fenster. Ich genieße gern die Aussicht.«

Verwirrt fragte ich mich, was das für eine Aussicht sein konnte, denn das Haus stand mitten in Belleville in einer Straße. Erst als wir den schmalen Flur der Wohnung hinter uns ließen und ein großes Zimmer betraten, das offensichtlich mit der Nachbarwohnung verbunden worden war, verstand ich, was er meinte. Vom Fenster auf der Rückseite des Gebäudes aus hatte man einen Blick auf den Belleville Park. Es war ein atemberaubender Anblick. Die Bäume waren zwar kahl, aber vereinzelte grüne Büsche und die aufragenden Tannen wirkten wie kleine Inseln des Lebens zwischen den sonst matschigen Wegen, die im Licht der Laternen schimmerten. In der Ferne konnte ich den beleuchteten Eiffelturm erkennen. Wieder einmal wurde mir klar, dass ich zu selten in meiner Heimatstadt umherwanderte, um die Schönheit aufzunehmen, die es hier zu bewundern gab.

»Wow, das ist traumhaft schön«, sagte ich und ließ mich auf dem Stuhl nieder, den Tartin mir bereithielt. Ganz der Gentleman schob er mich heran und deutete auf den Tisch. Er war mit einer dünnen Stoffdecke bedeckt, auf der eine rote Kerze in einem Gesteck stand, das glatt aus Chloés Laden stammen könnte. Mit viel Liebe zum Detail hatte man das Gesteck an die aktuelle Saison angepasst und einen Strohstern sowie ein paar Tollkirschen eingearbeitet.

»Sie macht die Gestecke selbst, wenn sie die Zeit dazu findet, und lagert sie dann in der Wohnung nebenan«, erklärte er, als er meinen Blick bemerkte.

»Wie viele Wohnungen gehören ihr?«, fragte ich nach und sah mich um. In den Ecken der Wohnung, in der wir saßen, gab es Palmen, die bis unter die Decke gingen. Auch sie waren in winterlichem Dekor geschmückt.

»Die gesamte untere Etage. Sie hat es vor zwei Jahren von ihrem Großvater geerbt und eigentlich wollte sie die Wohnungen verkaufen. Aber eines Nachts hat sie geträumt, dass sie die Wände ja einreißen und daraus ein Café machen könnte. Ein Gespräch mit einem Statiker und einem Architekten später, und schon hatte sie eine Wohnung auf der gegenüberliegenden Seite verkauft und die anderen in den letzten Jahren umbauen lassen.«

»Das klingt nach einer beeindruckenden Frau«, sagte ich und zwinkerte ihm zu. »Vor allem klingst du sehr beeindruckt von ihr.«

»Wärst du das nicht?«, konterte er, setzte sich mir gegenüber und reichte mir die Karte. »Möchtest du etwas essen? Sie hat allerdings nur Waffeln und ein paar Backwaren aus meiner Pâtisserie, heute zum Beispiel Zitronenkuchen, ansonsten gibt es hier nur Getränke jeglicher Art.«

»Ich denke, ich bleibe erst einmal beim Kaffee.« Ich sah mich um. Es waren vier weitere Tische besetzt, und alle Besuchenden starrten zu uns herüber. Oder besser gesagt zu Tartin, da er selbst hier nicht die Maske abnahm. Einige schienen zu wissen, wer er war, und lächelten ihm zu, aber er sah nur mich an.

»Sollte ich das als persönliche Beleidigung auffassen?«, sagte er mit einem Schmunzeln in der Stimme.

»Nein, nein. Deine Macarons sind zum Sterben lecker. Wenn ich jemals rausfinden würde, was du da reinmachst, damit sie so süchtig machen, würde ich vermutlich nichts anderes mehr herstellen«, beeilte ich mich zu sagen.

»Aber?«, fragte er nach.

»Ich bin den ganzen Tag von Gebäck umgeben und würde jetzt etwas Deftiges bevorzugen«, erwiderte ich mit einem entschuldigenden Schulterzucken.

»Eine Portion Pommes mit einem schönen Brathuhn, ich verstehe«, sagte er und traf genau meinen Geschmack.

»Das beste Hähnchen der Stadt gibt es bei …«

»Zidanes«, sagten wir beide gleichzeitig. Ich stutzte. »Du kennst Zidanes?«

Tartin nickte. »Ich bin da in der Nähe aufgewachsen und habe mich immer gefreut, wenn wir dort bestellt haben.«

»Ach, ich komme auch aus der Ecke.« Neugierig betrachtete ich Tartin und runzelte die Stirn. Kannte ich ihn womöglich? Wieder war da dieses Gefühl, ihm schon einmal begegnet zu sein. Definitiv kleidete er sich nicht wie jemand aus meiner Ecke von Paris. Viel zu nobel und schick. Ich zog allerdings auch nicht mehr das an, was ich früher getragen hatte.

»Wirklich?« Er klang fast ein bisschen zu wenig überrascht. »So klein ist die Welt. Hast du noch Kontakt zu deinen damaligen Bekanntschaften dort?«

Ich schüttelte sofort den Kopf.

»Das kam jetzt etwas zu schnell. War deine Jugend so schlimm?«, hakte Tartin nach.

»Nein, eigentlich nicht, aber ich habe einfach meinen Freundeskreis gewechselt, nachdem …« Ich hielt inne und schaute auf die Spitzenbordüre, die einmal um die Tischdecke verlief. Ich konnte nicht von Noel erzählen, wenn ich hier mit einem anderen Mann saß. Andererseits war es vielleicht genau der richtige Moment, um darüber zu reden. Wenn ich mich auf Tartin einließ, weil das mit Noel nur eine Laune war, würde er früher oder später sowieso von dem emotionalen Gepäck erfahren, das ich mit mir herumtrug. Warum also nicht sofort reinen Tisch machen?

»Nachdem?«, fragte er leise und lehnte sich nach vorn. Er kam mir mit seinem Gesicht näher als je zuvor, und doch hatte ich das Gefühl, mit einer Mauer zu sprechen, weil ich seine Augen nicht erkennen konnte.

»Willst du das wirklich wissen?«, fragte ich gequält und sah ihn von unten herauf an. »Ist keine gute Geschichte, bei der am Ende alle lachen.«

»Geschichten höre ich gerne, und wer weiß, vielleicht ist deine noch gar nicht zu Ende?«, schlug er aufmunternd vor.

»Du bist ein ziemlich positiver Vogel, kann das sein?«, erwiderte ich mit deutlich mehr Selbstvertrauen als noch vor einigen Sekunden. Dabei hatte er nichts getan, als mit mir zu reden.

»Wenn einem im Leben Fehler unterlaufen, die unumkehrbar erscheinen, lernt man einfach, daraus das Beste zu machen. Und genau das versuche ich jeden verdammten Tag wieder aufs Neue«, erklärte Tartin mit seiner rauen, verführerischen Stimme.

Einen Moment lang sah ich ihn skeptisch an, wollte nachhaken, aber ich befürchtete, dass er nicht so offen damit umging, was er erlebt hatte. Vielleicht war die Erinnerung bei ihm viel frischer als bei mir. Also holte ich tief Luft, begann mit der Ecke der Getränkekarte zu spielen und sagte: »Nachdem ich vor zehn Jahren heftig von einem Mann enttäuscht worden bin, habe ich meinem alten Viertel größtenteils den Rücken gekehrt und bin vor acht Jahren in die Rue de la Chance gezogen.«

»Dieser Mann muss ein ziemliches Arschloch gewesen sein«, kommentierte Tartin leise und schaute aus dem Fenster.

Zum Glück, denn sonst hätte er mein Lächeln gesehen, ob des versteckten Kompliments, das er mir gegeben hatte.

»Das war er tatsächlich«, stimmte ich zu und erzählte gleich darauf, wie Noel mich sitzen gelassen hatte, was ich seinetwegen durchgemacht hatte und wieso ich nichts mehr mit meinen früheren Bekannten zu tun hatte. »Die Leben haben sich einfach grundlegend verändert, als ich die Pâtisserie übernahm. Und heute habe ich die besten Menschen in meinem Leben, die ich mir vorstellen kann. Sie haben mich sogar auf den Wettbewerb aufmerksam gemacht«, sagte ich und deutete auf Tartin. »Sonst wäre ich wohl nicht dabei gewesen.«

»Dann muss ich ihnen wohl noch danken.« Er wartete, bis die Kellnerin meinen bestellten Kaffee und seinen Eiskaffee mit Strohhalm vor uns abstellte. »Auf jeden Fall bin ich sehr froh, dass du dich angemeldet hast und immer noch dabei bist.«

»Dass ich noch dabei bin, hat auch nichts damit zu tun, dass du mich vielleicht ein wenig magst?«, fragte ich, als ich merkte, dass er seinen Kaffee ziemlich dicht neben meinem festhielt und unsere Finger sich fast berührten. Ich konnte die Hitze spüren, die von ihm ausging. Auf dem kleinen Finger waren verblasste, kaum wahrnehmbare Spuren einer Narbe zu sehen. Es erinnerte mich kurz an einen Schultag, an dem Noel und ich gemeinsam im Werkunterricht an einem Vogelhaus gearbeitet hatten. Ich war damals mit dem Schnitzmesser abgerutscht und hatte ihm tief in den Finger geschnitten, weil er gerade ein paar Holzspäne entfernen wollte. Es hatte minutenlang geblutet, doch die Wunde hatte nicht genäht werden müssen. Nur eine kleine Narbe, der an Tartins Hand nicht unähnlich, war zurückgeblieben. Ich wischte die Erinnerung an Noel weg. Ich war nicht mit ihm hier, sondern mit Tartin, und das wollte ich genießen.

»Niemals. Camille hat die Auswertungen vorgenommen. Ich gebe nur mein hübsches Gesicht für das Ganze her«, sagte er amüsiert.

»Natürlich, das Gesicht, wie könnte das jemand nicht attraktiv finden«, gab ich ernst zurück. »Ein solches Antlitz ward schon eine Ewigkeit nicht mehr in Paris gesehen. Nicht seit dem Mann mit der eisernen Maske.«

Tartin lachte rau und kratzig und doch so vertraut. »Eine Filmreferenz, sehr gut. Daraus schließe ich, dass du gerne mal einen gemütlichen Abend zuhause genießt?«

»Mal so, mal so. Kommt auf den Abend an.« Ich trank einen Schluck von dem Kaffee. Er war köstlich und kam mit einem Hauch von Minze daher. Eine Kombination, die ich so noch nicht getrunken hatte. Und das, obwohl Pierre ständig neue Kaffeesorten von seinem Kumpel bekam.

»Und auf deine Begleitung?«, fragte er nach.

»Ja, natürlich. Manches Mal aber auch gerne allein. Immerhin erlebt man so die besten Abenteuer«, sagte ich keck über meine Tasse hinweg.

»Das lässt darauf schließen, dass du ein sehr freiheitsliebender Mensch bist. Vielleicht war es doch gut, dass der Kerl damals nicht aufgetaucht ist«, merkte er nach einigen Sekunden an.

Ich verschluckte mich beinahe an meinem Kaffee. »Ja und nein«, antwortete ich ehrlich. »Ich bin mir nicht sicher, ob es gut war, aber es hat mich auf jeden Fall verändert.«

»Ich für meinen Teil kann nur sagen, dass ich beeindruckt bin von der Frau, die da vor mir sitzt.«

»Wieso das?« Wenn er schon solche Sprüche brachte, musste er mir auch erklären, wie er das meinte. Immerhin fühlte ich mich nicht besonders eindrucksvoll.

»Du stemmst allein eine Pâtisserie, ganz ohne Angestellte«, begann er und nutzte den Daumen, um mitzuzählen.

»Aber ich habe noch meine Mutter, die mich ab und an unterstützt«, widersprach ich ihm. »Außerdem habe ich meine Lieblingsmenschen in der Straße – das beste Support-System, was man sich nur wünschen könnte.«

»Das sind die vier, die dich bei jedem Event begleiten, nicht wahr?« Er wartete meine Bestätigung ab, ehe er fortfuhr. »Dennoch machst du alles ganz allein. Das ist beeindruckend, und da lasse ich auch keine Widerworte zu«, erklärte er bestimmt.

Ich zog meinen Daumen und Zeigefinger über die Lippen und tat so, als ob ich sie versiegelte.

»Außerdem hast du keine Probleme, über deine Gefühle zu reden. Etwas, das ich bis heute nicht so gut kann. Aber ich arbeite an mir«, sagte er. »Und wenn ich mir dann anschaue, wie selbstbewusst du vor mir sitzt, ist das mehr als faszinierend.«

»All das, was du aufgezählt hast, könnte auch für ein Dutzend anderer Frauen in Paris gelten, die ich dir aufzählen könnte«, sagte ich und schüttelte den Kopf. »Ich fühle mich nicht besonders, und ich fürchte, du wirst mich nicht eines Besseren belehren können. Aber danke für den Versuch.«

»Bekomme ich noch einen?«, fragte er nach einem Moment, in dem wir uns nur ansahen.

»Noch einen Versuch mir zu beweisen, dass ich beeindruckend wäre?« Ich lachte. »Du willst unbedingt recht haben, oder?«

Er drehte seine Hand im Uhrzeigersinn lässig vor seiner Maske. »Ist so ein Ehrgeizding bei mir.«

»Ehrgeizige Männer sind interessant«, erklärte ich. »Allerdings nur, wenn es nicht ausartet.«

»Nein, keine Sorge. Ich versuche, mich zu bremsen, auch wenn das manchmal gar nicht so leicht ist. Hoffentlich denkst du jetzt nicht, dass ich einer von der Sorte bin, der seine Konkurrenz ausstechen will.« Diesmal klang er sehr ernst.

Ich schmunzelte und pustete in meinen Kaffee. »Darüber werde ich mir noch selbst ein Urteil bilden. Aber da du mir geholfen hast, als ich Nachschub brauchte, hast du ein paar Steinchen auf der Habenseite der Waage.«

»Dann bin ich ja beruhigt.« Einige Augenblicke lang

schwiegen wir, und ich konnte die Atmosphäre des Cafés genießen. Es war gemütlich, das leise Stimmengewirr sorgte für eine entspannte Umgebung, und ich spürte, wie ich durchatmete. Was auch immer ich von diesem Treffen erwartet hatte, es hatte mich in eine Anspannung versetzt, die nun langsam nachließ. Ob es nun an dem Café lag oder der Gesellschaft, konnte ich nicht sagen. Doch es gefiel mir, in Tartins Nähe zu sein.

Die nächsten zwei Stunden verbrachten wir in dem Café, bis es tatsächlich schloss. Kaum war ich zuhause, war ich jedoch verwirrter denn je. Denn sowohl Noel als auch Tartin lösten in mir ein Gefühl aus, das ich lange nicht mehr verspürt hatte: Geborgenheit.

Kapitel 20

Es war Sonntag, der vierte Advent. Der Tag vor meinem Trauiläum. Ich lag bei Lilou auf der Couch und starrte an die Wohnzimmerdecke. Nachdem ich mich gestern von Tartin verabschiedet hatte, war ich so durcheinander gewesen, dass ich dringend hatte reden müssen. Kim und Pierre hatten Zeit gehabt, um sich mit mir zusammenzusetzen. Lilou hatte eine andere Verabredung abgesagt, um für mich da zu sein.

Die anderen beiden waren in der Nacht nach Hause gegangen, während ich bei Lilou auf der Couch eingeschlafen war. Seit einer Stunde war ich wach und lauschte. Lilou musste auch wach sein, denn aus ihrem Schlafzimmer hörte ich Geräusche und eine Entspannungsmelodie. Vermutlich machte sie Yoga oder Pilates, um wach zu werden. *Vielleicht sollte ich auch damit anfangen*, dachte ich. Direkt verwarf ich den Gedanken wieder – weil ich wusste genau, dass ich das Vorhaben höchstens ein paar Wochen durchziehen und dann wieder aufgeben würde.

»Guten Morgen«, rief ich, als die Musik ausging.

»Ah, du bist schon wach«, sagte Lilou und kam mit einem Handtuch um den Hals ins Wohnzimmer. Sie trug eine enge Sporthose und ein knappes Sportoberteil. Überrascht, dass sich unter den sonst immer weiten Klamotten ein durchtrainierter Körper verbarg, musterte ich sie einen Moment anerkennend. Bis ich merkte, dass es ihr unangenehm war.

»Ja, ich konnte nicht mehr schlafen. Meine Gedanken.« Ich strich mir über die Stirn, als könnte ich damit die dummen Gefühle wegwischen.

»Ist ja auch kein Wunder, dass du nicht schlafen kannst. Bei allem, was dir im Kopf herumspukt«, erklärte sie. »Kaffee?«

»Gerne.« Ich warf die Decke von mir, die sie mir für die Nacht geliehen hatte.

»Bist du dir denn inzwischen ein wenig sicherer, was du empfindest?«, rief sie aus der Küche.

Diese eine Frage klang so nebensächlich, als plauschte sie mit mir über das Wetter. Doch in mir löste sie einen Sturm aus. Einen mit Hagelkörnern, die auf der Haut zwiebelten und mit eisigem Wind, der für eine Gänsehaut im Nacken sorgte.

»Du meinst, für wen, was und wie viele? Klar, hatte eine Epiphanie letzte Nacht und bin nun zum weisen Liebesguru aufgestiegen«, erklärte ich mit ernster Stimme.

Lilou lachte. »Dann ist ja gut.«

»Nein, keine Ahnung. Ich fürchte, ich bin immer noch nicht schlauer als gestern Abend«, seufzte ich schließlich und zwängte mich wieder in meine Jeans. »Ich finde Tartin wirklich nett, und die Gespräche gestern fühlten sich an, als ob ich ihn schon ewig kennen würde. Es war so vertraut.«

»Und dann ist da Noel, der genau dasselbe in dir auslöst«, sagte Lilou und kam mit dem Kaffee zu mir ins Wohnzimmer. »Eine Zwickmühle.«

»Für die ich heute hoffentlich eine Lösung finde. Denn nachher rede ich mit Noel, vielleicht weiß ich danach, wie es weitergeht.«

Lilou bot mir Milch an, doch ich verneinte. Heute Morgen musste der Kaffee schwarz sein. »Ich habe dir gestern eine Frage gestellt, und du hast sie nicht beantwortet. Hast du darüber nachgedacht?«

»Ob ich mir vorstellen könnte, mit Noel noch einmal etwas anzufangen?«

Lilou nickte. »Ist keine leichte Frage, das weiß ich, aber die Antwort darauf ist wichtig, wenn du ihm nachher gegenübertrittst.«

»Ich weiß. Damit meine Gedanken nicht abdriften und ich ihm wirklich zuhöre«, seufzte ich in meinen Becher hinein. »Mein Verstand sagt: auf keinen Fall. Es gibt keinen Grund, warum er damals gegangen ist.«

»Und dein Bauch? Was sagt der?«, hakte Lilou nach.

»Der grummelt und möchte am liebsten alles auskotzen, was da gerade rumort«, erwiderte ich und verzog das Gesicht.

»Und dein Herz?«, fragte sie ungerührt weiter.

Ich presste die Lippen aufeinander und starrte in die dunkle Flüssigkeit in dem hellroten Becher. »Das möchte wissen, ob es nicht doch eine Zukunft für ihn und mich gibt. Wir haben so viel durchgemacht, haben uns erst spät gefunden und doch so viel Liebe füreinander empfunden, dass ich nicht weiß, ob ich es je überwunden habe.«

»Du meinst, dass du ihn immer noch liebst?«

»Vielleicht habe ich nie damit aufgehört«, erklärte ich leise und trank einen Schluck Kaffee, um den Kloß in meinem Hals loszuwerden.

»Das ist eine interessante Erkenntnis«, sagte Lilou schmunzelnd und wirkte dabei ein wenig wie eine Psychiaterin. »Vielleicht hast du doch noch eine Chance, aus dem Schlamassel herauszukommen.«

»Und wie?«, fragte ich verzweifelt.

»Indem du dich öffnest«, erwiderte sie einfach.

Ich lehnte mich gegen die Türzarge des Wohnzimmers und starrte sie mit gerunzelter Stirn an. »Du meinst, wenn ich alle Möglichkeiten akzeptiere, werde ich schon die richtige Entscheidung treffen?«

»Du hast eingesehen, dass das mit Noel nicht überwunden ist. Dass du dir all die Jahre nur etwas vorgemacht hast. Und jetzt? Vielleicht kannst du etwas reparieren, was du für irreparabel beschädigt gehalten hast.«

»Aber will ich das?«

»Willst du für immer mit einem unaufgearbeiteten Problem herumlaufen, das dich vielleicht davon abhält, die Liebe deines Lebens reinzulassen?«

»Was, wenn ich immer dachte, die Liebe meines Lebens gefunden zu haben, bis Noel einfach verschwunden ist?«, erwiderte ich schnaubend.

»Dann erst recht. Vielleicht klinge ich jetzt ein wenig wie Pierre, aber stell dir mal vor, dass du dich mit Noel wieder aussöhnst und alles wieder so wird wie früher. Was wäre dann?«

Vor meinen Augen tauchten Bilder auf. Heiße Umarmungen voller Zuneigung. Liebevolle Momente, in denen ich mit ihm lachen konnte. Sofort rauschte eine Springflut durch meinen Körper und erfüllte mich mit Herzenswärme.

»Dein Lächeln deute ich als positives Zeichen?«, hakte Lilou nach, und erst da merkte ich, dass ich tatsächlich lächelte.

»Aber ich mag doch mein Leben, so wie es ist!«, stammelte ich verwirrt.

Wieder lachte Lilou und schüttelte den Kopf. »Was spricht denn dagegen, Noel in dein jetziges Leben einzubinden? Du sagst selbst, dass er sich verändert hat. Ob du es wirklich willst, wirst du aber erst herausfinden, wenn ihr miteinander geredet habt.«

»Und bis dahin muss ich warten und mir weiter Gedanken machen. Ich weiß schon. Manchmal wünschte ich mir eine Zeitmaschine. Das würde alles so viel leichter machen«, seufzte ich.

»Würdest du dann in die Vergangenheit reisen oder in die Zukunft?«, erkundigte sich Lilou.

»Na, in die Vergangenheit«, erwiderte ich augenblicklich.

»Und das verändern, was dich so verändert hat?«, merkte sie mit einem verträumten Lächeln an.

»Für solche Gedankenexperimente bin ich noch nicht wach genug, Lilou«, erwiderte ich und streckte mich erst einmal ordentlich.

»Musst du auch nicht. Ich mache Frühstück, okay?«

Gleich darauf verschwand sie in der Küche, und ich setzte mich mit meiner Tasse Kaffee auf die Couch.

»Was genau habt ihr eigentlich gestern besprochen, als ich duschen war?«, fragte ich. Das war kurz bevor Kim und Pierre gegangen waren.

»Ach, nichts Wichtiges. Möchtest du ein Ei?«, rief sie und deckte den Tisch.

Eine Stunde später machte ich mich auf den Weg nach Hause, um mich für den Wettbewerb umzuziehen.

»Wieso bist du so spät?«, wollte Chloé wissen und nahm mich zur Begrüßung in den Arm.

»Siehst du das nicht? Sie hat sich noch geschminkt«, sagte Pierre und drückte meine Hand. »Für Tartin oder Noel?«

»Beide?«, erwiderte ich keck. »Aber hauptsächlich wollte ich mich gut fühlen. Immerhin ist heute Finale, und ich habe Chancen zu gewinnen.« Ich tat so, als ließe ich meine Muskeln spielen und grinste frech in die Runde.

»Du weißt, dass du nicht so tun musst, als ob es dir gut geht, nicht wahr?«, flüsterte Lilou. »Ich weiß, dass du aufgeregt bist.«

»Woher?«, fragte ich, bevor ich nachdenken konnte.

»Wenn du nervös wirst, spielst du mit deinen Haaren.« Sie deutete auf meine Braids, die ich mir gerade um den Finger wickelte.

»Oh«, sagte ich und ließ die Haare los. »Ja, vielleicht ein wenig, aber nicht nur wegen der Männer.«

»Keine Sorge wegen des Wettbewerbs.« Lilou schlug mir kräftig auf die Schultern. »Du wirst das schaffen.«

»Gemeinsam schaffen wir das«, sagte ich.

»So, genug des Schmalzes, macht euch auf, um einen

tollen Tag zu haben, ihr Lieben. Wir werden noch etwas die frische Luft genießen und kommen dann rein«, erklärte Pierre und wedelte mit den Händen. Er blieb mit Kim und Chloé draußen, während Lilou mich ins Innere begleitete.

Die Halle war bereits gut gefüllt, und die Teams standen alle auf dem Podest. Zu meiner Überraschung waren Mathéo und Noel nicht dabei. War er etwa ausgeschieden? Das überraschte mich nun sehr. Ich hätte gedacht, dass Juliette und Carmen nicht wiederkommen würden, aber die beobachteten das Publikum, das sich langsam setzte. Hatte Mathèo seine Teilnahme etwa zurückgezogen? Warum sollte er das machen? Mir wurde schlecht. Oder lag es an Noel? Der hatte mir versprochen, dass wir heute nach der Veranstaltung reden würden. Morgen war das Trauiläum. Aber was, wenn er heute nicht auftauchte? Es wäre nicht das erste Mal, dass er mich sitzen ließ. Und ohne Teampartner konnte Mathèo nicht antreten. Neugierig schaute ich mich um, aber Noel war nicht zu sehen.

Camille huschte hin und her und verteilte Informationsflyer, bis sie bei uns ankam. »Oh, gehen Sie bitte gleich hinauf. Wir starten in fünf Minuten«, begrüßte sie uns und deutete auf die Bühne.

»Danke schön. Sind denn schon alle Teilnehmenden vor Ort?«, fragte ich neugierig. Keine unberechtigte Frage, wenn ich bedachte, dass Mathéo und Noel beide einen Hang zur Unpünktlichkeit hatten.

»Ja, das sind alle.« Camille schrieb etwas auf ihr Klemmbrett und lief wieder los.

»Das heißt, Noel ist gar nicht hier«, sagte ich an Lilou gewandt.

Enttäuschung machte sich in mir breit. Ich hatte ein wenig damit gerechnet, ihn hier zu treffen. Immerhin wollten wir uns direkt im Anschluss aussprechen. Wieso war er nicht da?

»Du wirkst traurig«, merkte Lilou an.

»Ja, irgendwie schon und das irritiert mich noch mehr. Das hätte ich nicht erwartet«, antwortete ich.

»Vielleicht ist das schon die Antwort auf die Frage, die du dir stellst?« Sie deutete auf die Toiletten. »Ich bin gleich wieder da. Geh schon mal hoch.«

Ich passierte die Holzsäulen, die am Rand des Hallenbereichs die Galerie stützten. Tartin war dort nicht zu sehen. Allerdings sollte die Veranstaltung auch erst in einigen Minuten beginnen. Ich hing meinen Gedanken nach, während ich meine Jacke und die Tasche unter den einzig freien Platz an der Arbeitsfläche packte.

»So, sind Sie bereit?«, fragte Camille wenige Minuten später.

Ich schaute mich um und schüttelte den Kopf. »Meine Partnerin ist noch nicht zurück«, sagte ich zu Camille, die gerade vor der Bühne auf und ab lief.

»Dann starten Sie kurz allein. Das wird schon klappen«, erwiderte sie und winkte ab, nur um gleich darauf ein Zeichen nach oben zu geben.

Das Mikrofon knackte, und Tartin trat ins Scheinwerferlicht. »Schönen Sonntag Ihnen allen, und herzlich willkommen zum Finale des Adventsbackens in Belleville.«

Hatte er gestern etwa ebenfalls Spaß gehabt und mochte mich? Ein feines Prickeln glitt meine Wirbelsäule herunter, und ich spürte diesem nach, während er weiterredete. »Für heute habe ich alle Besuchenden eingeladen, die in den letzten drei Wochen bei uns waren. Einige werden erst später zu uns stoßen, wenn der Verzehr startet, da wir nicht genügend Sitzgelegenheiten für alle haben.«

Tatsächlich saßen einige der Anwesenden auf Sitzkissen, mit dem Rücken gegen die Säulen gelehnt.

»Was genau gebacken wird, verrät Ihnen Camille gleich. Wir sehen uns später zur Siegerehrung. Bis dahin wünsche ich Ihnen viel Spaß.«

»Wo bleibst du nur, Lilou?« Ich ließ meinen Blick durch den Raum schweifen, um nachzusehen, ob sie eventuell bei den anderen stand, doch die waren ebenfalls verschwunden.

»Vielen Dank, lieber Tartin. Ein letztes Mal übernehme ich gerne die Moderation des Abends, um Ihnen das Backhandwerk der Pâtissiers und Pâtissièren von Paris näherzubringen. Heute wird es um das traditionellste französische Weihnachtsgebäck gehen. Den Bûche de Noël.«

Ich runzelte die Stirn. Der dauerte mindestens zwei Stunden. Meistens sogar länger, weil der Teig erst auskühlen musste. Wie sollten wir das schaffen?

»Diesmal gibt es drei Stunden Zeit, statt zwei. Die Teams werden Ihnen also wie immer etwas zaubern, das Ihre Geschmacksnerven trifft. Zusätzlich wird die Suppenküche wieder einige Leckereien bereitstellen.«

Ein Applaus ging durch die Halle. Von Lilou war weiterhin keine Spur.

»In diesem Sinne: An die Backöfen und los«, sagte Camille und stellte ihr Mikrofon aus.

»Kann ich dir vielleicht helfen?«, fragte da auf einmal eine vertraute Stimme.

»Noel?« Ich drehte mich um und sah ihn verwirrt an. »Was machst du denn hier?«

»Nur, weil mein Team ausgeschieden ist, heißt das ja nicht, dass ich nicht zuschaue. Und du siehst aus, als ob du Hilfe gebrauchen könntest.« Seine warme, einladende Stimme hüllte mich ein wie eine Daunendecke im kältesten Winter.

»Woher …?«, fragte ich und sah mich um. Ganz hinten am Rand der Bühne sah ich Lilou mit den anderen stehen. Sie grinsten, Pierre klatschte verhalten in die Hände, und Lilou zuckte entschuldigend mit den Schultern. »Diese Biester!«, murmelte ich.

»Du meinst deine Freunde?«, hakte er nach und deutete von der Bühne herunter. »Ja, die haben mich angesprochen, bevor ich reingegangen bin. Sie meinten, dass du fürs Finale noch Unterstützung brauchen könntest.«

»Danke, die hätte ich mit Lilou auch gehabt«, sagte ich und verschränkte die Arme vor der Schürze.

»Du magst es also immer noch nicht, wenn man etwas für dich entscheidet?« Er löste langsam meine Arme, und ich spürte, wie mein Widerstand ihm gegenüber bröckelte. Seine Nähe, die vertrauten Berührungen zu spüren, ließ mich schwach werden. Aber das wollte ich nicht. »Dann frage ich dich einfach hier und jetzt:

Hättest du etwas dagegen, wenn ich dir helfe? Wir waren immer gut in der Küche, gemeinsam hätten wir wohl eine Chance!«

»Seit wann bist du ehrgeizig?«, fragte ich und zögerte meine Entscheidung so einige Sekunden hinaus.

»Zehn Jahre können einen Menschen verändern, Bernadette.«

Wie er meinen Namen aussprach. Bei allen Croissants, hatte ich das vermisst. Der Klang seiner Stimme erinnerte mich an heiße Schokolade, die flüssig und weich meine Kehle hinabglitt.

»Wem sagst du das«, erwiderte ich und schaute zu Lilou. Ich versuchte ihr mit Blicken klarzumachen, dass sie gefälligst auf die Bühne kommen sollte, aber sie blieb, wo sie war.

»Du bist immer noch wunderschön«, sagte er und senkte den Kopf. »Das hat sich nicht verändert.«

»Noel, das geht so nicht. Ich kann nicht mit dir arbeiten, wenn du mir so etwas sagst«, seufzte ich, obwohl ich es tief in mir drin doch hören wollte.

Er hob die Arme und sah mir in die Augen. »Alles, was du wünschst, damit wir mal wieder gemeinsam in der Küche stehen können.« Noel deutete schelmisch um sich herum. »Oder eben in einer Markthalle.«

»Alles?«, fragte ich und hob eine Augenbraue.

»Natürlich. Für dich immer, Bernie.«

»Gut, dann sag mir, warum du damals einfach nicht aufgetaucht bist«, erwiderte ich, löste meine Hände von ihm und vergrub sie in meiner Hosentasche unter der Schürze.

»Auf der Bühne?« Noels Blick glitt zum Publikum. »Vor allen?«

»Du sagtest alles«, gab ich zurück.

Noel fuhr sich durch die Haare und prustete die Luft aus seinen aufgeblasenen Wangen. »Das ist viel verlangt.« Er drehte sich von mir weg. Die anderen Teams waren bereits dabei, die Zutaten in ihre Rührschüsseln zu geben. Mir war gerade egal, was um mich herum geschah. Natürlich hätte ich nichts gegen eine Chance auf den Sieg gehabt. Aber die nächsten drei Stunden gemeinsam mit Noel zu arbeiten, während ich mich ständig fragte, was der Grund für sein Verschwinden gewesen war, würde nicht funktionieren.

Noel wirkte fast ein wenig verzweifelt, doch dann ließ er die Arme fallen und nickte ein paar Mal, ehe er mir wieder gegenübertrat. »Gut, dann soll es so sein. Vielleicht ist es auch besser so.«

Er sah mir tief in die Augen und seufzte. »Als ich damals gegangen bin, habe ich geglaubt, das Richtige zu tun.«

»Für wen? Dich oder mich?«, hakte ich nach, als er stockte. Noel fuhr sich erneut durch die Haare, dabei waren sie längst fest nach hinten geschoben. Früher war ich gerne hindurchgefahren, hatte mir vorgestellt, was für eine Lockenpracht unsere Kinder einmal haben würden. Seine Locken und meine krausen Haare hätten eine interessante Mischung ergeben.

»Im Nachhinein war es vermutlich für mich«, sagte er und schüttelte den Kopf. »Ich war so dämlich. Aber ich kann es einfach nicht mehr rückgängig machen.«

»Noel, es ist schön zu sehen, dass du dich darüber ärgerst, aber kannst du mir jetzt endlich einmal sagen, warum du nicht aufgetaucht bist? Ich meine, ich habe dort vor dem Altar gestanden und gewartet. Auf dich!«

Erschrocken sah er mich an, als hätte ich ihn gerade mit einem Zug überrollt. »Ich weiß. Entschuldige. Ich will es dir ja sagen. Es ist nur ein Thema, das ich nicht besonders gern anspreche«, sagte er und deutete auf das Publikum und die anderen Teams, die ab und an zu uns schauten. Vermutlich wunderten sie sich, warum wir noch nicht mit der Arbeit begonnen hatten. »Vor allem nicht mit Publikum.«

»Du kannst dich davor drücken, aber sei dir sicher, dass ich es dir nie verzeihen werde, wenn du jetzt nicht redest.«

»Ich will ja, aber …« Plötzlich war da sein Duft – er umhüllte mich, lenkte mich einen Moment lang ab. Wieso kam mir der Geruch so bekannt vor? Trug er ein Parfum, das er schon vor zehn Jahren getragen hatte? Ich schüttelte den Kopf.

»Dann rede!«, unterbrach ich seine Suche nach einer Ausrede.

Noel schloss die Augen. »Ich bin unfruchtbar.«

Irritiert sah ich Noel an. Was versuchte er mir da zu sagen? »Und?«, entfuhr es mir, bevor ich nachdenken konnte.

Die Verzweiflung in seinem Gesicht wuchs, und er sah aus, als würde ich ihn gerade mit einer Peitsche quälen.

»Moment«, sagte ich und fuhr mir über die Augen. »Heißt das, du hast mich vor dem Altar sitzen gelassen, weil du keine Kinder haben kannst?«

Noel nickte und verzog gequält den Mund.

»Warum?«, rief ich lauter als geplant. »Was hast du dir dabei gedacht?«

»Damals erschien es mir so richtig. Ich sagte dir doch, dass ich es mittlerweile bereue.« Er rang mit seinen Händen.

»Nein, nein!«, sagte ich und deutete mit dem Zeigefinger auf ihn. »Ich habe dort gestanden, habe auf dich gewartet, habe gedacht, dir wäre etwas zugestoßen. Und du hast dich einfach von mir abgewandt, weil … weil du zeugungsunfähig bist? Ohne ein Wort zu sagen?«

Noels Schultern sackten nach vorn, aber er nickte. »Ich sag's ja: dumme Kurzschlussreaktion. Heute würde ich es komplett anders machen.«

»Wie lange vor der Hochzeit wusstest du es?«, fragte ich und konnte nicht fassen, was ich da hörte. Mein Herz drohte zu explodieren, weil es mit den Gefühlen nicht klarkam, die durch meinen Körper schwemmten. Wie große, quergelegte Schiffe blockierten sie alles, was hindurchwollte.

»Ich habe es an dem Morgen per Anruf erfahren«, sagte er. »Es gibt keine Entschuldigung für mein Verhalten. Und ich möchte es auch nicht kleinreden, aber wenn ich darf, würde ich es dir gerne erklären.« Flehend sah er mich an, aber ich musste wegschauen. Seine Worte lösten etwas in mir aus, das ich nicht spüren wollte. Einerseits war da dieser unbändige Drang mehr zu erfahren, um zu verstehen, was er sich dabei gedacht hatte. Andererseits wollte ich nur weg.

Doch ich blieb wie angewurzelt stehen und starrte ihn an. Noel schaffte es nicht, mir durchgehend in die Augen zu schauen, doch er sah immer wieder hoch, als wartete er auf meine Bestätigung.

»Alles in Ordnung?«, fragte Camille und unterbrach damit unseren Blickkontakt. »Warum fangen Sie nicht an?«

»Wir klären gerade etwas!«, zischte ich nur zurück. »Es geht gleich los.«

Camille sah zu Noel, der ihr zunickte, und machte sich wieder von dannen.

»Worauf wartest du noch?«, meckerte ich und sah ihn herausfordernd an. »Wenn du mir schon was erzählst, dann alles.«

»Ich möchte nur, dass du verstehst, wie sehr ich die Sache inzwischen bereue, weil ich weiß, dass es ein Fehler war«, stellte er klar.

»Das hätte dir auch schon vor zehn Jahren klarwerden können, aber bitte.« Ich schloss kurz die Augen und nickte ihm zu. »Bitte sprich mit mir. Ich möchte es verstehen.«

»Du erinnerst dich vermutlich daran, dass wir Pläne gemacht haben. Wir wollten gemeinsam die Pâtisserie übernehmen, und immer wieder haben wir über Kinder gesprochen. Ich weiß noch, wie sehr du bei dem Gedanken gestrahlt hast«, sagte er und lächelte schief.

»Das ist der Grund?«, fragte ich verwundert nach. »Du wolltest mich nicht enttäuschen und hast dich deswegen dazu entschieden, mich vor dem Altar stehen zu lassen?« Kopfschüttelnd starrte ich ihn an. »Das kann nicht dein Ernst sein.«

Er senkte den Kopf und schluckte schwer. »Leider doch. Ich konnte dir damals nicht sagen, was ich erfahren hatte. Es war mir zu peinlich. Dein sehnlichster Wunsch war es, Kinder zu haben, eine große Familie aufzubauen, aber mit mir wäre das nicht gegangen. Ich habe mir damals eingeredet, dass ich mit meinem Weggang eine Enttäuschung verhinderte, die erst Jahre später eingetreten wäre.«

»Noel, das ist mit das Dämlichste, was du jemals von dir gegeben hast«, schnaubte ich, spürte aber zugleich, dass die Wut in mir langsam abebbte.

»Ich weiß«, sagte er und seufzte, den Blick weiter auf den Boden gerichtet. »Wie gesagt, ein Jahr lang redete ich mir ein, dass es das Richtige gewesen wäre. Und als ich dann beschloss, es dir zu sagen, hattest du gerade die Pâtisserie übernommen. Ich war da und habe gesehen, wie glücklich du warst. Du warst so voller Enthusiasmus, voller Willen, dass ich das nicht zerstören wollte.«

»Moment, wenn du gegangen bist, um einer späteren Enttäuschung zu entgehen, dann bist du nicht gegangen, weil du mich nicht mehr geliebt hast.«

Noel hob ruckartig den Kopf und starrte mich an. Nun, da ich die Wahrheit kannte, konnte ich über meinen Schatten springen und in seinen Augen die Leidenschaft erkennen, die mir fast die Luft abschnürte. Wie konnte ein Mensch nur so intensiv gucken? War das vorher auch schon so gewesen? Wieso war mir das nicht aufgefallen? Es lag so viel in seinem Blick, dass ich Mühe hatte, es zu verarbeiten. Aber eine Sache stach hervor und raubte mir den Atem: Liebe.

Kapitel 21

»Ich habe dich immer geliebt, Bernadette«, sagte er auf einmal mit einer tiefen, rauen Intonation, die mir seltsam bekannt vorkam. Als könnte er nicht fassen, dass ich etwas anderes geglaubt hatte.

»Das war aber eine beschissene Art, das zu zeigen«, kommentierte ich trocken, weil ich nicht damit klarkam, was er mir gerade gestanden hatte.

Noel hatte nie aufgehört, mich zu lieben. Wieso war mir dieser Ausdruck in seinen Augen nicht schon früher aufgefallen? Hatte ich es nur nicht sehen wollen?

»Ich …«, stammelte ich.

Noel kam einen Schritt auf mich zu und suchte meinen Blick. »Und genau das hat mir am meisten leidgetan. Ich habe dir mehr wehgetan, als ich mir selbst jemals verzeihen könnte. Dass du geglaubt hast, ich könnte dich nicht mehr lieben … dafür mache ich mir die schlimmsten Vorwürfe. Denn du bist das Beste, was mir je passiert ist. Mittlerweile bin ich Manns genug, mir das einzugestehen. Damals …« Er seufzte. »Damals hatte ich den fixen Gedanken, dass ich nicht mehr gut genug für dich sein könnte, wenn ich dir nicht alle Wünsche erfülle.«

»Was für ein Blödsinn!« Ich schüttelte den Kopf und atmete tief ein und aus, um all das zu verarbeiten, was gerade auf mich einprasselte. »Dir ist schon klar, dass ich damals nicht mit dir zusammen war, weil ich Kinder von dir wollte. Du bist mehr als nur ein Samenspender!«

Noel lachte leise. »Ja, danke. Das ist mir inzwischen auch bewusst.«

»Ich wollte Kinder, ja. Aber nicht von irgendwem, sondern von dir!« Noch immer konnte ich nicht fassen, dass er geglaubt hatte, ich würde ihn eines Tages verlassen, weil er keine Kinder zeugen konnte. »Wir waren glücklich. Wie konntest du glauben, dass ein nicht erfüllter Kinderwunsch das ändern würde?«

»Erinnerst du dich an die Probleme, die dein älterer Bruder mit seiner Frau hatte, weil es eine Weile gedauert hat?«, sagte er und seufzte. »Damals habe ich mich ab und an mit ihm unterhalten, wenn du Maman in der Küche geholfen hast. Also vor der Hochzeit. Er hat mir davon erzählt, wie enttäuscht seine Frau jeden Monat aufs Neue gewesen war. Als dann die Nachricht vom Arzt kam, ist eine Sicherung bei mir durchgebrannt, und ich konnte nicht mit dem Gedanken leben, dir diese Enttäuschung aufzubürden.«

»Weißt du, was da hilft?«, sagte ich fassungslos. »Kommunikation. Miteinander reden. Damit kann man so viel erreichen!«, meckerte ich und schlug ihm gegen den Oberarm. »Verdammt noch mal, Noel, du hast alles hingeworfen. Unsere ganze Zukunft, nur weil du zu feige warst, mir von deiner Unfruchtbarkeit zu erzählen!«

Er duckte sich nicht weg, wie ich es erwartet hätte, sondern ertrug es, auch wenn er das Gesicht verzog.

»Das habe ich wohl verdient«, gestand er. »Ich wünsche mir einfach nur, dass du mir eines Tages verzeihen kannst.«

Ich musste mich von ihm wegdrehen, konnte das Flehen in seinem Blick nicht ertragen. Genauso wenig wie die Liebe darin. Das war zu viel für mich. Was er mir angetan hatte, hatte mein ganzes Leben umgekrempelt. Von meinen Zukunftsplänen war nichts mehr übrig. Weder die Hochzeit noch die Familie. Wobei das nicht stimmte, korrigierte ich mich und schnaubte, als mein Blick auf Kim, Lilou, Pierre und Chloé fiel. Sie hatten nicht wissen können, dass Noel hier auftaucht und mitmacht. Aber irgendwie war es ihnen gelungen, richtig darauf zu reagieren. Es fühlte sich gut an, hier mit Noel zu stehen.

Mein Herz klopfte, als ich mich wieder ihm zuwandte. Im positiven Sinne. Zehn Jahre waren vergangen, wir hatten beide Dinge erlebt, unabhängig voneinander, und es hatte uns verändert. Doch aus einem mir unerfindlichen Grund waren da Gefühle. Wie hatte meine Mutter es genannt? Schicksal, um uns selbst zu finden. Vielleicht war es genau das gewesen. Eine Zwangspause, um zu verstehen, was wir vom Leben erwarteten.

»Entschuldige, ich sollte dich nicht damit bedrängen«, sagte er und machte einen Schritt zurück.

»Nein, schon gut. Das Schnauben galt nicht dir. Mir geht gerade sehr vieles durch den Kopf, und dabei rutscht halt manchmal was raus«, sagte ich zur Erklärung.

»Heißt das, du verzeihst mir?«, fragte er hoffnungsfroh.

Ich legte den Kopf schief und sah ihn an. »Was denkst du denn, was passiert, wenn ich dir verzeihe?«

Noel prustete die Luft aus und massierte seine Hände. »Möchtest du meine realistische Erwartung hören oder meinen Wunsch?«

»Beides!«, erwiderte ich. »Keine Geheimnisse mehr, wenn du möchtest, dass ich dir verzeihe.«

Noel schluckte, und er schaute kurz zum Publikum, als wäre ihm das Kommende unangenehm. »Keine Geheimnisse? Gut. Das kriegen wir heute hin.« Er strich sich über die Hose, während er mit mir redete. »Also, ich schätze, dass wir einander nie wiedersehen werden, weil du mir vielleicht verzeihst, aber meinen Anblick nicht mehr ertragen kannst.«

Ich nickte nur und wartete darauf, dass er weitersprach. Um uns herum herrschte lautes Stimmengewirr, da einige der Besuchenden vor der Bühne in Richtung hintere Halle gingen, um einer lokalen Band zu lauschen, die Weihnachtslieder a capella anstimmte.

»Mein Wunsch hingegen …«, er stockte und presste die Lippen aufeinander. Er traute sich nicht und das, obwohl er genau wusste, dass er keine Alternative hatte. Ich verschränkte die Arme vor der Brust und sah ihn erwartungsvoll an. Schließlich seufzte er, schloss kurz die Augen und sagte: »Meine Wunschvorstellung wäre, dass du und ich uns wieder öfter sehen können, weil ich deine Gesellschaft immer noch genieße und keine Sekunde mehr in meinem Leben ohne dich sein möchte.«

Die Worte waren nicht mehr als ein gehauchtes Flüstern, aber jedes einzelne brannte sich in mein Herz ein. Ich lächelte, und er gab diese Gefühlsbekundung zurück. Nur türmte sich in seinen hochgezogenen Mundwinkeln ein riesiger Berg Erleichterung auf.

»Heißt das …?«, fragte er nach.

»Es heißt, dass ich mir überlege, was ich mit dir mache«, sagte ich, bevor er sich zu viel darauf einbildete.

Noel neigte den Kopf ein Stück weit. »Mehr habe ich nicht zu hoffen gewagt.«

Ich atmete durch und sah mich in der Halle um. Seit Beginn der Veranstaltung war vermutlich schon eine Viertelstunde vergangen, und ich hatte keine Chance mehr, rechtzeitig meinen Bûche de Noël zu beenden. Nicht mal, wenn ich jemanden wie Noel an meiner Seite hatte, mit dem ich zumindest früher ein eingespieltes Team war.

»Wollen wir es noch versuchen?«, fragte Noel. Wieder einmal schien er ganz genau zu wissen, was in mir vorging.

»Ich denke nicht, dass wir das noch schaffen.« Ich deutete zu den anderen. »Die haben schon alle ihren Biskuitteig fertig und sind bereits bei der Creme.«

»Ja«, sagte Noel, klatschte in die Hände und schenkte mir ein diebisches Grinsen. »Aber die haben nicht das, was wir haben.«

Irritiert runzelte ich die Stirn. »Und das wäre? Eine Zeitmaschine sehe ich zumindest nicht.«

»Die brauchen wir nicht. Wir haben uns und unsere Erfahrung. Damit sollten wir das doch gemeinsam hinbekommen, oder?« Er streckte mir die Hand entgegen, und tatsächlich schlug ich ein, bevor ich nachdenken konnte.

»Du hast recht. Auch wenn wir es vielleicht nicht in der Zeit schaffen, gibt es im Nachhinein etwas für die Besuchenden.«

»Immer ein Auge auf die anderen und nicht nur auf dich«, sagte er und zwinkerte mir zu. »Also, gehen wir es an, Chefin.«

»Gut, du kümmerst dich um die Creme, ich sorge für den Teig«, erklärte ich und gab ihm die ersten Instruktionen. Schon während ich redete, lief er los, um die Zutaten zu holen. Die Handgriffe saßen genauso wie früher. Jedes Mal, wenn ich ihm eine Anweisung geben wollte, tat er bereits das Richtige. Er hatte das Backen nicht verlernt. Natürlich nicht, schließlich half er regelmäßig bei Mathéo aus. Immer wieder schaute ich zu ihm und merkte, dass er Spaß an der Arbeit hatte. Noel lächelte und wirkte so, als ob er den ganzen Tag über nichts anderes tat.

»Wie sollen wir den Teig jetzt schnell genug abkühlen?«, fragte ich und deutete auf die Masse, die ausgerollt vor mir lag.

»Das überlass mal mir. Ich habe da eine Idee.« Er nahm sich die lange Holzplatte, auf der der Teig lag und verließ damit die Bühne.

Er kam erst eine Viertelstunde später wieder. Der Teig war fest und ausgekühlt, aber trotzdem fluffig.

»Danke, das war eine super Idee und danke, dass du dich so lange rausgestellt hast«, sagte ich und reichte ihm einen Löffel von der heißen Schokolade, die ich gerade aufgekocht hatte.

Er rieb sich die Hände und nahm die Schokolade dankbar an. »Also, gegen eine Tasse Schokolade mit Minze hätte ich jetzt auch nichts«, erklärte er und griff nach den Minzplätzchen, die als Verzierung bereitlagen.

»Das klingt ja fürchterlich.« Ich verzog das Gesicht.

»Missbillige nichts, was du nicht selbst gekostet hast«, ermahnte er mich und reichte mir seine Tasse zum Probieren. Ich zögerte einen Moment und wusste nicht, ob ich das annehmen sollte. Würde er das missinterpretieren oder war es einfach nur eine freundschaftliche Geste?

Ich schüttelte den Kopf, nahm die Tasse aber entgegen. »Danke. Dann bin ich mal gespannt, was du da gezaubert hast«, erklärte ich. Durch das schnelle Auskühlen des Teigs hatten wir einige Minuten aufgeholt. Ich war mir dennoch nicht sicher, ob wir es rechtzeitig schaffen würden. Immerhin mussten wir den Bûche de Noël auch noch so verzieren, dass er aussah wie ein Baumstamm.

»Hoffentlich haben wir noch eine Chance«, sagte ich und stellte den Becher weg, um mich weiter um die Schokoladenganache zu kümmern. Die Schlagsahne erhitzte ich in einem zweiten Topf, damit ich die heiß gewordene Kuvertüre direkt im Anschluss unterrühren konnte. So konnte ich verhindern, dass sich Luftblasen in der Masse bildeten. Die später aus der Schokoverzierung herauszudrücken, war fast unmöglich.

»Es gibt immer eine Chance – man muss sie nur ergreifen!«, sagte er.

»Wieso habe ich nur das Gefühl, dass du damit nicht den Bûche de Noël meinst?«, fragte ich amüsiert.

»Weil du mich zu gut kennst?«, stieg er in meinen Flirt ein.

»Nein, ich habe dich zehn Jahre nicht gesehen«, erwiderte ich ehrlich. »Ich weiß nicht, wer du bist.«

Noel seufzte. »Aber das lässt sich ändern, wenn du es denn möchtest.«

Einen Moment lang sahen wir uns tief in die Augen, und ich spürte wieder dieses Kribbeln in mir. Diesmal unterdrückte ich es jedoch, weil ich die Befürchtung hatte, sonst etwas zu tun, was ich später bereuen würde. Also deutete ich auf den Teig und die Schokoganache. »Wir sollten uns erst einmal darum kümmern. Den Rest sehen wir dann.«

»Guter Plan«, sagte er, obwohl sein Blick etwas anderes verriet.

Er verteilte die Creme auf dem Biskuitteig. »Jetzt brauche ich aber deine Hilfe. Wenn wir schon so ein Monster erschaffen, soll es perfekt werden.«

Ein normaler Bûche de Noël war so groß wie ein Teller und entsprechend verziert. Wir hatten uns entschieden, einen ein Meter langen Bûche de Noël zu backen, um alle in der Halle satt zu bekommen. Mein Ehrgeiz wollte aber nicht nur einfach einen Baumstamm kreieren, sondern auch eine perfekte Verzierung abliefern. Das nahm jedoch viel Zeit in Anspruch, und ich wusste nicht, ob ich die noch hatte. Besonders, wenn wir eine so lange Biskuitrolle aufrollten.

Wir packten den Teig links und rechts und rollten ihn

in perfektem Einklang auf. Meine Fingerspitzen kribbelten, als wir uns berührten, und ich presste die Lippen aufeinander, weil ich mich nicht dazu durchringen konnte, das Handgelenk zurückzuziehen, obwohl ich es hätte tun sollen. Stattdessen genoss ich seine Berührung.

»Danke schön«, sagte er. Er war mir ganz nah. Ich nickte ihm zu und trat einen Schritt zur Seite. Die Wirkung, die dieser Mann auf mich hatte, war unverkennbar und doch wollte ich sie nicht zulassen. Nicht hier, nicht jetzt.

Rasch machte ich mich wieder daran, die Ganache vorzubereiten, ehe wir sie auf dem Bûche de Noël auftragen konnten. Alles mit Noel klappte wie am Schnürchen. Während ich mich um die Verzierungen des Baumstamms kümmerte, baute er aus den verbliebenen Teigresten ein paar Tannenzweige und färbte sie grün ein. Ich hätte nicht gedacht, dass er solche Fähigkeiten besaß.

Schließlich legte ich die letzten Himbeeren zwischen den Stamm und den Ast, den ich unter dem Schokoladenüberzug angebaut hatte. Gerade rechtzeitig, denn in der Sekunde, in der ich den Teller mit den Himbeeren wegstellte, ertönte das Signal zum Ende der drei Stunden.

»Das ging jetzt doch irgendwie schneller als gedacht«, erklärte ich.

»Mit dir vergeht die Zeit immer wie im Flug«, sagte Noel und lächelte mich an.

Noel war ein Charmeur. Egal, wie schlimm die Tage gewesen waren, ich hatte mich immer auf ihn und seine Komplimente verlassen können. Nachdem ich von meinem Aushilfsjob beim Kiosk nach Hause gekommen war – damals waren wir noch kein Paar gewesen –, hatte Noel in meinem Zimmer gewartet. Er hatte mich in den Arm genommen und mir einfach gesagt, wie schön mein Haar duftete. Es war nur eine Kleinigkeit gewesen, und damals hatte ich nicht verstanden, was er für mich empfand.

»Die Zeit ist um, liebe Teilnehmende.« Camilles Stimme holte mich in die Gegenwart zurück. »Wie ich sehe, seid ihr alle fertig geworden, und es sind allesamt Meisterwerke. Nichts anderes habe ich vom Finale der besten Pâtissiers und Pâtissièren Bellevilles erwartet.«

»Wieso habe ich das Gefühl, dass sie mir gleich eine Schulnote gibt?«, fragte ich.

Noel schmunzelte. »Weil vermutlich genau das passieren wird.«

»Du als Laie, was würdest du uns geben?«, fragte ich, um die Aufregung zu überdecken, die mich langsam, aber sicher erfasste. Jetzt konnte ich nichts mehr verändern und musste hoffen, dass den Besuchenden mein Bûche de Noël schmeckte.

»Als Laie?« Noel deutete auf unser Werk. »Ich denke, wenn das nicht gewinnt, fresse ich einen echten Baumstamm.«

»Der dürfte zumindest knuspriger sein als unserer«, merkte ich lachend an. »Dann hoffen wir einfach darauf, dass es mit dem Gewinnen klappt. Ich möchte dich ungern im Krankenhaus abliefern und erklären, was passiert ist.«

»Na, wenn schon, würde ich mich aber freuen, wenn

du dableibst und mir Gesellschaft leistest«, empörte er sich gekünstelt. »Immerhin wärst du dann daran schuld.«

»Wieso wäre es meine Schuld, wenn du einen Baumstamm isst?«, erwiderte ich, während Camille durch die Lautsprecher über das weitere Vorgehen informierte.

»Wenn der Bûche de Noël nichts geworden ist und nicht schmeckt, bist du dafür verantwortlich. Ist ja schließlich dein Rezept«, sagte er und grinste mich frech an.

»Und wer hat es umgesetzt?«, entgegnete ich herausfordernd. In meinem Bauch wurde es warm. Diese Unterhaltung, dieses gegenseitige Piesacken in dem Wissen, dass es ganz anders gemeint war, fühlte sich so vertraut an. Als hätte es die zehn Jahre Pause nie gegeben.

»Okay, vielleicht habe ich eine gewisse Teilschuld, aber diskutieren wir gerade wirklich darüber, was passiert, wenn wir verlieren, obwohl das Ergebnis noch gar nicht feststeht? Ich persönlich glaube nämlich, dass wir gewinnen werden.«

»Dann hoffen wir mal, dass du recht behältst.« Ich stellte die restliche Kuvertüre wieder in den Kühlschrank, damit sie nicht zerfloss.

Camille schaute zu uns hinauf und suchte unseren Blick. »Wenn alle Teilnehmenden jetzt bitte ihren Bûche de Noël präsentieren würden, damit er von allen begutachtet werden kann!«, sagte sie wohl nicht zum ersten Mal.

Ich hob entschuldigend die Hände und präsentierte kurz darauf gemeinsam mit Noel das Brett mit unserem Ergebnis.

Ein Raunen ging durch die Halle, und alle kritzelten etwas auf die Zettel, die sie zuvor ausgehändigt bekommen hatten. Nach einer Minute durften wir das Brett wieder absetzen, und die Besuchenden näherten sich mit Papptellern, die auf einem kleinen Tisch bereitstanden.

»Weißt du eigentlich, was es zu gewinnen gibt?«, fragte ich. »Die anderen konnten mir nichts weiter dazu sagen.«

»Soweit ich weiß, Ruhm und Ehre und einen Blumenstrauß«, entgegnete er.

»Na, dann bin ich mal gespannt. So ein paar Blumen sind doch immer schön«, erwiderte ich und begann, den Bûche de Noël zu schneiden und jedem, der wollte, ein Stück auf den Teller zu legen.

Die Dankbarkeit in den Augen der Bedürftigen und der inzwischen eingetroffenen Kinder traf mich direkt ins Herz. Sie war bedingungslos und zeigte mir einmal mehr, wie wichtig es war, solche Veranstaltungen zu unterstützen. Ich hatte ein angenehmes Leben und konnte mir nicht im Ansatz vorstellen, wie schwer es für all die Menschen sein musste, regelmäßig etwas zu essen zu bekommen.

»Kann ich noch ein Stück für meinen Bruder bekommen?«, fragte ein Mädchen, das etwa acht Jahre alt war. Sie trug eine abgetragene, aber zumindest dicke Wintersteppjacke mit aufgedruckten Schneeflocken. In ihrer Hand hielt sie einen zweiten, leeren Teller und deutete hinter sich. »Er traut sich nicht, weil er Angst vor Männern hat.«

Noel riss die Augen auf, und auch ich musste schlucken, als ich den kleinen, vielleicht fünfjährigen Jungen sah, der verschüchtert in der Ecke der Halle stand und Schutz hinter einer der Säulen suchte. Sofort machte Noel einige Schritte rückwärts.

»Meinst du, er traut sich jetzt?«, fragte ich.

Das Mädchen drehte sich zu ihm um und winkte ihn heran. Nur zögerlich kam er hervor. Er hielt einen abgewetzten Stoffhasen in der Hand, der sicher schon bessere Tage erlebt hatte, aber offensichtlich sehr geliebt wurde. Langsam kam er auf uns zu und nahm den Teller in die Hand, um ihn zu mir hochzureichen. »Möchtest du auch ein paar Himbeeren?«, fragte ich ihn verschwörerisch. »Die habe ich den anderen nicht angeboten. Aber dir schon, weil du so mutig warst.«

Der Junge nickte zaghaft, und für einen kurzen Moment glaubte ich, ein Funkeln in seinen Augen zu erkennen. Eines, das vor langer Zeit erloschen war. Ich packte ihm gleich die Hälfte aller Himbeeren auf den Teller. Als ich ihn zurückgab, schenkte er mir ein schüchternes Lächeln. Seine große Schwester, die selbst noch ein Kind war, das sich nicht um ihren Bruder kümmern müssen sollte, formte mit ihren Lippen ein wortloses Danke. Es sprach so viel aus dieser einen, kleinen Geste, dass ich mich anstrengen musste, um nicht laut aufzuschluchzen. *Ich wusste nicht, ob ich das als Mutter ertragen könnte*, dachte ich.

Da stockte ich, während das Mädchen sich mit ihrem Bruder langsam von der Bühne entfernte. Ich war keine Mutter und hatte auch nicht mehr vor, das in diesem

Leben zu ändern. Die Entscheidung hatte ich bereits vor Jahren getroffen, auch wenn sie sich jetzt erst wie mit einem Hammer in meinen Verstand einmeißelte. Ich war glücklich, so wie es war. Als coole Tante, als Pâtissière, als Frau. Ich mochte mein Leben, so wie es war, und wollte mich auf mein Geschäft konzentrieren. Auch wenn ich Noel im ersten Moment verflucht hatte, spürte ich nun tief in mir drin so etwas wie Verständnis. Er hatte mich vor Schmerz bewahren wollen. Auf die denkbar ungeeignetste Weise, aber die Absicht dahinter war eine liebevolle gewesen.

Noel trat wieder nach vorn an die Arbeitsfläche, und ich nahm im Augenwinkel wahr, wie er sich daran abstützte und mich betrachtete. »Du bist sehr einfühlsam, wenn es um Kinder geht«, sagte er mit einer traurigen Stimme. »Wieso hast du nie welche bekommen?«

»Wirklich? Das willst du jetzt besprechen?«

Er zuckte mit den Schultern und sah mich neugierig an.

»Wenn ich ehrlich bin, weil nach dir nie der Richtige gekommen ist, mit dem ich das Projekt hätte angehen können«, entgegnete ich und musste die Aufregung, die durch meinen Körper sirrte, unterdrücken. Wieso fühlte ich mich so, als ob ein Schwarm Bienen in meinem Bauch saß und für Unruhe sorgte?

»Oh, damit hätte ich nicht gerechnet«, sagte er und stieß sich vom Tisch ab. »Wir hatten einen Plan, das weiß ich, aber ich bin immer davon ausgegangen, dass dieser Plan auch ohne mich funktionieren würde.«

»Was soll ich dazu sagen?«, schnaubte ich. »Falsch

gedacht. Mir war es nie wichtig, Kinder zu bekommen, sondern sie mit dir zu bekommen.«

»Und heute? Willst du immer noch Kinder?« Er sah mich neugierig an.

»Ich weiß nicht. Wenn ich ehrlich bin, werde ich wohl einfach mein Leben genießen und schauen, wohin es mich treibt.«

Nun, da ich endlich eine Antwort hatte, war da eine Stelle in meinem Herzen, die gefüllt werden wollte. Und es gab jemanden, der alle gewünschten Kriterien erfüllte. Allerdings musste ich zugeben, dass mein Verstand sich weiterhin gegen diese Option sträubte. »Und du?«, fragte ich, nachdem wir uns einen Moment lang nur angeschaut hatten.

»Ich denke, ich habe dieselben Pläne«, sagte er nach einigen Sekunden.

Pierre und meine Freundinnen standen in der Schlange ganz hinten und waren bald dran, ein Stück von unserem Bûche de Noël zu bekommen. Nur noch zwei Personen waren vor ihnen, die ich bediente, während ich nachdachte. Kim, Chloé, Pierre und Lilou hatten gesehen, wie Noel und ich uns auf der Bühne unterhalten hatten. Mit Sicherheit wollten sie Details. Aber welche sollte ich ihnen liefern? Dass ich nun den Grund kannte und Noel für seine damaligen Entscheidungen verfluchte? Oder die Wahrheit? Dass ich den Grund erfahren hatte und tief in mir sogar nachvollziehen konnte, was er sich dabei gedacht hatte? Ich hätte mir zwar gewünscht, dass er mit mir geredet hätte, aber das war nun mal nicht passiert.

Und warum sprichst du dann jetzt nicht mit Noel?, fragte mich die Stimme in meinem Kopf. Ich presste die Lippen aufeinander und wollte sie ignorieren.

»Vielleicht können wir ja gemeinsam ein wenig das Leben genießen«, sagte ich da auf einmal, bevor ich weiter nachdenken konnte.

»Was meinst du?« Noel starrte mich perplex an.

»Ich meine, dass wir einen Kaffee trinken sollten und reden. So richtig. Nicht so zwischen …«, ich deutete um mich, »… Treppe und Backofen.«

»Bittest du mich gerade um ein Date?«, fragte er mit einem bübischen Grinsen.

Ich nickte. »Zumindest für den Anfang«, erklärte ich und wartete gespannt auf seine Antwort, aber er starrte mich nur an.

»Noel, könnten Sie bitte herkommen. Ich habe etwas mit Ihnen zu besprechen«, rief Camille plötzlich in unsere Unterhaltung hinein.

Noel blickte zwischen uns hin und her, dann sah er mich entschuldigend an. »Warte kurz, ich bin gleich wieder da.«

Kapitel 22

»Hast du ihn gerade wirklich nach einem Date gefragt und er ist abgehauen?«, fragte Pierre verblüfft.

Ich starrte zu Noel, der mit Camille zusammenstand. Was hatten sie denn zu besprechen? So nah wie sie beieinanderstanden, kannten sie sich mehr als flüchtig.

»Erde an Bernie!«, rief Lilou und riss mich aus meinen Gedanken.

»Ist das gerade wirklich passiert?«, wollte ich wissen.

»Zumindest haben wir es alle gesehen.« Chloé nahm ihren Teller entgegen, den ich noch in Händen hielt.

»Warum fragst du deinen Ex nach einem Date, und wieso sagt er nicht gleich überschwänglich ja, so wie er dich auf der Bühne angestarrt hat?« Kims Neugier war nicht zu überhören, dennoch konnte ich mich kaum konzentrieren.

Noel sah nicht zu mir, während er mit Camille redete. Sie deutete hinauf zur Galerie, aber er schüttelte den Kopf und zeigte auf die Bühne. Sie waren sich nicht einig. Stimmte etwas mit Tartin nicht? Aber wieso sollte Noel dann helfen können?

Pierre hüpfte in mein Sichtfeld und lenkte mich dadurch von Noel ab, der sich einmal umdrehte und mich mit einem Hauch Verzweiflung ansah. Hatte er etwas getan, was den Wettbewerb beeinflusste? Gleich darauf wandte er sich wieder ab und folgte Camille, die eine Menge Zettel in einem Beutel mit sich trug.

»Jetzt aber von Anfang an. Was habt ihr besprochen?«, fragte Lilou, die auf der Bühne neben mir stand.

In knappen Worten schilderte ich, was geschehen war. Alle vier lauschten gespannt, aber ich fühlte mich gerade nur wie betäubt. Offenbar hatte ich seine Worte und sein Flirten falsch gedeutet. Wäre nicht das erste Mal, dass ich mich in ihm getäuscht hätte. Auch diesmal lief er ohne Erklärung weg. »Wie konnte ich nur so naiv sein?«, fragte ich am Ende laut.

»Du bist nicht naiv. Hör auf das zu sagen. Das ist sicher ein Missverständnis, das sich klären lässt«, sagte Lilou mit ruhiger Stimme und nahm mich in den Arm.

»Aber jetzt ist er einfach gegangen. Schon wieder.«

»Steigere dich da bitte nicht rein«, sagte Kim und deutete hinter sich. »Die Organisatorin hat wohl ein paar Fragen an ihn. Er wird gleich wiederkommen. Da bin ich mir sicher.«

»Pragmatisch wie immer, aber ich kann die Gefühle von Bernadette nachvollziehen«, stimmte Chloé mir zu und schüttelte den Kopf. »Bitte glaub jetzt nicht, dass es an dir liegen würde.«

»Ich muss irgendetwas falsch verstanden haben«, sagte ich und strich ein paar Teigreste von dem Brettchen, ehe ich die Bühne verließ.

Pierre hielt das letzte Stück von meinem Bûche de Noël, stellte es jedoch ab, um an meiner Seite zu stehen. »Du wirst gar nicht erst mit diesem Selbstmitleid anfangen. Das steht dir nicht, und das weißt du auch.« Pierre straffte meine Schultern. »Wenn er wirklich gehen sollte, dann weißt du wenigstens, was für ein Typ Mensch er ist. Und wenn er gleich wiederkommt, setzt ihr eure Unterhaltung fort, so wie er es gesagt hat.«

Ich nickte und wünschte mir, dass er recht hatte. »Immerhin hat er das ja auch gesagt«, redete ich mir selbst Mut zu.

»Was passiert jetzt eigentlich?«, fragte Lilou und deutete auf die anderen Teilnehmenden, die genauso planlos wie ich herumstanden.

»Vermutlich wird Camille die Zettel auswerten und dann das Gewinnerteam bekanntgeben. Oder passiert das nicht vor Ort?«, schlug Pierre vor.

»Doch, das soll wohl heute noch geschehen«, erklärte ich, nachdem ich tief durchgeatmet hatte. »Aber keine Ahnung, ob wir eine Chance haben.«

Pierre schnappte sich nun doch den Kuchen und schob sich rasch hintereinander zwei Gabeln in den Mund. »Also, von mir gibt es auf jeden Fall eine Top-Bewertung, auch wenn das offensichtlich nicht mehr in die Wertung einfließt«, sagte er, während er noch kaute.

»Danke, dass es dir schmeckt, war mir aber klar.« Ich hob vielsagend eine Augenbraue.

»Es hätte mir auch ausnahmsweise mal nicht schmecken können«, erklärte er ernst, aber wir alle lachten laut los und schüttelten den Kopf.

»Niemals. Nenn mir eine Sache, die ich gebacken habe und die dir nicht schmeckt«, forderte ich ihn auf.

Einen Moment lang überlegte er, dann deutete er mit der erneut vollgepackten Gabel auf mich. »Die Spinattörtchen von vor drei Jahren, die waren nicht mein Fall.«

»Du hast den halben Teller gegessen«, merkte Kim an.

»Dennoch haben sie nicht so gut geschmeckt wie das hier.«

Die nächste Viertelstunde verbrachten wir damit, die Menschen in der Halle zu beobachten und einigen Kindern beim Toben zuzuschauen.

Immer wieder sah ich mich nach Noel um, aber er blieb vorerst verschwunden. Dafür kam auf einmal Tartin auf die Bühne. Er trug seine Maske und die eleganten Klamotten, die er schon bei der Begrüßung angehabt hatte.

»Liebes Publikum, das Ergebnis steht fest«, sagte er mit seiner rauen Stimme ins Mikrofon. Dann räusperte er sich, deutete auf den Umschlag in seiner Hand und sagte: »Der Name des Gewinnerteams steht hier im Innern. Wir haben gerade alle abgegebenen Bewertungen ausgezählt.«

Erwartungsvolle Stille breitete sich in der Halle aus. Auch ich hörte genau hin. Etwas an der Stimme machte mich stutzig.

»Doch bevor wir verkünden, wer gewonnen hat, möchte ich noch einmal Danke sagen. An all die helfenden Hände, all die Menschen, die im Hintergrund bei der Umsetzung dieser Idee geholfen haben.« Ich schaltete auf Durchzug, um mich auf den Klang der durch die Lautsprecher veränderten Stimme zu konzentrieren. Das war nicht die typisch raue Klangfarbe, die ich bisher von Tartin gewohnt war. Es klang eher wie …

Ich hielt die Luft an und riss die Augen auf. Stocksteif stand ich da und starrte den Mann auf der Bühne an. Meine Gedanken galoppierten davon, rissen mich mit, während ich mich kaum im Sattel halten konnte, um die Zügel zu greifen.

»Tartin«, murmelte ich und konnte nicht glauben, dass ich so blind gewesen war. Wie war es möglich, dass mir das nicht schon früher aufgefallen war?

»Ja, der steht da oben«, kommentierte Lilou und tätschelte meinen Arm.

»Und wenn dieser Armleuchter Noel nicht will, dann gehst du eben mit Tartin aus«, ergänzte Kim.

»Nein, ihr versteht das nicht. Tartin war mein Kosename.« Ich holte tief Luft, als ich den Zügel meiner Gedanken zu fassen bekam und das Pferd ein wenig bändigen konnte. »Noel hat mich immer so genannt.«

»Aber das sind doch zwei völlig verschiedene Männer. Allein die Haare«, sagte Chloé verwirrt.

»Die Haarfarbe ist die gleiche. Nur die Locken sind bei einem offen und beim anderen zurückgegelt«, erklärte Pierre und sah nun noch genauer hin. »Ich hielt es für Zufall. Die Frisur ist ja schon modern.«

»Nein!«, sagte nun auch Lilou, die am längsten brauchte, um zu verstehen, was mein Verstand mir seit einer Minute versuchte mitzuteilen.

»Doch, Noel ist Tartin!«, murmelte ich schockiert. Das bedeutete …

»Du hast dich in denselben Kerl verguckt. Zwei Mal?«, vergewisserte sich Pierre und grinste gleich darauf. »Bernadette, du bist wirklich unglaublich.«

»Aber …«, widersprach ich und konnte nicht fassen, dass er recht hatte.

»Kein Aber. Du hast gleich als Allerersters gesagt, dass dir dieser Kerl gefällt. Also sein Körperbau«, sagte Chloé und nahm meine Hand. »Anscheinend wusste dein Unterbewusstsein mehr als du.«

»Wie hätte ich wissen können, dass es derselbe Kerl ist? Er hat sich sogar unterschiedlich gekleidet und ganz anders gesprochen«, sagte ich und ignorierte, was er auf der Bühne erzählte.

»Also, ganz ehrlich.« Pierre deutete auf Noel. »Wenn du ihm nicht wenigstens eine Chance gibst, mit dir ein Date zu haben, wäre das sowas von verschwendet. Ich meine, komm schon. Er ist dein Ex. Ihr habt euch zehn Jahre nicht gesehen. Du siehst ihn das erste Mal und findest ihn sofort heiß, obwohl er sich als jemand anders ausgibt. Dann unterhältst du dich mit ihm und magst ihn sogar noch etwas mehr. Welches Zeichen des Universums brauchst du noch, dass er der Eine für dich ist?«

»Aber er hat mich verlassen!«, wandte ich ein. »Und er hat mich belogen, seit ich ihn wiedergetroffen habe.«

Chloé schnaubte lautstark, was so gar nicht zu ihr passte. »Was das angeht, hat er seit über einem Jahr jeden in Belleville und darüber hinaus angelogen. Das kannst du nicht auf dich münzen. Und hat er wirklich immer gelogen, wenn er sich mit dir unterhalten hat?«

Ich wollte nicken, doch dann ging ich unsere Begegnungen durch. Das Treffen in seiner Pâtisserie, wo er mir von der Frau aus seiner Vergangenheit erzählt hatte. Das Unrecht, das er begangen hatte. Und er hatte mich ausgefragt, als ich ihm die Geschichte von ihm und mir erzählt hatte. Ich schnaube wütend darüber, denn es hätte mir da schon auffallen können.

Vielleicht hatte er mir nicht alles mitgeteilt, aber gelogen hatte er nie. Und wie hatte er sich als Noel verhalten? Er hatte mich nicht angelogen, zumindest nicht, dass ich wüsste. Zwar hatte er mir nicht verraten, wohin ihn seine Termine am Sonntagabend geführt hatten, aber das konnte ich ihm nicht als Lüge auslegen.

Die Fragen rasten durch meinen Kopf, als hätte ein wildes Monster sie aufgescheucht. Ich schloss die Augen, griff von links und rechts meinen Kopf.

Tartin, dachte ich wieder und wieder. Es war sein Spitzname für mich, als wir zusammen gewesen waren. Als ich den Namen von Tartin das erste Mal gehört hatte, fühlte ich mich sogar angesprochen, auch wenn es zu dem Zeitpunkt fast zehn Jahre her gewesen war, dass mich jemand so genannt hatte.

Da stutzte ich. »Er hat sich schon vor fast zwei Jahren mit dem Namen selbstständig gemacht«, murmelte ich auf einmal und schaute zur Bühne hinauf.

»Was sagst du da?«, fragte Chloé und lehnte sich zu mir vor, da gerade tosender Applaus in der Halle ausbrach. Offensichtlich war Noel fertig mit der Aufzählung der Menschen, denen er dankte.

Ich drehte mich zu Chloé, um mich anhand ihrer Reaktion zu vergewissern, dass ich nicht falschlag. »Vor zwei Jahren, als er das erste Mal beschloss, in die Öffentlichkeit zu treten, hat er sich Tartin genannt. Er hat mir bei einem früheren Treffen als Tartin erzählt, dass er einen Fehler gemacht hat, den er erst begradigen muss, ehe er die Maske abnehmen kann. Es hätte eine Frau in seinem Leben gegeben, die nicht mehr da ist. Er hat es mir die ganze Zeit gesagt«, hauchte ich ungläubig.

»Gut, er hätte es schon in den letzten anderthalb Jahren machen können und hätte nicht warten müssen, bis ihr euch zufällig trefft, aber du meinst, dass er dich immer noch liebt?«, fragte Kim, die gelauscht hatte. »Das dürfte doch inzwischen klar sein.«

»Für dich vielleicht, aber ich …« Mir wurde ein wenig schwindelig. Das konnte alles nur ein Traum sein. Der einzige Mann, mit dem ich mir je eine Zukunft vorgestellt hatte, war plötzlich wieder da und liebte mich nach all der Zeit noch immer? Wie wahrscheinlich war das?

»Du kannst es nicht glauben, weil du nicht mehr an die Liebe glaubst«, erklärte Pierre, der sich nun ebenfalls zu uns stellte. Wir bildeten einen engen Kreis und steckten die Köpfe zusammen. »Aber manchmal kommt es anders, als man denkt. Manchmal kommt die Liebe auf Umwegen. Warum zerdenkst du also gerade alles?« Er sah mich fast schon flehentlich an. »Gib mir bitte das Hollywood-Ende, das ich mir so sehr wünsche. Sag mir, was dein Herz dir sagt, nicht dein Verstand. Ich will diese Funken in deinen Augen sehen.« Pierre starrte mich intensiv und voller Vorfreude an.

Ich folgte seinen Anweisungen und horchte in mich hinein. Dabei stellte ich mir nur eine einzige Frage. Was fühlte ich, wenn ich Noel ansah? Langsam drehte ich mich zur Bühne zurück und betrachtete den Mann, der dort stand, ohne unsere Vergangenheit zu sehen. Mir wurde heiß und kalt zugleich, der Wunsch, mich in seine Arme zu stürzen, wurde stärker. Es fehlte mir, seine warmen Finger auf meiner Wange zu spüren und zu hören, wie er mir meinen Namen ins Ohr flüsterte. Die Liebe in seinen Augen zu erkennen, die so unendlich wie das Universum selbst war.

Abrupt drehte ich mich um und starrte die anderen mit weiten Augen an.

»Na, geht doch!«, quietschte Pierre neben mir und klatschte aufgeregt in die Hände. Er packte mich an den Schultern und legte seine Stirn an meine. »Hol ihn dir, Bernie!«

Damit gab er mir einen leichten Stups, so dass ich zurück auf die Bühne stolperte. Auch Kim, Lilou und Chloé jubelten leise.

Noel war mit der Siegerehrung beschäftigt und verkündete gerade Platz 3. In meinen Ohren rauschte es vor Aufregung, und ich hörte seine Worte nur gedämpft. Noch stand ich in den Schatten der Bühne zusammen mit den anderen Teilnehmenden.

»Und einen sagenhaften zweiten Platz belegen Susette und ihr Mann mit der Pâtisserie Belleville. Damit steht die Siegerin des heutigen Abends fest. Herzlichen Glückwunsch, Bernadette von der Pâtisserie des Rêves.«

Der frenetische Applaus holte mich aus meinem Gedankenkarussell heraus. Es dauerte einen Moment, bis ich realisierte, dass ich gewonnen hatte. Die anderen Teilnehmenden klopften mir auf die Schulter und schoben mich in Richtung Noel.

»Herzlichen Glückwunsch«, sagte dieser durch die

Maske hindurch ins Mikrofon. »Das Publikum hat abgestimmt. Die Pâtisserie des Rêves ist die beste in ganz Belleville. Wer in den nächsten Tagen noch leckere Köstlichkeiten für die Feiertage bestellen möchte, ist hier an der richtigen Adresse.«

Noel überreichte mir eine Urkunde und deutete nach unten. Wie in Trance nahm ich die Reporterin wahr, die direkt vor der Bühne stand und Fotos schoss. Vermutlich würde es Artikel in den hiesigen Zeitungen geben. Ich schüttelte den Kopf, konnte mich damit gerade nicht beschäftigen.

Ich starrte Noel immer wieder aus den Augenwinkeln an, suchte nach Anzeichen, die mir hätten verraten können, wer unter der Maske steckte. Ich suchte nach den vertrauten Falten zwischen seinen Augenbrauen, wenn er die Stirn runzelte. Aber jeder Zentimeter seines Gesichts wurde von der Maske verdeckt.

»Du hast es also durchschaut«, sagte er, als der Applaus nachließ und die Besuchenden langsam nach Hause aufbrachen.

Ich nickte, während wir beide weiter in Richtung Halle schauten. Es fühlte sich auf einmal merkwürdig an, neben ihm zu stehen, nun da ich wusste, wer er wirklich war.

»Was denkst du?«, fragte er schließlich, als die meisten Menschen gegangen waren. Der Strahler an der Decke ging aus, und wir standen in der normalen Beleuchtung der Halle auf der Bühne. So konnte ich auch erkennen, dass meine Lieblingsmenschen uns betont unauffällig vor dem Bühnenaufgang beobachteten.

»Was glaubst du denn?«, gab ich zurück. Er hatte mich angelogen, und obwohl ich ihn für all das, was er mir in den letzten drei Wochen erzählt hatte, eigentlich nur küssen wollte, hatte er mich dennoch belogen. Und genau dafür sollte er jetzt einen Moment lang leiden.

Noel ließ die Schultern hängen und seufzte. »Ich kann es verstehen. Ich habe dir nicht die Wahrheit gesagt. Dich sogar bewusst nicht eingeweiht, obwohl es ehrlicher gewesen wäre. Ich bin wohl immer noch nicht mutiger als vor zehn Jahren«, gestand er.

»Findest du?«, fragte ich sarkastisch nach. »Na, Einsicht ist ja bekanntlich der erste Weg zur Besserung.«

»Schon okay. Du musst nicht mehr hier stehen bleiben«, sagte er und deutete auf die Urkunde, die er mir überreicht hatte. »Du kannst mit deinen Lieblingsmenschen ruhig nach Hause gehen.«

»Und dich hier allein stehen lassen? Ich will wenigstens dein bedröppeltes Gesicht sehen!«, verlangte ich.

»Das kann ich nicht. Tartin ist eine Marke, die ich aufgebaut habe. Ich …«

Bevor er weitersprechen konnte, griff ich links und rechts hinter die Maske. Noel legte seine Hände auf meine und wollte mich aufhalten, aber ich sah ihm tief in die Augen. »Du hast gesagt, dass du die Maske erst abnehmen kannst, wenn du ein Unrecht ausgebügelt hast. Dieses Unrecht war, dass du mich vor zehn Jahren vor dem Altar hast sitzen lassen, oder?«

Er nickte. »Und all die Konsequenzen, die sich daraus ergeben haben. All die verlorene Zeit, die ich nie wiedergutmachen kann.«

Symbolisch legte ich ihm einen Finger auf die Plastiklippen und lächelte. »Manchmal bist du einfach schwer von Begriff«, sagte ich leise und löste die eng anliegende Maske. Sie war mit sehr festsitzenden, seiner Haarfarbe angepassten Gummibändern befestigt, die unter seinen lockigen Haaren nicht auszumachen waren. Er hatte wirklich viel Zeit investiert, um die Maske so wirken zu lassen, als ob sie direkt auf seinem Gesicht saß.

»Was meinst du?« Noch immer hielt er meine Hände fest. Ich zögerte, dann beschloss ich, ihn mit einem Ruck zu demaskieren. Es war an der Zeit, das Versteckspiel zu beenden.

»Ich meine damit, dass du eine lange Leitung hast, wenn du immer noch nicht begriffen hast, dass ich nirgendwo hingehe.«

Noel sah mich mit seinen so vertrauten Augen an und riss sie auf. »Das bedeutet …«

Ich legte die Plastikmaske auf die Arbeitsfläche neben uns und packte seinen Kragen. »Das bedeutet, dass du und ich sicher nicht da weitermachen, wo wir aufgehört haben. Wir werden viel zu besprechen haben, und sicher wird es eine Weile dauern, bis ich dir alles verzeihen kann. Du wirst mir erklären müssen, warum du jeden Sonntagabend beschäftigt warst. Und da gibt es noch so manch andere unbeantwortete Frage. Aber ich werde dich so schnell nicht wieder gehen lassen.«

Damit zog ich ihn zu mir heran. Er ließ es geschehen, nahm mich in den Arm und hielt mich so fest an sich gedrückt, dass ich kaum Luft bekam. Unsere Nasenspitzen berührten sich, und ich konnte das Knistern spüren, das sich zwischen uns aufbaute. Es war dieser eine, wundervoll prickelnde Moment, bevor es zum Kuss kam. Der die Spannung bis ins Unermessliche trieb und meinen ganzen Körper elektrisierte.

Noel streichelte mit seiner Nase meine und schmunzelte. »Du möchtest wissen, was ich sonntags getan habe? Da habe ich einen privaten Backkurs gegeben.« Er atmete tief ein und aus. »Ich verspreche dir hoch und heilig, dass ich niemals wieder einfach so aus deinem Leben verschwinden werde. Sofern du es denn möchtest.«

»Komm schon her!«, sagte ich nur und zog sein Gesicht zu mir heran, um ihn endlich zu küssen.

Seine Lippen auf meinen fühlten sich an wie eine Reise in die Vergangenheit und doch bedeuteten sie einen Aufbruch in meine Zukunft. In seinem Kuss lag die Leidenschaft, die ich in den letzten zehn Jahren bei anderen Männern vermisst hatte. Diese berauschende Mischung aus Vertrauen, Liebe und Glück, die gerade durch mich raste, machte mich fast schon betrunken. Im Hintergrund hörte ich Pierre und Lilou dezent jubeln.

Als wir uns voneinander lösten, lächelte Noel mich selbstbewusst an. »Du hast eindeutig zu viel Spaß daran, mich zu quälen«, murmelte er und gab mir einen weiteren kurzen Kuss.

»Nur ein klein wenig«, sagte ich und zwinkerte ihm zu. »Und bevor ihr gleich platzt, kommt her!«, rief ich den anderen über die Schulter zu.

Die kamen sofort die Bühne hochgestolpert, und ich

grinste Noel an. »Wenn du dich wirklich auf das hier einlassen möchtest, musst du wissen, dass ich in den letzten fünf Jahren eine zweite Familie gefunden habe, die zu meinem Leben gehört wie meine erste.«

Noel lächelte zurück. »Ich weiß, es klingt schmalzig, aber für dich nehme ich verdammt viel in Kauf.« Ich spürte die Röte auf meinen Wangen, als Noel seine Hände um meine Hüften schlang und Pierre, Lilou, Kim und Chloé sich aufgeregt schwatzend um uns rotteten. »Vor allem, wenn es Menschen sind, die sich so für dich freuen, wenn du jemanden findest, der dir die Welt zu Füßen legen will.«

»Ich will nicht die Welt haben«, erwiderte ich und gab ihm einen spielerischen Klaps auf die Brust. »Ich möchte nur dich.«

Diesmal ging der Kuss von ihm aus, und ich verlor mich in dem Gefühl. Am Ende hatte die Liebe mich doch noch gefunden.